何建明国家报告精选集

何建明 —— 著

时代大决战

贵州毕节精准扶贫纪实

漓江出版社

图书在版编目（ＣＩＰ）数据

时代大决战——贵州毕节扶贫纪实 / 何建明著 . -- 桂林 : 漓江出版社，2020.5

（何建明国家报告精选集）

ISBN 978-7-5407-8779-0

Ⅰ . ①时… Ⅱ . ①何… Ⅲ . ①报告文学 - 中国 - 当代 Ⅳ . ① I25

中国版本图书馆 CIP 数据核字 (2019) 第 249063 号

SHIDAI DA JUEZHAN——GUIZHOU BIJIE FUPIN JISHI

时代大决战——贵州毕节扶贫纪实

何建明　著

出版人：刘迪才
丛书策划：张谦
责任编辑：谢青芸
书籍设计：石绍康
责任监印：张璐

漓江出版社有限公司出版发行

广西桂林市南环路 22 号　邮政编码：541002

发行电话：010-85893190　0773-2583322

传真：010-85890870-814　0773-2582200

邮购热线：0773-2583322

电子信箱：ljcbs@163.com

微信公众号：lijiangpress

北京中科印刷有限公司印刷

［北京市通州区工业区 1 号楼 101 号　邮政编码：101118］

开本：690 mm×960 mm　1/16

印张：22.5　字数：277 千字

2020 年 5 月第 1 版　2020 年 5 月第 1 次印刷

书号：ISBN 978-7-5407-8779-0

定价：50.00 元

作者近影

国家和人民永驻我心

（总序）

或许有的人写作是为了自我，但对我而言，如果纯粹是为了宣泄一点个人的情绪甚至是怨恨的话，这种写作本身就没有多少意义。然而我知道，相当一部分同行并不赞同我的观点，那是他们的事。

作为一名生活在伟大国家和伟大民族中的作家，我的笔力主要用于记述所在时代国家的发展与变化，以及发展与变化过程中的人与事，当然包括他们的决策与实施、成功或失败及其中无限的情感激荡。其实这是一件非常难的事，我们既要面临作品内容真实性的考验，又要抵抗那么多日新月异的新技术、新媒介的挤压，还要去研究和迎合广大读者每天都在变化着的趣味，自然还要抗击来自不同文体的朋友的冷嘲热讽……不是纪实体作家，是不可能经历这么多痛苦和折磨的，因为就像这个世界上的人一直在追求自由那样，真正的自由是其乐无穷的，不能自由者才是最痛苦的。纪实体写作（或说报告文学，或说非虚构写作）除了必须具备其他文体写作共有的功夫，还必须承受采访调查的劳作之苦以及作品出版过程中烦琐、烦人的审查，这些至少让一半以上的小说家、诗人等崩溃，以我40余年的经历，可以断定我的同行们的这种命运。设想一下，为了一次采访，一天中要换乘五六种交通工具，行程20多个小时，早上还在繁花似锦的京城，深夜竟然到了狗吠狼嚎的深山，你行吗？为了弄清一个事件，被矿主用土枪顶着腰眼以命换素材，你不害怕？为了调查贫困生现象，一年走几十所大学，采访当事人400余位，不烦死你才怪！"非典"袭来，整个北京城都在哭泣时，得天天到病区实地考察疫情，探望患者，体重一下降了30多斤，你敢同行吗？一场灭绝人性的异国大屠杀、一次震惊世界的大爆炸、一地死去十万人的大地震，不仅要去现场，还要去感受血淋淋的死亡，去倾听一个个幸存者的诉说，你受得了吗？然而这些都是我经历过的，都是我创作作品的基本需要，都是我生活和职业的一部分。当然还有许多你想象不到的，比如上午在中南海与国家领导人高谈阔论，下午可能就要在街头与一个流浪汉交朋友；比如今天你兴高采烈地为获得一个有价值的素材而欣喜，明天兴许就收到传票要去应对一场旷日持久的官司……你还会遇到无数件这样的事：当你加班加点、呕心沥血赶出一部得意之作时，无知者和横蛮者的一句"不行"就将你辛辛苦苦搞出来的作品打入十八层地狱……你欲哭无泪，天地不助。这可能还是好的。你还会因为你的激情歌颂而被人误解为是在献媚；而你一次正义的批判，却又会使得一向信任的"上级"从此不再信任，你最终落个"什么都不是"，这就是我所经历的部分酸甜苦辣。

然而，我从来没有后悔过，因为我爱自己的祖国，爱自己的人民，他们就是我的家，就是我的亲人。任何委屈和辛酸，都无法消磨我的热情与意志，消磨我对文学的执着与热爱。虽然有时深感痛苦，但很快就重新振奋精神，投入新的战斗。我常说自己是一名"冲锋的战士"，为了胜利，为了目标，为了任务，为了使命，也为了责任，痛苦和挫伤，甚至是牺牲，都属正常。只要我认为我做的事、写的人、记述的历史是真实的、生动的、精彩的和有用的，那么所有的一切苦累与付出，又何足挂齿？如果读者从我的作品中获得了感动与教化、振奋与激荡，我也就十分欣慰和知足了！

一个有良心的作家，一个有正义感的书写者，一个愿意通过自己的文字影响和改变某些社会现象，助力所在时代与民族进步的思想者，不经历超乎寻常的炼狱般的考验几乎是不可能的。我时常想，如果有一天知道自己的生命行将结束，我要大声地告诉所有活着的人：一个人没有权利不爱自己的国家和人民，既然爱，你就需要努力去奋斗，去为他们呐喊，去为他们讴歌，去为他们倾情——以你特有的方式。

我便是这样一路走来的，还将继续走下去，因为祖国和人民永驻于心，直到天荒地老，这份情常青永鲜。

何建明

2019 年新中国七十年国庆日

目 录／Contents

序

序章
幸福不能装

1. 大山里那张最灿烂的笑脸……

真正的幸福和欢乐是装不出来的，因为它发自内心，源于感动。

八十二岁的彝族老奶奶张正英根本想象不到，仅仅时隔 280 天，"明年就让你们搬到新房子住"这句承诺便兑现成真。

那时，张正英家还是中国西部最贫困山区之一——贵州省毕节市大方县凤山乡银川村的贫困户。

"当时，我像是在梦里听人家说话。"满脸岁月沧桑的张奶奶说。

现在美梦成真了，她和儿子、孙子一起住进了一套 100 平方米的青砖白墙的新房子。那房子比电视里的"洋房"还要漂亮，而且不用自己掏一分钱。每当有人到她家看望时，张奶奶总是笑得格外灿烂。那笑容里，洋溢着无法抑制的幸福和欢乐。

所有见过这位老人家的人，都会由衷地感叹：这才是幸福的老人、脱贫的百姓！

张奶奶是 2016 年 9 月 28 日搬进新家的。这里现在叫大方县凤山乡店子村"恒大幸福二村"，背靠当地有名的公鸡山，面朝一片海拔 1500 多米的草原风景区，有青的山、绿的草、蓝的天，以及与白云连成片的家门前的银色蔬菜大棚……

如今的张奶奶，每天推开小楼上那扇明亮的玻璃窗，看着家里屋外的美景，整个人像喝了米酒，有种醺醺然的陶醉之感！

过去的旧屋低矮破旧，现在的新居宽敞明亮，面对这天壤之别的变化，张奶奶感觉像是在做梦。老人家东瞅瞅、西看看，常常乐得合不拢嘴。用她家人的话说，就是做梦都会笑醒。

此前，凡是来过张家老宅的人，看着她家徒四壁的窘况，没有不皱着眉头叹气的：穷，真穷啊；苦，太苦了！

张正英有两个儿子，一个打光棍，另一个虽然娶了媳妇，但因为家里穷后来儿媳妇也跑了，撇下营养不良、牙牙学语的幼儿；老伴像一头默默劳作的老黄牛，跟她相依为命……

全家老中少三代，两个男劳力，一年收入却总共不足千元。两间难遮风雨的破屋，门窗不全，四壁有洞，屋内白天如黑夜，看物靠灶火。几亩瘠薄的山间坡地，只能种玉米和土豆，年成好时，一家尚可把肚子填个半饱；干旱或雨多时，全家人只能以挖野草、摘野果为生。在家操持一日三餐的张奶奶，多少回面对空锅冷灶，流干了眼泪，摇疼了脑壳……

张奶奶是踏着新中国成立的鼓点，从十几里外的大山里嫁到银川村的。那时的她正年轻，美得远近闻名。但在生活的重压下，岁月渐渐在她那张美丽的脸上刻上了道道皱纹，一年比一年深凹。

有一幕情景让张奶奶特别忧伤。那是六七年前的事，她格外疼爱的孙儿还在吃母乳时，有一天夜里，儿媳突然扑通一下跪在她面前，低声哭泣着说，她要走了，远远地离开这个无法再生活下去的家……

"你走了，娃儿咋办啊？他才一岁呀！"张奶奶当时惊得不知所措。

"妈，我管不了他啦！这日子没法再过下去，我还年轻……拜托您了！"

儿媳一边哭泣，一边磕头。

"走吧！你走吧……"张奶奶低着头，挥挥手，让孙儿的母亲趁着家里男人都睡着的时分，离开这个家，离开这个连肚子都填不饱的家。

"妈，我把孩子托付给您啦！以后最苦的就是您了……"儿媳低泣了一声，毅然决然地迅速起身出门，消失在长长的黑色山道上，再无音讯。

儿媳走后，张奶奶的日子更加劳累和凄苦，她既要管无事生烦的儿子，又要照顾有病的老伴，更要给幼小的孙儿当爹当妈……

就在张奶奶觉得自己再也支撑不下去时，那年年底，突然有一群陌生人来到她家。他们左看右看，个个脸色凝重。其中一位眉清目秀的中年人拉着她和她老伴的手，亲切而又郑重地说："明年就让你们搬到新房子住。"

明年？住新房子？张奶奶虽然脸上勉强地露出一丝苦笑，心里却无论如何也不相信这句话。嫁到这银川村的林家都快七十年了，听来访的干部们说"一定让你们过好日子"也有好几回了。张奶奶不怪天，不怨地，只怪怨自己命苦。苦命的人就该认命，认命的人就该吃尽人间的苦中苦。张奶奶的一生就是这么走过来的，她认定自己的儿孙也会这样走下去。

张奶奶不知道那个中年人的名字，只知道"那个人"和后来帮她家盖新房子、给她儿子安排工作的"那些人"来自一个地方，村里人都叫他们"恒大"。

"恒大"是谁？

"恒大"是好人。有人这样告诉张奶奶。

现在张奶奶知道了"那个人"和"那些人"都叫"恒大"；现在张奶奶总跟陌生人说："那个人""那些人"和"恒大"都是共产党派来将他们从苦日子里救出来的"菩萨"。

张奶奶住上新房子后，笑容一天比一天多，一天比一天灿烂，那是从心窝里溢出的幸福与欢乐，是我见过的所有大山居民脸上最美、最幸福的灿烂笑容。即使八十二岁的她搞不太清楚我们这些外乡人到底跟她说了些啥，但她一直用笑回答我们的问话。事实上，她的笑回答了我们的所有问题。

你可知道，像张奶奶这样从心窝里溢出幸福与欢乐、脸上绽放出灿烂笑容的人，如今在贵州大方县有 18 万……

"敢教日月换新天。"不到两年时间，大方县发生了翻天覆地的变化。很多人不久前还生活在极度贫困之中，转眼间就过上了幸福美满的小康生活，命运仿佛整整跨越了千年，他们能不露出灿烂的笑容吗？

贫困是人类社会的一种顽疾，世界各国都曾经或正在为摆脱贫困而奋斗和拼搏。但即使在发达国家，今天仍然存在着大量贫困人口，更不要说那些发展中国家和落后的地区，被数量巨大的贫困人口拖累着、困扰着，平民的理想和生命被无情地毁灭。

在新中国的历史上，贫困问题同样一直严重地困扰着我们的政府和人民，我们的记忆中存在着无数次有关脱贫的战斗与行动，但仍然有数量庞大的人口在贫困中挣扎。穿上一次新衣、吃上一次好饭好菜对他们都是奢望……根本不敢想能像城里人一样，过上住"洋房"、月月年年有钱来的日子。然而如今，在中国最贫困的地方之一——贵州省大方县，昔日贫困的父老乡亲住上了宽敞明亮的"洋房"，月月年年手头有余钱，这种情景绝不是昙花一现，它已经板上钉钉一样在这块土地上牢牢生根了！

在大方县 18 万像张奶奶一样的贫困户中，有两万人和她一样住上了一分钱不花的新房，并可以通过养牛、种菜、入股分红、土地流转及就近劳务等，获得人均 4000 元以上的年收入。

而贵州毕节地区的百万贫困人口，也将在未来三年内过上和张奶奶一样的幸福小康生活。

这是过去无法想象的事，却是如今这处脱贫攻坚主战场上实实在在发生的事。你可以从毕节地区昔日的贫困户名单中任意挑选一户、一人，做详细的检查、核实，大数据可以提供所有相关的实景与数字；再不然，你可以上门探访，亲自去倾听他们的讲述。

这半年来，笔者在这处中国扶贫主战场实地探寻走访，亲眼所见、亲耳聆听了很多感人肺腑的故事。如果没有这番经历，真是难以想象一个人和他的企业竟然改变了成千上万人的命运！

尽管这个人和他的企业做了善事、好事，却不想扬名、不想声张，我还是出于一个作家的本能和良知，迫不及待地想把创造奇迹的这个人和这家企业告知国人和全世界。

这个人对许多人来说是熟悉的，他叫许家印。

这家企业对许多人来说也是熟悉的，它叫"恒大"。

2. "菩萨"伸出的手

其实在踏上贵州毕节这块土地前，仅凭别人转述，我也就半信半疑。

等到了大方县采访、调查后，我信了。

这里的干部和百姓异口同声说，恒大从没想过在他们那里、从他们身上赚一分钱，恒大唯一做的，是把承诺的 30 亿元切切实实用到每一个贫困百姓身上……

其实，大方人最初也不信，但后来的事实让他们不得不信。

信不信，并非靠传说，而是要靠亲身感受。老百姓说你好，可不是仅凭你做的一件事、两件事，而要看是一时的还是长期的，才能定性；要看他们的家园是否真的旧貌换新颜，幸福满屋；要看你是真心帮助他们，还是为了炫耀或别有所图……

大方的百姓告诉我，恒大做事是真大方，他们不做半件跟承诺不一样的事，而且不图名、不图利。然而，恒大越不图名利，我们越认定应该给它和在它那里勤勤恳恳工作的人一个名分。

我在手机上搜了一下，发现恒大帮助大方县脱贫这件事早在网络上和报纸上有过不少宣传，并非是爆炸式的新闻，倒像是旧闻。

不过，关于"恒大大方帮大方"的来龙去脉和具体情况，外界还是知之甚少，原因在于许家印和恒大到中国最贫困的地区扶贫这事，他压根儿就不愿说。但恒大的动作太大，大到根本"纸里包不住火"……

从广州到毕节，再到大方，这一路有一千多公里，像许家印这么大的"腕儿"，到哪儿不是前呼后拥？而且他 2015 年年底第一次到毕节，可不是一个人，而是一批人，一大批人哩！但他硬是静悄悄地去了。

第一次到大方，许家印就给大方的老百姓带来了一份见面礼。

"一家送一桶油，不管是不是贫困户，你都得给我送到！"许家印在电话中对恒大副总裁姚东说。

"行，我马上办。"姚东答应着，立即要去办。

"慢，慢……"许家印叫住姚东，"一家一桶油少了点，再加 200 元过节费。快过年了，让山里人吃顿饱饭、炒个好菜……"

"是！"军令如山，姚东转身就去筹集送给贵州大山里百姓的年货。

当地人一听都目瞪口呆。大方县有多少人？ 100 多万人！多少户？ 28 万户！无亲无缘，第一次见面，许家印就送给大方这么一份厚礼。知道要多少辆车才能装运得了吗？

"60辆！整整60辆大货车啊！那大货车每辆都是十几米长。"大方县县领导瞪着一双大眼睛跟我说，"我在大方工作十几年，第一次见到有人给我们县老百姓送这么多东西！当时我有些惊着……回过神来才在心里重重地叹了一声：人家到底是大老板嘛！"

60辆大货车从高速公路上开进大方时，那气势简直是浩浩荡荡。

"有人给我们送东西来啦！"

消息风似的传开，有人甚至从几十里远的地方赶到县城，想看看这事是不是真的。

真的！全是真的。让他们百思不得其解的是，这支浩浩荡荡的神秘车队到底是谁派来的，究竟属于哪家公司，一丝风声也没透出来。给人送东西不留名，真是罕见！车上的横幅和标语让人看了很暖心窝子："向大方人民学习""向大方人民致敬""向大方人民问好"。

大方的老百姓又惊又喜，男男女女、老老少少提着油，一个劲地笑：天下竟有这样的人、这样的单位，做好事不留名、不留姓，还要向我们"学习""致敬"和"感谢"，岂不怪哉！

对，就是怪。

送油还不说，全县58000户贫困家庭每户还拿到了200元现金，也是人家发的，一户不缺，家家都有！

200元能买啥？能买几斤肉、几斤鱼、一两瓶酒、几斤糖果……

这200元钱让许多贫困老人感动得流下了眼泪。他们说，自己家已经许多年没有吃上一顿像样的年饭了。这回他们拿着这200元，算是过了个好年。

这200元钱让大方贫困家庭的孩子们激动得蹦了好几天。当地贫困人家基本上只能吃玉米和土豆，很少有吃到大米、红烧肉的。有一家三个女孩子，从来就没有穿过一件新衣裳，这次大人们从 200 元钱里拿出 30 元买了一件新衣裳，三个女孩轮流穿了一个春节，这几个苦命的孩子第一次因为衣裳露出了笑脸……

这回的见面礼，让许家印和恒大花了几千万元，那是一点不含糊的真金白银！几千万元一次性分给每一个家庭、每一个贫困户，这在大方历史上尚属第一回。老百姓那一刻的感激，并不亚于又一次的"翻身道情"。

200 元对一般家庭和富人来说无足挂齿，然而对贵州大山深处的穷苦百姓来说，那是"菩萨"伸过来的手啊！

大山乡的老张头打了几十年的光棍，但他是个有尊严的光棍，最怕别人瞧不起他，所以他一般不让外人进他的家门，尤其是逢年过节。有一年春节，因为家里断了粮、断了炊，也断了水，老张头饿得扒墙土吃，被亲戚发现时，已经差点断了气。2016 年初的冬天，老张头又遇上了"三断"，还不到暮年的人，就已经准备好了自己的后事——如果春节再没有东西吃，他就来个悬梁断命。就在这当口，那个叫"恒大"的人来到他家，递给他一桶食用油，还有两张崭新的百元钞票，和蔼可亲地说："送给您的，吃顿饱饭，过个好年。明年让您搬到新房子住！"

"来，我们握个手，算是约定。""恒大"伸过手，暖暖的。

老张头愣了半晌，他不相信眼前的事。等"恒大"走后，他打开油桶盖闻闻，香的，是炒菜的食用油。"你给看看，这钱是真的吗？是真的吗？"老张头举着两张崭新的百元大钞，从村头到村尾，见人就让人看"恒大"给他的钱到底是真的还是假的。"是真的！我们也拿到了！"村里的穷兄弟穷姐妹们全都这么告诉他。

2017 年国庆节前，老张头随着第一批村民搬进了恒大的幸福新村。现在的他精神焕发、仪表不俗，正准备来年新春从邻村娶个新媳妇。

大方县像老张头这样的贫困单身汉还有很多，如今他们都被恒大那只温暖的手，从贫困线拉回到了通向温馨而幸福的小康生活的轨道上。

3. 孩子回家了

大山里最苦的，莫过于孩子。

小兵兵已经五岁了，半年前的他，见人从来不说话，因为他害怕说话，害怕见人；因为他想见的人见不到，他不想见的人都会问他："你是谁家的孩子？你爸爸妈妈呢？"

在两三岁的时候，小兵兵不懂事，就说爸爸妈妈在深圳，给他挣钱买好吃的。

后来有人嘲笑他说："你爸爸妈妈为啥春节不回来看你？人家出去打工的爸爸妈妈都在春节回家了。"小兵兵发现，是啊，他的爸爸妈妈为啥不回来抱抱他，给他点好吃的呢？

有一年春节，爷爷去世了，家里只剩下小兵兵和大他三岁的姐姐，他俩住在两间破得不能再破的茅草泥墙房里。这时小兵兵听村里的人说，他爸爸在深圳建筑工地上出事故死了，妈妈从此就不知去向……

有一天，小兵兵看见姐姐哭得死去活来，还气呼呼地把书包扔到家后面的山沟沟里，他拉着姐姐的手说："姐姐我饿，我饿。"

姐姐止住了哭，擦擦眼泪，拉起小兵兵的手，趁着夜色，跑到邻居家的菜地里偷挖了几颗白薯。姐弟俩回到家，吃了个半饱。

第二天，小兵兵又饿了，姐姐急得直跺脚。无奈之下，她又去邻居家的菜地里挖白薯，这回被人家看到了。邻居一顿臭骂后塞给她两颗白薯，斥道："以后再不许偷东西了！再偷就把你关起来！"

姐姐害怕了，赶紧回家牵起弟弟的手，从此离开了自己的家，失去了家……从此小兵兵对"家"的概念渐渐消失了，他只知道姐姐把他带到哪儿，哪儿就是他的"家"，而"家"就是能睡觉的地方。于是小兵兵的"家"有牛棚，有狗窝，有工地上的水泥管，有路边大卡车底下的草垛，甚至有能与星星一起眨眼的野地……

最后，他和饿晕了的姐姐一起被人送进一个叫收容所的地方。那里的人不少，他们经常围着小兵兵问他这，问他那。小兵兵胆怯地看着那些人，害怕得不敢开口，于是他在别人的眼里成了个"小哑巴"。

小兵兵不仅丢了家，连小名都丢了，"小哑巴"成了他的名字。

这样的日子又过了一年多，突然有一天，来了一群和蔼可亲的陌生人，把他和姐姐接到了县城边上一座好大好大的房子里，那里还有许多哥哥姐姐、弟弟妹妹。那些和蔼可亲的陌生人把小兵兵安排在一间干净明亮的新房间里，里面有床，床上有花被子，床角还有一只小兵兵特别喜欢的熊猫玩偶，每天晚上小兵兵可以抱着它睡觉，暖和又开心。

在那里，小兵兵每天都能吃到以前从来没有吃过的香喷喷的饭菜和水果，还有饼干、巧克力……他还跟着姐姐和那些新认识的哥哥姐姐、弟弟妹妹一起到隔壁的学校上学。只是小兵兵对上学有些紧张和害怕，因为他已经不会说话了。老师和同学们跟他说话时，小兵兵就很紧张，越紧张就越张不开口。

"他真的是哑巴吗？"有些人这样议论。

小兵兵听到后，急得想说"我不是哑巴"，但越急越说不出话来。

小兵兵哭了。

晚上抱着熊猫，躺在床上继续哭……哭着哭着，熊猫好像对小兵兵开口说话了："别哭了别哭了，小兵兵快看，你回到哪儿啦？"

小兵兵一惊，说："这不是我的家吗？"有爸爸、妈妈，姐姐也在。还有叔叔阿姨和许许多多哥哥姐姐、弟弟妹妹，只是爸爸妈妈的面容和以前模糊记忆中的不一样了，但这些"爸爸""妈妈"都对小兵兵特别地亲昵、呵护，他们轮流抱他、亲他。

小兵兵觉得特别温暖。小兵兵哭了，哭得一双小肩膀剧烈地抽动着。

不哭不哭，好孩子不哭。"爸爸""妈妈"们安抚他、劝慰他，告诉他说："现在你有家了，啥都不用怕了。"

小兵兵心里明白，可就是嘴上说不出来。他多想亲亲热热地叫几声"爸爸""妈妈"呀。

他听其他的哥哥姐姐、弟弟妹妹和老师们都称这些"爸爸""妈妈"是"恒大"。"恒大"就是新"爸爸"和新"妈妈"？那好，他们就是"恒大爸爸"和"恒大妈妈"，小兵兵在心里牢牢记住了。

一天，一个高个子的"恒大爸爸"来了。这个"恒大爸爸"对小兵兵好极了，给他送新书包、新衣服，还有新玩具，末了抱起小兵兵重重地亲了一口，说："能叫我一声吗？"

在场的人都在等待小兵兵开口。

小兵兵憋红了脸，张大着嘴，但就是发不出声。

于是有人轻轻叹息，好可怜的娃呀！

小兵兵的脸憋得更红了……就在这时，他突然感到嗓子眼冒出一股热流，嘴里随即冲出一个词："恒爸爸……"

"啊，他说话啦！"

"这娃开口啦！"

在场的人顿时欢呼起来。那个抱着小兵兵的高个子中年人更是激动地将小兵兵举过头顶，欢呼着："他叫我'恒爸爸'了！"

就这样，小兵兵开口说话了。他不但有了家，而且有了自己的"恒爸爸"。

一所面积达 11000 平方米、投资 4000 万元的儿童福利院如今已经耸立在大方县风景优美的奢香古镇边，这就是 300 名和小兵兵一样的孤儿的家，他们将在这里结束无家的日子，度过他们幸福的少儿时代。

那一天，我见到了小兵兵。如今他的个子长得和七岁左右的大男孩一般高，而且很活跃。我问他"恒爸爸"在哪儿，他清声朗气地告诉我："在深圳。"

在场的人都乐了，因为大家都知道，小兵兵嘴里的那个"恒爸爸"，就是跟小兵兵"一助一"的许家印。如今的恒大总部就在深圳。

"小兵兵，你想'恒爸爸'时怎么办呢？"我问孩子。

小兵兵立即给我做了个打手机的动作："我可以打电话……"

我们又都乐了。

"好吧，听说小兵兵现在已经能写自己的名字了，给我写一个！"我递上采访本。

于是小兵兵就当着众人的面，在本子上写下三个字：焦兵 5。

嗯？"5"是什么意思？就在我疑惑时，一旁年轻的"恒大妈妈"平平姑娘跟我解释道："5 岁，兵兵今年 5 岁了。"

我高兴而又心疼地搂住孩子，将脸贴住小兵兵那温暖的小脸，眼泪流了出来。

我满怀深情地在内心向远方的深圳喊了一声：小兵兵的"恒爸爸"，谢谢你和你的恒大，你们用真情和真心，为这些孤苦的孩子建起了一个幸福、快乐、温馨的家……

我放下小兵兵，站在那座高高挺立在天地之间的南国山峦之巅，俯瞰四周连绵起伏的群山与丘陵，心潮起伏，据说当年曾有一位名叫奢香的彝族女豪杰在这里驰骋。如今，我仿佛看到新时代一场消除贫困和饥饿的大决战，正在这片古老而又极度贫瘠的土地上烈焰燎原般地激烈展开……

参与这场时代大决战的主角是：

恒大和大方。

恒大和毕节。

它们的目标是：政企联手，消除贫困。

壹

第一章
冲锋号响起时

这个冲锋号是习近平总书记吹响的。

时间：2015 年 11 月 28 日。

内容：消除贫困、改善民生、逐步实现共同富裕，是社会主义的本质要求，是我们党的重要使命。全面建成小康社会，是我们对全国人民的庄严承诺。脱贫攻坚战的冲锋号已经吹响。我们要立下愚公移山志，咬定目标、苦干实干，坚决打赢脱贫攻坚战，确保到 2020 年所有贫困地区和贫困人口一道迈入全面小康社会。

（摘自习近平总书记在中央扶贫开发工作会议上的讲话）

4. 第一时间

一马当先、力拔头筹需要勇气，更需要智慧和果敢。

习近平总书记吹响脱贫攻坚战冲锋号后，在全国，许家印和他的恒大是第一时间行动起来、贯彻落实中央扶贫开发工作会议精神的民营企业。

翻开几大本厚厚的《恒大帮扶大方县大事记》，我在第一页看到这样几行字：

2015.11.28

中央扶贫开发工作会议结束当日，恒大集团连夜召开高层会议，部署参与精准扶贫工作。

2015年11月28日，《新闻联播》播出中央扶贫开发工作会议的消息之后，许家印立刻坐不住了，当即通知集团公司高管们开会，研究恒大集团公司如何参与中央部署的精准扶贫工作。一次中央会议，一个领袖吹响的冲锋号角，一个民营企业在第一时间就迅速地行动起来，足以说明恒大是家什么样的公司，许家印是个什么样的企业家！

"当时，我看完《新闻联播》，听到总书记吹响了脱贫攻坚战的冲锋号，特别是他深情而满怀期待地讲到'没有比人更高的山，没有比脚更长的路。要重视发挥广大基层干部群众的首创精神，让他们的心热起来、行动起来，靠辛勤劳动改变贫困落后面貌。要动员全社会力量广泛参与扶贫事业，这番话，我的心真的热了起来。我觉得我和恒大必须行动起来，必须参与到这场决定我们国家能否实现全面小康的关键一役之中，否则我们将有愧于祖国，有愧于以习近平同志为核心的党中央所领导和开创的这个新时代。"许家印在接受我采访时这样回忆当天的情景。

没错，2015年11月28日晚的《新闻联播》节目，习近平总书记所吹响的脱贫攻坚战号角，像一阵热烈的风，把许家印的心给吹热了，热得几近燃烧。他迫切地想做点什么，连第二天都等不及，马上通知集团公司所有高管立即到总部参加紧急会议。

"今晚这次紧急会议只有一项内容，就是学习传达中央刚刚结束的扶贫开发工作会议精神和习近平总书记在会议上的重要讲话，研究我们恒大如何参与脱贫攻坚战……"同以往一样，许家印的开场白简洁明了。

他扫了一眼高管们，目光熠熠生辉，像是见到了一个心仪已久的目标，语气强调地说："扶贫这事是国家的大事，千万不要以为跟我们公司的关系不大。我们恒大的成长，与国家是息息相关的。我常说，国家好，我们恒大就好；国家快速发展，我们恒大就飞速发展。所以，既然扶贫被定为国家的攻坚战，我们恒大人就得上战场，为国家和人民排忧解难。我决定了，这回我们恒大要在国家的脱贫攻坚战中啃一块硬骨头，啃一块国家都觉得难啃的硬骨头！"

高管们的热情也被许家印调动了，热烈地讨论起来。

"扶贫这事比较复杂，我老家那儿扶贫喊了几十年，扶了几十年，好像没见穷人少下来！"

"是啊，扶贫这块硬骨头真的很难啃。"

"可不，像贵州有些地方，新中国成立六十多年了，听说老百姓有的还住在山洞里，连大米饭都吃不上……"

许家印倾听着大家的意见，沉思片刻后，敲敲桌子，说："既然大家都认为贵州那个地方是扶贫工作的硬骨头，咱们就把那里确定为主要目标，如何？"

高管们面面相觑，最后还是把目光集中到了老板身上，这么重要的决策，自然应当由任董事局主席的许家印拍板。

"许主席，全国政协办公厅来通知，请您参加下个月1号的全国政协常委会会议，30号前要到北京报到……"秘书悄悄走到许家印的身边汇报。

"也就是说，我们只有明天29号一天时间同谋大事了！"许家印沉吟着，环顾众人，果断地说，"诸位，咱们今晚就做出决策，明天分头行动！

如何？"

"许主席说了算！"高管们齐声道。

"大家别这么说，脱贫攻坚战还得靠在座的诸位，光靠我一个光杆司令，即使出再多钱也办不了大事呀。所以到时我要向诸位点将，你们可得随时准备披甲上阵呀！"许家印的话音未落，最年轻的副总裁柯鹏就冲在前头接了话："放心吧许主席，还是老话一句：您指到哪里，我们就冲到哪里！"

恒大有一大串"副总"，柯鹏负责对外关系和企业品牌这一块。他曾在许家印身边工作过，出任集团公司副总裁后，还兼任大名鼎鼎的恒大足球俱乐部董事长、恒大排球俱乐部董事长等职，加上他具有复旦、清华两所名校的学历，1979年出生的他，成为恒大公司中令人羡慕的少年得志者。这位安徽小伙子看上去很瘦小，但干起事来力敌千钧，因此深得许家印的重用。

"那好，明天你就带人去贵州打先锋，寻找那块最难啃的扶贫硬骨头！"

许家印做事的一贯作风此刻再次淋漓尽致地展现出来，他是恒大的首脑和最高指挥官，集团公司内部也有人称他为"许司令"。尽管这位大老板没有当过兵，但父亲血管里流淌的军人血液，在他身上留下了深深的印记，他骨子里有着军人的果敢和气节。军人的气节与风骨是什么？那一定是两眼紧盯着前方的目标，一旦出击，拔刀如疾风，出手如雷电，斩钉截铁，毫不犹豫，速战速决，速决速胜！恒大1996年成立至今，仅二十年时间，就成为中国地产"一哥"、世界五百强之一，若不是许家印继承与发扬了父亲那种骑兵战士的拔刀作风，怎会有如此耀眼的业绩！

"明天？明天就要到达贵州，还要找到那块硬骨头？"柯鹏知道自己遇到了难题，他耸耸肩膀，偷偷瞅了一眼许家印的神情，不敢再多言半句。

"如果大家没有其他意见，就这么定了？"许家印用目光征求着集团公司几十位高管的表态。大家异口同声说："没有意见！"许家印点点头，又

❋ 时代大决战 ❋

说："既然中央也说了是攻坚战，也就是说，扶贫这事绝对要比我们做房地产复杂和艰巨得多，我们要在思想上和物质上有充足的准备，否则就会败下阵来！打败仗这事咱们恒大可不能干……好，今晚只是个初步的意见，我们恒大参与国家的脱贫攻坚战，究竟要参与到什么程度，多深，多大规模，待柯鹏副总去贵州见了硬骨头，我参加完全国政协的会议后，我们再来讨论商议。现在散会！"

"许主席，我明天就带几个人去贵州了，您还有什么指示？"柯鹏知道许家印雷厉风行的工作作风，这样请示道。

"指示倒没有，你们只要在第一时间到达贵州，找到硬骨头，并且把情况摸清楚，第一阶段任务就算完成了，回头我们再研究决定怎么个帮困扶贫法。"许家印说。

"是。"柯鹏点头应道。

恒大是个大集团公司，上上下下、前方后方，共有十万人的队伍，全国各地都有分公司和业务点。指挥这样长的战线、这样一支大军，用许家印的话说："得向解放军学习，用铁的军队纪律要求。"

"喂喂，你马上给我查一下明天最早一班飞贵州的飞机是几点钟……"柯鹏不愧是许家印欣赏信任的"少帅"，紧急会议一结束，他人还未出会议室，电话已经打到助手那里，让对方订明天到贵州的航班了。

"柯总，是到贵阳，还是……"助手问。

"不去贵阳，"柯鹏立即否定，贵阳是省城，硬骨头不会在那里，"你看看到毕节那边的飞机是啥时间……"

许家印一说恒大要出征扶贫战场，去啃硬骨头，柯鹏的脑子就立即转动起来，并在心中迅速锁定了"毕节"这个地名。贵州毕节的贫困是全国出名的，如果问一声"中国哪个地方最贫困"，被问的人不用多思考，十有八九会说出"贵州毕节"这么个遥远的、半熟悉半陌生的地名。有鉴于此，柯鹏在会后不久就向许家印提了这个地点，但他不知道，其实许家印在看完《新闻联播》，从办公室走向会议室的那段短短的距离里，就已经大致确定了恒大帮困扶贫的对象——贵州最贫困的毕节地区。

"要说中国扶贫最难啃的硬骨头，那应该要算贵州毕节了！"2015年10月，由俞正声主席主持的全国政协常委季度例会上，已经对即将召开的中央扶贫开发工作会议做过参政式的议题讨论，大家对中国扶贫工作现状各抒己见。许家印作为民企代表，在那次会上主要是"听"，听多了，也就对"哪个地方最贫困""中国扶贫难在何处"等问题有了比较清晰的了解和认识。

也许人们不会相信，"贫困""苦难"这样的字眼，曾和许家印这位"中国首富"画上过等号，但恒大的员工人人都知道。许家印无数次毫不隐瞒地在新老员工面前讲起自己的"苦孩子"经历，坦言那份苦难的经历是他人生最珍贵的财富。那时的许家印，生活并不比贵州贫困地区的孩子好到哪儿去，只是贵州的苦孩子们生活在21世纪的今天，而许家印的"苦孩子"故事发生在四十多年前。

四十多年前，河南周口地区的聚台岗村被人叫作"乞丐村"，而许家印就出生和成长在这个村落。虽然他自己没有去提着篮子讨过饭，但在上小学和中学时，他的生活依然困苦不堪，忍饥受寒是家常便饭。好多个冬天，他在雪地里艰难跋涉，一手提着小火炉，一手握着发霉的窝窝头啃，那窝窝头被冻过后，硬得像铁球似的。

虽说已经是很遥远的过去了，然而对如今拥有几千亿资产的许家印来说，一切仿佛发生在昨天，那样清晰和历历在目。许家印一直铭记着并反复提及自己的这段艰辛岁月，就是为了不忘苦难，以此励志，以此奋发，以此图强。

恒大能有今天，许家印能有今天，就在于这一份励志、奋发的精神力量在他的血液里从未冷却过，在夜半人静时分，他甚至能倾听到那不熄的斗志熊熊燃烧的声音。

贫困，穷苦——昨天的我。

贫困，穷苦——今天的贵州毕节地区。

自从参加了各种与扶贫开发工作相关的会议后，许家印的脑海里一直印刻着上面的几个关键词。没有尝过饥饿和贫困滋味的人，根本无法体验这种感受，而许家印更是万千思绪在心头，辗转难安！

到 2020 年，消灭贫困，全面小康——这是中国共产党人向自己的人民和世界许下的承诺。

2020 年，从 2015 年年底算起，才 5 年时间，1460 个日夜，欲将吃不饱、穿不暖，连一间像样的房屋都没有的 7000 万人口扶上小康之路，何其不易，何等艰难啊！

7000 万人口是个什么概念？几乎等于是德国、法国、英国这些国家的全国人口数量。

再看看中国这 7000 万人口的生活现状，你就会知道以习近平同志为核心的中国共产党人所许下的这个承诺有多重的分量！需要付出多艰辛的努力！

让这 7000 万贫困人口跨越百年、千年的物质时空，一步迈进人间天堂，过上持久幸福的美好日子，过上有尊严、有保障、有真正幸福感的生活，这谈何容易！

可以这么说，在人类历史进程中，还没有任何一个国家、任何一个政党、任何一个领袖像中国共产党人和习近平总书记那样，掷地有声地宣布，将用 1825 个奋战的日夜，完成如此艰巨的扶贫战役和历史任务！

没有。绝对没有。

中国强大，中国共产党人强大，中国领袖强大，不仅强大在物质上，更强大在精神、信仰和意志上！正如习近平总书记所言，一旦这项历史性的艰巨任务完成，"这个成就，足以载入人类社会发展史册，也足以向世界证明中国共产党领导和中国特色社会主义制度的优越性"。

中国伟大，中国共产党人伟大，中国领袖伟大，这不是吹嘘和自夸，是用浴血奋斗、真抓实干的精神，用聪明智慧与宽阔胸怀，以及对黎民百姓的赤诚之心换来的尊严与共识。拿扶贫、脱贫这项艰巨任务来说，如果不是共产党人做事，那就不会有"精准扶贫""脱没脱贫要同群众一起算账，要群众认账"这些严格细致的工作要求了。

"些小吾曹州县吏，一枝一叶总关情。"这是习近平在讲述为民情怀时所引用过的诗句，而他填写的《念奴娇·追思焦裕禄》中，更透露出一代中国共产党领袖的亲民情怀：

> 百姓谁不爱好官？把泪焦桐成雨。生也沙丘，死也沙丘，父老生死系。暮雪朝霜，毋改英雄意气！

"报告许主席，我们已经抵达贵州，也见到了硬骨头！"2015 年 11 月 29 日深夜，准备启程到北京开会的许家印接到柯鹏从贵州打来的电话。

"好样的！完成了第一时间到达扶贫一线的任务！从现在开始，你们要抓紧时间摸清情况，为集团公司制订帮扶计划做好准备方案。"许家印指示道。

柯鹏没有说，他们为了完成"第一时间到达扶贫一线"的任务，可是费了不少劲。28 日晚间的紧急会议结束后，负责订票的助手告诉柯鹏，广州没有在29日到达毕节的航班。

"广州到贵州其他地方的航班都没有吗？"柯鹏坐不住了，打开手机自己寻找，"有嘛，到遵义的航班还有票嘛！"

"可遵义到毕节那边还要三个多小时的汽车路程，如果那样走，到毕节那边就是夜里八九点钟了，这还是在时间上没有延误的情况下……"助手说。

"就飞遵义！"柯鹏当机立断。

柯鹏一行于29日下午抵达遵义，下飞机后又立刻坐上汽车，终于在当晚近十点钟抵达目的地——毕节市。这是恒大在中央扶贫开发工作会议之后即刻做出反应、正式迈出扶贫贵州第一步的时间点，十分具有纪念意义，将深深铭刻在恒大的企业发展史上。

许家印对此是满意的。11月30日，他飞抵北京，第二天，也就是12月1日，准时参加全国政协常委会会议。当日，俞正声主席主持会议，传达中央扶贫开发工作会议精神，之后会议进入常委们的讨论。

"俞主席，我一直在想，我们这些民营企业能不能在扶贫上采取一种新办法？比如我们恒大，现在已经发展到一定规模，有一定实力了，到了可以回报社会的时候，我们有能力与一个相对贫困的县级单位'结对子'，来个整体帮扶脱贫！"

许家印的话音刚落，俞正声主席立即热情地回应："好啊，你恒大要是能带这个头，让全国那么多民营大企业一起都来参与帮扶，咱们的扶贫工作就会出现另一种崭新的局面！我完全赞同家印委员的想法，这样的好事，越多越好！"

这天许家印获得了特殊的待遇：俞正声主席邀他到自己的办公室，专门听取恒大关于对接毕节一个县的整体扶贫工作的设想，并且给予了诸多实施方面的具体指导。

12月1日，在全国政协领导的牵线下，恒大正式与贵州毕节地区"结对子"，帮扶脱贫。

"柯鹏，你现在在毕节哪个县？"许家印从俞正声主席办公室出来，掏出手机给柯鹏拨电话。

"我在大方县啊！"对方说。

"大方县的情况你了解吗？"

"经初步了解，大方全县110万人口，目前贫困人口约有18万，是毕节地区贫困人口多、贫困面大、贫困程度深的县，也是脱贫任务非常艰巨的一个县……"柯鹏说。

"那行，我们就啃这块硬骨头了！你尽快把那边的情况形成一个调研报告，集团公司要在这个月制订帮扶脱贫的决战方案，准备开战啦！"许家印说。

"啊？老板，你说这个月就要干起来啦？"柯鹏吃惊地说。

"早一天让贫苦百姓过上好日子，就是我们恒大人帮扶的行动准则！你我都是能吃饱肚子的人，怎知那些吃了上顿没下顿的贫苦人的心情！"

"明白了，老板！"

5. 你可知中国真实的贫困？

到大方县采访前，我很惭愧于自己孤陋寡闻，没有听说过这个叫大方的县城。资料显示，大方县属地级市毕节管辖，是出了名的贫困县。

恒大扶贫帮困前的大方，基本情况是这样的：全县 31 个乡（镇、街道）中有贫困乡镇 24 个，其中一类贫困乡 4 个、二类贫困乡 15 个、三类贫困乡 5 个，非类别乡（镇、街道）7 个；290 个行政村中有贫困村 175 个。2014 年，全县贫困人口达 24 万。截至 2015 年 11 月 30 日，全县贫困人口约 18 万。

如果说大方县是中国贫困地区的一块硬骨头，整个毕节就是一块特大的硬骨头，共有 110 万等待脱贫的父老乡亲！

110 万贫困人口，放在一个地级市内，绝对是个巨大数字！全毕节有多少人？搜一下百度，出来的数字：毕节市 2017 年的人口约为 931 万。

毕节的贫困原因有三个。一是自然环境不好，"九山半水半分田"。此地山高水险，沟壑纵横，生态极为脆弱。全地区是典型的喀斯特地貌，境内山地怪石嶙峋，洞穴密布，所剩土地无几，且极为贫瘠。国际机构早在 20 世纪 80 年代就宣布，此地"不适宜人类生存"。但千百年来，由于战争影响和少数民族地区的多次人口迁徙，此地的人口不仅没减少，反而一代比一代增多。

人口不断膨胀，是毕节贫困的第二个重要原因。有资料表明，1962 年至 1981 年，毕节全区的人口自然增长率为 33.33‰，高出全国平均水平9.19‰。人口密度为每平方公里 218 人，比全国平均水平高出 15 人，比贵州平均水平高出 35 人。另一份资料表明，1988 年，毕节全区人口约为 570 万，而到了 2017 年，全毕节总人口已达 930 多万，不到三十年的时间，人口增长了约 360 万！山，还是那么多的山；地，还是那么少的地，但多出来相当于三个县的人口，毕节能不贫困吗？

毕节人"苦甲天下"名不虚传，几十年来也从未真正"摘帽"过！

贫困的第三个原因也与人多有关。人多了，都想吃饭，于是在寻求生存方式时存在不正确的发展思路。在政策不对头的年代，人们大举上山砍伐，毁林造田，加剧了土地流失和生态恶化，于是这个地方便形成了"越穷越生，越生越垦，越垦越穷"的恶性循环。

从以上三个原因出发，我们来认识一下中国贫困地区的真实状况吧。

下面是 2010 年 3 月份的一则新闻：

自去年 7 月以来，贵州出现夏秋连旱叠加冬初春旱，到目前干旱范围和强度均突破了气象历史极值。记者 3 月 9 日从贵州旱情新闻通报会上了解到，自 2009 年夏季，贵州的东部和南部出现夏旱，入秋后降雨持续偏少，干旱时间逐步延长，范围逐步扩大。截至 2 月 28 日，全省累计出现重旱以上 78 个县（区、市），比例达 92.9%，其中特重旱 55 个县（区、市），重旱 23 个县（区、市）；2 月 28 日到 3 月 7 日，达到重旱以上的县（区、市）比例一直维持在 85% 以上，干旱的范围和强度均突破了气象历史极值。贵州省气象局局长向红琼说："贵州此次旱灾具有时间长、范围广、旱情重、危害大、仍持续等特点，是贵州有气象资料记录以来最为严重的干旱灾害。在长时间严重干旱的情况下，由于无透雨，难以有效缓解当前旱情，全省大部分地区旱情仍将持续。"

据气象专家分析，导致此次贵州持续干旱的原因，一是副热带高压持续偏强偏西，阻断了来自南面海洋的暖湿气流，同时，北方冷空气虽然强度大，但是主体偏北，很少南下，在贵州境内冷暖气流少有交汇，造成降水持续偏少；二是自 2009 年 6 月以来，一次新的厄尔尼诺现象出现，导致印度季风衰退，贵州受其影响，降水偏少；三是在全球气候变暖背景下的气候变化，导致极端天气气候事件增加。

（摘自刘子富：《攻坚：毕节试验区开发扶贫、生态建设纪实》，新华出版社 2015 年版）

　　这样的极度干旱情况，在贵州每隔几年就会出现一次。去过贵州的人或许要问，那边老下雨，怎么会缺水呢？问题就在于，贵州是"九山半水半地"的山区，又多数是喀斯特地貌，即使有降水，也绝大部分渗到了地下，通过溶洞流走了，山、地、畜、人便只能渴得直喘气。在贵州的喀斯特地区，平时就有"滴水贵如油"之说，遇上干旱年份，山起野火焚及百岭之事常发，经常有庄稼颗粒无收的情况发生。人类学家早有结论：历史上的中国，旱灾频发，而且旱灾波及的范围要远大于其他灾害，是为害最甚的天灾。而旱灾因具有隐蔽性、潜伏性和不确定性等特点，极易使人心存侥幸，消极等待，一旦酿成重患，损失很难挽回。所以，旱灾既是自然变异过程和社会变动过程共同作用的产物，又是该地区自然环境和人类社会对自然变异的承受能力的综合反映。

　　贵州又是个多民族的地区，有隐山而居、藏洞而居的生存传统，甚至时至今日，仍然有一些百姓在岩洞之中生活，一则可以防风防雨，二则冬暖夏凉。但多数"穴民"的生活极其贫困：靠自制的一盏麻线绳油灯照亮阴黑的洞穴，把岩石裂缝里滴下的泉水当作生活水源，靠不出洞、不下山掩盖身无衣裳的羞涩……近年来，当地政府花了很长时间和巨大的人力物力财力，将这些"半原始人"移出山洞，"穴民"渐渐少了，但那些遍布于丛岭之间的农舍大多破旧衰败，仅用竹木草禾搭起四堵泥墙，被狂风一吹，或是一场大雨之后，就算不倒塌，也面目全非。

"居无舍，食必饥，只剩两眼泪汪汪。"贵州山民之苦，有着悠久的历史。但贵州山民的骨头硬，有苦不言、以苦作乐，是他们祖祖辈辈流传下来的山岩般的血脉精神。

当代对贵州贫困问题的关注，应该是从一位重要领导对一篇报道做出批示后，正式拉开了序幕，时间为 1985 年 6 月 2 日。

赫章县有 12000 多户农民断粮 少数民族十分困难却无一人埋怨国家

贵州省赫章县各族农民中已有 12001 户、63061 人断炊或即将断炊。

5 月 29 日，记者到这个县的恒底区四方乡苗、彝族杂居的海雀村的 3 个村民组，看了 11 户农家，家家断炊。彝族社员罗启朝家生活属于中等水平。记者走进罗启朝家，只见他妻子梁友兰满脸愁容地待在家里。她对记者说：去年因低温，收的粮食本来就不多，又还债 200 斤，现已断炊了。她丈夫只好外出借粮，至今不知有无着落。她家去年卖了 5 只鸡、200 多个蛋，收入 31 元，买盐买油就花得差不多了。她还说，当着区乡干部的面，还不敢讲没吃的，讲出去担心今后受打击。记者看了她家的全部家当，充其量值百把元钱。

记者走进苗族人家，安美珍大娘瘦得只剩枯干的骨架支撑着脑袋。她家 4 口人，丈夫、两个儿子和她。全家终年不见食油，一年累计缺 3 个月的盐，4 个人只有 3 个碗，已经断粮 5 天了。

在苗族社员王永才的家里，王永才含着泪告诉记者：全家 5 口人，断粮 5 个月了，靠吃野菜等物过日子，更谈不上吃油、吃盐。

耕牛本是苗家的命根子，也只得狠心卖掉，买粮救人命，一头牛卖了250元，买粮已经花光了。耕牛尚且贱卖，马、猪、鸡就更不用说了。在他家的火塘边，一个3岁多的小孩饿得躺在地上，发出"嗯、嗯、嗯"的微弱叫唤声。手中无粮的母亲无可奈何。

记者在海雀村民组一连走了9家，没发现一家有食油、有米饭的，吃的多是玉米面糊糊、荞面糊糊、干板菜掺四季豆种子。这9户人家没有一家有活动钱，没有一家不是人畜同屋居住的，也没有一家有像样的床或被子；有的钻草窝，有的盖秧被，有的围火塘过夜。

离开海雀村民组，不远就是学堂村民组。记者走进苗族大娘王朝珍的家，一下就惊呆了。大娘衣不蔽体，见有客人走来，立即用双手抱在胸前，怪难为情地低下头。她的衣衫破烂得掩不住胸肚，那条破烂成线条一样的裙子，本来就很难遮羞，一走动就暴露无遗。大娘看出了记者的难堪，反而主动照直说："一条裙子穿了三年整，春夏秋冬都是它。唉！真没出息，光条条的不好意思见人！"大娘的邻居是朱正华家。主人累得上气不接下气地说："早在去年年底就把打下的粮食吃光了；几个月来，找到一升吃一升。"

苗族青年王学方边带记者一家家看，边告诉记者：目前，全组30户，断炊的已有25户，剩下的5户也维持不了几天。组里的青年人下地搞生产，由于吃得差，吃不饱，体力不支，一天只能干半天活，加上主要劳力都得外出找吃的，已经影响生产的正常进行。

这些纯朴的少数民族兄弟姐妹，尽管贫困交加，却没有一个外逃，没有一人上访，没有一人向国家伸手，没有一人埋怨党和国家，反倒责备自己"不争气"。这情景令人十分感动。

据了解，1984年，赫章县粮食总产量是1.833亿斤，人均占有粮食396斤，纯收入110元。全县89个乡中，贫困乡有88个。全县贫困面太大，钱粮缺口大。从春节过后就陆续发放救济钱、粮，但仍不能解决问题。值得注意的是，有一部分区乡干部对农民的疾苦漠不关心，麻木不仁。不少人由过去的怕富爱穷转向爱富嫌贫，缺乏起码的工作责任心，比如海雀村距恒底区委12公里，区干部对这个村的贫困状况也知道，但就是没有认真深入调查了解，真心实意帮助农民脱贫。

这篇新华社《国内动态清样》上的报道，是驻贵州的新华社记者刘子富写的。时隔三日，时任中共中央政治局委员、书记处书记的习仲勋看完这篇"内参"后，感慨万千，挥笔批示道：

有这样好的各族人民，又过着这样贫困的生活，不仅不埋怨党和政府，反倒责备自己"不争气"，这是对我们这些官僚主义者一个严重的警告！！！请省委到这类地区，规定个时限，有个可行措施，有计划、有步骤地扎扎实实地多做工作，改变这种面貌。

时隔二十九年后的2014年3月7日，在参加十二届全国人大二次会议贵州代表团的审议时，中共中央总书记、国家主席、中央军委主席习近平拿出当年父亲的这段重要批示，满怀深情，用感慨万千的口吻一字一句地在现场朗读了起来。末了，他勉励贵州省各级领导要带领全省广大干部群众同心同德、埋头苦干，通过全面深化改革，向改革要动力，实现脱贫目标，让百姓早一些过上小康生活。

也是在这个会上，习近平总书记讲了一个"内部故事"：不久前他去看望胡锦涛同志，两位前后任总书记一起深情地谈到与他们都有特殊关系的一个人，就是习近平的父亲习仲勋。胡锦涛向习近平介绍，1985年7月他从团中央第一书记改任贵州省委书记，临离开北京前，习仲勋代表中央跟胡锦涛谈话，专门给他介绍了新华社的"内参"内容，要求他到贵州后，一定要抓好毕节的脱贫工作。也因此，1988年中央批准毕节成立"开发扶贫、生态建设"试验区。

习近平总书记讲完这个故事的40多天后，正值毕节试验区成立26周年之际，他专门做出了一段很长、很重要的批示：

> 毕节曾是西部贫困地区的典型。毕节试验区创办26年来，坚持扶贫开发与生态保护并重，艰苦奋斗，顽强拼搏，实现了人民生活从普遍贫困到基本小康、生态环境从不断恶化到明显改善的跨越。全国政协、中央统战部、各民主党派中央及全国工商联长期支持，广泛参与，创造了中国共产党领导的多党合作助推贫困地区发展的成功经验，充分体现了社会主义制度的优越性。建设好毕节试验区，不仅是毕节发展、贵州发展的需要，对全国其他贫困地区发展也有重要示范作用。

然而，正如习近平总书记指出的那样，贵州"贫困面广、贫困人口多、贫困程度深，是全国扶贫开发的一个主战场"。我们可以从当地贫困人口的巨大数量上感受摆脱贫困之艰难，也可以身临现场，近距离感受什么是真正的贫困，以及贫困人群的心态。

下面三则"现场"相隔三十二年时间,我们从中可以感受到许多"一样"和"不一样"的东西……

第一则发生在 1985 年 7 月底,新任贵州省委书记胡锦涛到任后,立即到"内参"上所说的赫章县调研。那位叫刘子富的新华社记者随行,他写下那次胡锦涛调研的情形:

1985 年 7 月 25 日清早,胡锦涛、朱厚泽一行从毕节出发前往赫章县调研,沿途考察了野马川大田乡农村和土法炼锌,夜宿条件简陋的县委招待所。晚饭后,在招待所小会议室听取县委、县政府汇报。谈到恒底区四方乡海雀村的贫困状况时,县委书记王国兰说,那个缺粮断炊的极贫村,有一家养了 45 头羊,却没有饭吃,不懂得牛羊出卖可以换钱买粮,没有商品意识。26 日清早,胡锦涛一行便乘面包车向最贫困的恒底区进发……先看望的是河边村岔河组彝族农民余德华。他家 5 口人,无牛、无马、无羊,只有一头小猪。退耕 7 亩地,被水打沙壅了 2 亩。上年只收 4 斗 6 升玉米,约合 360 斤,人均 72 斤,进入农历冬月就开始买粮吃。上级安排他家 80 斤救济粮、500 斤退耕还林补助粮指标,才买 100 斤就没钱再买了。

……走进毕节海子街镇思源村苗族农民杨德才家,得知夫妻俩生育 8 个儿子、1 个姑娘时,胡锦涛惊讶地说,嗬,真是"杨八郎"呀!……胡锦涛顿感震惊,陷入深深忧虑:杨德才的家简直就不像个家,全家 20 多口人蜗居在仅 30 多平方米的杈杈房里,细木棒搭成框架,铺上茅草就算是房屋,根本无法遮风挡雨。低矮的茅棚中仅有一张木床,没有被褥,茅棚内挤满了七大八小、面黄肌瘦的一群孩子。

（摘自刘子富：《攻坚：毕节试验区开发扶贫、生态建设纪实》，新华出版社2015年版，第12页）

第二则"现场"，是1996年10月的事。时任中共中央总书记的江泽民在主持召开中央扶贫开发工作会议后一个月，就专程到了在他脑海里打上烙印的贵州毕节。

10月25日，江泽民同志到达贵阳后，立即换乘火车北上遵义，在列车上匆匆吃过午饭，就打开贵州省委提供的关于农村贫困状况的汇报材料。看着看着，他坐不住了，提议当夜再乘火车，直奔他牵挂的赫章县。他想早一点了解那里的实际贫困程度。

　　10月26日清晨，列车穿山越岭，经过一夜奔驰，停靠在大湾小站里。江泽民走下火车，换乘面包车，向乌蒙山区腹心地带赫章县进发。在崇山峻岭间颠簸近两小时，来到海拔2300米的珠市彝族乡兴营村。这里居住着153户彝族、汉族农家，有97户、413人生活在贫困线以下，年人均口粮105斤、人均纯收入266元。

　　沿着坎坷泥泞的山间小路，江泽民一行走进兴营村，地里无人干活，路上没有行人，山村一片静悄悄。

　　江泽民走进彝族村民杨世明家，只见低矮阴暗的茅屋四面透风，没有一件像样的家当，一家人待在屋里围着煤炉烤火。江泽民纳闷起来，轻声问身边的工作人员："为什么不下地干活呢？"

随行的原成都军区司令员廖锡龙是贵州省思南县人，熟悉贵州农村情况，上前解释说："贵州山区阴冷潮湿，高寒山区四季都得烤火。"江泽民走近用木棒搭的"床"前，看到上面铺的是破旧棉絮，半晌沉默无语，当场递了一个装着慰问金的信封给杨家人。想不到木讷的彝族农民以为是慰问信，并不伸手去接。江泽民又递给两床军用棉被，杨世明立即接了过去，目光也不对视江泽民，随即用停滞在20世纪50年代的思维，连续两遍"感谢毛主席！感谢毛主席！"

江泽民看望第二家贫困户时，细心的贵州省委办公厅工作人员将装在信封里的500元慰问金抽露出来，由江泽民递给贫困户主人，只见贫困农民迅速伸手接过去，赶紧塞进荷包里……

据记者介绍，那时的赫章县，还有相当一批山民仍然穴居山洞之中，其景其苦，更是文字难以形容。

（摘自刘子富：《攻坚：毕节试验区开发扶贫、生态建设纪实》，新华出版社2015年版，第27页）

第三则"现场"是我2017年11月到贵州毕节采访到的。

从1985年到2017年，时间已经过去三十二年，几任党和国家领导人都曾将目光投向这个"苦甲天下"的地方，而且每每中央扶贫工作轰轰烈烈展开时，人们都会对这块土地投以特别的关注与热情。如今，毕节试验区的名声已响彻四方，从脱贫的绝对人数看，毕节的贫困人口也有大幅度的下降。那么，今天毕节地区仍存留的贫困百姓是一种什么样的精神面貌呢？这是我最关心的。

因为这份关心，我对接待我的当地官员说，必须带我去最贫困和最原生态的农民家里，不能"提前打招呼"，更不能弄个已经脱贫了的人家来糊弄我。

"那不会。您放心，绝对不会的。"当地官员表示。

第一站到的是大方县大山乡，名副其实的大山深处，从县城到乡里，汽车整整开了两个多小时的颠簸山路。我们走进大山乡沙土村，这是一个自然村落，我被领进沙土村村民周某的家，一个瘦削的中年男人出来接待。刚接近他，我立即闻到一股刺鼻的味道！左右瞅一瞅，没有什么异常的情况，再走近一点，发现原来是主人身上散发出的……这股浓厚的味道说明主人至少有几十天没有换洗过衣服，或者很长时间没洗过澡了。后来随行的人告诉我，山里人很少洗澡。

"你家为什么是贫困户呀？"我问。

周某咧着嘴苦笑，说："人多呗！"

"全家几口人？"

"十一口。"周某说，"母亲还健在。夫妻俩，再加八个孩子。"

"天，你有八个孩子？！"我不可能不吃惊，好奇地问，"你今年多大年纪？"

"1975 年生的，虚岁四十三吧！"周某说。

"四十二岁生八个孩子！大概就是为了生一个男孩吧？"我有些沉不住气，立即说出自己的猜测。

果不其然，周某瓮声瓮气地说："是。农村嘛！"

"第几个是儿子？"

"第七个是儿子。"

"那你干吗又生了最后一个女孩？是不是还想生第二个儿子？"

周某笑笑，算是默认。

我隐隐有些气愤，便问他："你有没有想一想，你父亲生了你这个儿子，他过上好日子了吗？现在你为了生一个儿子，弄得全家人穷到这份上，这不是让你的儿子一出生就过苦日子吗？别说将来能不能靠上他，就说现在，你能让他不那么可怜，过得幸福一点吗？！"

周某沉默不语。

"生八个孩子，就是部长、省长这么干，也会穷得一塌糊涂！更何况像你这样生活在大山里的农民，你就没有想过这些？"那天，我在周某家狠狠地批评了这个四十二岁的农民一顿。后来我自己也觉得好笑，我这一番批评，能改变得了一部分祖祖辈辈住在大山里的农民的落后意识吗？能解决得了他们"越穷越生，越生越穷"的老大难问题吗？

我走访的第二家贫困户在毕节市区的七星关区。这个地方非常有名，当年诸葛亮南征孟获时，曾在这里燃灯祭祀七星，祈求上苍保佑其早日平定南方，恢复汉室，统一中原，因此此地得名"七星关"，与遵义的娄山关、六盘水的胜境关并称贵州三大名关。

七星高照，有吉祥、和美、幸福之意，然而，时至今日，在毕节市区的七星关区，贫困百姓仍然数以万计。

我是第一次到毕节，不熟悉当地情况。当地的官员说带我到七星关区去探访贫困户，我马上提出反对意见，说要看真正贫困的人家。当地官员马上解释："您尽管放心，我们一定满足您的要求。从这里出发，只要二十分钟车程，就能见到不折不扣的真贫困户。"

我半信半疑地跟着他们上了车。

他们没有蒙我，出市区不足十分钟，我们的小面包车就陷在泥潭一样的山道上。我们下车，高一脚低一脚地沿着泥泞的依山斜坡道步行。经过一番艰苦跋涉，总算到了七星关区海子街镇的大垭口村。他们将我领进一个破旧的小院，两排老房子，一排没有人住，另一排的屋子里走出一个中年男子，他是户主，姓王。

王某全家四口人，夫妻俩带着一个儿子、一个女儿。

"那你不该是贫困户嘛！"我很奇怪，王某看上去非常精明能干，为什么也成了贫困户？

王某的眼皮立即垂下，默默地带着我往屋里走。

屋子里阴暗无光，我进去半天，直到眼睛适应了屋里的光线，才分辨出火炉边坐着三个人，看模样是王某的妻子和儿女。还没等我说话，火炉边的小伙子突然噌地站起来，嘴里嗷嗷乱叫，手舞足蹈地摔打起东西，两个女人根本拉不住他……场面令人生畏。

"别动！儿子听话！别动！"王某立即蹿上前，迅速制住儿子。

"他的儿子是脑瘫，从小就这样。"村干部说。

王某看上去很无奈，又将我领到屋外，解释说："他害怕生人……"

我顿时怜惜起这一家人，说了几句安慰的话。王某说："以前我在外面打工，能勉强维持家里的生活，可儿子越来越大，他母亲根本管不住他，一天发作十几次，到处乱跑惹祸，我只能回家来守着他……现在家里人什么都干不了，所以穷到这个份上。"

当地干部说，这种因疾病丧失劳动能力而造成贫困的家庭，占当地贫困户总数的三分之一还多。

这样先天不足的家庭，应该如何走出贫困的泥潭？想到此，我的心情异常沉重。

接下来，大方县县领导亲自带我去村里采访贫困户，而此行主要目的，是想让我亲身感受一下当地自然灾害的肆虐和造成的严重后果。我们去的地方叫理化乡偏坡村金星组，2016年7月1日，受连日强降雨影响，一场山体滑坡让这个大山深处的村庄祸从天降——山洪造成的汹涌泥石流，顷刻间就将大片房屋冲毁，23人遇难。县领导感慨说，长期以来，当地没有保护好山丘上的植被，暴雨一来就很容易发生灾害，一场大灾过后，就会增加一大片贫困户，这就是大方乃至整个毕节的现状。

在前往偏坡村金星组的路上，我们途经理化乡，县领导带我爬上山坡，来到一栋农舍门前。这是座典型的破房旧屋。

"这户是个老光棍，姓熊，苗族。原本兄弟三个，其中一个去世了，另一个刚找到媳妇，搬到别的地方住了。留下的是老大，五十岁，穷了一辈子，靠种一亩三分地和养猪度日，根本娶不上媳妇。六七年前政府就在他家旁边给盖了新房子，可他宁可给新房子上锁，也不愿意搬进去住。"

听到县领导如此说，我大为惊诧，百思不得其解。

果不其然，离那栋破房子几十米远，就是一栋建得规规整整的平房，白墙黑瓦的两间，约四五十平方米，看上去还有几分新。但两扇木门已旧，挂在门上的锁都锈坏了。从门缝往里看，屋内堆了许多杂物，显然没有住过人。

我问县领导，熊某为何不搬进新房住。他一脸无奈地给我讲了此事的来龙去脉。

在盖这新房前，干部们跑到熊某家跟他说，你一直打光棍，就是因为家里太穷，人家姑娘一看你家这穷样，就被吓跑了。现在政府给你盖新房，等有了新房子，你的媳妇就进门了。

政府出钱盖的新房子很快建好了，熊某满心欢喜地等着媳妇上门，一起搬进新房子住。他等了一天又一天，一年又一年，始终没见着媳妇的踪影。

乡里的干部有时下村，见熊某还没有搬进新房子，就关切地问他原因。

※ 时代大决战 ※

熊某不说话，只用渴求的目光盯着干部，盯得乡干部心里直发毛："你……你想干啥？"

"你说我想干啥！你们不是说，等有了新房子，我的媳妇就来了？可为啥到现在都没来？"熊某终于说话了，这一句话把干部们全都噎住了。

听县领导说完，我不免也有些哭笑不得：面对这样的帮扶对象，扶贫工作该从何做起！

细看熊某的破房子内外，破旧、低矮、阴暗、狭小、脏乱……哪个正常的女人会愿意进这个门呢？

县领导和我进屋时，熊某正端着一个大碗吃饭。当时大概是上午十点多，我们问他吃的是早饭还是中饭，他回答说是头顿饭。又问他一天吃几顿，他伸出两个手指头，表示吃两顿。问他只吃两顿饿不饿，他不言语。再看看他饭碗里的东西，是苞米饭，一种把玉米磨成粉后煮的饭，我曾经尝过一口，怎么也咽不进喉咙，但据说是当地大多数人的日常饭食。灶上搁着半盆菜豆花和酸菜汤，锅里有小半锅的苞米饭，熊某说，这些东西能吃两天。

屋内的光线太不好了，我眯着眼，才能勉强看清周围。漆黑一片的墙上似乎挂着铲、勺等，可布满尘垢，看样子几十年都没动用过了。抬头看，屋顶有电线和一只小灯泡，也全是灰尘。我对熊某说，屋里太暗了，白天也得开灯。他说，干吗要开？有啥可看的！

熊某家没什么正经家具，杂物都堆在地上，确实没啥东西值得一看，最触目的便是他睡觉的那张床。床上的被褥乱堆在一起，又油又黑，气味刺鼻。

"旁边的新房那么好，你为啥不搬呀？"我问熊某。

他木然地盯着我，就是不回答。

"老乡，现在有这样的好政策，免费给你盖了新房子，怎么不搬进去呀？"县领导帮我问。

他用同样的目光盯了县领导半晌，说了一句让在场的人都无言以对的话："我习惯住这里。"

这就是中国真实的贫困，和贫困者的真实心态——他们穷怕了，生怕被剥夺最后一点在自己家里睡觉和蹲坑的权利，因此他们宁可坚守苦难，也决不轻易挪窝。

唉，皇皇我中华民族，惶惶我蜗居小民，怎不让人心痛与心酸！

有位专家曾这么比喻过贫困：就像长在身上的牛皮癣，很难根治。乌蒙山区的贫困远非我们一般人想象的那么简单。自20世纪80年代以来，从国家层面一届又一届政府给予特别的关注与支持，尤其是在党中央的统一领导与部署下，在全国政协协调下的各民主党派所给予的支持与帮助，随处可见，局部地区和某些产业的成效也是十分明显的。而贵州省委、省政府，尤其是包括大方县在内的毕节市历届党委、政府所付出的代价，更可写另一部史诗。有一个数据是可以充分说明问题的：1988年至2016年，全毕节市减少贫困人口达585万人，贫困发生率从65%下降到13%，这中间的工作的艰巨与付出，可想而知。大方县在恒大开始帮扶之前的扶贫脱贫工作更是见效卓著，从原来的贫困人口总数超过五六十万，下降到18万人，也就是说，基本贫困面在恒大到来之前已经得到了控制。

然而，我们都清楚，脱贫攻坚战越到最后阶段越艰巨，越到后面的那十几万、几十万贫困户的脱贫也是最难的。他们中间一户的贫困，也许会比原先的贫困群众脱贫难度要复杂和艰巨得多，因为这一部分贫困户或在最偏远的地方，或是一个家庭里根本就没有什么可承担起致富的"顶梁柱"，还有相当一部分人则是半痴半呆半病半残人员，他们很难独立担起已经为其创造了一定条件的脱贫致富责任，只能纳为社会保险救助对象。

恒大的帮扶，面对的将是最后一批这样的人员，需要攻克的就是脱贫攻坚战的"最后堡垒"……

6. 时不我待，行动吧！

我写作四十年，见过无数领袖级人物和普通平民。我见过造原子弹、军舰、高铁的科技大腕儿，也见过车间工人；见过"国字号"企业老大，也见过摆地摊的小贩。都是人，都是单位，但人与人、单位与单位之间就是有着天壤之别。我是军人出身，即使离开部队几十年，也仍然没有丢掉军队雷厉风行的作风，这种作风已经融入了我的血液里。即使约见一个最平凡无奇的人，我也会提前几分钟或者准点到达。

而许多自认为最"牛"的单位和人，反而非常轻视"时间"与"作风"，在他们的意识里，从未将时间概念和雷厉风行的作风视为一种精神和效益。而这两种品质，恰恰是一个人、一个单位成就大器的根本所在。

与恒大打交道的过程中，我越来越有一种强烈的感觉：二十年来，这家民企之所以能一直昂首向前、强大不衰，其根脉与根基就在于这两种品质——

它有着雷厉风行的作风和时间概念，永不懈怠；它的这两种品质，带着情感，绝不会不近人情；它的这两种品质，带着责任感，以兼济天下为己任；它的这两种品质，带着使命感，有一份舍我其谁的豪迈……一个有使命感和责任感的人，他挣得的每一分钱、每一块奖牌，每一次成功与每一份成就，都在与时间赛跑，恨不得把每一分、每一秒掰开来计算，他的那份赤诚与激情，就融在这样的争分夺秒之中。这样的人、这样的团队，怎么可能不后来居上，成为强中之强、企业的标杆呢？！

许家印和恒大在贵州毕节做扶贫工作，其点点滴滴的事例，无不淋漓尽致地体现了我所推崇的这两种品质。企业上下齐心协力，如臂使指，彰显的是许家印与恒大对中国脱贫攻坚战的坚决响应、坚定实践和坚实奉献。

虚假的行动，不可能让人感动；

半真半假的行动，不可能使人长久地感动；

掺杂着私心杂念的行动，不可能令人纯粹地感动。

只有那些动机善良的行动、毫不犹豫的行动、全力以赴的行动，才可能获得他人的尊重和敬佩，乃至真心实意的感动与感激。

恒大做慈善公益事业，其实并不在意他人如何看待，但他们所做的，无不令人赞叹赞赏。

眼下，在扶贫事业上，虚情假意的事更是绝对做不得的，半心半意都不行，那样做的结果，不但伤害了别人，也会伤害自己。

许家印清楚这一点。在扶贫这件事上，他压根儿就没有用过"生意人"的思维方式，他的心中，全是经历过苦难的人对贫苦百姓的深切同情，以及帮助他们摆脱贫困生活的热切愿望！

此时此刻的许家印，头脑中没有一点杂念，他满脑子想的只是：恒大能不能更快、更精准地投入人力财力，以帮助那些仍在大山深处受苦受难的父老乡亲、兄弟姐妹！

为什么听到你在受苦时，我的眼睛会发热？那是因为我曾经与你受过同样的苦。为什么我看到你为了吃上一口饭，卖身卖女，我会愤怒和悲伤？那是因为我曾经与你一样，失去了亲爱的姐妹，丧失过人格尊严……现在，当我看到你仍然啃着咸菜，喝着有毒的水，住着难遮风雨的破屋，我只想伸出我的手，拉你一把，助你一臂之力！

这是无数行善者共同的心理！

许家印和其他恒大的决策者没有讲过这样的话，但我能体会到他们内心最深处的那份情愫。没有这份感同身受，就不会有那些风驰电掣的行动与炽烈燃烧的激情……

全国政协常委会会议结束后，2015年12月2日，许家印回到广州恒大总部，第一件事就是与高管们落实对口大方的扶贫方案。

大方作为毕节贫困人口最多、贫困面大、贫困程度深、脱贫任务非常艰巨的一个县，已经被恒大确定为帮扶对象，下一步就是具体的扶贫方案：怎么扶？扶什么？扶到什么程度算扶到家？扶的过程中有意想不到的问题怎么办？这样一场对恒大来说全新的攻坚战，到底派谁领兵，派谁做先锋，派谁做后勤……扶贫，真的比搞房地产、搞体育俱乐部要复杂十倍！

光是钱的问题吗？没有钱，的确解决不了贫困问题，一次次、一轮轮的扶贫工作已经用铁一般的事实告诉许家印：资金必须准备到位，而且要准备得足足的。但钱又不是扶贫的根本，最根本的，是要拿出真扶贫、扶贫到底的法子和路子。

对于如今的许家印来说，用钱就能解决的问题，根本不能算作问题——恒大兢兢业业奋斗了二十年，才有底气说这句话。可是，扶贫应该说是所有社会工作中最艰难的一项，不是大手笔地撒钱就能完成任务的。毛泽东带领中国共产党人推翻"三座大山"、击溃蒋家王朝的八百万军队，才用了不到三十年时间，可新中国成立近七十年来，中国人民仍然没有彻底全面地脱贫。

历史的经验证明，任何没有正确思路指导的扶贫手段，都是以水浇石，仅能解一时之急。现在有个词叫"返贫",说某地某地返贫率高,其实不对,那不是返贫,是没有根本脱贫。脱贫必须是原本的贫困者观念有变化,能力有提升,有稳定的收入与渠道,如果是给钱给出的"脱贫",那叫社会保障兜底。所以说,真正脱贫,似登泰岳珠峰,道阻且长。

不仅仅是中国人民全面脱贫难,世界性脱贫同样处境尴尬。联合国从来没有停止过对非洲的各种援助,可是今日之非洲,依旧极度贫困。贫困诱发战争,诱发种族歧视,甚至滋生恐怖势力,这个世界上许多令人痛心的悲剧,其实都与"贫困"二字有关。

贫困,是人类社会健康躯体上的牛皮癣、毒瘤,甚至有人断定它是无可救药的绝症。

现在,以习近平同志为核心的中国共产党人自我加压,斩钉截铁地定下了一个目标:到2020年确保所有贫困地区和贫困人口一道迈入全面小康社会。这个承诺意味着中国共产党人在此事上没有了退路,必须成功。

许家印是中国民企"大鳄",但他同时也是民企集团的党委书记,也就是说,他是向世界许下这个承诺的中国共产党人队伍中的一员。组织一旦失信,作为组织队伍中的一分子,又有何颜面立于天地之间!党和国家的初心与使命,就是他许家印的责任与义务。这可能就是许家印区别于其他民企老板的地方。

有人认为,民营企业就是私营企业,民企老板想干什么就干什么,与政党、政府无关。这是大错特错的观点。中国民营企业是社会主义事业的一部分,许多民营企业像恒大一样,设有党组织,监督企业内部的党员履行责任和义务,这责任和义务,是整个中国的社会主义事业的基石。

这份社会责任和义务一直牢牢地刻在许家印的思想意识里。"好的企业与伟大的企业之间是有差别的。一家好的企业可以提供优秀的产品和服务,一家伟大的企业也可以提供优秀的产品和服务，但它还要努力地让这个社会变得更美好。"这是福特汽车公司执行董事长比尔·福特说过的话，许家印无数次在企业内部会议上向员工们提起。

"对于恒大来说，我们要做的企业就是比尔·福特先生说的那种伟大企业。"从恒大挂牌那天起，许家印就这样定位恒大，因此他也自然而然有了如下的深刻认识："民营企业在参与市场竞争的同时，应主动承担更多的社会责任，做一个合格的'企业公民'。财富源自社会，亦应回赠社会。"

"我们到大方、到毕节帮扶脱贫，就是尽一份社会责任，这是恒大作为一家民营企业回报社会的大好机会。"许家印不止一次真诚地说。

既然是回报，就不能要求任何代价，就必须及时、迅速、不打折扣、倾尽全力把事情做到最好。许家印看完关于中央扶贫开发工作会议的新闻后，就已经想透了这一点。其实，之前他和他的企业也一直这样做，只是这一次的大方扶贫是场大战役、大行动，需要的资金和人力之多前所未有，款项总额将是恒大成立以来所有慈善公益性支出的几倍！

党和国家既然视扶贫为攻坚战，吾等岂有姗姗来迟之理！

"柯鹏，尽快将大方的贫困状况和我们恒大扶贫的方案形成文字带回，集团公司马上就要开会做出决策。"许家印这边挂断打到贵州的电话，那边立即拨通远在哈尔滨的副总裁姚东的手机："老姚，你那边大雪纷飞，太冷了，现在有新任务，顺带让你到南方来暖和暖和……"姚东负责集团粮油公司的事务。

"哎哟，谢谢老板了！回总部开会？"姚东在遥远的那端问道。

"不是来广州，是去大西南的贵州……"

"贵州？开发新市场？"

"是。不过这回不是去赚钱，是去送钱。"

"……"那头的姚东稍稍停顿，猜道，"许主席是要去那里扶贫？"

"算你姚东聪明！"许家印笑了，"知道你当过县长，有农村经验，所以派你去前线带兵，这比企业的随便哪一摊活儿都不轻松啊！怎么样？"

"老话一句：在恒大，一切听许主席指挥！"

"好样的！就这么定了！"许家印十分高兴，道，"给你两天时间交接工作，两天后你的岗位就在毕节，你手下的人也会在这两天到那边集结……"

"没问题！另外向许主席报告，我在当县长时，搞过扶贫……"姚东说。

许家印喜出望外："这一点你以前可没向我'坦白交代'过！快去准备吧！这一仗对咱们恒大来说，是前所未有的硬仗啊！"

"明白！"

"好，大方见！"

许家印与姚东通完电话，便签发了恒大地产集团有限公司〔2015〕205号文件，即《关于集团公司成立集团扶贫办公室的通知》。签发通知的同时，许家印任命姚东为恒大扶贫办公室主任，也确定了前线工作组成员。

现任恒大扶贫办副主任的阮士恩（以下简称"阮"），在接受采访时这样回忆自己被派到扶贫前线的过程：

"2015年集团公司成立扶贫办公室之前，我在集团商业管理中心做人力资源工作。大概是出于这个原因，我被抽调到扶贫前线，负责人事这一块。记得我是12月11号那天接到集团公司的通知，让我去贵州。我12号晚上到的贵州大方县，到达时大概是晚上九点多，看到姚总他们已经先期到达，在同大方县的县领导开会了。恒大就是这么个作风，说干就干，说把你调到天南海北，你就必须马上去报到，没有一个员工有二话，这是许主席领导下的恒大长期形成的工作作风。我们集团公司是个大企业，全国各地都有分公司，凡是中层以上的干部随时都可能被抽调，天南海北地奔赴新岗位。时间长了，大家都习惯了，只要总部一声令下，打好行李，第二天就到新的岗位上班了。这次到贵州扶贫更是这样。

"柯鹏副总他们一行是调研考察组。姚（东）总带的是前线工作组，第一批共七人，基本上是前线'司令部'的班子成员。除姚总，有陈云峰、顾谦、杨慧明、吴博、张徽龙和我。姚总和陈总，一个1968年出生一个1969年出生，顾总是1977年出生的，剩下我们几个多数是'80后''90后'，吴博最小，1991年出生。杨总是1985年的，我是1989年的。姚、顾原来都在恒大农牧集团，他们应该彼此熟悉，其他人都不熟。

"恒大培养与训练我们的原则是，除了服从命令、听从调遣，一旦到了新岗位，不管遇到什么情况，必须立即投入工作，不能讨价还价。我是贵州人，估计集团公司调我到前线，也有一层因素是考虑到我比较熟悉当地情况。姚总、顾总他们都是搞粮油的，懂农村业务。其他的人，像陈总在集团是搞工程的，从项目经理一直干到公司副总，在恒大干了十五六年，办事老到，随便到工地一转，眼睛一扫那柱子，就知道工程的质量啥样；杨总，他原来在集团搞工程计划、目标管理，是农牧集团管理督查中心总经理，管理与监察工程是他的强项；吴博年纪虽然最小，但在开发、拿地、办手续、申请工程许可和施工许可、与政府部门沟通方面，经验相当丰富；只有小张——张徽龙是以普通员工身份过来的。为什么选他？可能主要因为他也是贵州人。许主席他们在挑选人员时，考虑到我们到大老远的贵州扶贫，人生地不熟，还要天天跟老百姓打交道，没几个熟悉本地情况的人，恐怕工作难度太大。"

我："你们到了大方后怎样开展工作？"

阮："前面说过，我是12日晚上九点左右到达大方的。当时我们还没有自己的办公地点，暂时住在一家酒店。姚总比我们提前两天到的，他到后就跟县上领导接上头，立即进入扶贫方案的交流。记得 12 日晚上的会议至少开到半夜十二点，讨论非常热烈，话题范围也特别广，我当时的感觉像要打一场大仗似的。你想想，大方县领导当时告诉我们，全县共有 18 万贫困人口，而且都在山区。我是贵州人我知道，贵州的山区，尤其是乌蒙一带，进了大山里就走不出来。18 万人哪！我们得让他们都脱贫，而且就三年时间！刚去时，大方政府还探我们恒大的底，看我们到底是真来扶贫呢，还是做做样子。我们呢，就按照许主席和集团公司的要求，表示要以最高的效率、最短的时间、最精准的扶贫措施，帮助大方每一个贫困户实现脱贫。我们双方的目标是一致的，但考虑问题的出发点总会有不同，所以有个磨合期，其实也就是三五天时间，因为姚总告诉我们，几天之后许主席就会亲自来大方考察，与地方签订三年帮扶脱贫协议。"

我："时间这么短啊？真有点像打仗！"

阮："是的。许主席是向中央承诺过的，自然也是向大方县 18 万贫困百姓庄严承诺，没有半点含糊！你想想，一年三百六十五天时间，三年总共才一千来天，18 万人都要脱贫，这是一场什么样的战斗呀！我们每一个恒大人都清楚肩上的责任，可以说有点背水一战的味道，心理压力也蛮大的。尤其是像我这样了解家乡情况的人，以前不是没有听说过扶贫的事，从小时候念书开始，年年就听大人们喊扶贫脱贫，可老实说，扶贫工作具体怎么做，效果怎么样，我并不是很清楚。这回是我们恒大出手，效果到底如何，我也为自家的公司捏一把汗。但许主席和集团公司高层的决心真的很大，甚至可以说是不可逆转的。许主席的这份决心和意志，对下面的恒大扶贫办公室，对我们这些具体执行者，影响很大，参与这场扶贫战役的每一个人都感觉没有退路，就像是上前线打仗一样，不能含糊！事实上，含糊也没用，只能往前冲！"

我："我知道许主席后来是 12 月 18 日到大方的，只给了你们六七天时间摸清情况、准备签约前的扶贫方案，当时你们是怎么干的？"

阮（笑笑）："拼命呗！恒大人做事从来就是这样，认准一个目标后，上上下下都拼命一样直奔着目标前进。我记得，当时姚总除了每天跟县上磨合方案，还要下乡去探访贫困户，听取他们的实际需要，给他们提致富建议；像陈（云峰）总这样的工程规划高手，就开始为易地搬迁移民的新村选址、设计房屋，并开始从全国四面八方征集建筑材料和施工队伍。你想想，要给几万甚至十几万贫困人口安排新的住地、新的房子、新的工作……得多大的工程量！好在我们恒大是干房地产的，建房子是我们的拿手好戏。不过，我们以前建的是商品房，现在搞扶贫开发项目，干啥都得精打细算、符合政策。比如我最初负责核对贫困户情况，数字上、条件上都要搞准。地方上给了我们一个 18 万贫困人口的大账本，但具体到每一个人的情况，我们都得重新核实，只有全部核对无误，才有利于恒大全面实施帮扶脱贫的具体方案。这就必须在许主席到达之前做完。"

我："这么大的工作量啊！你也带了一个团队？"

阮："没有。最初只有我和张徽龙，后来集团又支持了一名同事，我们三个人用了四五天时间，一一排查核对 18 万贫困人口的基本情况，结果发现不少问题。比如'三无人员'（无生活来源、无劳动能力、无法定赡养人）就不能算进产业扶贫对象里，因为国家已经对这些人实施民政社保兜底政策。再比如农村贫困家庭困境儿童、留守儿童、孤儿，这些都是重点扶贫帮困的对象，但当地政府提供的名单是旧的，统计年份与我们接手的年份已经不一样了，最后我们把名单上的 6000 名儿童确认为 4993 名。这样的工作需要我们极其细致和负责。名单弄出来之后，我们就要马上报到许主席和集团公司那里，他们会立即提出对这个群体的具体帮扶方案，针对每一个帮扶对象，把工作做实、做到位，如此方可谓精准扶贫……"

我："比如呢？"

阮："比如这 4993 个孩子的问题，我们许主席立即号召全集团公司的员工开展'一助一'活动。许主席自己亲自带头，公司上下全体响应，有的帮一个，有的帮两个，4993 个孩子的问题迎刃而解……"

原来如此！恒大啊，你真是诚心诚意帮大方！你对如何打赢帮 18 万人整体脱贫的战役，早已运筹帷幄、胸有成竹！

"再比如，我们在调研数据和实地走访时，了解到 18 万贫困人口中约有 3 万青壮年劳动力可以到外地就业，根据我们的计算，如果一个贫困家庭里有一个人能稳定地工作，基本就可以撑起半个家了！对此，许主席又立即拿出方案，要求恒大各分公司上报可以吸纳劳动者就业的名额，结果这两三万人的工作就有着落了……"阮士恩不无骄傲地告诉我。

恒大真的很牛！战役的帷幕还未正式拉开，战略和战术已经清晰明了，现在只待许家印这个"总司令"来拍板！

7.30 亿就这么定了！

姚东是恒大帮扶大方县脱贫的"前线司令"，他却称自己是一名由"总司令"许家印统率的"老班长"。不管怎么说，许家印选派姚东到大方扶贫前线领导指挥，足以证明他比恒大其他人都适合担当此重任。

"被许主席调遣到大方来，我也是感觉非常突然，"姚东说，"大概许主席看中的是我在地方当过县长这点经历吧！"其实姚东还真是农村干部出身哩，除了当过县长，还当过村支书。有这段农村"一把手"的履历，集团公司派他到大方来领导扶贫工作，可算是知人善任。

"但到了玩真活的时候，又是另一码事！"姚东有一双圆溜溜的大眼睛，一看就是个精明、聪慧的知识型干部，果然，他有中国人民大学的学历。许家印用的都是这样的人。

"到了大方后，第一天下乡，我就遇到了张正英奶奶。当时我看到张奶奶家的情形，心头真是拔凉拔凉的！为啥？张奶奶家实在太穷了，锅里就那么一点苞米饭，油瓶里只剩下瓶底一点点油星，其他啥吃的也没有。老夫妻俩种着房前屋后那么一点坡地，带着小孙子艰难度日。过去我也在农村工作过，也见过贫困家庭，自认为已做好了充分的心理准备，但怎么也没有想到，贵州山区的农民竟然是这么个贫困法啊，完全超出我的想象！在张奶奶家时，我让所有随行人员都暂时出屋，我要一个人静下心来，想一想到底怎么扶贫！中央已经下了决心，必须在 2020 年之前让所有像张奶奶这样的贫困百姓脱贫，也就是说没有退路了，而我们恒大又接了帮扶最贫困人群这么一个大摊子，我还是具体实施者，这仗到底怎么打，我心里真的忐忑不安啊！要是扶贫不到位，百姓仍然不能真正脱贫，我一对不起许主席和恒大，二对不起大方人民对我们的期待，三更对不起党和政府。一旦完成不了我们向党和政府的承诺，不是等于让党和政府在大方这里丢了信誉吗？所以我压力巨大。关键的是，这里的贫困程度是我远远意想不到的，到底怎么才能让大方百姓摆脱贫困，实现真正的小康？这可绝对不能马虎！

"但那天我在张奶奶家听到一件事，又让我特别感动和有信心。张奶奶的丈夫是一个老共产党员。在我们来之前，乡里正在修一条公路，正好要占用张奶奶家门前的一角地。遇到这样的事，地方政府跟百姓之间很容易产生矛盾，赔偿损失就不用说了，有的时候一扯就没个完。可张奶奶的丈夫不仅带头把自家的地让了出来，还帮着做其他被占地村民的思想工作，让政府顺利地把路修好了。你想想，张奶奶家这么穷，正好遇到了这个机会，如果向政府伸手多要点补贴啥的，也算人之常情，可人家是啥境界？不仅没多要，还出面帮助政府做工作。你想想，有这样的百姓，我们哪会有办不成的事、完不成的艰巨任务嘛！"

12月10日，集团公司下达通知那天，姚东便奉命奔赴大方。他知道，许家印对恒大帮扶贵州脱贫的重视程度远超出外人的想象。"总司令"的心思，作为前线指挥官的姚东或许比其他人更能体会。

"我们恒大到底应该在大方花多少钱，怎么花，花在什么地方，花完以后会是什么状况……你尽快给我弄明白、弄清楚、弄细致！要确定对接的具体时间和周密的扶贫方案，越快越好！什么时候你说行了，我就过去签约，正式启动项目！"恒大人都知道许家印的脾气，他的脑子就是一台超大型计算机，每时每刻都在飞速运转，"三年实现脱贫，满打满算，也就一千来天时间，18万人，一个都不能落下，这回我们恒大是要打一场上甘岭战役啊！我的姚东同志，你是怎么想的？"

"向许主席报告，我姚东会拿出王成的猛虎劲头，啃下这块硬骨头！一旦你觉得我不行，就立马撤换我，关键时刻向我开炮也行！"姚东说。

"军中无戏言！"许家印又换了一种口气道，"我们恒大已经把话说出去了，现在只有一条路可走：把大方县的扶贫工作做好、做实，做到不挨后人骂……"

"明白！"姚东干脆利落地回答。放下电话，他立即着手布置，带领七人小组与大方县委、县政府展开一轮又一轮的"方案战"。

何谓方案战？就是商讨在恒大正式投钱干活之前，需要落在协议文本上的内容。恒大和许家印向大方县开出了一张大支票，除了投入的金额，还有诸多具体条款，其中时间比钱更为重要，因为如果超过脱贫攻坚战的最后期限——2018年年底，就意味着恒大扶贫大方这一仗没打好。而比时间更重要的，是扶贫的质量。如果钱就位了，时间也抢到了，但扶贫的质量没有跟上，百姓不满意，没有真正脱贫，那就等于恒大完败！而惨败的许家印和恒大不仅丢了钱，更丢了人，丢了以往所有的荣耀与信誉！

"老实说，刚开始听说恒大来帮助我们脱贫，一方面特别兴奋，毕竟人家是大企业、世界五百强；另一方面又觉得人家是民营企业，赚钱才是他们的真目的、真本事。搞扶贫，尤其是帮扶一个与他们毫无关系的地方，贫困人口又这么多，18万哪，人家凭什么白白帮我们？当时我们确实认为，恒大来接这苦差事，可能就是做做表面文章，给地方点钱，给自己捞点名利，也算为社会做了些好事。想不到，恒大和许家印主席那么真心实意，那么有社会责任感。"大方县县领导说起话来真性真情，"就算许家印主席给我们18万贫困父老乡亲只投入10亿元，我都会感激涕零，结草为报，服务到底！"

"最初恒大限定过给大方投钱的数额吗？"我问姚东。

姚东摇摇头，说："至少我没听许主席具体说过到底准备投多少，他只是给出了一个大原则：既然帮大方，就要帮个彻底，不能拖泥带水，搞半拉子工程，脱贫攻坚战要完胜，而不是一般的胜利。"

"所以你就……"

"最初我们按18万人算了个总数，18亿元，以每人1万元的帮扶标准投入，国家的扶贫投入标准大约是人均三四千元，我们这个数额已经远远超过了。"姚东说。

"姚总第一次向我们提出这个数字时，我倍感惊喜。"县领导说，"其实我们心中的想法最好是10亿元，心里还在担心期望太高，等着恒大拍板，即使有个五六亿元就解决大问题了，哪知姚总一下子说了18亿元！关键是，这还不是最后的数字。12月18日，许家印主席亲自来到大方，正式与我们商讨方案，那才真的让我们惊喜不已，感动，感激，感慨万分……"

说到这儿，县领导脸都涨红了。说起两年前发生的事，他仍然感慨万千："这么说吧，我查了下大方县志，历史上的大方，自秦朝置汉阳、夜即二县至今，两千余年间，无论官府还是民间，还没有谁这么慷慨地一掷千金，周济穷苦百姓。恒大一诺18亿元，当时就让我激动得热泪盈眶！"

"事实上，18亿元的方案是我们扶贫办公室前线工作组的意见。当我向许主席上报后，他问我，孩子和学校的事考虑进去没有？并指示说，这回我们既然帮扶，就要帮到最紧要的地方，山区百姓过得苦，根本原因还是缺乏文化知识，帮助后一代人是关键，还要特别关照那些孤寡老人和没有生存能力的孤儿……"姚东说到这儿，眼睛有些潮湿，长长地叹了一口气，"我过去一直在党政岗位上工作，也见过不少企业老板，但像许家印主席这样的民营企业家真的不多，他内心充满了社会责任感和对父老乡亲深深的爱，真心实意想为贫苦的百姓做点事，出手大方却不求名、不求利。"

我不住地点头赞同。

"许主席接到我们18亿元的报告后，就对我说：'贫困地区除了百姓基本生活条件和自生能力差，就是公共基础设施不足，比如学校、医院等，你把这块一并补齐了。'他特别跟我说，尤其是教育这一块，缺多少我们全部给补齐。我们恒大公司的人，没有一个不知道许主席对教育的重视，他常跟员工讲起自己求学时的艰难，说上大学时全靠国家给的十几元伙食补贴才坚持下来，才有了他的今天。他心中一直有一份对教育事业的浓厚感情，当年赚到第一笔钱，就在自己的家乡建了一所小学，一下投了200多万元，这在他创业初期可不是个小数！所以许主席一听我原来的方案里没有教育这一

　　※ 时代大决战 ※

块，就立即指示我补充，要从幼儿园一直估算到大学，一个环节也不能漏。这样我们又花了两三天时间与当地教育部门协商，最后出了一个大方案：从幼儿园到职业大专学院，为大方县建一整套总共26所的教育机构，又把医院、敬老院、儿童福利院等公共设施全部配套补上，再加上易地搬迁、产业扶贫等，预算比第一个方案整整多出10亿元。说实话，我把报告往上呈报给许主席时，心里实在拿不准：这可是28亿元啊！真金白银啊！而且许主席一开始就讲得非常明白：在扶贫大方县这件事上，恒大是不能要一分钱回报的！也就是说，这些钱是公司账面上的净支出，一分钱也收不回来，它不是个买卖！我们扶贫大方的整个方案只有两页纸，可这薄薄的两页纸，沉啊！二三十亿元钱呀！老实说，如果我是老板的话，估计很难下这么大决心。可等我把方案发到总部，许主席看后又打电话来说：'你这28亿元是满打满算，这不行，在实际操作时会出现各种各样预料不到的复杂问题，预算要留有余地。这样吧，你们就按30亿元定帮扶方案！'"姚东说，"给大方的30亿元就是这么算出来的。"

2015年12月18日，恒大集团公司董事局主席许家印从广州飞抵毕节机场。

"方案弄得怎么样？还有什么问题？"这是许家印下飞机后，与接机的姚东等前线工作人员见面时说的第一句话。

"已经基本磨合好了，就等许主席最后审定、拍板。"姚东说。

"我不担心花多少钱，我担心的是钱花出去了，老百姓的日子还没得到根本改善，不能实现彻底脱贫，这是最要命的事！"

一行人从机场直奔大方。"我要先看望这里的贫困户。"在驶向大方的车上，许家印对姚东等人这么说。

"当天我就陪许主席到了我前些日子去过的张奶奶家。"姚东对我说。

张正英的家还是老样子，只是天气更冷，屋子里更加阴寒。许家印里里外外认真看了一圈，越看脸色越凝重，唏嘘不已，心里像被针扎着一样。临走前，他对张正英老两口和他们的孙子说，一定让他们早点过上好日子（第二年9月28日，张正英一家搬进了恒大援建的"恒大幸福二村"，可惜张正英的老伴没等到这一天便病逝了）。

自踏上贵州毕节特别是大方的土地后，许家印的话很少，只专注地审视着这里的每一处山山水水、每一户农舍、每一个百姓的神情。这块土地和这些人，明明陌生却又似乎有些熟悉，他从人们的脸上看到了许多东西，有真切的企盼，有焦急的等待，还有诸多的无奈与忧虑……

他看出来了，这里的百姓一方面特别渴望脱贫，盼望早一天过上好日子，一方面又满怀疑虑。

他们在想：好日子真能从天上掉下来吗？好日子能长久吗？扶贫脱贫真的能轮到我们头上吗？

百姓的目光像一根根刺，扎在许家印心头，让他更加坚定了帮扶大方的决心。

18日当晚，许家印把姚东、柯鹏等前线人员叫到一起，逐条审核帮扶方案——

许：完成帮扶的时限？

柯：2018年12月31日。

许：这是纸面上的时间。对我们恒大人来说，要想到贫困百姓的期待时限，我们要全力以赴，哪怕只早一天也好！

姚：开工后，我们将做倒计时，所有工作往前赶，力争让贫困户早一天搬进新房子，早一天拿到第一份工资，早一天分到第一次红利！

许：准备从内蒙古引进的西门塔尔牛，在贵州这个地方会不会水土不服？

姚：已经请专家做过技术论证了，它们比我还服这儿的水土！（众笑）

姚东的老家是内蒙古，他是从内蒙古一个地级盟发改委主任的岗位上跳槽到恒大的。

许：在集团公司内部对4993个贫困家庭留守儿童、困境儿童和孤儿开展"一助一"活动，细节上要考虑到。每个孩子的具体情况都了解吗？别大家满腔热情地买了衣服、备了鞋子，到时孩子们根本穿不上啊！

阮：放心吧许主席，我们已经采集了所有孩子的年龄、身高、脚长等数据，并输入数据库，只要一有变化，立即有专人在数据平台上修改。

许（满意地）：这才像我们恒大人做的事。

这一个晚上，许家印问了不下一百个问题，姚东、柯鹏他们回答了不下九十九个。

"下午看的奢香古镇，我觉得还是有些问题，地方特色不够鲜明，是否能更加集中和突出一些彝族风情……"这最后一个问题，是许家印特别关心的项目：征求需要搬迁的2万多个贫困户意见，有人希望搬到县城附近居住，姚东向集团公司汇报后，许家印考虑到这么多人一下都搬到县城，需要有一个确保这些人生计的产业基地，于是恒大的规划中便有了"奢香古镇"这个项目，想打造一个力推特色旅游、特色饮食、民族文化的彝族风情小镇。

进入冬季的贵州大地潮湿且寒冷。从飞机落地到晚上十二点钟，18日整整一天，许家印就没有停下脚步，随时与高管们讨论扶贫方案。白天，大方县的领导热情地拉住这位"财神爷"，向他介绍这片土地丰富的自然资源与悠久的人文历史，希望他多看看这片土地，多见见这片土地上的穷苦百姓。许家印饶有兴致地走了一处又一处，越看兴致越高。

"大方古有女豪杰奢香，今有共产党领导下的广大干部群众，我相信，只要大家共同努力，生活在这片土地上的人民，总有一天会过上好日子的。对这一点，我信心满满！"许家印说的不是空泛的鼓励套话，是真心话。

许家印是广东改革开放的见证者。大学毕业后，他在国有钢铁厂干了十年，1992年，借着邓小平南方谈话的东风，他怀揣三十页纸写就的一份简历，来到深圳谋职。四年之后，他创办恒大。二十余年过去，恒大已经发展成世界五百强企业。

二十余年，对一个人来说，或许算得上很漫长，但在历史的长河中，不过是弹指一挥间。二十余年来，许家印目睹中国社会的发展和进步、人民生活的幸福与安康，对脱贫致富有着深刻而强烈的体会：二三十年前，深圳也起步不久，可现在又是啥样？流光溢彩，世界瞩目！贵州的自然资源、人力资源等比深圳更多，只要政策对头、抓住机遇，何愁不富！

在大方县"学习参观"一天多，让这位同样从田埂上走出来的民营地产大亨深有感触，同时也激情满怀，信心倍增。

2015年12月19日，是恒大帮扶大方项目的启动日，也是大方县领导、张正英奶奶等大方人期盼的日子，这一天，大方要与恒大正式签约了。一家世界五百强的中国民营企业，同中国一个国家级贫困县正式签订扶贫脱贫的协议，这在中国扶贫史上是没有过的，消息一经传出，便引来无数媒体记者。

恒大在搞房地产和足球方面，从来都很高调，唯独对扶贫大方县一事，许家印格外低调，低调到那些爱打听新闻的人事先没听到一丝风声，直到毕节地方媒体的记者赶到大方后发了些微信朋友圈，大媒体的记者才得到消息，蜂拥而至。

许家印的心思根本不在这方面，这点大方县领导最清楚。18日白天，他们陪许家印在大方县整整走了一天，晚上十一二点，恒大一位设计院的老总又赶到了规划中的奢香古镇现场……

"许主席这么晚还不休息？"大方县领导得知消息后边往现场赶边询问情况。

"说是许家印主席白天到了那个现场，亲自询问奢香古镇项目的具体规划，随即要求明年4月份动工。只有百十来天时间，所以设计院的老总坐不住了，他得先把设计方案拿出来呀！"县上同志报告说。

"了不得啊！我现在总算明白，他许家印和恒大为什么只用了二十来年时间便成为世界五百强！"那一刻，大方县领导心头受到的震荡犹如山呼海啸。

8. 一腔深情，一笔掷地

在我的采访中，大方人对2015年12月19日这个日子有着特别的记忆、特殊的感情，因为他们中有许多人是从这一天开始，彻底改变了命运，改变了生活，甚至改变了对整个世界的看法和人生观！

这一天，大方县城像办喜事一样热闹。大方县经济开发区办公楼，一清早便熙熙攘攘、人来人往。所有人的脸上都挂满了喜气，等着亲眼看看大方县历史上的重要一刻……

《恒大集团结对帮扶大方县精准扶贫精准脱贫协议》将在这里签订。这就意味着，在中央扶贫开发工作会议结束后仅仅二十天，中国的一家民营企业将首开先例，与一个县级单位携手扶贫脱贫。这个历史时刻现在已被写进了大方县史、县志，也将写入中国扶贫史。

可是记者们发现，他们被请进了一间顶多能坐五六十人的会议室。会议室中央放着两排长条桌，看起来是临时摆的。再看看正面墙上的标题，也非常有"个性"：精准扶贫工作方案讨论会。既无单位主体，也无主客方。

记者们被恒大方面一再告知：千万不要突出集团公司，尤其是不要有那种居高临下的姿态。

上午九点，会议准时开始。

引人注目的会议主角们终于出现。许家印的形象早被媒体曝光过不下一万次，基本上大家都认识他，但这一天，他走在几位长者的后面。走在他前面的是全国政协经济委员会副主任项宗西、贵州省副省长刘远坤、贵州省政协副主席班程农和毕节市委书记陈志刚、毕节市市长陈昌旭等领导。

项宗西副主任、许家印等为一方，贵州省、毕节市和大方县的领导干部为另一方，双方面对面分坐两排。媒体记者们看看这边，望望那边，心里有些好奇：恒大帮扶大方，为何有全国政协的领导出现？只听会议的主持人特意介绍道："恒大帮扶大方，全赖全国政协领导的牵线搭桥，今天又有项宗西副主任到会见证，我们深表感谢和欢迎。"

一阵热烈掌声之后，便是恒大副总裁姚东代表集团公司，介绍恒大帮扶大方县精准脱贫的方案。这是个重要时刻，媒体记者们都将镜头紧紧对准了他。

西装革履的姚东一改平时"海阔天空"的洒脱，拿起准备好的稿子，一字一句地读了起来：

"按照党中央、国务院扶贫工作的有关精神，响应全国政协的号召，并在全国政协的指导下，恒大集团积极开展结对帮扶国家扶贫开发重点县的工作。贵州省毕节市大方县位于乌蒙山区，是国家扶贫开发重点县，总人口110万，其中贫困人口18万。恒大集团自2015年12月19日起结对帮扶大方县，并用三年时间，到2018年年底实现大方县整县脱贫目标。

"一、整体思路。坚持精准扶贫、精准脱贫的原则，一切从实际出发，因户施策，因人施策，实实在在，稳扎稳打。未来三年，恒大集团在大方县投入扶贫资金30亿元……"

姚东把方案念得字正腔圆，听上去是在尽力向播音员的水平靠拢。他念的每一个字都让与会者热血沸腾、思绪万千。

"30亿元啊！听到姚东嘴里念出这个数字，我当时真的一下子涌出了热泪。我左右看看，发现好多人的眼睛都湿润了！"大方县领导这样回忆。

"谢谢！"姚东念完最后两个字之后，全场竟然静得出奇，没有人鼓掌，没有人出声。这样静静地等了近十秒钟，有位贵州的领导问姚东："说完了？"

"说完啦！"

"就两页纸？"

"不到两页！"姚东高举起方案，朝大家扬了扬。

会场这时才爆发出雷鸣般的掌声。

掌声持续了约有半分钟，大方人更是激动得站起来鼓掌。

主持人继续会议流程："姚东副总裁代表恒大把方案宣读了，这短短的两页纸，字字值千金啊！我们现在请全国政协常委、恒大董事局主席许家印先生讲话！"

一阵更加热烈的掌声响起。许家印待掌声稍稍停歇，客气地说了一句："还是叫聊天吧，我们这个会也叫扶贫方案讨论会嘛，很务实，所以我也务实地谈点想法与看法，主要是自己到大方后的所见所感，以及集团公司与大方'结对子'扶贫脱贫的具体措施。"

许家印侃侃而谈，持续了很长时间，在场的人能感觉到，他的每一句话里都饱含深情——

从昨天一下飞机，包括在车上，都和各位领导一直在讨论扶贫工作，真的要非常感谢全国政协、贵州省和毕节市、大方县，你们给我们恒大提供了一个很好的帮扶平台，让我们有机会回报这片历史悠久又有光荣传统的热土。

昨天到两家农户看了以后，我马上就想到了自己小时候，当然那个年代，尤其是20世纪60年代三年困难时期，国家本身就比较穷。在我只有一岁零三个月时，因为没有钱，家里穷，母亲就生病去世了，所以我也算是半个孤儿。现在看到我们贫困的老百姓，感触很深。我从小到读大学，基本上一年吃不到一两顿白面馒头。我就吃了二十年地瓜和地瓜汤。现在看到这里的山区小孩读书很远、学校的条件很差时，也会想起我小时候上学的情景。我读的小学校也是泥巴糊的草房，一到下雨天就漏水。农村孩子多数穷，上学连鞋子都穿不上，光脚。我本人就是经常光脚上学的。到了二十岁时，国家高考政策下来了，能够读大学了，多高兴的事！但由于家里贫穷，读大学期间，我就是靠每个月学校发的14块钱生活费读完四年大学的。读完大学后，在国企干了十年，后来就下海了，去深圳打工。1996年开始创业，一直干到现在……所有这一切，都得益于我们国家的改革开放政策，我和恒大的所有一切都是国家给的，党给的，社会给的。这是我的心里话，我也一直是这么认为的。

恒大是1996年成立的，历经十九个年头，从无到有，从小到大，到今年（2015年）11月底我们的销售额达1735亿元，去年（2014年）缴税170亿元。企业做大了，就应该回报社会，回报自己的国家和人民。扶贫济困，是我们中华民族的优良传统，任何一个企业、任何一个有爱心的人士，都有义务和责任来做这个事，尤其像恒大，我们乐意多承担这个社会责任，所以我们积极响应党中央号召，在全国政协的指导下，和大方县结对帮扶。我们是很有信心，也很有决心，按照国家的精准扶贫、精准脱贫的蓝图，特别是近期我们认真、深入、反复地学习习近平总书记关于扶贫的系列重要讲话精神，比较精准地制订了刚才姚东同志宣读的方案。这个方案，是前期我们两个副总裁带队考察、调研，在认真听取大方县委、县政府及百姓们的意见基础上，又经集团公司高层反复研究讨论之后形成的。为了确保"结对子"扶贫脱贫做扎实，我们恒大专门建立了扶贫机构，有专门的队伍、专职的领导，集团公司副总裁出任主任。在扶贫方案上，我们也是按照产业扶贫、教育扶贫等很多方面，实实在在地、一对一地扎扎实实地进行。恒大做事从来讲究实在和扎实，在对大方的扶贫脱贫工作上，我们将加倍发扬这种作风，如果有一点不实、不够实的地方，请大方和百姓们务必为我们及时指出和纠正，我和恒大人会万分感谢！

"下面借这个机会，把我们的一些想法跟大家谈谈，也想听听各级领导特别是大方县领导们的意见……"许家印话锋一转，用了几十分钟时间，从"产业扶贫""易地搬迁""教育扶贫""特困扶贫"等方面谈了恒大的思路，这是一次即兴发挥，没有事前准备发言稿，说的全是掏心窝的话，也是他这二十天来日夜思索而得出的结论。

"当时会议室虽然被挤得满满的，但现场静极了！我看贵州和大方的人像是要把许主席的每句话都吃进肚子里，眼睛都不敢多眨一下，生怕哪句话、哪件事漏记了。"亲历过现场的阮士恩说。

许家印一条条、一项项，说得有理有据，那些数字像是长在他的脑子里——

　　比如关于产业扶贫。我们根据大方县有很多特色农业的实际，就考虑以合作社的方式，重点种植天麻、冬荪等特色作物，包括蔬菜。现在我们计划三年实现脱贫和实现永久式脱贫。三年脱贫，到底能不能按我们预想的方案、方法、方式去一步步实现？有多少把握、多少成算，这还是未知数。所以，我们第一步、第一年要适度，三年要做的事，说我们一年就做完了，这样不一定真好。因此，我们初步定的方案是：特困村175个，计划三年全面脱贫。第一年（2016年）我们先集中力量选60个村，采用组合拳的形式，用多种扶贫方案、扶贫方法、扶贫方式先把这60个村的事弄好。这60个村做好了，就有经验和把握了，就可以再往前推几十个村，甚至把剩下的115个村子一起弄好！

　　与之相配套，我们要建400个当地特产的合作社。第一批就要先上100个，这100个合作社将集中在先建设的这60个村。那样就知道合作社会给农民的脱贫带来怎样的帮助力度。

　　另一个是考虑发展畜牧业的事，养牛、养羊、养猪，我们也要集中在这第一批60个村子。等100个合作社搞出经验和成效了，立即推开其余300个合作社的建设。我们就是想用合作社的形式，推动农民真正地脱贫和长久脱贫。合作社是个比较好的产业组织形式，建立起来也比较快，适合于农村的小型产业发展。有十户八户农民，我就给你建一个小型养猪场，成立一个小型的合作社……有人担心农民没有钱进行前期投入，这个我们已经想到了，所有贫困户的前期投入、投资，我们恒大准备包了！还有就是，农民生产和种植出来的东西卖到哪儿？卖给谁？这些都是产业的环节，都是农民们能不能真正持久脱贫的关键所在，这也在我们的考虑之中。具体的生产、经营环节很多，需要流动资金，需要发展，那么就得考虑农民们的贷款问题。贫困家庭用什么担保抵押呢？我们准备在大方县成立恒大担保公司，或者叫其他什么都行，总之是，在帮扶脱贫过程中，百姓遇到啥问题，我们恒大就出啥招，不让穷苦的父老乡亲再在脱贫的道路上坑坑洼洼地走了！

……

再比如关于就业脱贫。明年（2016 年）春节前，我们就着手干了，分设若干点来培训。培训以后，在 3 月 1 号前，恒大内部先给安排就业 1 万人！包括在外面打工的特困户，包括工资低的，我们可以安排他去个工资高的地方。实现 1 万户，大概 3 万人，春节前进行职业培训，春节后 3 月 1 号，安排再就业。

10 所小学、10 所幼儿园、1 所完全的中学、1 所职业技术学院，3 月 1 号也要全部动工！慈善医院也要争取早点上马。

我们争取在 1 月 10 号前先打 10 亿元给贵州省扶贫基金会。30 亿元分批、分年打。总之我们恒大承诺的 30 亿元，要在大方县政府的监督下，由恒大用到每家每户贫困百姓身上……

一分钱都不能含糊！

一件事都不能含糊！

许家印的讲话，可谓既接地气，又"高大上"，听得在场所有人都热血沸腾！

全国政协经济委员会副主任项宗西已近古稀之年，此刻却像个小伙子一样抑制不住自己的激动，拽过麦克风说："我今天是受全国政协的委托，来参加这次隆重的仪式，也算来做个见证。听了恒大尤其是家印主席刚才的一番讲话，我跟大家一样，深受感动，深受教育。他动的是真情，他和恒大是扶真贫、真扶贫，不是来作秀，不是来炒作，不是来宣传！昨天，他在车上一再跟我说，他和恒大是来大方县帮扶脱贫的，就怕有人说他和恒大在作秀。我就跟家印说，怕啥？谁要也拿出 30 亿元来支持贫困地区脱贫，尽管去炒作吧！欢迎他们来，欢迎他们这样炒作呀！"

项老幽默的话，引起会场一片轻松的笑声。

项老动情地道："十八大以来，习近平总书记把扶贫工作放在国家'十三五'规划的重中之重，并且多次强调：一个也不能少，要区域性地整体脱贫，要广泛动员全社会力量参与。人民政协有一个长处，就是我们的政协委员覆盖了各个领域、各个阶层。国有企业也好，民营企业也好，都有委员在政协的界别当中。我觉得家印常委和他们恒大集团，是我们优秀企业家中的杰出代表和杰出的企业。家印同志自己不仅是一位杰出的国家参政者，也是一位企业的优秀党委书记、优秀共产党员——尽管他多数时间是以一个民营企业家形象出现的。他的恒大集团，专业齐全，资金密集，人才荟萃，又有对国家、对民族的事业心和责任心，恒大如果没有这样的事业心和责任心，它也不可能在竞争激烈的市场经济条件下发展得这么好、这么快，也就不会有钱来帮助大方这么贫困的地方脱贫，而且一投就是几十个亿！

"说老实话，家印和恒大这次对大方的扶持力度之大、覆盖领域之广，我觉得是空前的，着实令人振奋和鼓舞。我们要为家印和恒大的行动再一次热烈鼓掌！"

项老把手伸向许家印，而且伸的是双手。

坐在许家印对面的贵州省副省长刘远坤作为主人方，举手要求发言。看得出，这位长期从事农村工作的领导真的激动了，他说："从昨天中午到现在，过去的二十四个小时里，我基本上都是跟许主席和恒大人在打交道。可以说，一直是在感动之中，在受教育之中，学习到了很多东西。在家印主席和恒大人身上，有许多东西难能可贵，比如工作方法、工作作风。恒大能拿出 30 亿元的真金白银，而且又有那么精细周到的方案与安排，特别是刚才家印主席讲的那么多好思路，完全是经过深思熟虑的。都在说精准扶贫、精准脱贫，要我说，恒大是真正精准扶贫、精准帮助他人脱贫！而且对大方是全方位的支持！关于恒大这件事，我回去就准备写个专题汇报，要向党中央、国务院报告恒大在这里做的大好事！我们从省到市、到县、到乡、到村，都要切切实实地把恒大的关心支持及帮扶方案落实好，这是最重要的事！"

刘远坤副省长说到这儿，拍了拍自己的胸脯，说："我这个管农村、管'三农'，也管扶贫工作的副省长，几十年来，我走遍了全贵州，最担心的就是下面工作不落实，光跟着上面喊口号。现在家印主席和恒大对我们大方县这么大力支持，大方要是没有把事情落实到底……"说到这儿，他停顿了一下，扭头看了分坐左右的毕节市委书记陈志刚和市长陈昌旭，对这两人说，"我管不了所有的人，但会经常督促和检查你们二位。志刚跟昌旭，你们俩如果抓得不扎实，我就到陈敏尔书记面前'打小报告'，这是肯定的。"

陈敏尔时任贵州省委书记。刘副省长的话，惹来会场一阵善意的哄笑。

坐在副省长身边的贵州省政协副主席班程农忍不住插话道："这个 30 亿元，对大方来说，是非常难以忘怀的一次记忆呀！但我认为，恒大的精神、恒大的理念、恒大的管理、恒大的人才、恒大的市场，那才是我们要真正认识的最大财富！这一点，我们贵州人、毕节人、大方人要充分地看到和认识到。我只想送我们贵州、毕节和大方的同志三句话——凡是恒大集团在这地方要做的事，有求必应，有事必办，有忙必帮！作为我们贵州的同志，眼睛绝对不能只看着这30亿元，而要看到恒大给我们带来的真正精神财富，它可能价值300亿元、3000亿元，甚至更多！"

会议的气氛已经被推向了高潮。毕节市委书记陈志刚和市长陈昌旭也分别表了态，强调会积极配合，严格认真地督促市县各级工作，确保恒大的方案落到实处。

"好——签约！"

许家印站起身，在两页纸的《恒大集团结对帮扶大方县精准扶贫精准脱贫协议》签上自己的大名，之后递交到大方县县长顾掌权手中，两双手紧握在一起……

这是一个历史性的瞬间。一个民营企业同一个县携起手来，并肩向贫困宣战，誓要取得胜利！这是以习近平同志为核心的党中央开创的中国新时代扶贫史上的一个标志性事件！

让我们一起记住这份不足两页纸的特殊协议吧——

恒大集团结对帮扶大方县精准扶贫精准脱贫协议

按照党中央、国务院扶贫工作的有关精神，响应全国政协的号召，并在全国政协的指导下，恒大集团积极开展结对帮扶国家扶贫开发重点县的工作。

贵州省毕节市大方县位于乌蒙山区，是国家扶贫开发重点县，总人口120万，其中贫困人口18万。

恒大集团是以民生住宅为主，集文化旅游、保险、农牧、健康、互联网及体育为一体的企业集团，在发展过程中积极承担社会责任，关注民生。

经双方友好协商，自2015年12月19日起，恒大集团结对帮扶毕节市大方县，和全县人民一道，利用三年时间，到 2018 年年底确保大方县实现整县脱贫目标。

协议如下：

一、结对帮扶时间

2015 年 12 月 19 日至 2018 年 12 月 31 日。

二、结对帮扶对象

大方县实际管辖范围内国家建档立卡数据库中的贫困人口，共计 18 万人。

三、结对帮扶思路

坚持精准扶贫、精准脱贫的原则，一切从实际出发，因户施策，因人施策，实实在在，稳扎稳打。

未来三年，恒大集团在大方县投入扶贫资金 30 亿元。通过产业扶贫、易地搬迁扶贫、吸纳就业扶贫、发展教育扶贫和特殊困难群体生活保障扶贫等一揽子综合措施，三年实现全县贫困人口全部稳定脱贫。

四、结对帮扶措施

（一）产业扶贫

1. 扶持发展特色农业。恒大集团出资 4 亿元，扶持 400 个左右天麻、冬荪、皱椒、蔬菜、香菇等贫困户互助合作社及初加工企业。

2. 扶持发展畜牧产业。恒大集团出资 6 亿元，购买 10 万头（只）肉牛、肉羊、生猪等基础母畜无偿送给贫困户，同时引导贫困户组成互助合作社，适度集中饲养。重点扶持 1000 个左右互助合作社。

3. 扶持建设种苗基地。恒大集团出资 1 亿元，建设 20 个种苗、苗木繁育基地。近三年内，种苗、苗木全部无偿提供给贫困户种植。建成后产权确权给周边贫困户。

4. 扶持投放生产信贷。恒大集团出资1亿元，为贫困户发展生产贷款予以担保，增强扶贫信贷投放能力。

（二）易地搬迁扶贫

针对基本丧失生产生活条件地区的贫困群众，依托城镇和厂矿、旅游区等，通过易地搬迁转移就业，实现稳定脱贫。恒大集团出资10亿元，建设10处易地搬迁扶贫安置区，易地搬迁2万名贫困人口。

（三）吸纳就业扶贫

恒大集团通过组织大规模职业技能培训，在物业、园林、酒店等下属企业和战略合作企业，吸纳3万人就业。

（四）发展教育扶贫

恒大出资5亿元，用于支持大方县教育发展。其中：

1. 新建10所标准小学、10所标准幼儿园。

2. 新建1所完全中学。

3. 新建1所现代职业技术学院。

4. 建立"恒大大方教育奖励基金"，用于表彰奖励大方县优秀教师和优秀贫困家庭学生。

（五）特殊困难群体生活保障扶贫

1. 恒大出资2亿元，新建1所慈善医院。

2. 恒大出资5000万元，在县城新建1处敬老院、1处儿童福利院，用于救助农村贫困家庭中五保老人和孤儿。

3. 恒大出资5000万元，通过恒大人寿赠送贫困人口中特殊困难群体每人1份万能险，保险收益用于此部分群体稳定脱贫。

4. 恒大员工志愿对大方县农村贫困家庭全部留守儿童、困境儿童和孤儿"一助一结对、手拉手帮扶"。

五、双方的义务

（一）恒大集团帮扶工作在大方县委、县人民政府的统一领导下进行，与全县脱贫攻坚形成合力。

（二）恒大集团所有帮扶资金，全部阳光操作，精准投入到贫困家庭脱贫，接受全社会的公开监督。

（三）恒大集团在大方县注册成立独立的法人机构，全权负责大方县的结对帮扶工作。

（四）大方县人民政府全力支持配合恒大集团结对帮扶工作，抽调精干人员，成立专项推进组，共同推动帮扶工作。

（五）大方县人民政府全力保障恒大扶贫项目的建设用地、规划审批、报建手续和自来水、道路、电力、通信等基础设施建设，保证项目施工进度。

（六）大方县人民政府负责到村、到户帮扶事项的协调组织。

六、其他事项

本协议经双方签字盖章后生效。未尽事宜，双方协商后签订补充协议，补充协议与本协议具有同等法律效力。

本协议文本壹式肆份，甲、乙双方各执贰份。

恒大地产集团　　　　　　　　大方县人民政府

法定（或授权）代表人：　　　法定（或授权）代表人：

　　　　　　　　　　　　　　双方签署时间：2015 年 12 月 19 日

贰

第二章
出征乌蒙山

许家印与大方签下帮扶协议之前，就给大方全县 110 万百姓家家送了一份年货，这在《序章》中已经提过。那个时候，大方百姓们对恒大出资 30 亿元帮助他们脱贫，也许只有模糊的概念，但对浩浩荡荡 60 辆大货车送来的年货却印象极其深刻。

　　"好几十年没有遇过这么开心、这么热闹的事了！"一位领过恒大年货的老大爷这样对我说。就在这一天，大方的百姓们真真切切知道，有个"恒大"跟他们"好上了"！

　　习近平总书记说过这样一句话：小康不小康，关键看老乡。我借用一下：对一个企业、一个人的评价如何，同样是公众和百姓说了算。百姓的感受是最真切具体的，他们的眼睛也是最明亮的，在感受到恒大的真心实意后，他们自然在喜出望外的同时，在心头深深刻下感恩的记忆。

　　毋庸讳言，久居乌蒙山区的贫困百姓，他们知道什么样的政府、什么样的组织、什么样的单位和人，才是真正对他们好，真正关心他们的生存与生活。20 世纪 80 年代新华社记者的那篇内参，描写农民因断粮而生活十分困难，用了"无一人埋怨国家"这样的话语表述乌蒙山区人民的崇高境界，当时习仲勋同志感叹且怒斥道："这是对我们这些官僚主义者一个严重的警告！！！"从中可以看出，多少年来，少数地方政府部门和领导对解决百姓困难的工作做得不实、不力，从而导致了"看看扶贫，越扶越贫，扶贫无尽头"的尴尬局面。钱也花了，力气似乎也费了，但就是不见效。有的地方竟然还出现挪用、贪污扶贫款项的恶行，更是罪孽深重，不可饶恕！

如果百姓的疾苦，只是简简单单地换一个官员、改一个朝代就能解决，那就容易多了。许多人都没有深思过，中国历史上不是没有统治者想把祖国的南域大地建设得富饶而强盛、美丽而繁荣，但为什么千百年来的努力都失败了？原因也许可以列举一百个，但有一点是公认的，那就是这片土地的自然环境和人文历史的诸多独特性。

毕节属乌蒙山区。据说，唐代之前一个叫"乌蛮"的部落世居于此。从"乌蛮"到"乌蒙"，标志着一个部落的崛起和一个民族区域的形成，横跨千里南域的群山，随之成为这个区域载入地理图册的永久的江山符号。现在我们所知的乌蒙山，由三座东北—西南走向的山脉组成，其地势东北低而西南高，平均海拔2400米左右。乌蒙山的最高峰在云南境内，叫牯牛寨，位于云南昆明市东川区和曲靖市会泽县交界，海拔4016米。贵州境内的乌蒙山主峰名为韭菜坪，位于毕节市赫章县境内，海拔2900米，也是全贵州最高峰。整个乌蒙山区，重峦叠嶂，如浩海腾波，云烟翻卷。其峡谷深陷，如刀切斧削。登高望远，但见山中有山，峰外有峰，逶迤连绵，壮观而摄人心魄。

"削铁青连万仞冈，跻攀九折走羊肠。奔流激岸沙惊语，大岭过云石怒创。凿险可能朝缅象，弯弧直欲射天狼。滥觞一线崩洪水，南去盘江路正长。"这首诗是清末彝族诗人余达父描绘的故乡乌蒙一带的自然环境，乌蒙路途之险峻，从诗中可见一斑。难怪毛泽东在回忆当年红军二万五千里长征的艰险时，不忘"乌蒙磅礴走泥丸"的经历。

乌蒙山势磅礴，山形更深不可测。如今，一条高速公路横贯贵阳到毕节，汽车高速行驶，几个小时即可从省城到达毕节各县，乡镇公路也基本建起。但即使如此，当你从县城或乡镇的公路下来，再往大山深处的村寨行走，探访居住在那里的山民百姓，依然会有种与世隔绝的感受……高的山、密的林、崎岖的小道和翻不完的峰林，走着走着，一弯月钩已不知不觉悬挂在你头顶。

这一次，恒大人要帮扶脱贫的就是这里的山民。

我想，许家印当初决定帮扶贵州脱贫时，一定想到了，恒大面临的问题，除了钱，还有人，甚至可以说，人比钱更重要、更急需。他需要派遣大量人手，和当地政府一道帮助山民们实现脱贫。

大家都知道恒大是搞地产的，也知道他们除了造房子、卖房子，还搞了一个恒大足球俱乐部。但恒大这些人和许家印除了搞地产和弄个足球队，还能干什么？大家都想象不出来。

帮助贵州乌蒙山区那些祖祖辈辈住在大山深处、至今都不愿搬出来的山民脱贫，许家印知道如何着手吗？知道怎么做好吗？相信他之前从来没有主持过这样的项目，或者说，他根本就没有想过，这辈子还要做一次彻彻底底、完完全全的"农村工作"，而且是绝无退路、难度极大的"农村工作"。

自然难！不难就不用我们恒大跟着去操这份心了！在决定投入30亿元之前、之后，许家印肯定想过这些问题。"所以选你这位有农村工作经验的副总裁领兵，去打这场特殊的战役！"许家印在下定决心帮扶贵州人民脱贫后，第一时间调兵遣将，对姚东委以重任。

"中央为何用'攻坚战'来说扶贫脱贫？就是因为其难度超乎我们所做的一般工作。我们既要有足够的物质准备，更要有做好这项工作的心理准备。中国共产党人做事是讲信用的，说出去的话，就要向人民和历史兑现。现在全世界都在关注我们能不能在2020年真正取得脱贫攻坚战的胜利，全面建成小康社会，所以脱贫攻坚战是必须打赢的一场特殊战役，得拿出战胜一切困难的勇气和精神来！"这样的话，许家印多次在全国政协会议和其他参政议政会上听中央领导说过。

所谓攻坚战，是针对强大的防御方而发起的战役或战斗，《孙子兵法》中的"上兵伐谋，其次伐交，其次伐兵，其下攻城"，所提及的"攻城"就是古代的攻坚战。一般来说，这种战斗进攻方取胜的难度很大，因为防御方通常没有退路，会拼死一搏，使进攻方损失惨重。但攻坚战又是扭转胜败局面的关键战役与战斗，如第一次世界大战中的列日要塞攻坚战，第二次世界大战期间的布列斯特要塞之战、斯大林格勒保卫战等，皆是对战争结局起着决定性作用的著名攻坚战。

眼下的脱贫攻坚战，是中国共产党人领导的一场新时代的特殊战役。靠枪杆子闹革命，可以让穷苦百姓"翻身做主人"，但"翻身"后能不能过上不愁穿、不愁吃的日子，能不能把日子越过越好，才是中国共产党人要继续打的战役，而这样的战役绝不好打。新中国成立六十余年，这场脱贫战役其实一直没有取得最后胜利……

今天，打这样一场新时代的特殊战役，重任落在了许家印和他的恒大团队身上——一支以"80后""90后"为主的房地产企业队伍，会怎样打这场仗呢？国人都在注视许家印、注视恒大，连许家印自己也在审视自己，审视自己的队伍。这样的战役，他从未指挥过，但这样的战役，绝不允许失败。

我还是把时间快进到2017年5月14日那一天吧，看看在贵州摸爬滚打一年多后的恒大人。此时，恒大已将扶贫范围从大方县扩展到毕节市全部七县三区，计划在原30亿元以外再投入80亿元资金，帮助毕节在2020年年底之前实现整体稳定脱贫！

这一天，许家印起得特别的早。

这一晚，他其实根本就没有睡。

这天凌晨四点钟，又将有 321 名恒大将士整装待发，奔赴那遥远的乌蒙山区……

9. 热血宣誓

也许我们的国家和我们的生活目前太和平太幸福太舒适了，所以很难再见到那种气吞山河、浩浩荡荡、金戈铁马的出征场面。

但这一天，在现代化都市广州的凌晨时刻，却上演了这样气势恢宏的一幕，让人热血沸腾，甚至热泪盈眶……

这是恒大集团公司为 1821 名即将奔赴贵州前线的扶贫队员举行的出征仪式。

因为广州到贵阳的高铁发车时刻，这场特殊的出征仪式是在凌晨进行的。当广州市民们还在酣睡时，恒大集团总部的大院里已经人声鼎沸了，身着红色队服的扶贫队员们个个精神抖擞，列队进入会场。主席台上，许家印和集团公司的全体领导端坐等候。顷刻间，原本宽敞的会堂座无虚席，人头攒动。

"恒大集团帮扶乌蒙山区扶贫队员出征壮行大会，现在开始——"总裁夏海钧宣布。

扶贫工作开始后，恒大举行这样的出征仪式已经不止一次了。自 2015 年 12 月开始，恒大向乌蒙山区派出了多支扶贫队伍，而一次次庄严隆重的出征仪式，让数以千计的热血青年们振奋不已，他们满腔的为国为民情怀、人生理想终于有了用武之地！

这个时刻，让人想起那些穿着破旧棉袄、扛着钢枪，迈着视死如归的步伐前进的年轻战士，他们口中唱着："黄河之滨，集合着一群中华民族优秀的子孙。人类解放，救国的责任，全靠我们自己来担承……"义无反顾地奔向抗日战场。

这个时刻，让人想起六十年前的一代青年学子，他们打好背包、手持红旗，走出学校大门，登上远去的列车，无数人齐声唱道：

> 到农村去，到边疆去，到祖国最需要的地方去！
>
> 到农村去，到边疆去，到革命最艰苦的地方去！
>
> 祖国啊祖国，养育了我们的祖国！
>
> 要用我们的双手把你建设得更富强！
>
> 革命的青年有远大的理想！
>
> 革命的青年志在四方！
>
> 到农村去，到边疆去！
>
> 让生命发出更大的热和光，更大的热和光！

是的，在这个时刻，台上的许家印等人自然而然地想起二十年前、三十年前的自己，是怎样踏着改革开放的浪潮，在邓小平南方谈话的春风吹荡下，怀揣理想、豪情满怀地"南下""南下"……然而，现在是新时代，是中国特色社会主义新时代，是"80后""90后"们的时代，还是来看看他们的风采吧——

第一个走上台来的是位高大帅气的小伙子，名叫吴博。从他开口说出的

第一句话，就能听出他格外激动的心情：

　　各位战友大家好！我是大方扶贫前线首批参战队员吴博，是2013届集团校招大学生，毕业于南开大学。2015年12月1日，集团在大方前线打响脱贫攻坚第一场战役，我便主动报名奔赴前线。在过去的528个日日夜夜，我与287名战友并肩作战。战严寒、斗酷暑，风里来、雨里去，跋山涉水，走村入户，亲身经历了我们助力大方脱贫攻坚的点点滴滴，亲眼见证了贫困山区的一次次巨变，切身感受了在恒大集团的帮助下大方发生的覆地翻天的变化：一栋栋新房拔地而起，一座座大棚瓜果飘香，一个个基地种满希望，一间间教室宽敞明亮，一张张笑脸幸福绽放……从奢香古镇到凤山街头，从大山深处到田间路口，103项重点工程星罗棋布，400多个工地日夜奋战，8万多群众告别贫困不再迷茫！

　　扎根一线，我们有付出，有艰辛，有泪水，更有收获。我与我的战友们在艰苦的环境下，互相关心，互相帮助，互相激励，在战争中学会战争，在战斗中成长！我们与当地干部互相学习，互相尊重，同心同行，同甘共苦，共同向贫困宣战。经过艰苦环境的砥砺，一支特别能吃苦、特别能战斗、特别能忍耐、特别能奉献的扶贫队伍正在茁壮成长！一个个城里娃变成了扶贫专家，一个个少不更事的大学生正成为乌蒙山脱贫攻坚的骨干力量！对于我来说，更是收获满满。面对绝对贫困，面对一双双渴望帮助的眼睛，我更懂得珍惜，更懂得感恩，更懂得自强不息顽强拼搏！在风雨同行、朝夕相处中，我收获了宝贵的战友情！我也从一名毕业仅仅四年的大学生迅速成长为一名公司领导。1月9日，当我看到许主席亲自签发的通报表扬文件时，我不禁热泪盈眶，激动万分。我深知，这不仅仅是对我一个人的褒奖，更是对整个扶贫团队、对每一个扶贫战士的嘉奖！

吴博曾经做梦也想不到，他这个1991年出生的年轻人，尽管工作资历尚浅，但因为在扶贫战场上奋力拼杀的功绩，已被主席台上的恒大掌门人许家印破格提拔为大方扶贫公司总经理助理。

……饮水思源，回报社会，恒大责无旁贷；缘起大方，助力乌蒙，我们再踏征程。面对新的战场，恒大铁军一定发扬"艰苦创业、无私奉献、努力拼搏、开拓进取"的企业精神，以"精心策划、狠抓落实、办事高效"的工作作风，严格按照集团要求，工作到村、责任到人，全面小康路上不落下一个贫困乡亲！决不辜负集团重托，走好新的长征路，不辱使命，决战决胜！

吴博的最后几句话几乎是喊出来的，这是一个年轻扶贫队员的呐喊，向自己生活的这个伟大时代呐喊出他的激情和热血！

"战友"，这个通常只在部队里、在战场上使用的称呼，在恒大、在恒大扶贫前线已经被大家习惯使用。"战友"二字一出口，连老板许家印也变成了生死同志，与将士们一起扛着枪搏杀在战场上！

"'战友'这称呼好，激情、友情，情同手足，生死之交！"许家印多次这样感叹。

"各位战友大家好！"听，又一个战友来了！

这个身影恒大人非常熟悉，正是恒大扶贫前线的总指挥、自称"老班长"

的姚东副总裁。姚东在恒大集团班子成员中并非是元老级人物，但他的农村工作经历和村、乡、县行政主管经历，使他成为恒大高管中的"稀缺资源"。几次交往下来，我感觉姚东尽管资历深厚，却依然是位青春热血时刻沸腾、青春激情时刻飞扬的"少壮派"。这一年多在扶贫战场上的搏杀和乌蒙山的风霜侵袭，使他的肤色黑了许多，背也微驼了，可是今天，在许家印和集团各位领导、全体战友面前，姚东的脚步比平时迈得更大、更有力，其讲话也带着浓浓的前线味道，铿锵有力，极具鼓动性：

　　各位战友，乌蒙山脱贫攻坚需要我们！

　　乌蒙山是我国集中连片特困地区，是国家脱贫攻坚主战场，是最难啃的一块硬骨头。地处乌蒙山腹地的毕节市，总人口 900 多万，目前仍有贫困村 1702 个，贫困人口 92.43 万，脱贫攻坚任务非常艰巨。

　　这里土地贫瘠，靠天吃饭，耕地巴掌宽、尺把长；这里很多乡亲还住在深山区、石山区，几间茅草屋，不遮风、不挡雨，不通水、不通电；这里山高水长，交通不便，出去一趟要五六个小时，不少孩子上学要独自来回跋涉十几公里；这里的乡亲小病拖，大病扛，没钱治也没有地方治；这里不少年轻人不得不外出打工，留下孤苦伶仃的老人和可怜巴巴的孩子。

　　同在一片蓝天下，大山深处却有着那么多令人心酸的故事！乌蒙山深处的贫困乡亲们需要社会各界的帮助！许主席在为第二批扶贫队员壮行时说，我们一定要帮助他们！这是集团赋予我们每一个扶贫队员的庄严使命！

　　各位战友，让我们的青春在大山深处闪亮！

在座的每一个人都是集团精挑细选的优秀青年，都有着为贫困乡亲奉献光和热的情怀与追求……大家在人生最美好的年华踏入乌蒙山，重走长征路，在崇山峻岭中风里来雨里去，披荆斩棘，用双脚丈量每一寸土地，用爱心温暖每一个困难群众，这是多么有意义的一段人生旅程，这是多么闪亮的无悔青春！

当我们看到贫困乡亲满脸洋溢着的幸福，当我们看到乡亲们实实在在地摆脱了贫困，我们就会深刻体会到，我们做的事情是多么伟大，更会觉得再苦再累都值得！就像第一批队员说的那样，我们翻的山越多，摆脱贫困的乡亲就越多。我们激情澎湃的青春只有在奋斗中才能尽情绽放！

各位战友，不辱使命是我们的庄严承诺！

出征，就一定要有必胜信念；决战，就一定要光荣凯旋！我们每一个扶贫队员，一定要遵照许主席和集团的要求，驻扎到乡、工作到村、包干到户、责任到人，与当地干部群众并肩作战，坚决打赢乌蒙山脱贫攻坚战，坚决带出一支"特别能吃苦、特别能战斗、特别能忍耐、特别能奉献"，作风优良，纪律严明，能打硬仗，更能打胜仗的恒大铁军！

仪式最后，夏海钧总裁宣布由许家印主席做出征动员，全场随之响起一阵雷鸣般的掌声，片刻后又变得鸦雀无声，寂静而庄严……

同志们：

今天，我们在这里隆重召开恒大集团帮扶乌蒙山区扶贫团队出征壮行大会……集团董事局决定，选派 321 名常驻县、乡的各级扶贫领导干部，选派 1500 名驻村的扶贫队员，共 1821 人的扶贫团队，与先前在大方县的 287 人扶贫团队会师，组成 2108 人的扶贫大军。我们的这支扶贫大军，要决战乌蒙山区恒大扶贫前线，确保到 2020 年帮扶毕节市百万贫困人口全部稳定脱贫。

对于贫困，我有深刻的体会。我出生在豫东一个最穷的地方。一岁零三个月的时候，母亲得病，没有钱看病，没有地方看病，就这样走了，我就成了半个孤儿。我从小吃地瓜、地瓜面长大，穿的、盖的补丁摞补丁……

许家印已经不是第一次在员工面前讲述他年少时期的苦难了，但在今天，在如此众多的集团干部和员工面前，他再次袒露曾经的辛酸岁月，显然是有感而发。因此他的真情回忆也比任何时候都更打动恒大人，教育恒大人，激励恒大人！

……如果没有国家的恢复高考，我肯定还在农村；没有国家的每月 14 块钱助学金，我肯定也读不完大学；没有国家的改革开放，恒大肯定也没有今天。恒大的一切，都是党给的、国家给的、社会给的，我们应该去承担社会责任，我们应该回报社会，我们必须回报社会。这不是空话，也不是虚话，这是我的心里话。

台下的很多年轻员工是第一次见到他们的大老板，更是第一次听到大老板毫不掩饰地讲述自己的苦难经历，他们被深深地打动了，许多人的眼里闪动着泪光……

帮扶贫困山区的百姓，是我们回报社会最好的平台，也是我们回报社会最好的机会。乌蒙山区几乎是山连山、山环山。住在深山老林里面的老百姓，没有路、没有水、没有电，几公里的山沟里，零零散散住着几户人家，家家户户都是破烂不堪的草房，就靠着房前屋后一点点山坡地养家糊口，靠天吃饭，青黄不接，吃了上一顿不知道下一顿在哪里……他们实在是太穷了、太苦了！

　　同志们，他们现在多么渴望别人的帮助啊！

　　我们要帮助他们，我们一定要帮助他们！

　　我们要把帮扶毕节百万贫困人口实现脱贫，作为恒大的历史使命。能够让他们早日脱贫，过上好日子，这是我们最大的欣慰，也是我们每一位恒大人一生当中的光荣，一生的荣耀！

　　我们要完成这项非常艰巨的历史重任！

　　我们要集全公司的力量，全力支持乌蒙山区扶贫前线的工作！

　　我们2108人的扶贫团队，一定要在当地各级党委政府的领导下，和当地干部群众并肩作战、精准作战，要大干苦干实干、要深入基层、工作到村、包干到户、责任到人、不脱贫不收兵！

　　我坚信，我们一定能够打赢乌蒙山区这场脱贫攻坚战，为实现习总书记提出的"确保到2020年所有贫困地区和贫困人口一道迈入全面小康社会"的目标，贡献我们的力量！

　　许家印的话音刚落，全场的人齐刷刷站起，千百只拳头举起，千百双眼睛凝视，面对那面写有"恒大扶贫"字样的鲜艳战旗，庄严宣誓——

　　我是一名光荣的恒大扶贫队员，

响应党的召唤，

奔赴乌蒙前线，

助力脱贫攻坚。

我们牢记集团的重托，

不怕吃苦，不畏艰辛，

勇挑重担，勇往直前，

严守纪律，尊重百姓，

不辱使命，决战决胜。

……

"宣誓人：姚东。"

"宣誓人：……"

"宣誓人：……"

那是潮，那是风。

那是铁，那是钢。

那是心，那是情。

如潮一般地汹涌。

如风一般地呼啸。

如铁一般地坚强。

如钢一般地沸腾。

是心，是恒大人爱国惜民回报社会之心。

是情，是恒大人有忠有义有仁有爱之情。

这是恒大人面对中国的新时代脱贫攻坚战所许下的庄严誓言。

这是显示一个中国民营企业的精神与尊严、胸襟与情怀的庄严誓言。

10. 荡漾山风的课堂

那一天的出征仪式之后，许家印带着集团班子全体成员，在朝霞未露时，迎着晨风列队，为奔赴前线的扶贫队员们送行。最后一个上车的是姚东，许家印特意拉住了他的手，右手重重地在他的肩头上一拍，说："姚东，你刚才领读誓言时声音很响哟！到了前线，再打个漂亮仗，回来我给你庆功！"

"请许主席放心，我们一定不负使命，光荣凯旋！"

其实，恒大扶贫第一次真正意义上的出征，是在2015年11月29日，由年轻的副总裁柯鹏率领调研考察组完成的。那次许家印没有送行，是因为他主持紧急会议直至当天凌晨四点，当听说柯鹏马上就要离开集团总部，搭乘早上七点多的飞机去遵义后，他特意过去跟柯鹏道歉："我这一句'第一时间落实中央精神'，真把你逼得一整夜不能睡了！"柯鹏则回答："许主席您对扶贫那么上心，我少睡一夜又算啥，还可以在飞机上补点觉呢。"

至于十天后调遣姚东到大方扶贫前线，更是"急急如律令"——当时姚东在东北哈尔滨任恒大粮油集团董事长，派他出任恒大扶贫办公室主任，名义上是"兼任"，其实是彻彻底底的"全职"，而且没有任何回报。干好了，继续当副总裁；干差了，就卷起铺盖回老家吧！这话虽然没人跟姚东说过，但姚东自己心里明白：如果在贵州扶贫战场攻坚不下，就算许家印不吱声，自己也只有引咎辞职一条路可选……

"30亿元啊！不要说后来又追加的那80亿元，就说给大方县的30亿元，如果我把这件事搞砸了，许主席不砸死我才怪呢！"姚东瞪着一双圆圆的眼睛跟我说。

哈哈，假如许家印听到他的前线大将说出这番话，一定会偷着乐的。为啥？这么自动自觉立军令状的将军，怎么可能不拼尽全力奋战呢。

恒大要的就是这样的将士！脱贫攻坚要的就是这样的猛将和勇士！

"到大方后，我们做的第一件事是学《毛选》……"

"什么？你再重复一遍！"我以为自己听错了。

"是的，学习《毛泽东选集》！"姚东重复道。

我感到有点不可思议，但细想想，此举又不无道理。扶贫扶贫，扶助乡村最贫穷的百姓，而对中国的农村问题最权威、最内行的，首推毛泽东！

"现在的恒大人，十有八九都是农村生、农村长的'80后''90后'，但这批青年人对于农村工作的经验基本上是空白。扶贫面对的是农村中的一个特殊群体，要让他们稳定脱贫，并非我们简单地往大方扔30亿元就完事，而是要运用好这些资金，帮他们打一个漂亮的翻身仗，彻底改变积贫积弱的旧貌，这项工作的复杂程度和细化程度远超出我们的想象！现在全国上上下下，都对我们恒大帮扶脱贫模式格外感兴趣，原因恐怕也在于此。"姚东说。

哦，明白了，方式远比不上方法。许家印和恒大从一开始就分外注重帮扶的方法！

作为总部派至乌蒙山扶贫前线的总指挥，姚东到了大方县后，才第一次与另外六位集团公司派过来的助手见面，用他自己的话说，当时心里"拔凉拔凉"的：除了自己和陈云峰两个"60后"的"老家伙"，清一色是"80后""90后"的"娃娃"们！靠这帮乳臭未干的孩子开展困难重重的农村扶贫脱贫工作，不是天方夜谭吗？姚东的头发本来就不多，那天他在房间里一边踱步，一边拍脑袋，思忖着如何用好恒大这30亿元，如何完成许家印主席的重托……头顶都快拍秃了!

什么都不怕,就怕工作没人会做!姚东连拍了几下自己的脑袋:怎么办呢?怎么才能让这些"娃娃"快速转变角色,从做生意、搞地产尽早过渡到搞农村扶贫工作?

"姚东,是不是遇到难题了?"许家印接到姚东的电话,劈头就问。

"难题大着呢!许主席,您派来的这几个都是娃娃兵,这仗怎么打?我……"

姚东还没说完,许家印在电话那边已经乐上了:"这事不难!毛主席不是说过嘛,从战争中学习战争!你就照着毛主席他老人家的工作方法,好好带你的娃娃兵。

"告诉你啊,姚东,帮扶脱贫,是我们恒大向国家和时代许下的承诺,可你还得给我记住一句话:我们恒大要在这帮扶脱贫的实际工作中培训和锻炼一支强大的队伍,这比我们拿出的几十亿元钱更重要,更有长远意义!现在你带的七人组,是我们扶贫办公室的班子成员,也是我们大兵团作战扶贫一线的指挥部成员,再往后,派到你们前线去的可是几百人、几千人的队伍。你这一班人可要整齐划一起来啊!毛主席早就说过,如果这'一班人'动作都不整齐,就休想带领千百万人去作战,去建设……"

姚东一听,这话太熟悉了!他初当县长时,领导就跟他说过:你姚东三十出头,没多少经验,要领导几十万人口的一个大县,工作千头万绪,怎么抓?就要好好学习毛主席《党委会的工作方法》,毛主席早在那篇文章里面教过我们如何做工作了!

"许主席,您怎么对毛主席的《党委会的工作方法》那么熟悉啊?"姚东惊奇的是,一个大老板、民营地产商居然也那么熟悉毛主席著作!

"姚东,我是谁?我是比你早出生十年的人啊!我背毛主席语录的时候,你还吃奶呢。再说，我除了是恒大的董事局主席，还是集团公司党委书记，党委书记不知道毛主席的《党委会的工作方法》，能行吗？"许家印的声调似乎十分严肃。

姚东一听不对劲，知道老板在半真半假地损自己，赶紧投降："许主席决策英明！我们坚决按照您的指示，马上行动！"

姚东可不是个笨人，他能当上恒大副总裁，能被许家印选中做脱贫攻坚战前线总指挥，除了看中他有农村工作的实践经验，还因为他脑子绝对够用，反应敏捷。

"从接到命令，让我投入扶贫工作的那一刻起，我就知道自己该做些什么了！"姚东后来说，2015 年 12 月 10 日从哈尔滨动身前的那几个小时，他已经让助手把有关中央扶贫开发工作的文件和习近平总书记的相关讲话全部搜集起来，"在飞机上我就开始学习和重温，有的过去当县长时就知道了，有的是这几年中央新出台的。等到下了飞机，抵达大方，我已经胸有成竹，知道跟当地县领导交流时该说啥话了……"

"第一次与恒大人交流时，我以为他们只是谈谈如何把钱落到我们账上，其他的恐怕就说不上啥了。哪知他们不仅对农村扶贫工作的中央精神了如指掌，对大方县的实际情况也是非常清楚。在如何帮助百姓真正脱贫上，可以说他们有些思考比我们细致、具体，这让我们刮目相看！"大方县领导对我说。

当时姚东布置给扶贫办公室班子成员的第一个任务，就是学习毛主席著作和习近平总书记系列重要讲话："中央扶贫开发工作的相关文件精神，你们都可以在网上搜索到，但还要重点学习毛主席的《中国社会各阶级的分析》《湖南农民运动考察报告》《星星之火，可以燎原》和著名的'两论'。对了，《党委会的工作方法》也必须学。诸位今后都是脱贫攻坚战的各战区指挥官，手下也会有千军万马，如何指挥打仗，如何'十指弹琴'，毛主席的著作中都有精辟分析，好好学一学……"

"我记得他布置这个任务，是在我到达大方的第一个晚上——其实那个时候已经是第二天凌晨快一点了。"阮士恩告诉我，"我当时愣了，心想：我们是带着钱来给人家扶贫的，干吗要学《毛选》，还得这么认真。但第二天白天，我们几个下了一次乡，马上就明白了。原来，像我这样的贵州人，其实对家乡当前的农村情况也几乎一无所知。看到那些穿着破旧、揭不开锅、房子挡不住风雨、有病看不起的家庭，我们很理解这样的贫困户需要帮助。但也碰到另一种情况，比如我们走进一户贫困家庭，主人是中年夫妻俩，看上去还算体面，询问后得知，这个家庭有三个孩子都要上学，其中一个已经在上海读大学，第二个也考上了，第三个在念初中。当时我们觉得奇怪：为啥这样的家庭也算贫困户呢？当地干部就跟我们解释说，这一户因供孩子上学而负债严重，造成家庭贫困。我们就说，他们的孩子眼看都成大学生了，过不了几年都将成为国家的栋梁之材，可以自食其力，家庭不是马上就能好起来了吗？当地干部又解释说，现在党的扶贫政策中，关于贫困人口的划分是有严格标准的，今天我们看到的这户贫困家庭也在帮扶之列，因为只有接受帮扶，这个家庭的孩子们才有可能考上大学，完成学业，以后成为国家人才，最后整个家庭也能彻底脱贫。原来如此！我们在了解了党的政策和农村实际情况后，才真切地悟出，原来党的扶贫政策考虑到了方方面面，所以才这么深得人心啊！"

第三个工作日，七人小组的成员们陆续回到住处，此时已过晚上八点。"姚总有令，八点半准时学习讨论。"众人互相通知。

自助晚餐二十来分钟便已解决。等大家坐定后，姚东首先发问："怎么样，这几天大家碰到什么困难？"

"困难多了去了！"有人伸伸胳膊伸伸腿，道，"这乌蒙山路险难走，贫困户生活艰难我都有心理准备，可有些担心如何与当地基层干部沟通，因为我们30亿元投下去的项目还需要他们的配合才能按期完工啊！姚总，这可是个大问题！"

"好，你们今天提出了一个特别重要的问题！"姚东似乎早已心中有数，"对这样的问题，我们来听听毛主席是如何教导的……"

众人赶紧打开电脑中的《党委会的工作方法》……

"毛主席说：书记和委员，中央和各中央局，各中央局和区党委之间的谅解、支援和友谊，比什么都重要。这一点过去大家不注意，七次代表大会以来，在这方面大有进步，友好团结关系大大增进了。"姚东读到这儿，说，"我们恒大扶贫队到大方，有点像当年毛主席带领秋收起义的部队到井冈山建立革命根据地，第一要站住脚，第二才能开展工作，最后才能实现奋斗目标。毛主席当年靠的是啥？就是团结和依靠当地的革命力量。这回看起来是我们恒大带着30亿元来扶贫，但大家一定要牢牢记住一句话：我们是来参加脱贫攻坚战帮扶大方老百姓告别贫困的，'帮''扶'两个字是关键，是主业。啥叫帮扶？就是帮助大方政府、大方人民脱贫，这个'帮'是我们的主旨。既然是'帮'，就得搞清楚我们与大方政府和大方人民的关系，搞清楚我们所处的位置。这一点将决定我们工作的出发点和落脚点，也决定了我们30亿元资金能不能按许主席的要求落到实处，落到脱贫攻坚的时间点上！"

姚东站起来，突然把嗓门提高了十个分贝："同志们，我当过县长，干过一二十年政府的工作，清楚县乡的行政机构是怎么运行的。与大方政府合作，我们的态度就四个字：尊重、沟通。而且要把尊重放在前头！

"听明白了没有？你们几个都是许主席亲自挑选来的，是咱们恒大的精英，清一色受过高等教育，又有商界实践经验，以前在生意场上从来就没有失手过！但今天我们代表恒大到这儿来，角色不一样了，使命不一样了！我们是来帮助这儿的政府一起扶贫脱贫，是为了尽一个企业的社会责任。我们所做的一切事情，都是为了响应党的号召。这是第一。第二，就像许主席多次说过的那样，我们企业做大了，做到了世界五百强，不过，哪怕我们做到了世界第一强，我们的一切，都还是国家给的、人民给的、时代给的，我们绝对不能自以为是，要对社会、对国家、对人民有感恩之心，要有社会责任感。现在国家搞扶贫，到了攻坚作战的关键时刻，我们来到大方，是来帮助人家，是来尽一份义务和责任的，不要让人家感觉我们拿了大钱来，就财大气粗，对人家指手画脚……在扶贫这件事上，我们必须服从地方党委和政府的领导，要时刻记住，我们只是具体完成一项或多项任务的前线战斗人员而已，绝不可以有一丝一毫高高在上的救世主想法！首先把对别人的尊重做好、做到家，再学会做事之前先沟通，相信我们与当地政府和干部们的合作将会发生质的变化，得到他们同样的尊重与支持，这样就会看到我们工作开展和事业成功的希望！不要忘记，在扶贫脱贫的战场上，我们是同一战壕里的战友，我们的目标是高度一致的。要记住许主席的话：我们是为了感恩和回报社会而来，是来向他们学习的。"

"姚总讲得好！"

"我们明白了！"

年轻的扶贫办班子成员个个都是恒大的精英，一点即透。

"别着急，"姚东心里高兴，表面上依然是一副沉稳的长者架势，双掌向下虚按，说，"尊重和沟通是基本前提，但我们的工作千头万绪，一旦工程上马，就是几十个项目、几百处工地，成千上万人日日夜夜投入战斗，光靠尊重和沟通，是不能达到三年脱贫的目标的。怎么办？得有分工啊！得和人家地方同志相互配合着干啊！普通的干法还不行，得拿出我们恒大在市场上那种争效益、赶进度的精神来干！你们想想，才三年时间，脱贫攻坚任务这么艰巨，没有超常的干劲和能力咋行呢。说实话，我也着急上火呀！可这叫攻坚战，就得'不辱使命，决战决胜'，就得有我们在许主席面前宣誓的那种英雄气概才行！"

姚东说得有些口干舌燥，端起茶杯来猛灌了几大口，又滔滔不绝道："怎么个分工？怎么配合着干？当然发挥各自的长处嘛！我们的长处自然是高效、管理、盖房子、搞工程、市场对接等，他们地方政府的短处我们用长处来弥补，我们带着他们干。同样道理，我们的短处他们补齐，带着我们干。所谓'带着干'，不是说谁牵头的事，而是看发挥哪一头长处，从而实现高效工作。比如调查贫困户情况，地方政府干部的长处是熟悉道路、熟悉乡音乡情，有他们领着我们，不会走冤枉路、被野狗咬；我们的长处是调研精准、要求严格。这就叫发挥各自长处，实现共同目标。依此类推，很多工作都可照此方法进行。毛主席说过，实践出真知，从战争中学习战争。你们说，是不是这个理？"

"是——向姚总学习！"

"别别，我这点本事都是跟许家印主席学的……瞧，又到凌晨一点半了，马上睡觉！"姚东看看时间后宣布，"各位注意，明天，哦不，今天早上八点半，全体参加和县政府的协调会！"

"是！"

来如一阵风，去也如一阵风，风停后，寂静一片……

此时，大方县县长顾掌权刚刚结束县委、县政府关于落实恒大集团对口帮扶大方有关工作的专题会议，离开小会议室。他正好目睹了暂住在这家酒店的恒大团队的工作情形，不禁轻轻地在夜幕中感叹一声：恒大真是派来了一支铁军！

"马上通知各部门一把手，让他们上午八点钟到会上……"顾县长一边上车，一边声音沙哑地嘱咐身后的秘书。

"协调会不是八点半开始吗？"秘书疑惑地提醒道。

"提前半小时是我有话要跟咱们的人说，你看看人家恒大是怎么工作的！"顾县长说完一句话，咳嗽不止。

"明白了。您要注意身体，赶紧回家吧！"秘书帮顾县长拍拍背，关上了车门。漫漫黑夜中，小车疾驶，车上的顾县长不停地咳嗽着，咳得额上直冒汗珠……

两个月后，顾县长悄悄到医院检查，发现自己患上了喉癌，且已是晚期。可他瞒着所有人，继续战斗在扶贫脱贫一线，带领县政府人员与恒大扶贫团队精心筹划30亿元扶贫项目的每一个细节。2017年4月14日，年仅五十岁的顾掌权病逝，这个令人震惊的消息传遍乌蒙山区，传到每一个大方百姓耳中，人们无不悲痛惋惜。曾与顾县长密切合作的恒大人同样唏嘘不已，姚东特意在当日的微信中写下这样一段话："2015年12月，我们到大方县来帮扶，顾掌权县长和我们朝夕相处，并肩作战。那个时候我就感觉他的喉咙有问题，说话很吃力。但顾县长一直顽强地坚持工作，不停地安排事情，不停地奔走在抓落实的第一线。我曾劝他去大医院看看，也帮他联系好了中山三院。可是，扶贫任务太重，各方面的工作任务太重，他始终没有能腾出时间，直至连话都说不出来，才离开了工作岗位。没想到，一检查，就是一个惊人的噩耗。写到这里，我实在是抑制不住泪水。我亲眼见证，一位多么优秀的少数民族干部，一位多么令人尊重的基层干部，一位多么务实的干部，他为乌蒙大山的贫困乡亲这样累倒了，他的精神鼓舞和激励着我们在脱贫攻坚战的第一线奋进……"

冬季的乌蒙山风，格外萧瑟寒冷；蜿蜒的山路，跋涉起来格外艰辛。为大方县的扶贫事业呕心沥血的地方干部，何止顾掌权县长一位。比顾县长还要年轻的绿塘乡党委书记彭练基也倒在了扶贫的战场上，年仅四十六岁。在大方，这样的同志还能列出一串……

每当看到这些优秀干部的遗像，年轻的恒大扶贫队员们内心顿时涌动起强烈的使命感与责任感，他们胸中燃烧的热血，将萧瑟的寒风拒于千里之外。

啊，乌蒙山区在召唤，脱贫攻坚战的号角已吹响，十三万恒大人被如火如荼的扶贫事业所吸引，激奋不已！

11. 到乌蒙山去！到扶贫前线去！

唱一曲水西谣

高高的乌蒙山　美丽的水西女

爱唱着水西谣　等待着回家的人

古老的慕俄格　出征的男人们

爱唱着水西谣　想起了梦中的她

走过了千万里路哦唱过了千万支歌

抵不上唱一句思念的水西谣

走过了千万里路哦唱过了千万支歌

何不唱一句梦中的水西谣

唱一曲水西谣　男人们酒醉了

再唱一曲水西谣　女人们心碎了

太阳是月亮的歌　月亮是太阳的梦

男人是女人的歌　女人是男人的梦

唱一曲水西谣　多情的水西女

一曲思念的歌　唱给梦中的她

唱一曲水西谣　爱喝酒的男人们

一曲太阳的歌　天空是你的天空

走过了千万里路哦唱过了千万支歌

抵不上唱一句思念的水西谣

走过了千万里路哦唱过了千万支歌

何不唱一句梦中的水西谣

何不唱一句梦中的水西谣

唱一曲水西谣

唱一曲水西谣

　　这首《水西谣》，由彝族歌王奥杰阿格作词作曲并演唱。水西，是宋末元初以来，对以大方县为中心区域的毕节东部地区的称呼。2008年，年轻的彝族之子奥杰阿格漫步在历经千年沧桑的故乡大地上，听得一系列扣人心弦的水西故事，之后潜心创作了这首《水西谣》。歌曲描述了男子在外出征、女子在家等待的情境，清丽的歌词、优美的旋律，让我们感受到作者心灵的淡雅与宁静，体会到水西彝族人民的浪漫心境和对水西圣地美好明天的希冀，歌曲情深意长，荡气回肠。

　　让人意想不到的是，这首乌蒙山区的情歌竟然在恒大集团流传甚广。"我们许主席要求所有到帮扶前线的队员都必须学会几首歌，这是其中之一。"恒大集团的工作人员这样告诉我。另外还有在乌蒙山区十分流行的《毕节我的家乡》以及《到人民中去》。

"想要做好工作，不了解当地的文化和历史，绝对不可能。所以许主席对我们的要求就是：要想帮扶成功，先得对大方那块土地和大方人民有感情。感情从何而来？一首歌、一个传说，都可能把我们的心和那块土地、那里的人民连在一起。唱一曲《水西谣》，看一遍电视剧《奢香夫人》，自然而然会对那块曾经陌生的土地和土地上的人民产生好奇，进而产生深厚感情，越唱《水西谣》，越像回到了自己的家乡……"恒大扶贫团队的一个小伙子深情地唱过《水西谣》后，让我听了听他改编的"恒大版"《南山南》——

　　　　　你在神州的大地上，高堂广厦，

　　　　　我在亚冠的赛场上，续写传奇。

　　　　　毕节热土温馨在歌唱，一沐春风动人间，

　　　　　海花岛上，诉情长话不眠。

　　　　　我掬一把月遥望新西兰的牧场，

　　　　　呼伦贝尔跑马奔留心上。

　　　　　一望无际，城市闪烁的霓虹，

　　　　　那黑夜，早已消失无影无踪。

　　　　　你说那长白千年不朽的秘密，

　　　　　感动那前世的泪滴，

　　　　　此爱凝结成霜化着唯一。

　　　　　如果所有伏笔安排一起，

　　　　　汇成一溪只为滋润你，

　　　　　撩动了我的梦涟漪。

　　　　　……

南海南，北山巍，

南海有轻轨。

海花醉，霓虹美，

沽月赏盈亏。

……

“你这首‘恒大版’《南山南》绝对具有专业水准！”小伙子谱写的歌词与演唱水平大大出人意料，我不由得连声赞叹。

“您知道吗？我就是因为改编了这首歌，才有机会来到扶贫前线。”小伙子说。

“这么传奇啊！”

我到大方采访的第三天，这个小伙子开始跟在我身边，开始我以为公司派他来是帮我跑跑腿、引引路，后来才知道，小伙子竟然是恒大扶贫前线指挥部的“宣传部长”——恒大扶贫公司品牌部部长！标标准准的中层干部。

“你今年多大呀？”看他的样子还像个高中生，我忍不住问道。

“1990 年生的，”小伙子腼腆地摸摸头，红着脸说，“何主席您不知道，刚到这儿报到时，姚总看了我一眼，愣住了，然后哈哈大笑，向大家介绍说：这是个小伙子啊，可不是姑娘！”

“为啥这么介绍？”我更好奇了。

“我长得个头小，当时皮肤又特别白，另外我到大方之前，是在西安工作的，平时留鬈发。到大方报到时，怕人家说我，我就连夜去理发店把鬈发拉直了，结果更是男不男、女不女的，所以第二天去见姚总时，就出现了这么一个尴尬的场面……”

“哈哈……”我忍俊不禁。其实在别的地方，这样的小伙子不就是个大孩子嘛，可是在恒大、在恒大扶贫前线，他已经是个有近两年战场经验的老兵了，而且是个率领四十多人团队的指挥员！

这大概就是许家印希望在前线战场上磨炼出的恒大人吧！

小伙子叫王长玉，2014年毕业于西安工业大学，后成为恒大粮油公司咸阳片区业务经理。"搞销售蛮赚钱的，旺季时奖金能达到十多万，比现在赚的钱多不少呢！"他说。

"那你就舍得来这儿？吃苦又不赚钱！"

"我是心甘情愿来的。不光我自己，我们两千多名恒大扶贫队员，都是自愿到这儿来参战的。大家都把能参加扶贫工作看作是崇高的荣誉，抢着要来！直到现在，我每天还接到集团公司各地的员工写来的请战书哩！"

又一个出乎意料！

伟大的古代军事家亚历山大说过这样的话：世界上没有战胜不了的强大敌人，士气的鼓舞决定着战争的胜败。他还有句名言，至今被人津津乐道：既然山不向我走来，我就向山走去。亚历山大指挥的部队视死如归，无往而不胜，士兵的信念和勇气是支持这位伟大军事统帅横扫欧洲大陆的力量源泉。许家印也许没有学过亚历山大的军事指挥艺术，但他将自身坚韧拼搏的精神和敢于战斗的气质深深渗透到了企业文化之中，并为恒大打造了一颗对国家、民族和人民的赤诚之心。

"到扶贫前线去！""到大山深处去！"从集团公司帮扶贵州贫困山区的决定下达开始，整个恒大上下如同点起了熊熊燃烧的火焰，每一个恒大人的心都炙热了，血都沸腾了。尤其是当集团调动各种内部机制，将与大方县结对帮扶的消息传递到全国各地的分公司，更激发了集团全体成员的热情，十余万恒大人争相报名参加扶贫，一时形成了"响应党的召唤，奔赴乌蒙前线，助力脱贫攻坚"的风潮。

"就是在这种情形下，我想到了改写《南山南》，一则表达对许主席做出扶贫贵州决定的赞美，二则表达自己投身扶贫前线的渴望。没想到美梦成真了！"颇有才情的王长玉不无得意地向我讲述了他来到扶贫前线的过程——

我在大学里学的是计算机专业。到恒大后在咸阳片区干得不错，收入也蛮好。但前年集团公司决定到贵州扶贫后，我看了许主席他们在扶贫前线的一次次讲话和公司的实际行动，非常感动，也就有些坐不住了，于是就根据我对扶贫前线的理解与想象，改编了一首"恒大版"的《南山南》，发到了朋友圈，谁知道整个集团的人都开始转发，两小时的浏览量达到三万。后来我突然接到一个电话，是姚东副总裁从扶贫前线打来的，他看到我写的这首《南山南》，觉得我的文字功底还可以，问我愿不愿意来扶贫前线，说扶贫公司品牌部缺我这样的人，如果有兴趣可以来贵州工作，不过这边比较远，条件也比较艰苦，让我考虑一下再决定来不来。

姚总打电话那天是2015年12月30号，马上就是新年元旦了！当时我很激动，因为到扶贫前线去工作是我的梦想呀！可是大方、毕节这些地名我以前根本没听说过，于是跟家里人商量。爸爸对我说：你现在还年轻，缺的是社会阅历和人生经验，千万不要光盯着眼前那点奖金、工资，现在国家对扶贫那么重视，你们许主席响应号召，拿出这么大一笔钱帮助贵州贫困山区人民脱贫，精神可嘉，你也应该出把力，借机锻炼锻炼自己。父亲的话对我有很大激励，我当即决定到大方来！

我们公司有严密的组织纪律，我递上申请后，是需要走程序、等调令的。工作交接完，等待调令期间我回了趟老家。哪知还没到老家，公司就通知我说到扶贫前线的调令下来了，让我马上到大方报到。于是我连夜买票回西安，又迅速打起背包，上了到毕节的飞机。这是我人生第一次来乌蒙山区！又兴奋又紧张。当时听说贵州许多山区封闭落后，有些醉酒懒汉喜欢欺负过路人，要是遇到那种人，我初到此地，真不知道咋办！我就是怀着这样忐忑不安的心情到达了毕节机场。下飞机后，自己打的到了大方。一路上，司机说的话我一句都听不懂，感觉仿佛进入了另外一个世界……

王长玉属于那种聪明又有灵气的小伙子。他原本染了一头金黄色的小鬈发，皮肤又天生白嫩，一到前线的扶贫公司报到，他就感觉这形象不行，立即到理发店把自己的头发"处理"了，这才有了后来姚东开他玩笑的有趣场景。

另一个给我留下深刻印象的年轻人叫骆平平，是个标准的"丫头片子"。在父母和同学们眼里，这丫头有点"野"。大学毕业后，她原本进了一家事业单位，工作稳定，前景也不错，但她对那种按部就班、碌碌无为的工作状态甚为反感。2015年，恒大集团粮油公司在哈尔滨招聘新员工，骆平平纵身一跃，就从事业单位跳到了民营企业。

"恒大是一家能让人产生激情和人生动力的企业，我特别喜欢！"骆平平的外形让人觉得是个小女生，但她其实很有独立思想和自我追求，性格中有一股倔强劲儿，"我也爱唱许主席亲自作词的那首《崛起》……"

> 无论怎样你都是我的兄弟，
> 再遥远都会注视着你。
> 你的每一次跌倒和爬起，

我的心疼，我的惋惜。

无论怎样都要拥有尊严，
什么结果都不会怪你。
荣耀与辉煌不只是胜利，
逆风展翅，腾空崛起！
向前冲，昂起头！
身为战士做英雄。
男子汉，跟我走，
狂奔燃烧热汗流。

向前冲，昂起头！
炎黄子孙齐加油！
丈夫崛起高昂首，
腾身一跃向胜利冲锋！
……

　　那天在大方新建的幼儿园见到骆平平时，身为恒大扶贫发展教育部部长的她正被一群天真烂漫的孩子们包围着，看上去就像是他们的亲姐姐，看得出来，孩子们非常喜爱和依恋她……

　　"找到生活的感觉了吗？"

　　"彻底找到了！"骆平平开怀地回答我的问题，并夸张地道，"在大方的日子不到两年，但人生收获可以抵前二十几年之和！"

　　1989年年末出生的骆平平说，她从小就喜欢看一部叫《乡村教师》的电影，影片的主人公扎根乡村，全心全意地教育孩子们。她被这个故事深深地吸引，梦想着有朝一日去遥远的乡村当一辈子教师。"我是 2015 年 11 月才到的恒大粮油公司，后来听说公司要派队伍到贵州贫困山区扶贫，我激动得几天几夜睡不着觉，给集团写信要求去扶贫前线，去贵州大山深处当一名乡村教师，帮助那些走不出大山的孩子学习文化知识，让他们有一天能够走出大山，到北京、上海、深圳去看看。可是请战书寄出去后，一直没有音讯，我好着急。后来打听到我们粮油集团的姚总在扶贫前线当头儿，就通过熟人要了他的微信，向他申请参战。哪知他的回信毫无商量余地：女孩子来干什么？！开始我以为所有扶贫队员都是男同志，但后来看到同事发的朋友圈，发现有女的去贵州嘛！我就再跟姚总恳切请求，他的回信更狠，说：甭想这事！我有些气愤了，凭啥人家女的可以去，我就不行？是不是姚总有意卡我？后来打听到，姚总坚持不要女队员，理由是山区条件太艰苦，女孩子不合适。我估计姚总那里没戏了，就想看看能不能绕过他，于是又写信到集团公司人力资源部请战。过了一个来月，收到通知了，说同意我到大方来工作。听到这消息，我真的激动得哭了……"

"你一个北方女孩子，没想过到南方生活不习惯吗？你父母什么态度？"我问。

"我老爹听说我要到贵州山区来扶贫，很生气，说你这丫头，家里人管不住你也就算了，你还一个人跑到大老远的贵州大山，将来怕回都回不来！我问为啥，老爹瞪了我一眼，说你在那儿说不准被哪个野小子逮住了，还能回得来吗？"骆平平说到这儿，自个儿咧开嘴大笑起来。

"坦白告诉我，现在被'野小子'逮住了没有？"我打趣地问。

"没，没有！哪有工夫忙那事！"骆平平连连摆手否认，"现在我每天二十四小时，满脑子都是这几十所学校、几万名孩子学习的事，忙得脚不沾地！这不，这条腿还没好利索呢！"骆平平拍拍自己的膝盖，脸上顿时浮现疼痛的神情。她于 2016 年 4 月 1 日到大方报到，最初被分配到行政人事部做人事专员，结果在一次工作任务中摔伤了膝盖，伤势蛮严重的。但当时扶贫战役刚刚拉开序幕，工作千头万绪，前方后方的人员调动也极其频繁，一个人要顶几个人用。本该躺在医院治疗的骆平平便在宿舍的床上办了三个月公，还未等伤势痊愈，就要求回岗工作。2017 年，趁回家过年时她到大医院做了检查，医生的诊断结果是，因为腿伤，她已不适宜在南方这样潮湿的地方工作。骆平平一听就急了，瞒着父母病情，只在家待了几天就悄悄回到了扶贫前线。

"别看她样子像个女中学生，干起工作来风风火火，是把好手。你瞅瞅，我们的幼儿园现在风景多好，不少都是骆部长的点子！"一旁的大方县"恒大二幼"女园长搂着骆平平的肩膀，对着众人夸个不停。

这所新建的幼儿园里里外外都充满了彝族风情，孩子们像一只只快乐幸福的小鸟，在这里健康地生活和成长。"一年多前，整个大方县还没有一所像样的幼儿园，经过我们的努力，现在已经建起了十几所这种规模的幼儿园……"骆平平仰着脸，阳光在她脸上欢快地跳跃着。我顺着她指的方向，看到山坡那边更加宏大漂亮的校区，那也是她分管的恒大扶贫项目：贵州大方恒大职业学院，大方县历史上第一所培训职业技能人才的新型大学。

行文至此，我看到仍行走在乌蒙大山里的骆平平在微信朋友圈发了一组照片，是她和一批搬进新学校的孩子热烈庆祝的场面，照片附有她的一句留言：

> 人生就是一步一个脚印走出来的，踏踏实实做事，从娃娃抓起，我的心底跟着孩子们一起充满了幸福感……

我知道，这个依然奔走在乌蒙大山深处的年轻女孩，她的腿伤其实并没有好，按照医生的说法，有可能留下终身残疾……这个好强的女孩不让我将这个秘密公之于世，但我考虑再三，还是违背了她的意愿。我真心地希望，数以万计过上幸福生活的贵州儿童，能用快乐的笑声温暖和治愈她那个不该受潮的膝盖，因为她还有更漫长、更艰难的路要走。

这条曲折崎岖的道路何时能走完？思考着这个问题的骆平平，脸上多出一份与年龄不相称的惆怅。我翻看她发的朋友圈，看到了一年多前的一组照片，照片上的一位彝族老奶奶独自带着两个孙女，看上去一个七八岁，一个三四岁。老奶奶的家里都是零乱的杂物，看上去像个垃圾堆放处，仔细再瞧，就会发现，屋里的东西几乎无一不是捡来的，瞧那床上床下的破衣烂袋、粗凳旧桶，瞧那两个孩子身上穿的衣服，样样让人心疼与心酸……这就是蜗居在大山深处的贫困百姓，是我们至亲至爱的骨肉同胞。

> 天地虽宽，这条路却难走，
>
> 我看遍这人间坎坷辛苦，
>
> 我还有多少爱，我还有多少泪，
>
> 要苍天知道，我不认输。

骆平平写下这段意味深长的话作为照片说明，既是在激励自己，也是在激励那些仍身陷苦难的人。

现实是如此严酷，骆平平能停下脚步吗？她知道自己的腿伤会给日后的生活留下诸多痛楚，但她更知道，大山深处还有几万甚至几十万这样的奶奶和孙女，在等待着他们去帮助、去拯救。

骆平平的腿能好吗？

上苍保佑，一定能！

要求去大山深处、去扶贫前线的，何止骆平平一个，恒大有成百上千位这样的勇士！自2015年与大方签下帮扶脱贫合作协议后，许家印、姚东和恒大集团公司的老总们，几乎每天都会接到来自四面八方的请战书，那些火一般灼热滚烫的话语，感动了所有人：

——许主席，既然这次到贵州扶贫是响应党的号召，我这个在大二就宣过誓的布尔什维克，绝不能落在别人的后面，务请批准我的请求，我要到扶贫前线去，尽好共产党人的时代责任，让更多人了解咱们恒大人！

——我一直在甜水里生长，父母说我到恒大以后变了许多，成熟了许多，但我仍然感觉自己的骨头还不是太硬，还没经过风雨吹打，更重要的是我的思想和意志，与大山的岩、峡谷的壁相比，还显得弱不禁风……请批准我去最艰苦的乌蒙山，让我的翅膀更加强健些吧！

——给我一次向社会报恩的机会吧，许主席，我会像您一样堂堂正正、豪气万丈，干一回让社会满意、信服的漂亮活儿！人活着，不能仅仅是为了挣钱，我曾经与那些山区孩子一样贫困，我想让他们也能有尊严地走出大山，实现美好的理想……

——谁说女子不如男！我们是新一代的中国女性，是恒大的"娘子军"，我们一定不负重托，在扶贫战场上高唱"向前进，向前进，战士的责任重"，给那些身处贫困的姐妹们搭一把手，献一份温馨，造一个美丽家园！

——如果需要我"光荣"，我将毫不犹豫！如果需要我前进，我决不退缩！如果需要我留下，那才是我最不愿意的事！如果再不批准我的请求，我将再写百篇、千篇请战书！

……

这就是恒大人！这就是恒大人自觉自愿参与的一场史无前例的扶贫大决战！

在前线，战火纷飞。

在后方，报名踊跃。

从后方到前线，千里征程上，恒大人的心、恒大人的思、恒大人的情、恒大人的力，交织在同一个名词、同一个动词上：

大方。扶贫。

在大方采访的日子里，随处可以遇见忙忙碌碌的恒大扶贫队员，自然包括那些给许家印、姚东写过十次八次请战书的小伙子与姑娘。有故事的人俯拾皆是。

钟名川，江西赣州人，今年二十六岁，看上去还像个大孩子，但已经是扶贫战场上的老战士了。看他裤腿和鞋子上的泥水，便知道他又是下乡刚刚归来。

"我负责搞易地搬迁，下乡是我的主要工作。到了现在，两三天不往乡下跑一趟，好像就有点不习惯了！"小伙子笑嘻嘻地说。我问他多次请求参加扶贫是出于什么原因，钟名川变得认真起来，几乎是一字一句地回答我："我家在赣州，是革命老区，也是一个贫困县。当初我上大学时，因为家里贫困，就得到了学校和社会的帮扶。参加工作后，我一直希望有机会回报社会。听说集团公司抽调人员到贵州去扶贫，我兴奋了好几天，觉得自己无论如何也要出一把力，所以就报了名。想不到的是，开始并没有被批准。我就跟公司领导软磨硬泡，终于成功了！这是我一生中最值得自豪的事，因为这是我从大学校门出来后，第一次不为自己、不为金钱做事，而是为那些需要帮助的贫苦人做事，特别高尚，特别神圣，特别让我热血沸腾。尽管现在一天吃的苦，可能比过去二十多年吃的苦都要多，但我受到的教育更多，特别值得。"

由于负责易地搬迁工作，钟名川脑子里装的故事比谁都多，但有一个小女孩的故事他常常挂在嘴边："那时我刚到扶贫一线不久，有一天去大山乡的柏杉村走访，恰逢下雨，泥泞的山路实在难走。但我并没有感到多么狼狈，因为村主任一直帮我撑着雨伞，还拉着我的手，避免我摔倒，而他自己的衣服早已淋得透透的。这当然让我非常感动，但那天最触动我的是最后去的一家贫困户，主人姓陈，身边带着一个十一岁的女儿，那家破败不堪，根本不像是人住的地方！屋内一片灰蒙蒙的，没有几样东西。我问那小女孩上几年级了，她伸出一个手指，说一年级。我当时愣了半天，蛮高的一个女孩子，怎么才上一年级呢？她父亲说，离学校太远，太小的时候走不动，怕出事，拖到现在走得动了，可她又不太愿意去了……她父亲坐在木凳上瓮声瓮气地说：'不读也罢，过两年再长高一点，就出去打工吧！'"

当时钟名川就高声叫起来："这怎么行！"女孩子的父亲不解地看着小伙子，似乎在问：这关你啥事？你能把学校搬到咱家门口？

"你……你不能辍学！绝对不能！我们会让学校搬到你家门口的……"钟名川向小女孩承诺道。

为了这个承诺，这位赣州来的小伙子，像当年红军从他家乡远征一样，开始了一次次"乌蒙磅礴走泥丸"的艰辛行程。

女队员张丹莉属于"特殊人群"，她的参战颇有些传奇性。她是毕节本地人，老家纳雍县距大方几十里路。2016年3月份前，张丹莉并不是恒大人，而是中国新闻社驻贵州的记者，自 2015 年 12 月 19 日许家印到贵州大方，签下那 30 亿元的"大单"后，她一直追访恒大在乌蒙山区的扶贫工作。

"第一次与恒大人和许家印接触，就被他们那份对国家和人民的真挚情感所吸引。"张丹莉的老家纳雍县也是特困县，她大学毕业走上新闻岗位后，一直在关注家乡的变化，"可以这么说，来贵州帮扶脱贫的单位很多，但恒大这样实在、这样无条件、这样下功夫，从许家印主席到普通扶贫队员，人人倾情投入……真的让我分外感动。就在采访他们的过程中，我动了心，动了想加入他们扶贫团队的心。"

张丹莉给了我一份她心路变化的时间表：

2015 年 12 月 19 日，恒大和大方签订帮扶脱贫协议，她在现场采访，很受感动。

2016 年 2 月 27 日，恒大几十个帮扶项目上马，举行奠基仪式，她也在场。其场面之隆重、项目投入力度之大，令她更受感动。

2016 年 3 月，她赴北京采访全国"两会"。3 月 6 日，全国政协举行记者招待会，许家印回答记者提问时说："中国改革开放以来，很多民营企业从无到有、从小到大、从弱到强，这一切都得益于党的政策和全社会的支持。饮水思源，回报社会是每个民营企业的责任。投资慈善、扶贫济困，这是中华民族的优良传统和美德……总之一句话，广大民营企业会和全国人民一道打好脱贫攻坚战，让贫困老百姓能够早日脱贫，早日过上幸福生活！"许家印的话，如一团滚烫的火，点燃了张丹莉的心。

"也就是在那一天，我做出了一个重大人生决定：去恒大，加入他们的扶贫工作。"张丹莉说。

3 月 20 日，她回到贵阳，把自己手头的工作整理交代好，正式向中国新闻社贵州分社提出辞呈。"莉莉，你这是干什么？社里对你那么看重，咋说走就走，而且是去一个民营企业？你是一时冲动吧？快把辞呈收回去！"
同事们纷纷劝说她，她坦然地笑笑，反问大家："贵州最大的事业、最大的
问题、最大的挑战是扶贫脱贫，你们肯定同意这句话吧？我就是要去参与这
个伟大的事业、重要的工作。恒大是民营企业，但它不一般，非常不一般，
别人做不到的事，他们做到了，而且做得那么高效、那么完美。我去恒大绝
对不会后悔，反而会散发出最强烈的光和热。亲爱的你们，请支持我吧！"

单位的同事都听得热泪盈眶：莉莉，我们一定支持你！

年轻的新闻记者张丹莉就是怀着这样一腔热血，来到恒大扶贫队求职，
并被顺利录取。

"我绝对没有走后门。3月份采访期间，我得知恒大要招聘一批扶贫前
线的员工，就把自己的新闻作品寄到恒大扶贫公司品牌部，希望能在扶贫岗
位上发挥自己的业务专长，结果真的被录取了。"张丹莉说。

毕业于贵州民族大学的彝族姑娘张丹莉，出身贫困山区，又投身贫困山
区，实在难能可贵。我问她，同样是在这片土地上工作，感觉跟以前有什么
不一样吗？她连说了几个"不一样"：

> 以前当记者，个人的力量比较强，一篇报道会影响一件事、一
> 个人甚至一个企业。现在个人的力量小了，但每天过得都很充实。
> 有时仅仅是帮助一户贫困群众解决了一件事，但心里的感受绝对不
> 一般，非常有幸福感和成就感。
>
> 过去采访也下乡，但通常是去看那些脱贫了的家庭，现在是去
> 看真正的贫困户，感触和受到的教育完全不同。
>
> 过去一两个星期回老家一趟，跟父母团聚团聚，撒撒娇，现在
> 没有时间了，两三个月才回一趟家，回去也整天都跟父母讨教如何

做农村、农民的工作。

过去父母看我在省城里工作，在乡亲们面前感觉很荣耀。现在我又回到了农村工作，他们开始不习惯，觉得没面子，但经过一段时间，知道我在恒大工作，在恒大扶贫队工作，他们又觉得特别有面子，因为恒大在我们贵州帮扶脱贫已经家喻户晓了。我母亲在老家做妇女队长，她现在不仅支持我在恒大做扶贫工作，自己也加入了家乡扶贫，时常跟我交流经验……

张丹莉说到这里，脸上满是幸福和骄傲，着实令人羡慕。

"这是我青春时代最重要的一次人生抉择。恒大人早晚会走的，而我作为奢香的后代，将永远留在这块土地上。我加入恒大的最终目的，就是想学点本领，以后在自己的家乡大展拳脚，带着父母和乡亲闯出一条永久脱贫的幸福之路。"

想不到一个年轻的彝族女孩竟然有如此远大的抱负，我被深深地感动了，想必许家印主席听到这番话后更会感慨良多，也许，他又会回忆起那个年轻的、生气勃勃的自己……

12. 到人民中去，俯身亲吻大地

又是一首歌，又是一首诗——

年轻的我们，整装出发。

一路烟雨，激情欢歌；一路豪情，天高海阔；一路向西，义气喷薄。

红色大乌蒙，我们，来啦！靠近了你，感动着我们……

神奇乌蒙山！磅礴着厚重的历史画卷，遍布在峡谷沟壑之间。缭绕的云雾，轻柔闲散，见证着大山与蓝天的深深眷恋。

韭菜坪上，那红艳艳的杜鹃，温暖着山里人热情善良的心田。火把节和滚山珠的节奏，敲响了乌蒙人对美好生活的渴盼。从唐代的乌蒙部落发源，历经沧桑的一千多年，二万五千里的长征大旗，也曾飘过你刀切斧削和逶迤连绵的群山。

美丽的大乌蒙，你历史悠久，你景色壮丽，你资源丰富，你人文多彩，靠近了你，感动着我们。

假如你眼前满是山里孩子，看着那一张张高原红的小圆脸，一双双懵懵怯生生的大眼睛、胖嘟嘟黑乎乎的小手掌，亲，你会不会如我一样，揽他入怀，让他感到一丝丝温暖？

假如你路过二村张奶奶的恒大新居门前，接过她递过的一把瓜子，聆听她讲述从前的艰辛岁月，以及如今没有老伴分享幸福的遗憾，亲，你会不会如我一样，为她擦拭眼角，喊她一声奶奶？

假如你走进村落，看到一座座的简陋土屋前，过活着脱了牙的黄发长者、身心俱疲的瘦弱夫妻，还有院子里两手泥巴的淘气孩子，亲，你会不会如我一样，挽起衣袖，为他们做一顿热气腾腾的可口晚餐？

假如你遇见山坡上牧牛的苗族小子、小河边洗衣的彝族女娃、忙碌栽种的"水稻民族"青年男女、峡谷里山脊上勤劳的身影，亲，你会不会如我一样，投身其中，与他们一起勾画乌蒙山的世外桃源？

　　浩瀚的大乌蒙，你人杰地灵，你勤劳热情，你真诚质朴，你充满潜能，靠近了你，感动着我们。

　　乌蒙山，我们来啦！我们是无坚不摧的恒大铁军，我们拥有挑战极限的恒大速度，我们会常驻乌蒙，一帮到底。

　　乌蒙山，我们来啦！带着我们恒大集团的信心和勇气，手挽着手，肩并着肩，义无反顾，勇往直前。

　　我们要以恒大铁军的力量，挑战百万人摆脱贫困立地顶天。

　　乌蒙山，我们来啦！带着年轻人的热情、智慧和梦想，肯吃苦，敢碰硬，能战斗，善创造。我们是坚固的恒大堡垒，决胜脱贫，我们不胜不还。

　　乌蒙山，我们来啦！带着家国的重托，带上集团的信念，改变你，是我们的责任，更是我们终生无悔的誓言。

　　我爱你，我们的乌蒙山，靠近了你，感动着我们。

　　这首散文诗的题目是《靠近了你，感动着我们》，作者叫田敬伊，是恒大的一名女扶贫队员。在一次活动上，扶贫队员们齐声朗诵了这首诗，让在场许多人深受感动，后来，这首诗在恒大内部迅速流传开来。

　　"田敬伊的诗之所以令人感动，是因为我们所有前线扶贫队员都有同样的生活和战斗体验。这片古老的乌蒙山区，自然风光壮丽，人文历史悠久，是我们中国版图极其宝贵的一部分。然而今天，在我们国家已经如此强盛之时，那些深居在大山里的百姓竟然还是生活得那么艰难贫困，孩子们不能正常上学，老人们无钱治病。我们恒大的年轻人长期出入于大都市，乍看到这种情景，一方面异常心酸、心痛，另一方面也产生了强烈的责任感，从而滋养出强大的内心。正如诗中所说，我们将'带着年轻人的热情、智慧和梦想，肯吃苦，敢碰硬，能战斗，善创造'，而且我们一定会'决胜脱贫，不胜不还'！"阮士恩说。

"能不能做到真扶贫，能不能把帮扶别人脱贫当作自己的事，做到认真、细致和完美，能不能真心实意与老百姓一道创造美好的明天和持久幸福的日子，关键看我们这些投身扶贫事业的实际工作者有没有对贫困群众的真情实感。"姚东阐述起问题来格外深刻，"许家印主席跟我特别交代过，说我们是带了30个亿到大方，但如果扶贫队员们的感情没有到位，就是300亿也照样做不到真扶贫、真脱贫。他要求给每个参加攻坚战的队员上好第一课，就是到百姓家看一看，到人民中走一走，看看什么是真正的贫困，贴身了解贫困百姓的生活。现在看来，这第一课比什么都重要。"

"每个恒大的扶贫队员到前线后的第一件事，就是去贫困百姓家做家访，我们叫入户调查。"阮士恩说，这可不是那种走马观花，而是要对每个贫困户的家庭基本情况一一登记造册，有几十项内容要问要填。我在采访中亲眼见到，一本本纸质的贫困户情况资料堆得像小山似的，随手翻开一页，字迹工工整整，各不相同。

为了让我直观了解恒大扶贫队员在乌蒙山区的行程，阮士恩撤亮电子屏幕，将一张大方县地图显示在我的面前："上面那些密密麻麻的亮点，就是我们恒大队员走过的地方……"

天哪，比夜空的繁星还要密上好几倍！几万个点还是几十万个点？真是令人叹为观止。

"大方有五万七千多个点吧！算上毕节市其他几个县区，应该有约三十五万个点了！"

"多大的工作量啊！"我暗暗计算着，说，"按照两千多名扶贫队员计算的话，等于每人至少要跑五百个点！"

"大体上是这个数。"阮士恩说，"实际上，一个点就是一个贫困家庭，有时我们的扶贫队员需要跑上三五次。"

"为什么？"

"因为有些贫困户外出打工，或者根本就不知道去了哪里。扶贫队员第一次去，大门锁着；第二次去，可能只有一个小孩子，或者躺在床上说不了话的老人；第三次、第四次去，才可能找到能够介绍具体情况的主人……"

"原来如此！"

"即便是这样，我们也要求队员们，必须一户一户、一个人一个人地核实，除了贫困户的姓名、年龄等基本数据，还有他的劳动能力、专长爱好，以及具体的脱贫愿望和需求等，如果是孩子，我们甚至要把他的身高、鞋子的尺寸都一一记录在数据库里，然后根据情况随时核查和调整。这也给了后一阶段的精准扶贫很多依据和方便。"阮士恩说，这是工作层面上的要求，但对扶贫队员来说，还有一件更重要的事，就是了解社会、了解贫困百姓的真实情况，在感情上要与国家扶贫战略决策产生强烈的共鸣，这一点远比采集数据更重要、更关键。"我们的队员之所以能每一个人都无私无畏，甚至不惜牺牲自己的利益，就是因为感情上完全被乌蒙山和这里的贫困百姓所牵动，整个人被扶贫的战场所感召！"

在采访的日子里，我已经深深地体会到了这一点，甚至有点当年魏巍先生来到朝鲜战场上的感受——

在贵州毕节扶贫前线采访的每一天，我都被一些东西感动着；我的思想感情的潮水，在放纵奔流着；我想把一切东西都告诉给全国的朋友们。但我最急于告诉你们的，是我思想感情的一段重要经历，那就是，我越来越深切地感受到，原来在我们这个新时代，也有当年魏巍先生在朝鲜战场上写下的

"最可爱的人"！

在中国的新时代，谁是最可爱的人呢？当然是那些奋战在最艰苦的扶贫前线，做出巨大贡献的扶贫工作者。我感到他们是最可爱的人。更确切地说，就是那些不辞劳苦，跋涉在乌蒙山区的恒大集团扶贫队员们。

我说他们是新时代最可爱的人，是因为他们其实还都是些大孩子，可能刚刚走出大学校门，或者昨天还在父母身边被百般呵护，然而今天他们响应党的号召，听从许家印的一声号令，来到了乌蒙贫困山区。也许多数人来时仅仅凭着一腔热血，可是当他们一次次走进大山，一次次迈进贫困人家，看到那些老老少少房子不能遮风雨，无处上学，无钱医病，看到年龄与自己父母相仿的乡亲们却早早地弓了腰、驼了背，这些大孩子的脚步沉重了，眼泪不由自主地流了出来，像有钢针扎在心头，一阵阵地疼痛……就是这样的情感，每天积聚一分，每天浓厚一分，又每天升腾一分。慢慢地，这些来自遥远的四面八方的恒大人，成了直不起身子的老奶奶行走的拐杖，成了走不出大山的孩子上学读书的引路灯，成了一座座挡住风霜的搬迁安置房的灶膛里燃起的一簇簇温暖的火焰，成了阴冷的云雾中透出的阳光与彩霞……

他们成了每一个贫困家庭的成员，成了老人们的亲人，成了孩子们的玩伴。从此，他们的脚步不再迟疑，他们的身影总在山中闪动，他们的心，系着千千万万间正在等待光明和幸福降临的山村农舍……

于是谁也无法动摇他们留在乌蒙扶贫的决心与意志，于是谁也挡不住他们每天向大山挺进的步伐和身影，于是他们像一颗颗党的种子，深深扎根在这片古老而贫瘠的土地上，用智慧和汗水培育美好生活的新芽，等待来年春天破土而出。

是的，他们成了人民的儿女，是当之无愧的新时代最可爱的人。让我们听一听他们的心声吧……

一名女扶贫队员的讲述——

　　我生长在北方，除了旅游时到过上海、广州，基本上没有在南方待过。我的家乡是广袤的大平原，一望无际，而且也极少下雨。可是到了贵州山区，举步是泥泞的山路，抬头是遮天掩云的大山，找一户人家也要爬到半山腰……

　　步行在这样的山路上，想保持优雅的身姿是不可能的，我时常四肢触地地向上攀登。原本我喜欢雨，喜欢雨中那种朦朦胧胧的感觉，但到了贵州山区之后，我开始怀疑以前所见到的雨是不是真正的雨。这儿的雨，想下就下，十分任性，湿了你的身，透了你的衣，还情有可原；最要命的是，一旦下雨，大山变得寒瑟瑟的，空气湿冷，赛过东北的三九天。最让人受不了的是，它把所有的山路都给泡坏了，人根本无法直立行走。

　　然而这并不是最令人揪心的。最令人揪心的是，当我走进一户半山腰上的贫困人家，看到了这样一幕：不知哪辈人留下的老房子，已经摇摇晃晃，门窗不全。墙壁上有许多洞，用塑料纸封糊着，估计再笨的野兔子也能穿墙入室。屋子里黑魆魆的，我以为根本没人住，但根据村里提供的材料，其实这里住着一家六口。主人是彝族，姓安，据说姓安的多数是奢香夫人的后代。屋里太黑，看不清主人的容貌，听他的声音，好像有四五十岁的样子，但后来才知道他刚刚过了三十五岁生日。他有四个小孩，大的已经十四五岁了，让我很诧异。三个大点的孩子都是女孩，最小的是个男孩，才四岁。主人三十五岁，其实也算是"80后"，我第一次听说一个"80后"有四个孩子，而且整日蜗居在家，卧床不起，像个小老头。

姓安的男人有些哽咽地诉说道，前些年他和妻子一起在浙江那边打工，他不幸把腿折断了，只能回家来养伤，养着养着，把家里所有的积蓄全花光了，连孩子的学费都付不起了，最后妻子一甩手，再也没有了音讯……家里就成了这个样子。

四岁的儿子开始在他床边哭泣，两个大一点的女孩跟着姐姐跑到了外面屋檐下，低头扳着手指，一直不抬头看我们。

男主人说，大女儿退学了，帮忙种种地、做做家务，照顾弟弟妹妹。现在他唯一的指望就是女儿快快长大，能背着弟弟去上学，将来有一天，让儿子支撑起这个家。

一个残缺的家，一群没有母爱的孩子，一座被贫瘠的大山遮掩着的旧房子，怎能像男主人盼望的那样，等待四岁的男孩长大支撑门户？无论如何我也不相信他的愿望能够实现，只是让我更加明白许家印主席为什么要不惜代价帮扶这里的贫困百姓！也足以让我明白一个当代青年应该怎么做！

到乌蒙山来，是我正确的人生选择。不管山路多么泥泞，群峦如何遮天掩云，我会继续扶贫脱贫的征程，直到看见像安家一样的贫困户群众脸上绽开幸福的笑容……

一个曾是"愤青"的男队员的讲述——

2015年12月，恒大集团在大方前线打响了脱贫攻坚第一枪，我主动报名奔赴前线，成为首批扶贫队员。

告别亲人，远离故土，从一个城市到另一个城市，从一个领域到另一个领域，不管是工作上还是生活上，都有着诸多的不适应。

虽然来之前我已经慎重地考虑过，但到了这里之后还是有点措手不及。作为西北人，我之前的饮食习惯是以面食为主，而且不大能吃辣，来到大方后，这里顿顿饭离不开辣椒，离不开折耳根，还有颇具特色的酸菜豆米汤，让我这个外地人无处下口。热情的老乡说着我们听不太懂的话，很多时候交流靠比画。

大山，一重连着一重，这座阴雨的小城被群山紧紧包围着，高原强烈的紫外线让所有人的肤色变得一样。每天早上，弥漫的水雾从窗前慢慢升腾，像一道屏障紧紧锁住视线，望不见家乡，望不见亲人。说实话，我曾经动摇过、退缩过，但当我下到乡村后，便坚定了自己的信念，我对自己说，无论多么艰苦，也一定要坚持下去！

下乡后的一件事让我印象深刻，那是 2016 年 4 月，我和其他扶贫队员一起到大山乡光华村，给一个叫小敏的小朋友送爱心礼物。那是个周末，没有上学的小敏恰巧在家。村干部领着我们去小敏家，半道上发现路边蹲着一个小女孩，她的脸蛋红红的，两只小手紧紧抱住膝盖，头转向另一边，不敢看我们。村支书告诉我们，这就是小敏。原来，听说我们要来，小敏这天一大早就从家里出来迎接。我一算，从大方县城到这里，算上车程和步行时间，大概用了三个多小时，这孩子竟然一直在路边等待着。她家人后来告诉我们，怎么劝她都不管用。

我们都沉默了。

我发现，其实小敏还很害羞的，我们一直走到她家，她都没有说过一句话。当我们把文具、衣物和熊娃娃递给她时，她欣喜而又害羞地接了过去，双手紧紧地抱住熊娃娃，眼里闪着泪花……

我们和小敏的爸爸谈话时，她在旁边静静地看着，手中始终紧紧抱着那只熊娃娃，一刻也不愿意放开。

就在我们转身离开时，背后有人拽住我的衣角，回头一看，是小敏。我见她眼睛红红的，便问她有什么事，她嘀咕了一句我们听不懂的话，又低下了头。

"小敏问，你们下次还来吗？"小敏的爸爸说。他告诉我们，这个熊娃娃是小敏出生以来的第一个玩具。听见这话，我的心像被什么东西狠狠地扎了一下。那一瞬间，我们好像都明白了些什么。

"男儿有泪不轻弹，只因未到伤心处。"小敏让我真正体会到了此话的滋味。我们知道，在乌蒙山区，还有很多很多像小敏这样的孩子，还有很多很多像小敏家这样的家庭。

那一刻，我彻底明白了我们参与脱贫攻坚战的意义，明白了我们工作的价值所在。

另一个男扶贫队员的讲述——

2016年7月，按计划我们要走访大山乡最远的一个村民组。一早起来，天色灰蒙蒙的，一看就知道会下雨，但为了保证工作进度，我们还是按原计划出发了。

乘着皮卡车的我们，在狭窄的乡间小路上行驶了两个多小时，前方杂木丛生，山势陡峭，一眼望不到头，再也没有了路，只能勉强步行。刚下车便迎来滂沱大雨，我们走了两小时泥泞的山路后，终于来到老乡家。

荒野中，矮小的小木房摇摇欲坠，一个骨瘦如柴的中年男人听见狗叫便走了出来。当他知道我们的来意后，便热情地拿出半瓶果粒橙，要分给我们。后来才知道，由于距离镇上太远，他一年都赶不了几次集，这饮料还是他过年时候买的，到现在都过去半年了，一直珍藏着没舍得喝完。

这位老乡符合贫困户易地搬迁条件，我们将相关帮扶政策讲给他听，他特别激动，都不敢相信这是真的，一直咧着嘴笑个不停。

临走时，我想起了那半瓶果粒橙，便跟这位老乡说，那东西时间长了可不能喝。

他立马摇头，说："不会坏的，我喝着还是有点味道。"

这个时候，我的鼻子突然一酸，便赶紧转过头去……

走在乌蒙山里，这样的事几乎天天发生。于是，我们的脚步也因此停不下来。

"90后"王亚军是恒大易地搬迁扶贫部的员工，他这样说——

依稀记得那天的天气阴雨蒙蒙，我们一行人前往凤山乡联兴村做入户调查，一路都是盘山公路，而且雾也很大。第一次在这样的山路上开车，心情格外紧张。大约一个小时后，我们来到联兴村，下车的时候大家仿佛才放下心里的石头。

联兴村的村主任前来带领我们到贫困户家里做入户调查。第一眼看到村主任的时候，就感觉他是个吃了很多苦的男人，那略微佝偻的身躯让我想起了自己的父亲。雨一直在下，这里的冬天远没有想象的那么好过。尽管我们穿得很厚，还是浑身瑟瑟发抖。

一连走了几户贫困家庭，才真真切切地感受到这里的老乡不容易。其中一户，家门口用竹子简单扎了一圈栅栏，三五只鸡在栅栏里面慌乱地跑着。房子是20世纪50年代的，用木头搭建而成，木头窗户里面挡着塑料布防水。由于下雨，土路显得特别的湿滑，我们的脚上也全是泥巴，特别沉重。一进屋子里面，眼前一片漆黑，当时我还在想，怎么不开灯呢？适应了好一会儿，眼前的情景渐渐清晰起来，我不知道该用什么词来形容这家的情况：一张自己搭建的简易木头床，床上的被子很旧很旧，正对着门的是用泥巴盘起来的火炉，上面煮着一锅没有一点油星的菜。整个家里，除了床和炉子，只有几个破碗，还有一条凳子……在充满煤烟味的屋子里面住着一对年迈的爷爷奶奶。由于爷爷奶奶听不懂我说的普通话，所以我只负责记录，由同事黄建国负责询问。我一边记录着一边观察屋里的情况，发现房顶不是用瓦片盖的，而是用塑料布简单地遮挡着……再观察两位老人，发现他们基本上已经丧失劳动能力，而他们所有的依靠，就是屋后的一块小菜园和几只鸡！

我的鼻子阵阵酸楚，眼泪快要掉出来了，但还是强忍着，低头记录这一家的情况……

走出爷爷奶奶的家，一路上我们几个队员没有一个人说话，心情非常沉重。而这久久的沉默，其实也使我们明白了自己到这里扶贫的意义。

是的，我很庆幸能够有机会成为恒大扶贫团队的一员，这不仅仅是一个工作，它让我有了一份最大的收获，那就是我的灵魂得到了彻底的洗礼……

接下来的日子，我还是从事入户调查工作。在入户调查的过程中，常有意想不到的事发生，也会有各种困难出现。比如一次在三元乡河头村入户调查时，我正在和贫困户交谈，突然身后有只狗朝

＊时代大决战＊

我腿上咬了一口，当时感觉很疼，但没有看到血流出来，所以就跟老乡说"没事没事"，一直强忍着做完这户的入户调查。临出这家门口，我下意识地卷起裤管一看，五个牙印清晰地印在我的腿上，其中有一处还掉了一块肉……这天入户调查结束后，我给组长打电话，半开玩笑地说了被狗咬的事情。哪知领导们高度重视，大方县领导和我们恒大集团领导立即帮我联系好医院，让我马上过去打疫苗。这事让我深深地感受到领导们的关怀。

其实，在乌蒙山区做入户调查，几乎每天都有可能发生各种各样意想不到的事，比如夏天热得中暑，冬天冷得胃疼，还有被蛇咬的、在山坡上摔伤的……但我们扶贫队员从来是轻伤不下火线，而且，我们总是互相鼓励，并肩作战，从不叫苦。我们心里都深藏着一个强烈的念头：为了让乡亲们早点过上好日子，我们一路前进，永不言悔！

在扶贫一线，像这样的故事还有很多很多，可惜，恒大的扶贫队员们都太忙碌了，很难抓到有时间坐下跟我详谈的人，我肯定错过了不少更精彩、更富传奇性的故事。

一个队员跟我讲，他是由于"特殊原因"离开原单位，报名到扶贫一线来的，其实初衷只是想换换环境而已，没想到来了以后就怎么也舍不得走了——"我总感觉身后有一双双期盼的眼睛在注视着我，如果我在扶贫这件事上半途而废，那些期盼的眼睛会黯淡下来，我的人生也会随之黯然失色。"现在，他生活得特别充实，心胸也开阔了许多，尤其喜欢牵着牛儿在山坡上漫步，与百姓们谈天说地，那是他最快乐的时光。"如果现在有人动员我走，我非跟他急不可！"他坚定地说道。

起初，恒大集团公司的领导以及前线的姚东都不想让女性参加扶贫一线工作。"但到后来，一是工作上人手不够，二是发现有些工作女同志能做得更细致，像入户调查、做贫困户的思想工作等，我们就开了口子，允许女同志报名上扶贫前线，但也严格挑选，仅限于相对安全一些的内勤岗位。结果到了项目全面展开时，人手依然紧缺，女队员就越来越多了，到现在，共有将近 800 名。考虑到野外工作的强度以及安全等因素，我曾经硬性规定：女队员不得下乡。但根本挡不住。这帮丫头厉害啊！她们跟我理论，说再大的战役都有女人参战，为啥她们就不能下乡？又说有的贫困家庭可能全是女人，男同志能了解啥情况！总之，她们软磨硬泡，就是要到最前线、到最艰苦的地方去，要亲身感受百姓们的贫困生活。她们还振振有词地质问我，说不让她们了解真实的贫困，怎么参加脱贫攻坚战？！无可奈何啊！所有预设的限制，都被她们高涨的请战热情给突破了……"姚东的语气带着明显的骄傲，还有一丝不易察觉的自责。

　　战争无法让女人离开，脱贫攻坚战也一样。女队员们频频闪现的身影，让整个乌蒙山的扶贫战场有了更多的委婉与抒情、更多的激情与壮烈、更多的神圣与深邃，还有更多的柔美与绚丽……

　　我看到，一个从未走出过大山的彝族小女孩，和女扶贫队员手拉着手，第一次来到县城，在奢香古镇度过了失去母亲以来最幸福的一天，她的父亲于是决意带着女儿搬到古镇，开始崭新的生活。

　　我看到，一个多年下不了床的伤残老妇人，在女扶贫队员的精心呵护下，多年来第一次走出破旧的草房，来到幸福新村挑选恒大给她准备好的新房与新床，老人脸上泪水纵横，直呼恒大是"菩萨"。

　　我还听说，有名男扶贫队员因为女朋友也来前线参战，转眼间变得英姿勃发，样样工作干在先，一跃成为恒大扶贫队的工作标兵，他自豪地说，不这样做，对不起"男人"这性别！

其实，在扶贫前线，在攻坚拔寨的战斗中，男人和女人同样重要，都不可或缺，难以替代。他们牢牢地结为一个整体，锻造出共同的精神和意志、共同的信仰和责任；他们的灵与肉、苦涩与欢愉、光荣与梦想，总是联结在一起，并成为一种不可摧毁和战胜的力量。

这些年轻的恒大扶贫队员，无论当初怀着何等心情奔赴贵州乌蒙山区，当他们第一次走进大山深处，看到斜立在山坡上的行将倒塌的破草屋，看到无力起床为自己倒一碗水的老人，看到一个个无依无靠却依然渴望知识的孩子，他们便懂得了"人民"和"造福人民"的含义，懂得了"报恩社会"和"报效祖国"的分量……

而从挑战帮扶大方县18万贫困百姓脱贫任务那一刻起，恒大领导层就向自己的团队传授了中国共产党人近百年来的奋斗经验：欲在中国大地上成就一件伟业、攻破一个堡垒、创造一个奇迹，任何时候都离不开广大人民群众；必须与人民融在一起，必须把心贴在大地上，必须真诚地拥抱哺育你成长的父老乡亲，才有可能实现你的光明理想、实现你的人生价值！

我再次仔细端详那张布满密密麻麻红色亮点的"恒大扶贫足迹图"，心中已不仅仅是震撼和敬佩，更是欣慰和满意。此刻，我才真正地明白，恒大的扶贫队员们为什么特别爱唱这首《到人民中去》：

想想从哪里来，

才知该到哪里去。

村前的老树，山中的小路，

溪水潺潺你是否已忘记？

明白到哪里去，

才懂把谁放心里。

父母的教诲，故乡的期许，

炊烟袅袅你是否又想起？

到人民中去——

把身俯下去亲吻大地，

把心贴近在一起呼吸，

让灵魂再受一次洗礼，

用一生报答她的养育。

是的，身俯下去亲吻大地，大地才会回赠你广阔的胸怀和世界。

是的，心贴近了爱你的人，你的呼吸才会平和、温柔，富有节奏与魅力。

当你不求回报地付出，体验到一种崇高和无私时，你才会获得一个经历过洗礼的灵魂，那种神圣和安宁，无与伦比……

13. 捧出我的心，敲开你的门

我在乌蒙山区发现了一件特别有意思的事，不知道恒大人注意过没有，那就是大方县域的地名多与动物有关。你瞧，猴场、猫场、兔场、猪场、马场……凡是与人的生活关系密切的动物，在此都能找到自己的乐园——场，也就是说它们的舞台都很大，很显眼。据说，这是因为彝族圣母奢香在世时，为了方便百姓，以人的十二生肖分别命名周边的集镇，让百姓按次序轮流赶集，于是"猴场""猫场""兔场"……场场热闹非凡，这些地名也因此留传下来。

除此类地名外，还有些地名极有特色，比如方井、巨石、干河、竹园、双山、狗吊岩……对于这些地名，大可按图索骥，比如，那天我去猫场镇的狗吊岩村探访洞穴小学，一路寻思这"狗吊岩"为何物。到了村里，我拿这个问题去问老乡，立即有人指着村边半山腰的一块峭岩绝壁对我说："你看，那不就像一条伸出前腿的狗吊在那里吗？"哈，我一看，简直绝了，那岩壁上凸出的石头，果真像一条悬吊的狗，似乎还在冲着我们汪汪叫，惟妙惟肖！

乌蒙山区是以彝族为主的少数民族聚居地，除了地名，它独特而淳朴的地域文化也带给我们很多饶有趣味的话题。这里山重林深，由于自然条件与战争原因，这块土地上的劳作者具有封闭自我、内向、谨慎的秉性。千百年来，他们尽自己最大的努力忍耐贫穷，决不冒犯山外的他人之地；他们自我约束衣食住行，决不贪求半点不属于他们的奢华与富贵。他们极少去想象山高路遥的远方，而只关注房前屋后的坡地溪流，他们认为这就是自己安身的全部。因此，这里的山民纯朴、善良，却封闭、落后；反应迟钝，却自我约束力极强。

在恒大到来之前，也有人走进大山的农舍，传递"扶贫""脱贫"的信息，试图施以援手。新年、春节时，有人会送来一床被子、两包盐巴；风雨交加的日子，有人会上门瞅一眼漏雨的屋顶，留下一块塑料布……但这些举措并不能从根本上解决百姓的困难。日复一日，山民们也逐渐明白了，其实当地政府财政上并不宽裕，贫苦的百姓们不再有怨言，也不再向政府伸手，他们把一双双手留在贫瘠的坡地里劳作，留在火炉边获取一分温暖……

一年又一年，再有人来扶贫帮困时，百姓们用目光默默地观察着，等待着"可能"。于是，原本应该由自身努力争取的脱贫，渐渐变成了"你要我脱贫"。于是，他们继续平静地住在深山里，似乎可以等一百年，等一辈子，等到来世……

这是许多乌蒙山区贫困百姓的心境，并非是他们不思改变，而是他们为生存而苦苦挣扎之余，已经没有力气做梦了。

如今又来了新的一拨脱贫宣传，且在"脱贫"后面加了三个字：攻坚战。山里的百姓依然在等待和观望，老屋的木门和胸膛的心门，都是半开半关……恒大？"恒大"是谁？没听说过。

山民们开始摇头，他们不相信：那么多人一辈子、几辈子都没做成的事，有人用三两年时间就能做成？说是让乌蒙山改天换地，让他们过上好日子，可能吗？抬头看看天上的云，依然层层密布；低头看看脚下的路，仍然泥泞坎坷。唉，别做美梦了！你说你的扶贫脱贫伟业，我干我的"开荒开到山边边，种地种到山尖尖"……百姓们私底下撇嘴，在当地干部面前也露不出几分喜色。

山尖尖上的那辣椒红油油，

山边边的苞谷黄澄澄，

红油油的辣椒烤疼了我的心哟，

黄澄澄的苞谷驱走了儿的娘。

坡上的肥沃被水冲了，

圈里的牛崽渴断了喉，

全家人只剩下，

只剩下泪两行……

回荡在大山里的一曲《赶场歌》，凄婉惆怅，唱出了山民们的无奈与悲怆。第一批进山的恒大扶贫队员听到的就是这样的悲诉，面对的就是这些苦得太久、贫得太深的山民。

"开始我也觉得有些无从下手。这么多人，还分散在大山深处，假如这村漏了一户，那乡漏了两庄，那还是真扶贫、真脱贫吗？假如一个贫困家庭少统计了一个指标、一个数据，这扶贫脱贫还能精准可靠吗？这些问题我们在初期都想到过、思考过，许家印主席也最担心这点。"负责扶贫脱贫大数据的方煜琛，指着他和同事们一起研发的"大方县精准扶贫大数据库"屏幕，这样对我说。

"大方全县的贫困人口，每户、每人的情况，你们都能保证掌握？都能保证准确？"我有些怀疑。

"完全掌握，非常精确，而且是实时掌握，数据显示与实际情况的差异不超过一周时间。也就是说，若是某个贫困户的家庭成员情况发生变化，比如生、死、嫁、伤、病等，我们最晚也会在一周之内更改数据。有成员到了上学或就业的年龄，系统自动提醒，不用人工操作。比如一个未成年的孩子，过了十八周岁生日后，达到非帮扶条件，数据库会自动处理，立即显示更新后的情况。像生、死、嫁、娶等，则是通过数据库与当地公安、医院、民政等部门联网，非常容易获得相关信息，这样我们的系统便能自动生成新的数据。如此一来，哪个贫困户有任何变化，我们都能及时知晓，以便有针对性地制订下一步帮扶方案。"

"我要当场检验！"说着，我伸手点了一下电子触摸屏上的"瓢井镇龙洞村"，屏幕上立刻出现了一连串分户信息，我在"张某某"的户名上再一点，屏幕上立即显示出张家全家的相关信息，比如每个人的出生日期、身体状态、文化程度、劳动能力，还有各人的免冠照和房屋照片，连户主对扶贫脱贫的意愿等都一一记录在案，关于孩子的信息还有身高、鞋号等，令我不得不赞叹。

方煜琛又递给我一本厚厚的入户调查档案簿，介绍道："这些是原始材料，是我们队员挨家挨户现场实地采集的，我们的大数据库就是将它汇总和处理后产生的。这是姚总带着我们恒大大方扶贫公司和恒大集团信息化中心的技术团队，用了近五个月时间完成的一个高科技项目，它完整地收集了每个贫困户的家庭状况、贫困原因、希望获得的帮扶、帮扶进展、家庭目前收入和幸福指数等，可以为我们精准扶贫提供快捷、准确的情报，由此产生的数据与信息，可以及时指导脱贫攻坚战的决策者以及实施者的工作，利于我们找准工作推进的方向……"

"我告诉你吧，恒大的这个系统，太方便了，集合了公安、民政和财政系统！扶贫工作上需要什么信息和资料，只要一个电话，就能得到最准确、最实时的第一手信息！不知省去了我们多少人力物力，也弥补了不少我们工作上的漏洞和不足！"当地政府工作人员说，这套系统推行后，最大的受益者就是他们这些大方人。

大方县领导掏心掏肺地跟我说，恒大的这套系统解决了许多年来县里工作的尴尬局面：扶贫脱贫工作年年搞，但没有哪一年能真正把贫困户的情况摸清理清。"精力和时间都跟不上。"他叹着气说，一则县上没有那么多人力物力财力，能同时走遍全县每一户贫困家庭，于是基本信息总是七零八落，更别说及时更新与纠正了。因此才有了恒大七人小组在抵达大方几天内就筛除了一千多名待救助儿童名单的事。二则，县上关于贫困人口的基本资料，往往是经过几年积累汇总起来的，相对简单，无法直观反映山民们的实际生活状况。比如一些贫困户只登记了年龄、性别，有几间房子、多少土地等最基本的信息。"如果不是实地入户去探访，仅凭这些简单的信息，你根本无法知道他们到底困难到了何种程度。纸面上的三间房，其实一场大雨、一阵狂风就完全把它摧毁了……"大方县领导对此有太深的体会，"每逢雨季或者有灾害来临，下面就报说某某村、某某人家的房子倒塌了，又有多少人没地方住，这个时候我们就得赶过去。到现场一看，是既痛心又生气，痛心的是老百姓的生命财产受到了损失，生气的是乡村干部为啥不早点发现这些危房，为啥不早点给没房的老乡弄个窝。可那些干部总一脸无辜地跟你说：'领导你看看，我们只知道他有几间房嘛，哪知他的房子早已破旧得根本不能住人了。'你有啥办法？一是我们的工作确实做得不够细，二是县上没有那么多人力物力财力，想细也细不过来……"

"现在好了！只要与恒大这个系统一链接，我即使坐在办公室里，想看哪家哪户哪个贫困老乡的情况也随时看得见，一目了然。再有啥事，心里就有了底。"大方县领导觉得，有了这系统，比自己在干部大会上督促十次都管用。

在扶贫脱贫工作中，高科技的确很重要。"但关键是恒大同志帮扶大方百姓的真心真情！"这位县领导动情地说。

何谓真心真情？

恒大扶贫队员、北京女孩李鑫说，大山里的老乡很纯朴，但性格也很固执，多年来的"扶贫""脱贫"让他们心中慢慢形成了一种"你要我脱贫"的冷漠和随性。面对这样的人群，如果扶贫队员们只是简单地问一声、说几句，他们很可能根本没有反应。

"尤其我们这些外来人，突然出现在老乡面前，他们凭什么听你说一句话就信了？比如我走访的一户贫困山民，户主姓刘，一个不到四十岁的女人，独自带着一个八九岁的女儿生活。平时女儿住校，妈妈就住在借来的一间屋子里。那屋子连房顶都少了一半，里面只有一张一米来宽的木头床可以算是家具。我们去过几次，刘姐不怎么理会其他的扶贫队员，唯独跟我比较亲近，愿意跟我说说话。我看刘姐对我有好感，就连续四五次上她家，像亲姐妹一样和她聊天。我问她，为啥不愿搬出去，搬到体体面面的新房子住？开始她只低头不语，后来又掉眼泪，到最后她总算敞开了心扉，说自己已经没了男人，为了女儿着想，不想再找男人了，现在她一个女人家离群索居，没人嘲笑，没有那么多烦恼事，如果搬到人多的地方住，烦心事一大堆，还不如不搬。知道她的心结后，我就开导她说：既然你现在不想再找男人，把希望全部寄托在女儿身上，就得多为女儿的将来着想，以后女儿慢慢长大了，也会有自己的朋友，可她愿意带朋友来现在这个'家'吗？如果她的小朋友突然撞进来，知道这是你女儿的'家'，你让女儿的脸往哪儿搁？"李鑫说，经过她三番五次闺中密友式的劝说，刘姐的心门打开了，愉快地接受了她的建议。如今，这对原本孤独封闭的母女已搬进恒大建造的幸福新村，住进了一套五十平方米的新房，而刘姐也变得越来越开朗，脸上总是挂着从心底溢出的笑容……

"像刘姐这样的贫困户，在大方县不胜枚举，几乎每一户都有特殊的情况，你不把他的个人情况弄清楚了、掰开揉碎了，他就不会向你敞开心，即便你想帮助他脱贫，也未必真正帮到要害，扶到点子上。"

李鑫的话，让我想起那次随大方县领导去采访光棍熊某的情形。我不禁向面前的女孩请教：遇到熊某那样"守贫自如""双脚钉桩"的贫困户，又该怎么办呢？

"还得靠耐心和细致，有理有据、好言好语，尽力去动员、去感化、去说明、去说服他们。"李鑫说，"最有效的办法，就是让他们亲眼看看未来将属于他们的新房子、菜棚子和大肉牛，这是最管用的。但在这之前，我们扶贫队员的双脚得先踏上那些贫困户的地头，迈进他们的家里……"

姚东是恒大扶贫前线的总指挥，按说可以"稳坐钓鱼台"吧？其实不然。"有一天，我突然发现，到了大方不到一年，自己竟然穿坏了三双鞋，这在过去是根本不可能的，一年一双差不多吧。再问身边搞入户调查的扶贫队员，他们的回答更让我吓了一跳：有的人一个月就跑坏了三双鞋！我们给队员配发的鞋都是质量非常好的，入户调查工作也就三五个月时间，按每个队员半年跑坏三双鞋计算，我们花在鞋上的钱，平均每人每天25元左右啊！"姚东身为副总裁，每天手里过的钱不下几百万、几千万，甚至几十亿，对他来说，钱只是个数字而已，根本没感觉，可这回计算为队员们花费的鞋钱时，他动情地说："这是多么大的工作量，多么大的付出啊！"

是的，脱贫攻坚战的序幕拉开之后，在30亿元项目还在"纸上谈兵"时，最先到达的扶贫队员们就开展了入户调查工作，逐一摸清贫困户的家底。随后，一批又一批的新队员加入进来。"直到后来所有项目全线铺开，我们才有了更细化的分工，在这之前的项目启动过程，从我开始，所有参加恒大脱贫攻坚战的队员都必须深入一线。"姚东这样对我说。

阮士恩分管建档工作，他说："我们先后用了150多天时间，队员分三批走遍了大方县3500多平方公里的大山，为全县18万贫困人口建档立卡。入户调查共建卡57990个，没漏一户，没少一人。采集到的贫困户信息，不仅仅是你看到的前台功能模块的几十项内容，更多的数据在后台库里作为备用信息保存。"

他领着我去看每本都和大方县志一样厚的贫困户调查资料册，并说这些都是整理造册好的，原始资料则可以用"堆积如山"来形容。

"入户调查是我们开展扶贫的基础，工作量巨大！"据阮士恩介绍，扶贫队员们一般每天要走访九或十户，多的也有走访二十来户的。"但也有一天只能走一两户的，那些贫困户都住在大山深处，不但路途遥远，而且山道十分危险难行。"除了路远道险，扶贫队员们经常会在途中遇到一些意想不到的事，比如毒蛇挡道，马蜂袭击，洪水拦路，大小泥石流从天而降……而这一切都没有让扶贫队员停下脚步。尤其是那些女队员，她们遇到的烦恼比男队员更多：每当刮风下雨，大山里就又潮又冷，然而有"特殊情况"的女队员没有一个下火线的；虽说是入户调查，但有时一天都找不到可以"方便"的地方，女队员只得在野外就地解决。

正是这种与现代都市文明反差巨大的现实，让恒大扶贫队员们更意识到肩上的责任与使命——

走吧，能多走一家是一家！

别急，把你的想法、意见，还有其他所有问题都说出来，我们一起帮你出出主意……

对对，只要我们能做到，一定给你往最好的方向去做！

放心吧，老乡！

亲爱的大方百姓，如果能用我们的辛劳换得你们全家的幸福明天，我们恒大人一定在所不辞！

我们可以向你保证，我们恒大承诺做的事，一定会做到最好，做到令你满意！

我已经捧出了我的心，贴近这片大地……

你那禁锢的心门也已渐渐开启……

恒大和大方的手握在一起。

恒大和大方的两颗心凝聚在一起，为了一个共同的目标跳动：决胜脱贫，不胜不还！

叁

第三章
决战时刻

一切都是紧张的，一切都是高效的，一切都是以克敌制胜为目的，叫"战"。

　　战，为我得而敌失，我兴而敌衰，我存而敌亡。将贵智，兵贵精，力贵真，战贵速，此为制胜之道。古老的中国，是战争古国，是战学、战理和战术大行其道的国度，一部《孙子兵法》，包含了缜密的军事、哲学思想体系，变化无穷的战略战术。于是，我们懂得了力量是作战的基本条件和制敌要素，而人心的作用同样不可小觑。无论什么样的战役，其实都潜伏着深刻而丰富的情理与情感。

　　攻坚战，是一种以超常规的手段制敌取胜的强攻势战斗。通常的攻坚战，是无情的。

　　脱贫攻坚战，则是一场带着情感的强攻势战斗。许家印传承了父亲的军人血脉，自有几分战学修为。他在商界叱咤风云，百战百胜，大概就与他娴熟的战理和战术有关。

　　大方县18万贫困百姓，要在短短三年内实现稳定脱贫，等于是让这18万人一天之内跨越几个世纪，一步登上幸福天堂，如果成功做到，将是闻所未闻的奇迹！

　　话说出口了，钱拿出手了，世人都在注视着恒大，注视着许家印的一举一动。就算世上的热闹事层出不穷，许多人早晚会把恒大的承诺淡忘了，但大方18万双渴望脱贫、渴望幸福的眼睛仍然天天闪烁着，静候恒大兑现诺言。恒大，还有退路吗？

没有退路！

其实，从承诺投入30亿元帮扶大方县脱贫那一天起，他们就没有想过要退。

只有在把18万贫困百姓都送上幸福之路后，恒大人才会悄然退出，退出闪着聚光灯、唱着赞歌的台前……

时间，效率。分秒必争，刻不容缓！所有天花乱坠的话语，都无法替代真实的行动。

从现代大都市广州，到偏居一隅的乌蒙山区，千里关山飞渡。当脱贫攻坚战的战斗号角吹响那一刹那，恒大的前后方就点燃了冲锋与阻击、围剿与歼灭的战火，每时每刻都波澜壮阔，在胜利之后追逐更大的胜利……

14. 一月烽火

我注意到，2015年12月19日，许家印在大方县与地方领导正式签约，之后十天，有关恒大帮扶贵州乌蒙山区脱贫的新闻铺天盖地，各大媒体轮番报道，而恒大的后续行动却没有见诸报端。这也非常自然，签订30亿元扶贫"大单"对媒体来说，已足够吸引眼球，至于之后的事，慢慢来吧，反正你许家印是大老板，万一赖账，更有新闻效应！

于是，在世人看来，就是轰轰烈烈的签约仪式后，"长沟流月去无声"，再无下文。做惯了生意的恒大，是不是只想在大方做一次漂漂亮亮的公司形象公关，就此销声匿迹了呢？

大方人在心里暗暗嘀咕，尤其是大山里的那些百姓。

然而，大方人很快就发现，他们错估了一个新时代，更错看了一个立志要在这片大山里开天辟地的恒大。

"你们老板不是昨天刚跟我们县里签约吗，咋今天你们就来看地盘了呀？！这、这……真干啊？！" 2015 年 12 月 20 日清晨，大方县城内还在零星燃放着鞭炮，庆贺前一天签约成功，凤山、安乐、百纳、三元、星宿、沙厂、雨冲乡，以及距县城最近的顺德街道办事处白石村的干部们，已经被姚东带领的恒大人"逮"住了，而且"逮"得严实，一个不落地见上了面。双方只在屋里说了几句话，连椅子都没坐热，就都跑到寒风萧萧的山头坡地上横刀立马，有的丈量土地，有的察看海拔，有的分析土质……

第一天，测量杆立到老乡家。

老乡好奇地出来问，都快过年了，你们这是要干啥？

恒大人说，新年后，我们要在这里建幸福新村。

老乡瞅着面前的陌生人，嘴一撇，嘀咕一声，这些人有毛病！说完，转身进了屋，咚的一声，把门关得死死的。

恒大的小伙子挤挤眼，笑着说，不让"有毛病"的人进屋，实在是高！

第二天，又丈量到老乡家。

老乡觉得奇怪：怎么又来啦？你们真有毛病？

恒大的小伙子露出粗腿壮胳膊，一个比一个气宇轩昂，说，我们没毛病，我们很壮实，我们就是要在这里建片新房子！

老乡一看对方人多势众，心知玩不过：那行吧，既然你们没毛病，愿意在这荒山野岭里建房子，你们就建吧！说完又要关门。

恒大人说一声，慢着老乡！一手把门拉开，双脚也迈了进去：对不起啦老乡，还有话跟您说……

老乡无奈地给客人让座，说，还有啥话？

恒大人开门见山地说，我们要在这里帮你们建新房，建好新房您这老房子就可以拆了……

啥？你们建房，竟然还要拆我的房子？！你们想干啥？走，快走！老乡怒了，一把将恒大人推了出去，咣当一声闷响，把房门关得更死，震得墙上和屋顶上哗啦啦掉下来一大片碎砖烂瓦。

第三天，恒大人带来一台电脑，把老乡拉到身边，指着电脑屏幕跟他说，您看，这是我们马上要在这里建的幸福新村。

老乡怒了，你们建新房子，就可以随便拆我的老房子？门儿都没有！他生气地站起身，又想回屋把门关死！

恒大人说，老房子实在破得不成样……

老乡说，不成样也是我的家！你们想建新房子，我管不着，但绝对不准拆我的老房子。谁敢拆，我就跟谁拼命！

恒大人温和地解释，老乡，等您搬到新房子住了再拆老房子！

老乡眼一翻，说，我住不起你们那新房。

恒大人笑了，这新房是您的！送给您的！

老乡瞪大眼珠，摇摇头，我不信。

恒大人言辞恳切，就是给您的，白送您的！

老乡敲敲自己的脑壳，怀疑地问，白送？是你们在说胡话，还是我在做梦？

恒大人笑得更欢了，不是我们说胡话，也不是您在做梦，这是实实在在的事，是我们恒大帮扶你们脱贫致富的第一件实事！

老乡还是充满疑惑，天下哪有这样的好事！

恒大人极其耐心，您不信？明天我们就跟您签订协议，我们给您新房，等您住进免费的新房了再拆老房子。

第四天，恒大人来了，县上的人也来了，乡里和村里的干部都来了。

老乡手里举着与政府和恒大签订的拆迁协议，高兴得在山坡上疯跑了三圈，最后他跑到村子里，把这一喜讯告诉给全村的家家户户……

天上真的掉馅饼啦？！

2015 年 12 月的最后十天，贵州大方县的百姓们奔走相告：咱们大方头顶上的天哟，真的要掉大馅饼啦！有人以为是在开玩笑，可从凤山乡的店子村，安乐乡的白宫村，百纳乡的新华村，三元乡的胜丰村、双元村，沙厂乡的营华村，星宿乡的龙山村、峻岭村，到雨冲乡的金门村、油杉河村，所有人异口同声：真真切切的大馅饼掉进了他们的饭碗里！

这些地方的贫困户，家家都接到了消息：恒大要为他们建新房，和城里人住的"洋房"一样漂亮，而且是白送的，自己不用出一分钱，基本家具也都给配好了！

可还是有人不信，比如理化乡的陈丽丹，三十多岁的她才不信有这样的好事呢。恒大人来她家动员易地搬迁时，陈丽丹就有意顶牛，说，凭什么你们来拆我们家的房子嘛！

恒大人耐心动员，说她家的情况符合贫困户易地搬迁政策，还拿出幸福新村的图纸跟她说，你看，再过一年半载，你就可以搬进这样的新房子住了。

别看陈丽丹现在住在大山里，以前也是走南闯北的人，去过深圳打工，也北上过首都，只是后来有了孩子，才又回到了大方老家，跟丈夫一起种地、带孩子。她头两胎生的都是女儿，一心想要个儿子，还好，第三胎生了儿子。小两口有三个孩子，在当地不算出格，但家里本来就穷，已经没有能力自己盖房了，只能和公婆住在一起。公婆一辈生的孩子多，陈丽丹一家和丈夫的兄弟们勉强挤在几间又旧又破的老房子里，十几个人一锅吃饭，靠几亩薄地为生，自然成了贫困户。

陈丽丹做梦都想住上新房子，让三个孩子活得体体面面，但老家的山太高、地太薄，她被三个孩子缠着，也没法出去打工。她以为这辈子再没了希望，只希望儿子长大后能有出息，让她享几年晚福，有新房住，有电视看。

这么个梦想，现在从一群外乡人的口中"轻飘飘"地说出来，陈丽丹自然不信。于是当恒大人搬出电脑，调出新房子的蓝图给她看时，陈丽丹不屑一顾，把头一甩，说，你们真有本事的话，就把我家搬到县城去，我立马带着孩子搬！

你想搬到县城去？

是啊，成吗？

可以啊！你有这意愿，看样子又挺能干，我们安排你家搬到县城的新村去，还给你做生意的商铺，你自己开店也行，租给别人也行。总之只要你愿意，我们就可以把你家列入搬迁县城的名单。

这可是你们说的啊！陈丽丹觉得恒大的年轻人这么容易就被她将了军，反而有些同情。

大姐，我们是说真的！脱贫搬迁方案中有一部分人就安排在县城，我们为此要新建一个彝族小镇，你们县上的领导把名字都起好了，就叫"奢香古镇"。以后那个地方会特别美，是大方全县最好的地段，还是对外开放的旅游景区呢！

恒大人说着，又打开电脑页面给陈丽丹看，美轮美奂的奢香古镇三维立体图跃然眼前……

哎哟，我真的可以搬到那个地方住吗？陈丽丹眼睛看着奢香古镇的蓝图，心都要跳出来了，她迫不及待地问恒大人，你们说的都是真的吗？县城的房价贵得很，我家可没钱买啊！

放心吧大姐，这叫易地搬迁扶贫，我们恒大集团和你们县上按照中央政策给你们建新房，一律不收钱，全部赠送给你们，屋里的基本家具以及电视机等，一律给你们配好……

连电视机都给配好了？陈丽丹有些不好意思，但又十分想知道，于是轻声地问道。

是的，每户配电视机等基本家具家电是我们许家印主席专门提出的。

那太好了！陈丽丹沉默一会儿，有些胆怯地问：把我家搬到县城的事可以签约吗？

可以呀！我们本来就是来签约的。恒大人回答。

拿到易地搬迁到奢香古镇的通知书和协议书时，陈丽丹把头俯在双膝上，哭了很长时间。之后，她抬起头，把三个孩子搂在怀里，一把鼻涕一把眼泪、又哭又笑地对孩子们说，以后我们有电视看了！要做城里人了！

2015 年年末，2016 年新年即将到来之际，像陈丽丹这样美梦成真的大方百姓一天比一天多。一开始，多数人都觉得自己是在说梦话，但慢慢地，恒大人让这些梦想都变成了现实，而且比梦里所幻想的更美好，美好得令大方人不敢相信……

孩子们说，恒大人已经把 11 所新建小学的校址选好了，每一所小学不仅有崭新的教室，还有配空调的宿舍和小足球场。

妈妈们说，大方县一直没有像样的幼儿园，这回恒大一下子要给我们建13 所，并且是和城市里的幼儿园一样的标准！

老人们说，盼了多少年的敬老院，这回总算有着落了！

最兴奋的还是青年们，大方就要有第一所大学了——贵州大方恒大职业学院！

这么多过去只能在梦里想想的事，如今都在这个时间点上，由恒大人把它们绘制成美丽蓝图，并且承诺要在2017年上半年全部建成！

大方人相信吗？真不敢信。

不相信吗？人家都把工地建到你家门口了！

2015年12月31日晚上十点整，大方县领导指指墙上的时钟，对县委办公室主任李天智说："从明天开始，你得给我弄个与恒大合作帮扶脱贫的工作日志，否则我们会打乱仗的。过去咱们一直以为，人家是做生意的，对扶贫这种工作根本不摸门儿，哪知他们根本是门儿清，比我们一点都不差！再看看他们的工作劲头，简直是一群'疯子'！"

李天智偷笑，轻声道："还真像！"随即又正色说："真弄不明白，他们为啥这么拼命啊？以前他们做房地产，赚人家的钱，有那么股劲头倒是可以理解，现在给我们大方扶贫，纯粹是赔大本的事，也这么没日没夜地干，真是奇了怪了！"

"你这个问题提得好啊！"县领导点点头，"我们大方的干部的确该好好想想，人家凭什么要为我们的扶贫工作花大钱、费大力，我们又该如何支持配合恒大……"

"书记，明天市委书记陈志刚要来慰问恒大扶贫队员，要求我们提前通知恒大方面。"李天智主任提醒他。

县领导看看表，说："估计姚东他们还在忙，走，我们过去跟他们对接一下……"

两人从县委大院出来，县城内辞旧迎新的鞭炮声已经响起。寒冬的乌蒙山区，此刻飘洒起蒙蒙细雨，打在脸上，几分潮湿，几分暖意。

五、四、三、二、一……新年快乐！县领导淋着细雨，望向恒大扶贫队的办公楼——此时姚东等人已经从酒店搬进了县里专门腾出的楼房——那里依然灯火通明，人影晃动。他的眼睛微微湿润，不知是雨水，还是泪水……

　　攻坚拔寨号角急，决战决胜谁举旗？

　　百万人民难忘记，三个亿元大手笔。

　　恒大扶贫真大方，上下同欲倍勤力。

　　一分一厘不容易，半丝半缕更珍惜。

　　撸起袖子加油干，携手小康创奇迹！

这位县领导在大方土地上任职十余年，这个岁末，他第一次感觉到自己被一股无比强劲的力量推动着，停不下脚。这股巨力来自恒大，来自许家印。

公元 2016 年 1 月 1 日，恒大在大方的脱贫攻坚战全面展开，眨眼间，烽火熊熊燃起，其势其威，震撼乌蒙大地！

2016 年 1 月 1 日。

"喂……姚东，昨晚几点睡的？是不是又跟顾谦他们干了一个通宵？这不行！我们的大战刚刚开始，如果你把我的队伍整垮了，我第一个收拾的是你……明白吗？"清晨，刚起床的姚东还没穿上毛衣，许家印的电话已经从广州打了过来。

"报告主席，您的团队不会垮，要垮也是我姚东第一个垮，您放心！他们都比我年轻，倒下去，呼噜声震天；一翻身站起来，又是生龙活虎！昨晚——不，其实是今天凌晨两点多他们才睡的，现在我再给他们三十分钟，七点半开饭，一个都不会少！"姚东已经习惯前线指挥官的作风了，然而广州的"元帅府"来电时,他还得像个小兵似的,毕恭毕敬站着听候命令。

"除非像许主席这样训练我,像我这样训练全体扶贫队员,否则根本别想打赢这场硬仗!"姚东跟我说这话时很霸气,嗯,有那么一点将军风度!能让我这个老兵看上眼,也算一条好汉了!

"言归正传,"许家印半真半假地展示了一番老板的威严后,嗓门提高了几个分贝,"今天是新年元旦,请转达我和集团各位领导对大方扶贫前线全体队员们最亲切的慰问和新年祝福,祝大家在2016年收获理想,决胜前线……"

"谢谢许主席!请许主席放心,我们将按照您和集团公司的部署,坚决打好、打赢2016年脱贫攻坚战,圆满完成各项任务!"姚东说这话时,陈云峰、顾谦、杨慧明……一群奋战在大方扶贫前线的恒大虎将已经在他身后整齐列队,个个精神饱满、斗志昂扬。

"好,许主席的问候你们都听到了,现在给你们二十分钟时间把肚子填饱,然后到会议室集合,等待毕节市委陈书记的新指示、新部署!"姚东一脸的严肃相。

"是!"

虎将们走后,姚东把脸一抹偷笑:还真有那么点样儿!

毕节市委的陈志刚书记到来时,姚东等人正在小会议室里商量下一步的工作,讨论得热火朝天。他们向陈书记汇报:在年前的十来天里,恒大扶贫队员已初步完成了10个幸福新村、1个古镇和19所新学校的选址任务。陈书记听后不由得感叹道:"照我看,2016年,我们大方乃至毕节的气温会比往年高出好几度。"他转头对大方县领导说:"知道为什么吗?是恒大同志们火热的扶贫干劲,把我们毕节的大地生生烤热了啊!"

陈书记环顾着姚东等恒大人——个个都比初到大方时瘦了一圈——目光

中满是无言的感谢，说："我今天既是来向你们致新年问候，也是来现场办公的。我们现在算是一家人了，一家人就不必说两家话！上次许主席来签约时我就保证过，我们地方党委和政府一把手，都要在第一时间落实第一责任，全力支持恒大在大方的扶贫工作。毕节地方党委和政府感谢你们来帮我们啃硬骨头，一定会全力做好后勤保障工作。你们尽管提要求吧，把眼下最需要我们配合做的工作都一一列出来！"

姚东是个干实事的人，也不多客气了，直言相告："今年要安排的前40个项目，我们在年前已经做完了选址等基础工作。从明天开始，我们的项目将全面铺开，许主席也答应再从集团公司调200多名骨干过来，全面投入战斗。现在我们缺少的还是当地干部，特别是熟悉和了解大方县情况的干部，像入户调查、易地搬迁、工程建设等工作，都得有当地干部参与，这样才能保证项目进度！"

陈书记脸色严肃起来，问："目前这块需要多少人？"

姚东回答："我们将从集团调200多人过来，最好地方也派200人。"

陈书记双手朝桌上一拍："就这么定了，我们也选派200人送到你这儿，全部归你'姚司令'统一指挥！"

姚东站起身来，郑重地鞠躬道谢。

陈书记侧头对大方县领导说："我们各选一批人，市里的人我负责，大方的人你负责。"

县领导当即保证："我们马上落实！"

大方县领导接受我采访时回忆起当时的情景，是这么说的："其实，那时我压根儿就没想到，恒大竟然会派那么多人来，协助我们去乡镇具体落实扶贫项目。过去有些民营企业来帮扶，把钱和物一放，就完事走人了，恒大可绝对不一样！不仅把30亿元的大钱投到我们大方县，还留下几百人具体盯项目，一个一个地抓落实，直到扶贫脱贫真正到位。这种民营企业参与扶贫的模式，恐怕在全国是独一无二的了，是标杆模式，我听了真的特别吃惊！"

我们还是回到 2016 年元旦这一天。

陈书记向大方县领导布置完工作，又对随行的市委干部说："今天是 1 号，明天你们要拿出方案和人员名单，后天通知各县选人上来，4 号我在市里给选派到大方的干部做动员，5 号让他们全体到恒大来报到上岗！"

有人小声嘀咕："这时间太紧了吧？"

"紧什么！三天时间，到我们自己的地盘上报到，哪儿紧了？"陈书记脸色一肃，嗓门也高了，"看看姚东他们恒大人的作风，就不会觉得时间紧了！我们现在称扶贫是'攻坚战'，那就是打仗！打仗讲究的是争分夺秒，每一时、每一天都得拼了命去争取呀！"

临别时，陈书记紧紧握住姚东的手，像勉励行将出征的老战友："我马上回毕节跟组织部商量方案！5 号那天，我先把 100 人全部送到你这儿！"

1 月 2 日，广州恒大总部。

阮士恩来到人力资源中心，向部门负责人递上一份 280 人的调动名单。

"我说兄弟，真是三日不见，当刮目相看啊！"人力资源中心负责人看到这个数字，吓得不轻，"你这是来砸我的饭碗还是怎么着？"

阮士恩言辞恳切地说："扶贫难，贫困地区招人更难，时间紧，任务重，几十上百项重点扶贫工程开工在即，老板非常重视，全社会都在关注着我们恒大扶贫。在这紧要关头，没有集团的大力支持，派出强大的团队，等我们自己招满人再开工干活，黄花菜都凉了……"

一番介绍之后，对方恍然大悟，并表示全力支持。

果不其然，人力资源中心的动作比阮士恩想象的还要快——两天之内，

156　　　　　　　　　　　　　　※ 时代大决战 ※

280人一个不差地通知到了各地分公司，接到通知的人全部在5号之前到达了大方。

特别说明一下，恒大的作风历来如此，就像军队一样，"服从命令、听从派遣"是在恒大工作的守则之一。恒大只用二十年就迅速成长为世界五百强之一，铁一般的纪律是一个重要因素。

1月3日。

已是深夜时分，几个提前到达大方的年轻扶贫队员悄悄跑到姚东的办公室，蹑手蹑脚地蹲在门外观察动静。

"谁啊？"姚东的声音传出来。

"报告姚总，是我们，您还没休息吧？"有人小心翼翼地问。

"没呢，什么事？"

"如果您方便的话，我们想继续请教些问题……"

"来吧。"门开了，姚东做了个"请"的手势。

扶贫队员们——准确地说，是恒大扶贫队几位新到任的中层干部——蜂拥而入，一个个赖在座位上，大有彻夜长谈的架势："姚总，白天您一开口，给我们讲了一大串'五谷丰登、六畜兴旺'，有趣极了！您再给我们补补课呗！"

姚东苦笑着，打量眼前这些"城市兵"和"娃娃兵"，摇摇头，无奈地自嘲一声："没办法呀，还得靠你们给我打胜仗嘛。"他倒上一杯浓茶，沉思片刻，开腔道："那就再给你们摆摆龙门阵吧……

"咱们中国自古是个农业大国，流传下来的农谚不少，比如'五谷丰登、六畜兴旺'，'五谷'是啥，估计你们也不一定能报得出来，不过肯定已经在手机上搜过了，不用我重复。但你们知道古人为啥说'五谷'而不说'八谷'，为啥说'六畜'而不说'五畜'吗？这背后有丰富的农业知识。比如'六畜'，是指牛马羊、猪狗鸡，前面三个叫'大三养'，后面三个把狗换成兔，就成了'小三养'。知道为啥要这样分吗？中间的名堂大着呢。"

干部们问："那我们为啥在扶贫中不鼓励农民养猪鸡兔，连马羊都撇开了，单单鼓励他们养牛？"

姚东喝了口茶，故意卖关子："对啊，这里面的学问就大了！"

干部们问："啥学问？"

姚东说："就拿猪鸡兔这'小三养'来说，是不是最好养？老百姓谁都会养，你们学一下也会养。以前我们的政府和干部一说到让农民致富，就鼓励他们养猪养鸡啥的，可你听说过真正靠养猪养鸡富起来的吗？也有，但不多，多数人养猪养鸡，最后还是赔本生意，根本富不起来，尤其是，如果农民一窝蜂地养猪养鸡，富起来的一定极少极少。为啥？因为猪鸡兔有一个共同的特点，就是它们的繁殖能力非常强，数量一多，市场就波动剧烈，价格就跌下来了，一跌就害惨了养殖户。猪肉市场近五年的波动率达到35.7%，相反饲料在不停地涨，谁还养得起猪呀？更不用说赚钱了！鸡和鸡蛋都是一个道理，除了专业养殖大户，一般家庭的小农经济，靠卖鸡卖鸡蛋是绝对富不到哪儿去的。'六畜'里的'大三养'牛马羊就不一样了，它一年才生一头崽，比如牛，跟人差不多，也是将近十月怀胎，有的还怀不上，生下来成活率也不是百分之百。满打满算，100头牛，一年也就生100头小崽，养100头牛，一年的市场供应量最多也就是100头牛，所以市场价格不可能剧烈波动。因此，我们在扶贫大方时，有项重要措施就是鼓励农民们养牛。"

干部们依然疑惑："马和羊不也是'大三养'吗，为啥我们没把它们列入扶贫措施中呢？"

姚东笑答："提得好，这又是深层的学问了。大家要知道，大规模地饲养羊，就得提供土地，而且是较平整的、有草的土地。像乌蒙山区这样的地方，山多坡陡，平地极少，生态本来就比较脆弱，如果饲养羊的话，就会加剧这里的生态恶化，因此最后我们为贫困农民选择了养牛这条路。"

干部们越听越好奇："可为啥我们不帮农民们养本地牛，而是要从国外引进啥安格斯牛和西门塔尔牛？"

姚东的兴趣也上来了："问得好！你们也许知道，本来这乌蒙山区是养牛的好地方，气候和植被都比较适合牛的生长，但是不知你们注意到没有，这乌蒙山区的牛小得可怜，有专家曾讽刺说是'狗牛'——远看像条狗，近看才知是头牛。牛一小，就几乎没啥用处了，不值钱。我们许主席在这方面想得十分细致缜密，他要求我们一定要扶贫到实处，让贫困百姓真正长久地实现脱贫，并且走上富裕之路，因此我们就请专家帮助论证，又做了非常认真的调研和市场分析，综合比较，最后认为必须对乌蒙山区的本地牛进行改良，同时引进好的肉牛品种。这肉牛可又是一门学问。国际上公认，肉牛有四个品种，分别是夏洛莱牛、安格斯牛、利木赞牛和西门塔尔牛。夏洛莱牛种群小，一般国家基本不养，也不适合乌蒙山区。利木赞牛是大个头，法国品种，也不太适合大方这样的地方。剩下的就是西门塔尔牛和安格斯牛两个品种。安格斯牛是世界上最优质的肉牛，适应性强，出肉率高，最重要的是安格斯牛的主要食物在乌蒙山区到处都有，就是青玉米秆。而西门塔尔牛，我在内蒙古工作时见过太多成功的养殖案例。所以经过筛选后，我们最后确定引进安格斯牛和西门塔尔牛，鼓励贫困农民养殖……"

"哈哈，姚总啊，难怪许主席选你到扶贫前线任老总，原来你真是'牛'啊！"干部们一个个向姚东伸出大拇指。

姚东突然板起了脸："少跟我来这一套！现在我命令你们马上回宿舍休息，明早我在餐厅点名，看谁敢赖床不起！"

撒！干部们做着鬼脸，一阵风般涌出了姚东的办公室。

这天白天，毕节市委忙碌不堪。

"选派 100 人的事怎么样了？陈书记又在问呢！"组织部部长文松波一次次跑到人事科催促。

科长报告："部长，现在不是 100 人够不够的问题，是我能不能保证100 人之外的报名者不来添乱的问题！"

组织部部长喜上眉梢，忽又板着脸说："咋说话呢？报名的人多是好事！要重视储备，人才储备很重要！"

"好嘞，部长！"

晚上，市属机关干部冯发亮正在老家威宁县探望父母，突然手机响起，一看，是单位的领导打来的。

"发亮，根据市委组织部的统一安排，要调 100 名熟悉农村情况的优秀干部到大方，支持和配合恒大的扶贫工作，你被选中了，怎么样，有没有问题啊？"单位领导说。

冯发亮感到突然，半开玩笑道："组织上的安排肯定没大问题，2012 年我去过大方一个叫羊场镇的地方，搞'帮县、联乡、驻村'，2013 年又在'同步小康驻村'时去过大方……领导，这回又让我到大方参加扶贫，是不是考虑要提拔我呀？"

领导说："嗯，有这个可能，前提是，你得像模像样地干出点名堂来！"

冯发亮乐了："是，谢谢领导点拨！"

这一天，毕节市共有 100 名冯发亮这样的青年干部被一一点名，要求他们第二天必须到市委报到。

毕节的青年干部们早就听说恒大扶贫大方一事，此刻知道自己能亲身参与，个个摩拳擦掌，跃跃欲试！

同一日，大方县召开选派干部配合恒大扶贫工作的会议，县领导主持：
"同志们，恒大开往我们大方的扶贫列车已经轰鸣着出站了，他们的马力、
他们的作风、他们的干劲、他们的效率、他们对百姓的感情和社会责任心，
在短短的日子里已让我十分感动！你们作为大方县第一批配合恒大工作的干
部，从今天、从现在、从此时此刻开始，既是大方人，也是恒大人，要在许
家印主席、姚总他们的统一指挥下行动，做脱贫攻坚战的冲锋战士，做扶贫
前线的董存瑞、黄继光！谁要是不好好在恒大那里工作，想当'老大'，挑
三拣四，拖后腿，县委一律严肃处理！"

　　这样的表态对于县级主要领导来说，是要拿出绝大的勇气来的。

　　1月4日。

　　恒大280名精兵强将从全国各分公司陆续向大方前线集结，并于当晚
全部到位！

　　这天上午，时任毕节市委书记陈志刚出席出征动员会，深情嘱托派往大
方扶贫一线的100名干部："恒大作为一家民营企业，无私向大方奉献几十
个亿，毕节组织部选派你们这些优秀干部，与恒大并肩参与扶贫工作，这是
你们的光荣；能够亲身体验机关与企业的差别，是你们的幸运，我们很多
干部一辈子都不会有这样的机会！珍惜吧！努力吧！毕节人民和毕节历史
会永远记住你们，记住你们与恒大人一起在这块土地上创造出的史诗般的
奇迹！"

　　对此冯发亮有这么一段记述："4号上午到市府参加动员会，结束后没有
休整和工作交接的时间，5辆大巴车已经在楼下等着我们出发了。生活用品
和换洗衣服也没带，就这样，我们100人被拉到了大方……"

　　真有点打仗的味道！

你以为呢？所谓攻坚战，本来就是打仗，而且是打硬仗！

在去大方的路上，100名毕节干部摩拳擦掌，你一言我一语地讨论未来的工作，他们的眼前，已经浮现出一幅在大方前线"大干苦干加巧干"的恢宏画面……

这天晚上，恒大扶贫队的办公楼迎来人员进驻后最热闹的一天：280名新选派的管理层干部到位后，立即按工作职能被分配到各个部门，且不管职位如何，一律佩戴"恒大扶贫专员"的标识。姚东看着这兵强马壮的场景，乐得合不拢嘴。

从这一天开始，这座不起眼的办公楼成为恒大指挥脱贫攻坚战的大本营，原本冷清的小街变成大方县城人气最旺的地方，车水马龙，人来人往，不分昼夜。老百姓亲切地称这条街为扶贫街，后来，街道居委会干脆把这个街名正式确定下来。

如今在大方乃至整个毕节，无人不知"扶贫街"，它在当地的新闻中曝光率最高，它与毕节百姓的联系最多、最广，尤其是那百万贫困百姓，扶贫街连着他们与恒大人的心，是一条情感的纽带……

1月5日。

恒大扶贫大军开赴各个战场，走上40个重点项目的关键岗位与施工现场。

"其实以前我们这些人也没有领兵作战过，这回确实是真刀真枪指挥战役了！"姚东的助手、大方前线副总之一顾谦如此感叹。

负责就业培训的黄芳更是感受深刻："过去在公司，天天面对的是表格上的人名和数字，这回一下子面对黑压压一片的大活人，个个都企盼着你给他们指点出路、创造幸福生活，我是既兴奋，又紧张得不得了！"

恒大派往前线的第一批扶贫队员中仅有两位女性，黄芳就是其中之一。姚东布置给她的任务是：在 2016 年完成 10000 人的就业培训，三年完成 30000 人的就业培训。

天，30000 人！他们排在自己面前时，将是何等壮观的方阵！

黄芳不敢多想了，一想就又是兴奋又是害怕：这么大的责任交给我一个女人，一个过去跟陌生男人说话都紧张的小女人，咋整呢？

黄芳整夜辗转难眠，睁着眼睛一直到天亮。

不只是她，许多恒大人和被派驻来的地方干部都没有睡着。大战在即，兴奋和紧张同时侵扰着他们，谁也无法安眠。

天亮了，大方历史上从未有过的"农民培训营"正式开班，几千名贫困农民站在毕节同心农工中等职业技术学校的大操场上，统一穿着由恒大提供的蓝色培训服，戴着白手套。黄芳第一眼看到这支"恒大蓝军"，真是心潮澎湃，热血涌动。

看，这些就是我要带的人！你们佩服不？黄芳突然想起了自己远在江西宜春的父母，他们一直担忧自己的女儿能不能担起恒大赋予的重任……"刘大哥讲话理太偏，谁说女子不如男！"黄芳这个时候特别特别想喊一嗓豫剧，但作为恒大扶贫培训部负责人的她，终于抑制住了自己这个不够"职业"的念头，振作精神，深吸一口气，大声喊道："各位学员们，从今天开始，你们将在这里进行就业前的五天全天候培训，完成培训后，我们将推荐成绩优秀者到恒大引进到大方的上下游企业、恒大的下属企业和战略合作伙伴企业上岗工作！"

立正——！

齐步——走！

几千个从十五岁到四十五岁的男人和女人，在部队教官的带领下，第一次迈出告别大山的有力步伐，尽管动作参差不齐，但起脚风起云涌，落步地动山摇，这是何等壮观的一幕啊！

"一——二——三——四！"

"一——二——三——四！"

起头的是教官的声音，跟随的是农民大军的声音，从最初的七零八落一片，到后来的异口同声，那些从来没有受过训练的农民渐渐开始步调一致，齐刷刷地甩臂，整齐划一地立定踏步。他们脸上的神情，从好奇变得严肃，又逐渐变为激动，他们笑了，有的还在流眼泪……

那一张张脸越来越认真、欢快、放松……感到一种从未有过的神圣和幸福；那一个个融入浩荡队伍的人，无论男女，都是有生以来第一次迈出这样的步伐，第一次雄赳赳地高喊这样的口号，第一次挺起胸膛面向前方……

他们笑了。他们哭了。他们从心底里一次次感恩一个党、一个制度，还有一个名字——

共产党。社会主义。还有积极响应党的号召来到大方的恒大！

"向前向前向前！我们的队伍向太阳……"

整整五天的培训，雄壮的歌声不断回荡在学校上空。许多贫困农民是第一次离开大山里的家，白天在大食堂一起就餐，晚上住集体宿舍，吃饭睡觉要听大喇叭里的哨音与歌声……一切都是陌生的，一切都是明亮的，一切都充满希望和自信，一切都是为了新的命运和新的人生！

贫困的农民们发现，自己的知识每一天都在增长，眼界每一天都在开阔，这是以往十几年乃至几十年里从未有过的。五天后，他们之中有的到了成都，有的到了西安，有的到了深圳，有的到了贵阳……他们成为恒大集团分公司或是合作伙伴企业的项目工人，每个月可以拿到四五千元工资。

"我从来没见过这么多钱！"

"没想到这辈子还能做个恒大人！"

没想到的事还多着呢，这仅仅是一个开始。

1月8日，贵阳。

省扶贫办所属的贵州省扶贫基金会人声鼎沸。

"来啦来啦！真来啦！"

"啥真来啦？"

"恒大，恒大来了！"

"在哪儿？人呢？"

"来的 10 亿元钱呀！"

"啥？！"

"给我们基金会的 10 亿元到账了！"

"真的？！"

"谁蒙你嘛！"

基金会上上下下奔走相告。

会长细细数了银行账户上汇入款项"1"后面的"0"，激动地说："赶紧给省里汇报！赶紧给恒大回话！这可是我们基金会有史以来最大的一笔入账！"

会长当即落笔，签发了一份贵州省扶贫基金会接收捐款证明：

我会于 2016 年 1 月 8 日收到恒大集团结对帮扶大方县精准扶贫、精准脱贫捐款人民币 10 亿元（大写：壹拾亿元人民币）。

1月10日，大方县。

带病工作的顾掌权县长边吃着药，边嘱咐县政府办秘书今天必须签发两份重要文件。一份是以大方县人民政府名义签发的 2016 年"一号文件"，内容是关于设立"恒大大方教育奖励基金"的公告。另一份涉及的方面就多了：审定恒大首批援建的 40 项重点工程的总体规划方案及单体方案，包括移民安置区、11 所小学、13 所幼儿园、1 所完全中学、1 所现代职业技术学院、1 所慈善医院、1 处敬老院和 1 处儿童福利院等。

"县长，你这几天嗓子更沙哑了，说话声音都变了，再到医院去看看吧……"秘书面对咳嗽不断的县长，不知如何劝说，急得直跺脚。

"人家恒大只用几天时间就做完了我们一年甚至几年的工作，你说我们还能'慢慢来''等等再说'吗？"顾县长喝过几口水后，用秘书俯下身才能听清的微弱声音说道。他那只签发文件的右手一直抖动着……

"县长，你的手怎么回事？"秘书有些紧张地询问。

"没事，就是太激动了。"顾县长苦笑着抬头，说，"人家恒大前天刚拿出 10 亿元的扶贫基金款，今天又给了我们 3000 万的教育奖励基金，这都是真金白银啊！你说我能不激动吗？"

秘书释然地点点头，笑了："是，我们大方人都很激动。"

1 月 11 日。

自从恒大到了大方，让顾县长激动的事每天都有。这一天他又在签署文件：恒大为大方县农村贫困家庭低保对象中家庭年人均纯收入低于脱贫线的特困群体投保。2015 年，大方县特殊困难群体享受的政府低保补贴为人均 2580 元，而县上达到脱贫标准的家庭人均年收入为 3028 元，差额 448 元。2016 年 1 月 11 日这一天，恒大集团公司出资 2800 万元，一次性为 14140 名大方特困群众购买保险，保险的年收益可补齐这 448 元的差额。可以说，恒大此举又在大方贫困百姓的碗里实实在在添了几块肉……

这天恒大做的事不止于此，姚东带着副手陈云峰、顾谦、杨慧明等人，又给顾县长送来200个特色农牧业基地的建设方案。

"老百姓能不能脱贫，产业扶贫是关键，这个'牛鼻子'你姚东要给我牢牢抓住！如果百姓在这一问题上有什么困难，我们恒大全力顶上去！"许家印深谙农民苦在何处，更加知道帮助农民增收的根本。

姚东对顾县长转达了许家印的话，又说："许主席说了，建这200个农牧业基地等于是为18万大方贫困户建'小银行'，所以我们恒大决定拿出1亿元设立一个产业贷款担保基金，担保总额10亿元，用于贫困农民发展产业过程中的小额贷款担保。"

"你们恒大为群众想得这么周到，我们当地政府也不能袖手旁观。"顾县长说，"一旦群众在贷款后遇到自然灾难，或者是市场原因造成的困难，我们政府将对这一块进行风险补偿，配合你们的贷款担保基金，建一个贷款风险补偿基金……"

"太好了！这样等于为贫困群众从事产业脱贫上了个'双保险'！"姚东伸出大拇指。顾县长笑笑，又不禁连声咳起来。

姚东临走时，关切地说道："顾县长，你的嗓子不能再耽误了，广州中山三院我有熟人，你去那儿就诊怎么样？"

顾县长拱拱手，指着办公桌上的文件说："这公告今天必须签发出去……看病的事再说吧，谢谢老兄！"

恒大和大方结对帮扶后，姚东和顾县长也成为亲密搭档，天天在同一条战壕里发号施令，互为奥援。对于顾县长的身体，姚东是真心地关切。

我到扶贫前线采访时，看到姚东每日指挥着千军万马——这绝对不是夸张，大方的扶贫战场上，确实人山人海。"10000人绝对不止！"大方县委宣传部部长章育女士扳着手指头给我算，"恒大两千多人，我们县里和毕节派驻的三四百人，各个项目施工单位四五千人，再加上18万贫困群众中的十分之一也投入了战斗，不就是几万人嘛！"

这几万人都以恒大30亿元的扶贫项目为中心，高速运转。恒大是主力部队，是中心队伍，外围部队都在恒大扶贫大军的带领下，步调一致地冲锋陷阵。因此，我半是戏谑半是真心地称呼姚东为"姚司令"，他连连摆手说："不对不对，我充其量只是个前线将军而已，或者说，就是个比恒大一帮'80后''90后'年长一点的'老班长'吧！"姚东的理由是：别以为许主席不在扶贫第一线，就不是司令员了！他才是真正的作战统帅呢！只是因为恒大集团是个大企业，有10万人的"大军团"等着他领导，除扶贫战场，还有更大的商战战场，他许主席都得盯着，才无法亲身来毕节指挥。

"只要看一看恒大与大方签约后干的事，调到贵州这边的钱，以及抽调来的那么多精兵强将，你就知道我们的'许司令'有多关注扶贫前线了！大企业里，什么是最重要的？人、财、物！几千万、几个亿的拨款，几百、几千骨干人员的调动，不都得由大老板定夺吗？我们在前线忙得四脚朝天，许主席就更得全身心投入、全身心关注才行！"姚东的一番话，让我这个也从事过几年企业管理的文人，更深层次地窥到了大企业的经营奥秘。

恒大员工们都跟我说："扶贫和教育两件事，在许家印主席心目中远比赚钱更重要！"

从恒大在大方的扶贫着力点上，可以看出许家印的这份心思。

给贫困百姓搭一个蔬菜大棚、牵一头牛，这很容易；教农民把大棚菜种出来，把牛养肥，这难一些，但也能教得会；要把种出来的菜和养肥的牛卖出去，变成养家和致富的钱，就不是那么容易了，可以说，一般农民是做不到、做不好的。这不是说他们不够聪明，而是市场变幻无常、捉摸不定，老水手也有翻船的时候。这扶贫脱贫的"三级跳"，前两跳许家印和恒大包了下来，这第三跳，也是最关键的一跳，可不是恒大的专长！由谁来完成呢？这可让许家印着实伤脑筋了……

就在前方大张旗鼓、热火朝天地猛干时，恒大总部的员工发现，许家印办公室的灯光，熄灭的时间又比以往晚了。

在这间办公室里，许家印每天看完扶贫前线传来的工作报告，总会思考一个问题：恒大在扶贫初始阶段，帮农民建大棚、引进优质肉牛，手把手地教他们种植、饲养，这是力所能及的事，可要兼顾最后的销售环节，显然就有点吃力了，但没人做这件事，扶贫工作就有可能前功尽弃——再聪明勤劳的农民，也不可能保证把每季大棚菜和每头肥牛一分不亏、该赚则赚地卖出去呀！

办法总比困难多，农村的问题虽然比房地产开发要错综复杂，但商道相通，还是有解决的路径。许家印很快找到主营农产品市场的国内龙头企业——地利集团。

"老兄一出手就是30亿元，漂亮！关键你是做善事呀！我也想跟你恒大学，多参与国家的扶贫事业，大忙帮不了，小忙还是没问题的。你需要我做什么，尽管道来！"地利集团的大老板与许家印是老熟人、生意场上多年的朋友，两家企业打过不少交道。眼下许家印一个电话打过去，把恒大在大方农牧产业扶贫中碰到的瓶颈问题如此这般一说，地利集团老板又是感动又是敬佩，立马拍胸脯说："我的地利集团没你恒大魄力大，但能为贫困山区尽一份力、帮农民兄弟解决一点困难，自然义不容辞。再说，你老兄其实是在给我送钱嘛！蔬菜种植这一块你全交给地利集团来做，我保证不让恒大帮扶的贫困百姓吃亏，保证让他们有钱赚、能致富！"

"拜托拜托。"一件对山民们来说千难万难的事，在两位商界巨人的一个电话中便迎刃而解。

2016年1月17日，姚东和地利集团的副总在大方见面，就恒大援建大方的200个特色农牧业基地，商谈合作和衔接事宜，目的只有一个：建成产供销一体化的产业链，让那些种菜的贫困百姓不担风险，稳坐获利。

几个小时后，姚东得到了令他满意的承诺，于是紧握住地利集团副总的双手，颇为感激地说："开完这个会，我可以多睡几个安稳觉了！"

话是这么说，然而姚东心头悬着一大把难事、急事、无头绪的事，这只是解决了其中的一件。

1月18、19、20日这三天，大方县寒风突起，惹人烦恼的雨也跟着下个不停。

"阮士恩，你给我听着：明天一个女队员也不能再下乡！谁要不服从命令，我、我就开了她！"姚东的胸脯气得像拉风箱，一起一伏。他着急呀，每天晚上直到九十点钟，也还有几个甚至十几个下乡队员不能及时回到驻地，包括女队员。

"别说有个三长两短了，哪怕是因为路不好走，回不来，你让她们住哪儿去？荒山野岭？还是那些四壁透风的贫困户家？既不方便，更不安全。"姚东越说越生气，而生气是因为担心——他现在可是所有在大方前线的恒大人的"家长"，哪个家长不担心自己儿女的安危？

"我、我下达过您的指令，可女队员们坚持要下乡，我也拉不住她们……"阮士恩一脸可怜相，在伶牙俐齿的女队员面前，他这个男领导的确没什么威严。

"拉不住也要拉！"姚东更生气了。

"回来了！又回来了一组！"有人报告说。

又一组下乡的扶贫队员顶着风雨，在黑暗中摸索回来，个个浑身泥水，十分狼狈，但精神异常饱满。

"快到食堂喝碗热姜汤暖暖……"这个时候再看姚东，笑呵呵的一脸慈祥，还真像老爹见着了亲闺女。

我采访过几位让姚东和阮士恩都束手无策的女队员，说起这件事时，一个女队员骄傲地向我展示了她身上的"扶贫装"，以及一根特制的登山杖："许主席特地给我们每人配了'恒大扶贫装'，得体、耐脏又美观，外加一根上山下乡用的登山杖，既能做支撑，又能拨草打蛇，还能挑东西、在野外晾衣服……"

窥一斑而知全豹，从一根小小的登山杖，不难看出许家印为何只用了短短二十年，就能打造出一个令世人仰望的恒大帝国！

爱，能融化世界上所有的利益矛盾，凝聚人类最伟大的智慧和力量。细腻的爱，能让一个人、一个团队发挥超常的潜能，战胜最不可能战胜的敌人与对手，开创人间最壮丽和温暖的事业。

这就是恒大和许家印的成功秘诀！

1月21日，恒大又出手一个大动作：在许家印的号召下，全集团86000名员工，开展了与大方县贫困儿童"一助一结对、手拉手帮扶"活动。这一天，大方县的4993名贫困家庭留守儿童、困境儿童和孤儿，每人都多了一个或几个恒大的叔叔阿姨、哥哥姐姐。

三岁半的孤儿焦兵和十一岁的小孤女付舒淇是幸运儿，与他们结对子的是恒大老板许家印。

"那一天是咱们大方的苦孩子们开心的一天！他们全都穿上了有生以来最漂亮的衣服，还有新书包、新玩具等。"大方县委宣传部部长章育说。恒大做的每一件事，在大方都是开天辟地头一回，上自官员下至百姓，对此印象特别深刻。

也是在这一天，一位主管全国扶贫工作的中央领导，兴奋地在恒大集团的专报上批示道：恒大真有大动作。

1月22日，大方县县领导实在坐不住了：恒大扶贫项目的进程比辽沈战役推进的速度还要快！"这哪是攻坚战，简直是冲锋战嘛！"县领导拿着恒大刚刚送来的《恒大大方扶贫管理有限公司工程建设计划》说。计划书上面所列的11个项目，都对项目的"基础完成""首层结构完成""封顶""外立面完成""工程竣工"等时间做了详细的规定，比如"10个新农村"项目，"基础完成"时间是当年的3月30日，也就是说，只剩两个来月了，而"封顶"时间是4月30日，年底要"工程竣工"。

"不到一年，第一批贫困百姓就能搬进新房子住了！"顾县长拿着恒大的工程计划书感慨万千，"我这个县长是万万做不到的呀！"

县领导们连连感叹道："恒大这计划书里面有两种精神：一是他们的专业精神，二是他们的拼命精神。"

让大方人目瞪口呆的事一天比一天多。

1月23日，许家印签发了恒大集团公司〔2016〕001号文件：《关于组织吸纳大方县贫困家庭青壮年劳动力到合作企业就业的通知》。简单地说，许家印号召全集团公司所属的单位行动起来，联合恒大上千家上下游合作企业，在2016年内安置1万名大方贫困家庭的青壮年劳动力就业——送1万个饭碗给大方贫困家庭的劳动力。

1月24日，大方县境内白雪茫茫，少有的寒风吹拂着乌蒙山区。就在这一天，恒大人把特困群众第一季度的保险收益及时送到了他们手中，雪中送炭的恒大人！

1月25日，全国工商联、国务院扶贫办、中国光彩会联合召开推进"万企帮万村"精准扶贫行动电视电话会议。国务院扶贫办主任刘永富在会上指出，脱贫攻坚是全面建成小康社会的底线目标，民营企业是打赢脱贫攻坚战的重要力量。各地各部门和民营企业要认真学习贯彻中央关于社会扶贫的重要指示和部署要求，认真抓好落实。要广泛动员民营企业参与扶贫开发，争当脱贫攻坚的贡献者、精准扶贫的实践者、社会风尚的引领者，为打赢脱贫攻坚战贡献力量。他强调，"万企帮万村"行动的关键是精准帮扶，要做到帮扶对象精准，帮扶内容精准，帮扶方式精准，帮扶成效精准。

"恒大在贵州包了一个大方县，现在干得有声有色！他们的做法值得学习、推广。"刘永富主任特意向与会者介绍了姚东，他是唯一受邀做专题发言的大型企业代表。姚东在会上代表许家印和恒大介绍了扶贫大方的计划和进展，其事其势、其情其理，给了当日 1499 个分会场、46400 位各界参会者极大的震撼和深刻印象。

"恒大扶贫真大方！"

"都像恒大这样真干实干，扶贫任务就能提前完成！"

这是参会者说得最多的话。

次日，也就是 1 月 26 日，中共中央政治局常委、全国政协主席俞正声对恒大集团在大方的扶贫工作做出重要批示，并高度评价说："坚持下去，以实效为中心，会取得好的成绩，且为民营企业参与'补短板'、促进'共同富裕'提供好的范例。"

中央领导的鼓励和鞭策，如早春的暖风，给了正在乌蒙山区扶贫战场上奋战的恒大人极大的动力，他们不分昼夜地搏击风雪寒流，不厌其烦、耐心细致地做好当地百姓的思想工作，确保 40 项重点工程项目开工前的征地拆迁任务顺利完成。

"向许主席报告：到今天为止，准备开工的 40 个重点项目征地拆迁工作全部完成！"

"好！这最难的事你们用了多少天？27 天？了不起！祝贺你们！"许家印收到前方捷报，喜出望外，这是他最期待的"一月开门红"啊！

一月烽火，红红火火，恒大初战，威震大方。

15. 二月暖心

"今天是 2016 年 2 月 1 日。听恒大人说，昨天他们许主席专门打电话过来，嘱咐恒大扶贫办的同志一定要在春节前备齐东西，慰问全县 4993 名'一助一结对、手拉手帮扶'的孩子。这还不算，之前许主席调运了 60 辆大货车，送给全县每家每户一桶油，还给全县 58000 户贫困家庭每户 200元现金做过节费。这对大方县来说，是前所未有的大好事；对大方百姓来说，可以过个欢畅舒心的喜庆年。尤其是那 58000 户贫困家庭，今年春节一定会过得特别暖心，特别快活！"这是大方县一位民政干部说过的话。

"暖心的春节"，成为 2016 年春节期间大方最流行的一句话。

"今年春节过得咋样？"

"暖心，暖心。"

"咋个暖心？"

"恒大跟咱非亲非故，却又送钱又送东西，你说咋不暖心！"

这段大方百姓的对话，很真实，也很真情。

大方百姓能有这样的感受，得益于恒大和许家印的做事风格：大方又精心，细致又充满温情。在对大方的态度上，许家印明显带着浓浓的乡情和亲情。虽然大方并不是他的老家，但他对大方时时处处动了乡情，一如见到自己遥远却温馨的故乡。

故乡，有人说它像放飞风筝的那根线，有人把它比喻成老父亲额头的层层皱纹，也有人说它是老宅屋顶飘起的袅袅炊烟，令游子一见之下就不由得加快脚步……而传统意义上的春节，就是故乡意象的加强版，所谓的"每逢佳节倍思亲"。我在浙江某地采访时，接待方安排我住在一间叫"大年初一"的五星级宾馆，这个名字令我十分好奇。后来我结识了宾馆老板，他给我讲了宾馆名字的由来，说自己出身非常贫苦，小时候没有吃、没有穿，一年三百六十五天，最盼望的就是大年初一这一天，因为这天不仅自家有好吃的，别人也会给些好东西吃。此君后来在海南发了财，就在家乡花了 30 个亿，建起这座当地最豪华的宾馆，起名叫"大年初一"。宾馆老板说："我要让住到我这儿来的游客，每天都像过大年初一一样开心。"

我们那一代的中国老百姓，估计都把春节当作一年中最快乐幸福的日子，许家印也不例外。苦孩子出身的他，一定明白大方的贫困百姓对春节的企盼和期待，所以越临近春节，他越惦念大方的孩子和百姓，就像惦念自己的家人和乡亲。让孩子们穿上新衣服，让贫困家庭过个好年，这是许家印一再向在大方扶贫前线的恒大人交代的，这也就有了出动 60 辆大货车给大方百姓送年货的举动。

我采访过几位大方县政府的工作人员，曾协助恒大发放年货的他们告诉我，发放现场太壮观、太感人，比真的过大年还热闹！

过大年应该是什么样的？城市人和农村人对过大年的印象很不一样。可以这么说，现在城里人对过年没有特殊记忆，除了看看春晚，与平常日子几乎没两样。但在广大的农村，依然保持着对过年的热情，甚至可以说它是中国农村的"狂欢节",而且比外国的狂欢节多了一项主要的内容：吃！花样百出，随心所欲。孩子们尤其喜欢过年，除了可以尽情地吃好吃的东西，最重要的原因是那几天大人的管束不那么严厉了，再凶的爹娘脸上也会挂满笑容。

但对乌蒙山区的百姓们来说，在漫长的困苦岁月中，过年是件格外令人痛苦的事。小萌萌的妈妈在女儿很小时就离家出走，起因便是过年时的一滴油。那年春节，小萌萌的妈妈从外地打工回家，给小萌萌带回了新衣服。已经一年没回过家的母亲和女儿团聚，本是件高兴的事，但在吃年夜饭的时候，小萌萌的妈妈一端起饭碗就哭了，说咋除了苞米饭还是苞米饭，一盆炒土豆连一点油星都没有，这咋吃嘛！说着就把碗往桌上一扔，起身走了。这一夜，小萌萌的爸爸、爷爷、奶奶跟小萌萌的妈妈大吵了一架。第二天小萌萌起床，发现妈妈不见了，而且再也没有回来。爸爸曾经到浙江等地找过妈妈，但没有找到。后来爸爸天天喝酒，有一天喝得摇摇晃晃的，走在路上，被车撞得七零八落，小萌萌只能与年迈的爷爷奶奶相依为命。她整天追问爷爷奶奶：妈妈什么时候回来？爷爷奶奶无言以对，老泪纵横。

直到这年春节前，恒大人送来一大桶金灿灿的油，奶奶抱着那桶油，嘴里不停地念叨着一句话：有它就不至于了，有它就不至于了……

这年春节，小萌萌第一次吃到了奶奶用油烙的苞米饼，高兴得蹦了起来，但很快她又眼神黯淡地说，可惜妈妈走了，她没吃着这么香的饼！

爷爷奶奶再次无言以对，再次老泪纵横。

一桶油，对大多数家庭来说，根本算不了什么，甚至有的家庭为了所谓的"健康"，少吃或根本不吃油。然而，对贫苦的乌蒙山区百姓来说，恒大送来的一桶油又岂止是年货那么简单，那是有人把他们放在心坎上挂念，那是沉甸甸的情意啊。

集中发放油的那一天，场面热闹非凡，一顶顶印着"恒大兴安"字样的红色帐篷支在腾空的场地上，旁边的油桶垒得整整齐齐，像一座座小山。以村为单位集合的人群排成数十条长龙，依次领取年货。恒大扶贫队员和县上的干部们满头大汗地跑前跑后，忙个不停，现场听到最多的，是一声声的"谢谢"和一串串从心底冒出的欢笑……

这一年的除夕是2月7日，2月1日是百姓俗称的"小年"。一到小年，就意味着正式开始过年了。许家印对在大方的恒大干部们说："无论如何，我们的心意一定要在过年前送到每一户老乡手里。"

什么意思呢？就是要把慰问品一户不少、一个不落地送到大方人民手中，最迟不能迟过2月7日。

"不行，2月6日前必须全部送到！"姚东给出的期限还要早一天，他的理由也很充分，"除夕是所有中国人合家团圆的日子，我们怎么好去打扰人家，再说，贫困家庭可能就等着一桶油、200元钱揭锅呢！"

"还是不行，得再提前一天！2月5日之前，许主席对大方人民的心意必须一点不少地送出去，送到每一户百姓、每一个贫困家庭、每一个孩子手中！"姚东拍拍脑袋，又做出了新决定。

恒大扶贫队员们瞪大了眼睛，想说一句狠话，结果还是咽了回去：姚总说得没错，许主席本来就是这个意思！

这个春节，恒大不仅要给每户大方百姓送一桶油，给4993个"一助一结对"的孩子送慰问品，还要给全县58000户贫困百姓每户发放200元现金做过节费，这是最不能耽误的事啊，百姓的心能不能彻底暖起来，就看最后这一举了。

58000户，按当时恒大在大方前线的286名扶贫队员计算，等于每人要跑200多户，这得多少天才能跑完呀？山路难行，队员们必须结组行动，这样一来，每个人要跑的户数又增加了，任务繁重啊！

"没关系，有我们呢！"大方县县领导得知此事，立即下令本县机关干部全体出动，带领恒大扶贫队员奔赴全县各个角落，一时间，乌蒙群山间处处回荡着嘹亮的声音："我们送年货来啦！""给父老乡亲拜年来啦——"各个小山村里一片喜气洋洋。

送钱和年货到百姓家的动人场景有千百幅，但恒大集团的展览厅里只保留了一张照片，那是陈云峰和章育等人来到羊场镇陇公村新丰组的贫困户胡朝书家，给他送上200元慰问金时照的。当他们推开低保户胡朝书的家门，送上油后，陈云峰又将两张百元大钞放到八十二岁的胡朝书老人手中，说："我们是代表许家印主席，来给您送春节慰问金的。"那一刻，胡朝书老人呆住了，眼睛直直地盯着这个陌生人突然递过来的钱，半天反应不过来。

章育见状连忙解释道："这是恒大许主席给您过年的钱，快收下吧！"

胡朝书老人终于明白了，激动得双手直哆嗦。老人的眼泪止不住地流，这位八十二岁的老翁，像孩子一样开心地哭泣着，其情其景，让人心酸不已。胡朝书全家三口人，他的两个儿子壮年早逝，他和七十五岁的老伴拖着一个五岁的孙女，家中既无劳动力，也无耕地，更无其他生活保障，只靠每年1980元的低保费过活，平时手里有十块钱都要掰成几瓣用。平时少有人关心的他们突然面对素不相识的陌生人送来的温暖，他能不喜极而泣吗？

陈云峰他们也被胡朝书老人的痛哭引出了热泪。走出胡家，走在泥泞的山道上，陈云峰迎着寒风擦了擦眼角，对着群山长叹一声："百姓不脱贫，吾等心难安啊！"

后来，姚东告诉我，他们实际上只用了三天时间，就跑遍了57611户贫困家庭，送去现金约1152万元。还有300多户因为实在找不到人，不得不另作处理。

时光已匆匆，

花无百日红，

无语望晴空，

我何去何从？

但愿告别这寒冬，

沐浴爱的春风。

情谊似酒浓，

暖在我心中。

……

这首名为《暖心》的歌，与那句"暖心的春节"一起，在 2016 年春节前后流传于大方县百姓口中。恒大的普惠举措，让那些贫困民众从身上暖到了心底，哼唱起这首歌来，格外情深意长。

这年春节，一封写了满满四页纸的感谢信也温暖了恒大人的心。这封感谢信盖了中共大方县委、县人大常委会、县人民政府和县政协四个红色印章，情真意切地写道：

恒大集团无偿投入扶贫资金 30 亿元，通过实施产业扶贫、易地搬迁扶贫、吸纳就业扶贫、发展教育扶贫和特殊困难群体最低生活保障扶贫等一揽子综合措施，帮助全县 18 万贫困群众实现 2018 年年底整体脱贫目标。恒大乐善好施的美德、扶危助困的壮举，拉开了全国民营企业实施"万企帮万村"大扶贫战略行动的序幕，在中国的扶贫开发历史上，其规模之大、力度之大、领域之广是空前的，其用心之重、用情之深、用力之大是前所未有的，充分体现了许家印主席带领的恒大集团八万多名员工对大方百万人民的特殊关心和特别支持，充分体现了恒大集团讲政治、顾大局的政治敏锐性。在我县脱贫攻坚进入啃硬骨头、攻坚拔寨的冲刺阶段时，恒大集团投入巨资帮扶大方无异于雪中送炭，为我县决战贫困提供了千载难逢的机遇……

"一分一厘当思来之不易，半丝半缕恒念物力维艰。"为了不辜负许家印主席和恒大全体员工对大方人民的一片深情厚谊，县委、县政府在全县开展了"恒大帮大方，大方怎么办"的大讨论活动和决战贫困誓师大会，号召全县广大干部群众要做到"四学四比四争当"：学习恒大"民生为本、产业报国，为更多人创造和谐生活"的民生情怀，比无私爱心，争当决战贫困的标兵；学习恒大集团"艰苦创业、无私奉献、努力拼搏，开拓进取"的敬业精神，比精气神，争当建功立业的楷模；学习恒大集团"精心策划、狠抓落实、办事高效"的优良作风，比又好又快、更好更快，争当冲锋陷阵的先锋；学习奢香夫人"逢山开路，遇水架桥"的精神和彭练基"一心为民办实事、攻坚克难勇担当、干净廉洁作表率"的精神，比忠诚、干净、担当，争当造福一方的好公仆。……可以说，恒大集团给大方人民带来的不仅是价值30亿元的物质财富，更重要的是无比宝贵的精神财富，必将激励全县人民"弱鸟可望先飞，至贫可能致富"。

大方人民将常怀感恩之心，坚持把脱贫攻坚作为"十三五"时期的头等大事和第一民生工程，倍加珍惜凝聚着恒大集团全体员工心血和汗水的每分扶贫资金，对所有扶贫项目实行倒计时、制订作战图、立下军令状，以实际行动努力交出一份"扶贫攻坚，恒大率先；脱贫攻坚，大方率先"的优异答卷！

2016 年的春节，一直到正月十五，大方全县上下仍然是暖融融的一团喜气。此时，无论是县领导，还是百万大方人民，都不会想到，恒大给予他们的"二月暖心"不止于一桶油、几件衣服、二百元。没多久，恒大集团传来消息：他们为大方产业扶贫工程引进 20 家农牧业产业化龙头企业，签约时间就在 2 月底。这是一件绝不亚于 30 亿元扶贫投入的大好事，它意味着大方过去、现在与未来建立起来的脱贫产业，将有人"托底"！

漂亮！绝了！恒大做事何止是大方，更是义气、豪气！大方的干部群众交口称赞。

连省领导都坐不住了。2 月 27 日，时任贵州省委书记陈敏尔、省长孙志刚和省政协主席王富玉亲临大方，与许家印一起见证恒大结对帮扶大方县引进 20 家农牧业产业化龙头企业合作扶贫的签约仪式。

签约仪式十分简朴，但当 20 家企业的大名报出来时，大家都惊喜得连连称赞：大手笔！恒大就是大手笔！许家印主席面子太大了！

香港寿光地利集团、山东寿光三元朱农业科技公司、以色列瑞沃尔斯灌溉技术公司、广东万达丰农投蔬果公司、中禾恒瑞集团公司、内蒙古锡林郭勒盟额里图畜牧业公司、广东一力集团制药股份有限公司、贵州省恒畅生态猕猴桃发展有限公司、吉林大草原生态生物工程有限公司、贵州爽都农产品贸易股份有限公司……哇，全是"农字头"的名牌大企业啊！

大方县书记有些按捺不住，扯了一下身旁的顾县长，轻声说："刚才让人算了一下，这 20 个老板，又给我们大方送来 12 个亿的投资！"

顾县长刚想回答，一张嘴，却连连咳嗽，书记赶紧帮他拍拍背……

顾县长一时说不出话来，索性拉过书记的一只手，用自己的手指在他的掌心上画字。

好戏还在后面。二月里，真正让大方人乐得见眉不见眼的，是 2 月 27 日这一天。

这一天的大方，可以说是前所未有的欢天喜地。这一天，是大方历史上前所未有的建设和产业的奠基盛会！

这一天，省里三位一把手同时到场，连全国政协副主席马飚和全国政协经济委员会主任周伯华都来了，毕节市的书记和市长自然也在场。

这一天，天气格外晴朗，满目盎然春意。恒大结对帮扶大方的 40 个重点项目和 200 个农牧业产业化基地项目，在一块刚刚平整的建筑工地上举办了盛大的开工仪式，身着黄、红、绿、蓝各色服装的建筑工人达数千人之多，在他们的四周，是高高扬起的挖掘机、推土机、水泥搅拌车……可谓横刀立马，气吞山河！

开工仪式上，马飚副主席讲话时很有些激动："首先，我代表全国政协，对恒大集团结对帮扶大方县首批援建 40 项重点工程和 200 个特色农牧业产业化基地项目正式开工，表示热烈祝贺！向为扶贫工作付出辛勤劳动、做出积极贡献的恒大集团员工和贵州省各级干部群众，致以亲切的问候！"恒大扶贫大方，是全国政协领导全力牵线搭桥，如今已初见成果，马飚副主席自然为之欣慰与喜悦！而他传达给所有恒大员工和贵州人民的、有关中央领导对此壮举的肯定与赞赏，更如春风般吹拂在每一个人的心坎上。

孙志刚省长的脸上挂满了笑容，正如他所言，像恒大结对大方这种"大集团大力度、全方位、重实效的精准扶贫，为决战脱贫攻坚、决胜同步小康提供了强大的外力支撑，也为经济社会发展实现历史性跨越提供了千载难逢的机遇"。

省委书记和省长频频与许家印握手致谢，其情其景令人感触良多。

一向用词严谨的毕节市委书记陈志刚，发言时出人意料的"情意绵绵"，忽而"授人玫瑰，手留余香"，忽而"倾情帮扶，德厚绵长"，最后还说了一串"健康快乐，好运长伴""事业兴旺，财源滚滚"……激情澎湃，诗兴十足。

"真是让毕节的干部群众喜出望外啊！"陈志刚书记拉住许家印的手，如此感叹。

开工仪式上，代表恒大集团做主旨发言的是集团总裁夏海钧，而非许家印。省委书记陈敏尔也没有现场讲话，只是不停地鼓掌。其实，据我所知，在前一天下午，许家印专门就恒大帮扶大方一事向陈敏尔书记等省委领导做了汇报，陈敏尔书记听后，做了一番很长又十分动情的讲话，他说："许家印主席和恒大的行动真的很让我们感动和鼓舞，恒大扶贫大方是巨大的善举、义举，体现了恒大集团强烈的社会责任感。尤其是家印主席带来的团队，在大方这里干的是扶贫的事，拿的是公司自己付的工资，不求任何回报，这种可贵的精神，具有强大的示范性、引领性、启发性和带动性，对我们贵州省和全国扶贫工作都具有强大的推进意义。现在在我们贵州人心目中，恒大就像我们自家人、自家的亲戚，大家感觉恒大的事就是我们的事，包括你们的足球，贵州人一听到恒大的《崛起》，感情就上来了！"

陈敏尔书记的这番话，让许家印等恒大人精神一振，数月来的劳累和疲惫都飞到了九霄云外。

2月27日这一天，许家印笑得最开心的一刻，是见到了自己"一助一结对、手拉手帮扶"的孤儿焦兵和孤女付舒淇。两个穿着新棉衣、挎着新书包的孩子向他跑来，怯怯地而又亲昵地叫了他一声，许家印喜得半天没合拢嘴，连声道："我家一下添了两个小宝贝啊！"说着，他俯下身子，左右脸颊同时贴在了两个孩子的脸蛋上……这一幕，暖酥了现场不知多少人的心！

这一天、这一月的温暖，在恒大扶贫队员们争分夺秒、夜以继日的努力下，仍在延伸和升温……

开工仪式结束之后，许家印陪同陈敏尔书记、孙志刚省长、王富玉主席一起来到 60 辆即将出发的务工大巴车队前，为 3105 名来自贫困家庭的大方籍务工者送行。许家印目送着这些即将奔赴全国，到恒大各分公司就业的大方人，情不自禁地吐出了一句话："今天走得正好啊！"

他说完回头，见到陈敏尔书记对刚才那句话有些疑惑，便笑着解释："报告陈书记，今天是 27 号，看来 28 号前这批人都可以到恒大分公司报到入册了，这样他们就能在下月初领到第一份工资，可以给家里寄钱了！"

陈敏尔书记一听肃然起敬，紧握住许家印的手，说："你这个大老板真是考虑周到、用心良苦啊！"

16. 平地惊雷

一个国家、一个民族、一个地方，都有自己的历史标志和象征。在乌蒙山区的历史上有过一位了不起的人物，她就是曾统领南国、威震四方的彝族女杰奢香，直到今天，贵州人民对她仍是无比怀念与崇敬。

奢香原名舍兹，生于 1358 年。其父是四川蔺州宣抚使、彝族恒部扯勒君长。明洪武八年（1375），芳龄十四岁的奢香远嫁贵州，成为彝族默部水西君长、贵州宣慰使霭翠的妻子。

霭翠于明洪武四年（1371）率土归附明朝，其后朱元璋设贵州宣抚司，授霭翠为宣抚使。洪武六年（1373），朱元璋鉴于霭翠统辖的水西领地较广，是控制川滇黔边境的战略要地，民族众多，且具有不屈不挠的反抗精神，兵力强大，行动统一，对西南政局的稳定具有举足轻重的影响，于是下诏曰："升贵州宣抚司为宣慰司，以霭翠为宣慰使……位各宣慰之上，设治所于贵州城内（今贵阳）。"

奢香自幼聪明能干、好学深思，婚后成为霭翠的贤内助，常辅佐丈夫处理宣慰司的许多政事，并逐步显现出卓越的政治才能。她以贤能而闻名于水西各部落，深得族人爱戴，并被尊称为"苴慕"，即君长之意。洪武十四年（1381）霭翠病逝，由于子尚年幼，不能承袭父职，奢香强忍居孀抚孤之痛，代袭贵州宣慰使之职，开拓出南国乌蒙一带的新天地。但当时的云贵一带尚处于战乱动荡之中，还未完全归属明王朝统治，因此常令朝廷苦恼不安，如芒刺在背。

洪武十六年（1383），朝廷派驻贵州的封疆大吏、都指挥使马晔出于偏见，视奢香为"鬼方蛮女"，对其摄贵州宣慰使职后政绩卓著忌恨不满。此人又好事贪功，企图以打击彝族各部首领为突破口，一举消灭贵州少数民族地方势力，"代以流官"，专政贵州。当时水西的奢香力量最强，马晔便把矛头对准她，横征暴敛。其时贵州正遭大旱，粮食歉收，人民生活极端困苦，赋税无从征集，奢香多次行文陈诉，马晔却借机将她抓到贵阳，"叱壮士裸香衣而笞其背"，侮辱她的人格。马晔以为如此激怒奢香，扩大事态，自己便可趁机出兵消灭水西势力。此事一出，果然引起黔西北、滇东北一带彝族首领震怒，奢香所属四十八部彝族首领"咸集香军门"，表示"愿效死力助其反"。在战事一触即发的形势下，卓有政治远见的奢香审时度势，与各部首领深入分析马晔逼反之诡计，讲明一旦开战，必将殃及贵州各族人民，造成民族分裂，影响国家和民族的利益。她言道：仗不能打，仇一定要报！在说服众将领后，奢香亲自上京告御状，向朱元璋陈述水西守土之功，直言辩诬，痛斥马晔逼反之罪状，并表示愿意为朝廷效力。朱元璋深知水西对于统一大西南之重要，立召马晔回京问罪。奢香得胜回黔后，信守对朝廷的承诺，带领族人"逢山开路，遇水架桥"，修筑了两条驿道，沿途设九个驿站，即是历史上极为著名的"龙场九驿"。两条驿道打通了与川、滇、湘的通道，加强了贵州与中原的联系，促进了各民族的交往，推动了社会经济文化的发展，稳定了西南的政治局面，也确定了水西与明王朝的臣属关系。奢香因此成为南国女杰、千秋功臣。1396 年，年仅三十五岁的奢香病逝，朱元璋为表彰其保疆安民有功，特封其为"大明顺德夫人"。

奢香的丰功伟绩，在《明史》《明实录》《贵州通志》《黔书》等史书中皆有记载，民间有关她的传说更是不胜枚举。从彝文及汉文的史志以及明清大量有关奢香的诗文中可以看出，史学家、文学家乃至于普通百姓，对奢香都持肯定与赞扬的态度。大方是奢香的家乡。1960 年、1985 年，国家两次拨款修葺位于大方县云龙山麓的奢香墓，并将其列为全国重点文物保护单位。近年来，当地政府又专门在旧址上复建了贵州宣慰府。

今日乌蒙一带，彝家人皆以身为奢香后代为荣，而奢香爱国惜民、求和进取的精神，则成为这个地区广大民众的传统美德和民族遗风。早在恒大决定出资帮扶大方时，许家印便深入了解过乌蒙山区的人文历史，感受到当地民众对奢香夫人的敬仰之情，这里源远流长、丰富多彩的彝族文化，也给他留下了深刻印象。

于是乎，许家印顿生灵感：既然此地是中国西南的"古彝圣地、文化高地、走廊要地"，何不集特色人文历史、民风民俗和乌蒙田野风光于一体，打造一处尽情展示彝族建筑风貌和地方特色的旅游文化名胜呢？一来可让后人传承奢香精神，二来能发扬和光大彝族文化，三来也可以通过新的产业形式促进百姓就业甚至致富。

身为大企业老总的许家印，个人情感和商业头脑从来并行不悖。那天，他跟姚东和柯鹏谈起了自己的想法，并询问两位副手的意见。

姚东和柯鹏"狡猾"地对视了一眼，齐声道："高！实在是高！"

"少乱拍马屁，尽快给我拿出可行性报告！若条件允许，立马在帮扶方案中加进这一项！"这才是许家印，看准的事绝对不会犹豫半分钟，这才叫指点江山、挥斥方遒！

许家印第一次到大方，是2015年12月18日，那次他是来跟大方签约，而建一个"奢香古镇"的方案正式落地，也是在那一天。

创建一个具有当地民族特色的品牌项目，还要把它打造成扶贫脱贫的亮点工程，造福一方百姓，绝非一拍脑袋就能做到。了解许家印的人都知道，他做事不仅雷厉风行，而且极其严谨细致。此前他远在广东广州的恒大总部，虽然前方的两位副总已周密调研过大方一带的环境，初步认证了古镇项目的可行性，但许家印仍然不太放心，在听了一路大方县领导口中滔滔不绝的"奢香情"之后，他一定要实地勘察一番。

当时的奢香古镇，仅仅是许家印和大方县领导脑中的"画饼"，但等到车出县城十来分钟后，停在一片山坡之上，许家印下车细看了一圈，情不自禁击掌道："就是它了！"

同行的大方县领导兴奋不已："许主席，这就定了？"

"定了！"许家印不假思索地道，"我心目中的奢香古镇，应该是易地搬迁贫困移民的家园，是全国甚至全世界游客的乐园，更是彝族文化和乌蒙地区民族特色的名园，同时还应该是商贾的创业园！"

"太好啦！许主席的这一思路，摸准了我们这一带的发展脉络，点到了持久进步的穴位。这个定位，就等于为我们大方筑起了历史文化、商业旅游和百姓安居乐业的高地，我们县上将调动一切资源和力量，全力以赴协助恒大把这一项目做成、做好，做出品牌！"大方县领导立即下保证。

"我们可算不谋而合，有劳了！"许家印心满意足地道谢。

"许主席太客气，是我们大方人民要好好感谢您，感谢恒大！"

许家印是 12 月 18 日中午到的大方，下午他随姚东等人探访张正英家和另一户贫困家庭，回到县城已近天黑。晚饭前后，他一直跟毕节市和大方县的领导察看奢香古镇的选址，商议建设方案。古镇到底应该建成何种风格，能容纳多少易地搬迁人口，产业发展定位为何，未来商业盈利模式怎样……几乎都是许家印在现场一一确定和拍板的。

"马上叫设计院的人过来，明天我要看到古镇的初步设计图！"晚餐桌上，许家印跟姚东撂下这句话。坐在他身边的陈志刚书记惊愕地看了一眼，那意思是：这家伙，玩命哪？！

确实是玩命！但对许家印来说，他二十年来都是在玩命。恒大从无到有，从一家仅有七八个员工的小企业到世界五百强，靠的就是这种玩命劲头。像奢香古镇这样的项目，对目前的恒大集团来说，难度并不太高，但它的意义非比寻常，一定要干得漂漂亮亮的。

以前毕节和大方的干部对许家印是只闻其名，并不怎么了解，但这次见了面，说上几句话，办上几件事，大家都不由得感慨良多：有这种雷厉风行的作风、积极进取的精神，恒大今日的成功绝不是偶然。

当天晚上十一二点，恒大设计院的一位老总亲自赶到规划中的奢香古镇现场，做了细致的实地勘察。那里当时还是一片杂乱不堪、布满坟穴的荒丘，有个不大不小的村落。

数百家住户要搬迁，荒丘上遍布的坟穴也需要易地安置。按照规划，恒大要在这 1500 亩左右的土地上，修筑 31 万平方米的建筑群，并要在 2017

年6月30日前全部竣工，最终安置10000人，使其住有所居、稳定就业、生活幸福。根据许家印的思路和大方易地搬迁实际情况，奢香古镇除了移民安置区、商业配套区，还要有教育配套区、医疗产业配套区，以及1所敬老院和1所儿童福利院。

许家印对孩子和老人的事格外上心，他向姚东等人下达指令：学校、医院和敬老院、儿童福利院必须早于古镇建成！还郑重地补充了一句："我的愿望是，第一批易地搬迁移民能在2016年年底搬进古镇的新房子！"

如此庞大的工程，如此短暂的工期？！陈志刚书记内心掀起惊涛骇浪，他做过多年的地方主官，心里很清楚：在当地，以往这种工程需要花上几年、几十年，甚至是更长的时间，而效果未必尽如人意！

难怪在恒大与大方正式签约时，陈志刚书记感慨道："从昨天到今天，我一直在看许家印和恒大扶贫队员是怎样工作的。由此我也一直在想一个问题：我们的工作人员，我们的干部，能不能做到像恒大一样的作风，如果有这样一种作风，我们的脱贫攻坚工作肯定能完成好！恒大来了，他们的工作精神，是对我们毕节所有共产党员和干部的一次检阅和大考！"

自许家印下达"打造好一个彝族风情小镇"的指令后，恒大扶贫办便迅速投入精兵强将，形成集中力量打攻坚战、歼灭战的态势：

——由恒大设计院老总带头的设计团队，从2015年12月19日起便开始实地勘察，绘制图纸，策划方案。

——以扶贫办公室前线副总为首的搬迁移民工作组，同一天进入村落，挨家挨户走访，耐心细致地向村民讲解建设奢香古镇的意义和前景。

——以建筑公司老总为首的施工队伍，在元旦前便四处调集兵马，组建起仅机械操作手就达300多人的"坦克旅"。

——以易地搬迁扶贫部负责人为首的 10 个入户调查小分队，冒着寒冬冰冷刺骨的风雨，在不到半个月的时间里走访了 200 个村庄，调查了上万户有意向搬入未来的奢香古镇的贫困家庭，同时对这些家庭中有劳动能力的人进行意向性就业、开店的询查，最后收集和整理的信息，装订成册后达一人之高……

一切都在有条不紊地进行，战线逐渐推展，但世事从来不是一帆风顺的，这支充满了光明与希望的交响乐演奏得正起劲时，也时时会冒出些不和谐的音符：

"姚总啊，我们发现，原计划的安置区有个地方属于典型的喀斯特地貌发育区，有几条暗河潜伏在我们的眼皮底下，这很危险，必须改变我们原先的设计方案……"

"陈总，村民搬迁成大问题啦！我们好不容易动员得他们同意临时搬迁，现在又要他们搬迁祖坟，人家说啥都不答应……"

"顾总，你都想象不出，有人听说搬迁到县城后没地种了，哭着喊着要反悔……"

"杨总，我这儿还有摊麻烦事……"

还有谁？还有多少问题？都倒出来，倒到我们跟前吧！姚总、陈总、顾总、杨总、阮总……几位扶贫前线的大将天天被奢香古镇工程的诸事缠身，个个心急火燎。时间不等人哪！姚东下了命令：所有具体参与奢香古镇建设的恒大人，都要熟读熟记许家印主席对这一工程的具体要求，每天对照一遍，寻找缩短工期的可能性！提前一天者，口头表扬一次；提前两天者，口头表扬两次；提前十天者……

姚东的话还没有说完，队员们不干了，抢过他的话说："口头表扬十次？我们不稀罕！"

姚东笑了："谁说又是口头表扬——提前十天者，我亲自向老板打报告，要求给你们升职加薪！"

"乌拉——！"

"万岁——！"

姚东多次跟我说，他喜欢这个扶贫团队，团队里面都是有理想和激情的年轻人。"其实他们根本不在乎薪酬和职位，只关心自己能否在这场脱贫攻坚的决战中表现出色，能否在大方这块热土上留下深深的足迹……"

正当姚东他们忙得四脚朝天时，当时的大方县委宣传部部长徐萍女士出现在恒大扶贫大本营。"姚总，别光顾着自己干嘛，看看我给你们带来的人！"她戏剧化地往旁边让了一步，显露出身后一条长长的队伍，有人提着电脑，有人扛着打印机，有人拿着花名册，有人带着美钞机……足足有二三十人！

"全归你们管了！"徐萍一扬手，爽快地说。

"太好了！"姚东颇为激动。

阮士恩后来对我说："我们做企业的，以前不了解政府公务员，以为他们就是一天到晚坐在办公室里喝喝茶、聊聊天。直到来了大方县，看到当地政府派驻干部没日没夜地和我们一起工作，观念才豁然转变。古镇原址上的坟地搬迁阻力重重，如果没有地方干部亲自出面，耐心细致地做工作，恐怕我们很难啃下这块硬骨头。"

"恒大人为了给我们大方人造福，抛家舍业，不远千里来到我们这么个穷地方，起早贪黑，一天工作十五个小时以上，你说我们还有什么理由懈怠推诿呢？"参加了古镇建设的凤山乡副乡长韩雷对我说，"不过，刚开始真有点受不了！尤其是刚到恒大团队工作的前十来天时间，我甚至想打退堂鼓。"之所以有这个想法，是因为受不了恒大扶贫队员那种"五加二""白加黑"的忘我工作节奏，"我们平时工作中也会加班，但天天起早摸黑，持续高强度工作，不是一般人适应得了的！但人家恒大团队就是这个样，可以这么说，他们每个扶贫队员平均每天工作不会少于十五六个小时，部门负责人还要多出两三个小时。我们哪会长年累月这么个干法嘛！"

韩雷说到这里，话锋一转："但现在我们全习惯了，完全跟恒大扶贫队员一个样！这个变化是被恒大人带出来的、感动出来的。你想想，恒大跟我们大方非亲非故，却带着钱、带着情、带着心来帮我们，讲的就是一个'义'字。岸上的人都那么给力地拉纤，我们这些船上的人还能晃晃悠悠，像老憨牛走路吗？"

"说实话，开始他们那些小伙子和姑娘们夜里两三点钟发微信，跟我商量工作上的事，我是真不习惯。到了现在，如果哪一天凌晨两三点没收到工作微信，我反而心里不踏实了……"现任大方县委宣传部部长章育证实道。

扶贫队员们的辛勤工作也会收到意想不到的回报，比如姚东接到过扶贫队员从工地上打到指挥大本营的电话："什么？你们吃掉了100只鸽子？谁给的？拆迁户？还是个养殖大户？"原来，有一位当地居民全力配合拆迁工作，没等扶贫队员讲完事先准备好的长篇劝导词，就答应搬迁自己的养殖场和木材加工厂，还非要赠送100只鸽子给恒大扶贫队员，说是一份心意。

"好，我知道了！还是要重复一句话：我们是来扶贫的，老乡们对我们越好，我们越要记住'三大纪律、八项注意'！以后，你们甭光等着我解决问题，遇到困难要自己动脑筋、想办法。现在我们是在打仗，懂吗？打仗！还是攻坚战！这攻坚战就是，你面对的是强大的敌人，你已经发起了冲锋，你已经把炸药包抱在了臂弯上，你已经看到了前面的碉堡，这个时候你还能犹豫吗？只有猛冲猛打这一种选择了，还得巧妙地避过顽敌的扫射，免得'出师未捷身先死'……同志们，前进吧！"姚东在电话里做起了战时思想动员。

是啊，前进吧！向着光明的前景冲锋吧！

奢香古镇项目一直在冲锋着前进：

当 2015 年最后一天到来时，恒大人已经勾勒出奢香古镇未来的美丽身姿——全部设计图纸制作完毕；

当猴年新春佳节到来之际，地块的拆迁、安置工作全部收尾，那次喜气洋洋、轰轰烈烈的发放年货活动，就是在这块平整好的场地上进行的；

而 2016 年 2 月 27 日那场 40 个重点项目和 200 个农牧业基地项目开工的盛大仪式，也是在奢香古镇工地上举行的。许家印一声"开工"令下，64 台扬着长长臂膀的挖掘机、12 台伸着巨大钳子的推土机、246 辆跃跃欲试的运输车、3000 多名严阵以待的施工人员，齐声呐喊与轰鸣，顿时群山起舞、大地颤抖，这座经过精心规划的彝族风情小镇终于揭开神秘面纱的一角，逐渐焕发出绚丽的光彩……它承载着大方人民和恒大人对巾帼英雄奢香的深情，寄托着贫困百姓对未来美好生活的向往，它终将成为大方乃至毕节地区最为璀璨的一颗明珠。

"那个时候，我们一有空就跑来工地，看恒大人到底在做什么，看他们讲的好房子能不能真正建起来，看我们哪一天真能住进像他们电脑里画的那么漂亮的房子……说实话，虽然我们经常去看，但心里总犯嘀咕，毕竟是在荒地上造座新城，哪有那么容易！"一位搬迁户说到这里，突然换了一种少见的激昂声调，"可后来我发现，恒大人太了不起啦！他们能每天二十四小时连轴转，不管白天黑夜，不管刮风下雨，就是一个字：干！争分夺秒地干！快马加鞭地干！气吞山河地干！看得我眼花缭乱、心花怒放……"

"建成后的古镇真是美啊！是惊艳的美啊！是要命的美啊！总而言之，我在大方没见过这么美好的景致！"说这话的是位土生土长、在贵阳上过四年正规大学的大方人。

我第一天到大方采访，阮士恩就带我到已经完工的奢香古镇参观。

我看到的奢香古镇，已是一座车辆穿梭、人流熙熙攘攘的南国小镇，具有浓郁的彝家风情，红墙青瓦，楼宇迤逦，曲径环绕，彩绸飘拂，天黑后万点灯光亮起，古镇被笼罩在五彩光芒之中。整个古镇分为三大部分，一是商业街区，二是安置民宅，三是地形独特的梯田公园。由于古镇位于丘陵地带，无论驻足何处，均可领略不同风貌。观那依山顺势而建的楼宇，丛立于群山峰谷之间的它们与天地浑然一体，加之通体霞光彩砌、流金熠熠，颇具罗甸王国的古朴遗风，仿佛转眼之间便可见奢香夫人款款而来。再观漏斗状的梯田公园，层层叠叠逆天倒张，设计何等巧妙独特，且不说四季鲜花盛开时其风情各异、美艳夺目，只说夜幕降临之后，由电脑控制的七彩灯光将其照映得流光溢彩，令人不能不流连迷醉。仿建的"龙场九驿"一级又一级，贯穿整座公园，象征着奢香一生的辉煌业绩，既有历史的纵深感，又映现未来希望之曙光，漫步其上，宛如徜徉百里杜鹃，溯流响水河滩，追索奢香红袖，凌顶乌蒙问天，心境都会变得庄严和神圣。我不由得感叹一声：真乃人间有胜景，古镇好优游！

城可垒，景可造，人心却难筑。许家印和恒大一掷 7 亿元，打造这样一个古镇，百姓又如何说呢？这是我最关心的事情。

古镇移民安置区的住宅楼，比北京、深圳和上海的一般居民楼都要漂亮。我随意拜访了一户移民，主人叫龙国权，非常热情地招待我，在将我引进他宽敞的新居后，骄傲地介绍道："都是全新的，你们北京人住的地方有我好吗？"我摇摇头，表示相当一部分北京人的房子比不上这里，于是他开心地笑了。

龙国权的老家在安乐乡青松村，兄弟三人都挤在父母留下的五间破草房里。龙国权有两个孩子，全家四口人的居住面积只有二十平方米，吃喝拉撒都在一间屋里，龙国权前些年在外打工时受伤致残，无法负担家庭。那时，他做梦也想不到这辈子能住上紧靠县城的房子，还修得这么美观敞亮。

"现在好了，全家人有新房住，孩子能在家门口上学，我在古镇的一家烟草公司上班，一个月 3000 多块工资，妻子也能腾出手脚去浙江打工，全家人的生活有了保障。我老家还有几亩苞谷地，每亩能产三四百公斤，全部卖给了恒大建的养牛场，又有几千块的收入……生活比起从前有了天壤之别，蛮知足了！"龙国权的脸上一直挂着笑容，看得出，那是真正从内心深处溢出来的幸福感和满足感。

从龙国权家出来，我又走进门牌号为"BA0018"的住户。女主人穿一身保安制服，很有礼貌地请我入座。我环视她的新房，感觉比龙国权家还要宽敞。女主人解释说，她家有五口人，恒大按政策分配给她家 125 平方米的单元房。

"你能说说搬到古镇后啥事最开心吗？"跟百姓对话，最好是实实在在。

"以前在老家，连电视都看不到，现在不仅住上了新房子，还可以天天看电视！"女主人说着脸就红了。她岁数不大，看模样也就三十多岁，不过已经有两个女儿、一个儿子。

这一户贫困家庭的男女主人还年轻，他们选择到紧挨县城的古镇落户，显然有自己的追求。

"过去家里太穷，有再多的想法也只能想想而已，恒大来了以后，才让我的空想变成了现实，我真的想不到，这辈子还会有出头之日……"女主人这回眼圈红了。

另一户移民家庭的女主人叫杨红秀，看看她的打扮，看看她的精气神，看看她家里家外的光鲜劲儿，谁能相信，半年前她还在寻思怎么逃出家门。

"那不叫人过的日子！"杨红秀说，她以前的家路不通、水不通，房子是歪歪扭扭的土墙房，家里除了一张木板床，没有一件值钱的家当。全家五六口人挤在一堆，除了啃苞谷，就是嚼土豆。"我在家里种地带孩子，靠他爹一个人外出打工，赚的钱不够一家人开销，造房子、修房子的事想都不敢想。在恒大人来之前，我真的想扔下这个家，远远跑了算了！"杨红秀不好意思地坦白说。

那天恒大扶贫队员来到她家，问她愿不愿意搬到县城里住。杨红秀以为对方在跟她开玩笑，经过队员反复说明后，她终于相信了，却哽咽得半天说不出来话。

"但知道事情是真的后，也害怕呀！以为要很多很多的钱才能搬过去，才能有新房子住……结果恒大人说，啥都不用出，只要签个名！这样的好事你听说过没有？全世界都少有呀！我现在住的这一套'洋房'，100多平方米，三室一厅，家具家电、生活用品样样齐全，自己没出一分钱；两个孩子就在离家几百米远的学校和幼儿园上学，也是恒大建的；我有了一份稳定的工作，月收入2000多元，加上他爹经过恒大吸纳就业推荐在外打工每月赚的4000多元，一家人啥都不用愁了，做梦都会笑出来！"杨红秀越说越激动，"现在要是有人把我赶出这个家，我就是去了天涯海角，也会想尽办法找回来，实在是舍不得了！"

说着说着，杨红秀有点害羞地笑了起来。

是啊，一座奢香古镇，圆了多少乌蒙山区贫困家庭的梦。熟谙建筑设计的许家印和恒大人，用一座精心构筑的彝家风情小镇，给了百姓们一个温馨的家，让他们再也不必整日为生计愁眉苦脸，而这些百姓用他们灿烂的笑颜，给古镇平添了一层充满活力的光泽，让它变成中国大西南最亮丽的一道风景线。

如果把时间往后拉十年、一百年，这座在乌蒙山区平地而起、充满民族风情的小镇，肯定已不仅仅是恒大人搭建的让大方人瞩望未来幸福与美好生活的高台——这座以大方土地上一位伟大女性命名的小镇，必将时时刻刻展现奢香的胸怀和政治远见，为我们国家南域大地的民族和睦与疆土安全贡献无法估量的作用。

这层意义，也许是许家印和恒大人更想看到的。

我不禁想问：平地而起的奢香古镇，你日益娇娆的风情是否正向世人预告这一切呢？

17. 万家灯火

老实说，一想到恒大给大方贫困群众建的那一片片幸福新村，漂亮得叫全中国人民都羡慕，我就想到作为标题的这四个字。

我以为，要形容这些乌蒙大山里的幸福新村的浩荡气派、壮美外观，以及它们带给广大贫困百姓的安心感与幸福感，绝对没有比这个几乎被用滥的成语更合适的了。

我和恒大的扶贫队员都曾实地见到过那些破泥草房，几十万山民蜗居在那个没有灯与光的黑暗世界里，是何等的恐惧与绝望……

怎么用语言描述呢？我以为面对如此境况，任何人的笔触都是苍白的。面对一间间风不挡、雨不遮的陋居，走进这些即使白昼也见不到光的低矮屋子里，你的心里是何等滋味？屋子的主人即使读过书，即使仍在渴望知识，又能有何作为？！这些大山里的贫困家庭，有的人家仍未通电，但多数人家就算拉了电线装了电灯，也从不开灯——开灯就得花钱，连下一顿饭钱都没有着落的他们，哪还有钱用电！于是，炉灶里的那点火光是一家大小日常生活中最亮的光……

你能想象一个没有光的家庭是什么样的吗？一对夫妻在没有灯光的漫漫长夜里会想些什么，做些什么，谈些什么？父母和孩子在无尽的黑暗中要如何亲昵交流？一个正常的人，长年面对极夜，会有什么追求与理想？

他们会愤怒？狂躁？也许吧，但也许最后只剩下麻木与孤独、迟钝与愚昧……这样的贫困人群，最需要的是什么？许家印和恒大人的回答是肯定的——灯与光，希望与温暖。

于是，那个小时候提着火炉筐上学的许家印，带领恒大人要为大方贫困百姓做的第一件大事，就是盖新房！有了新房，就有了灯与光；有了灯与光，麻木与孤独、迟钝与愚昧的心就会燃烧，会明亮，会聪慧，会有梦想，以及为了梦想去奋斗！

于是，许家印和恒大人拿出了他们最棒的看家本领——以最快的速度、最高的水平、最好的质量，开建乌蒙山区一片片美丽无比的幸福新村……那幸福新村是独一无二的，是我见过的最令人心旷神怡的建筑群！

第一次到大方采访，最美丽最令人震撼的画面，就是恒大造的幸福新村。那些掩隐在青山绿林间的连体小楼，一律是两层建筑，白墙青瓦崭新得耀眼，轮廓线条清晰明朗，像迎风展翅的山鹰翱翔于山谷峰林，像浮在万顷碧波上的明珠光芒四射……如果你再走近观望，不由得会有一种联想与对比：自己在城里住得上这么好的房子吗？拥有这么一套依山傍林的房子需要付出怎样的代价？在浮想联翩之后，你自然而然会发出一声感叹：大方的百姓真幸运、真幸福！

大方的幸运，是遇到了恒大；大方的幸福，源自脱贫攻坚之役。作为一名报告文学作家，我几乎走遍了神州大地，眼见了近几十年中国的变化，包括扶贫工作和新农村建设、美丽乡村建设，但从没有见过像恒大这样的企业，能对大方贫困百姓倾注全部情感与力量——不要你自己花一分钱，送你最实用、最美观的房子住，并且为你配置好家具电器，都是你想要但未必负担得起的……这种前无古人的壮举，让人油然而生一种钦佩和敬仰。

到目前为止，恒大在大方共建了 50 个幸福新村（不包括奢香古镇——但其实那里的移民安置区相当于几十个幸福新村的规模）。在大方县的地图上，这 50 个新村如果用红五星标出，可以看到遍地的"红星闪闪"；如果用线条圈出，会看到一片波涛汹涌的海浪，激荡在大方这片奢香故里，又恰如密密的琴弦，弹奏着这块古老土地的最新乐章……总之，每走到一个幸福新村，我都会被深深迷住，流连忘返，真想找一户住上几天，享受一下城市里奢望的阳光与空气、山风与鸟鸣。大山里的人很朴实，他们中有人从来没有去过大城市，并不知道城市人住的房子什么样，也就不知道恒大给的新房子水准是多么高，被问到住进新居后有什么感受时，他们也只能老老实实、简简单单地说上一两句话，诸如"做梦也想不到""几辈子都买不起的好房子"。他们也许不知道，自己跨越的是整整几个世纪、几代人的时空，甚至他们中有些人一时还无法适应现在的生活：推开玻璃窗就能泻进明媚的阳光，可以端着小酒杯坐在阳台上慢慢品咂……可他们脸庞上溢出的笑容、神态里透出的欢快，足以让外人感受到他们的幸福。

为了大方 18 万贫苦百姓的这份幸福感，为了让这份幸福感早一天到来，许家印和恒大人可谓心思用尽、废寝忘食。

选址是第一关。新村选址涉及的不只是地势、面积、地貌、周边环境，还有与之配套的公共设施、生活服务、就业机会等，这里面无一处不体现着恒大人的殚精竭虑……

我去过幸福二村，以为那就是城里人最渴望的景区式花园住宅，傍山临原，近天贴地，视野开阔。在这样的村庄居住，出诗入画，灵魂可以得到洗涤。

　　我去过幸福八村，以为自己走进了仙境，那沿着弯弯斜坡而筑的村庄起伏错落、曲折有致，移一步换一景。在这样的村庄驻足，会有一种心的宁静和思的凝练，可以达到修身养性之目的。

　　我去过幸福二十五村，以为那深藏于远山的神秘小镇具有独特的魅力，把沉静如画的群峦、无穷变幻的风云，皆织于自己的风景之中。只有鉴赏力独特、渴望探求世界奥秘的人，才会孜孜不倦地追寻它。如果你是一位摄影家，必定会止步于此，甚至把这里作为你的定居之所。

　　我还去过幸福一村和幸福五十村，这是恒大帮扶大方所建的首尾两村，它们一为带状，一为块状，前者檐飞瓦舞，一派玲珑，后者墙院方正，棱角分明。也许恒大设计者并非刻意象征，却仍然叫人联想起一种持续发展、扎实千秋的理念。

　　观这五十只在乌蒙大地上凌空飞翔的时代山鹰和幸福布谷，我心中油然而生一种浪漫、一簇意象，几乎要大声吟诵方能抒发尽翻腾的情感。我可以肯定，在中国其他任何县域，你再也找不出第二个像大方这样的地方——成片成片那么美、那么别致、那么讲究配套的幸福新村，被无偿分配给贫困百姓居住。

　　幸福感从来不是空头支票能给予的。习近平总书记有句话，叫作"小康不小康，关键看老乡"。在老百姓眼里，最直观和最可感的小康生活，就是有一套像样的宽敞房子，这也是我们中国人对幸福生活的一般认识和终极目标——安居乐业。安居方可乐业，乐业则必须安居，因此中国人只要有一点积蓄，就会放在"居"上，一套属于自己的房子，其安全感是无与伦比的。

于是，房子在很大程度上成为中国阶层的分水岭，区分贫穷与富有，看房便是。在广大农村，几千年遗留下来的传统观念中，始终把有无房子、房子多少、房子好坏看作是"成家立业"的重要标志。无房者、房陋者，甚至连媳妇都找不到，这也是一种基本国情。贫困地区的百姓，无温饱衣食尚可勉强忍受，但无片瓦遮头、无立锥之地，则是忍无可忍。他们中的无房者为房奋斗一生，却未必能够建起一间可供全家老小容身的蜗居；房旧屋破者劳碌几十年，或许都无法完成置换新房的"伟业"。房子，让无数贫困者贫上加贫，又让无数手头略为宽裕者重又变为赤贫；房子是中国农民身上卸不掉的重担，小康路上绕不开的拦路虎。

而乌蒙山区那些歪歪斜斜耸立在山野中的危旧房屋，直接反映了山民们的困窘生活。他们"望房兴叹"，"说房如说虎"，一生中最渴望也最无望的，便是房子。

百姓家事，中国国是。小康中国，房定心定。

许家印和恒大最内行、最拿手的就是建房，到大方帮扶脱贫后，他们最上心的事就是解决百姓住房问题，因为对大方百姓来说，这是最大、最迫切、最困难、单靠自己最做不到的事。18万人能不能按全国平均速度脱贫，这是基础的基础、关键的关键。

第一批10个幸福新村始建于2016年2月底，计划在年底竣工入住。

"年底也就是冬天了，冬天不适宜搬家，我更希望乡亲们在寒冬前住进暖融融、明亮亮的新房，欢度新年和春节！"一个满含暖意和关切的声音从广州传到大方。

"明白，我们一定全力以赴，争取提前三个月，在国庆节让百姓搬进新房。"

"有把握吗？必须确保房屋的质量和标准丝毫不降低！"

"那是必须的。"

"好！到时那位张正英奶奶如果能搬进新居，一定给她老人家照张相，发给我看看……"

"好的。"

把这10个新村的建设进度全部提前三个月，也就是说工期要缩短三分之一，面临的困难可想而知。且不说如何确保质量，就说在大方这样的山区，几乎所有的建筑材料都得从外埠调集，仅这一项采购与运输任务，就给恒大工程部增加了巨大的压力。

"各地分公司要全力支援大方前线，那里要什么就给什么！"恒大总部一声令下，庞大的资源便源源不断地从四面八方向贵州、向大方流动。

"从3月初开春以后，10个新村的建筑工地上从来没有停过一天工，三班倒……"恒大工程部的负责人介绍说，南方的雨水多，有时两天三场雨，但雨后又烈日暴晒，给施工造成了不少障碍。为了适应变化剧烈的气候，工程监管人员天天蹲在工地上，随时检查和调整工序工位。山区的建筑工地有一个最重要的工作环节，就是预防泥石流和突发洪涝。夏季到来之后的近三个月里，恒大工程部除了在单位值班的人员，其余所有人全都坚守施工点，以防不测。

在这方面，你不得不佩服恒大这艘中国的"建筑航母"，那种气势、那种魄力、那种豪迈，只有亲身到了现场方可领略。我没能赶上恒大在大方的新村建设战役，却在采访未了时，有幸来到毕节七星关区一个恒大易地搬迁扶贫项目工地上参观——

工程名称：碧海阳光城。用途：安置28000名贫困群众。总建筑面积：72万平方米，占地1000亩。

这些数字对普通人来说，不会产生多少感性认识，但如果我用建筑面积十七八万平方米的人民大会堂作类比，你就会深切认识到，四个人民大会堂那么大的建筑工地是何等的壮观、何等的气势磅礴，就会知道什么是真正的"大工地"！你瞧，那无数伸向天空与地面的吊车长铁臂，密密麻麻几乎望不见边；在一层层竞相崛起的楼宇之间，近百辆飞旋的水泥搅拌车正隆隆轰鸣，似乎要将整个新平整的山谷震个天翻地覆，我和采访对象交谈时，只能凑近对方的耳朵大声喊叫，否则谈话根本进行不下去……

"145 栋楼同时拔地而起，这对我们来说是前所未有的挑战啊！"一位书卷气十足的年轻人带我参观工地，他自我介绍叫杨慧明。

"你就是杨慧明啊？"我不由得惊讶地问，姚东和阮士恩等都提到过这位在大方负责易地搬迁工作的年轻副总。

"是，我也是七人小组的一员，2015 年 12 月就过来了。"小伙子的确很精干利索，但我还是无法把他与如此庞大的建筑工程总指挥联系在一起。

"四个人民大会堂这么大的工程，就是你在指挥把关？"听到我惊诧的语气，原本镇定自若的小伙子反而有些不好意思了。

"我们恒大人都是这么练出来的。现在恒大对毕节的帮扶中，有一个工地比这儿还要大一些，在赫章县，有 80 万平方米的建筑面积，我们比它少 8 万平方米。"杨慧明说。

"反正我没见过比这更大的建筑工地了！三峡工程建设的现场我去过，但那里至少有十个各专业的院士、十个省部级领导指挥着……可这儿就你一个毛头小伙子顶着！"

杨慧明有些不好意思地笑了，马上又换了一种颇有些骄傲的语气："我已经干过好几个类似的工程了！这个是比较大些，但套路差不多……"

"不一样。"我纠正他的话，"管十个人跟管一百人不一样，管一千人又跟管一百人不一样。你现在每天现场指挥多少人？"

"两千多。"他说。

"这么多人，压力一定很大……"

"我每天睡在工地，也只能睡四五个小时。"

"太辛苦了！"我有些怜惜地道。

"我还年轻，扛得住！"杨慧明笑笑，看起来他身体确实很棒，"我老家是宁夏固原的，从小吃过不少苦……"

"你老家可是有名的贫困地区啊！"

"是的。所以在这里帮扶贫困的父老乡亲们脱贫，我有种特别的干劲，好像在为自己的家乡、为自己的父母亲人奋斗！"他说。

我默默地点点头，在心里夸赞这个小伙子，也从心底钦佩许家印：用人真准！

"2017年5月3日，我们集团宣布帮扶整个毕节市；5月15日，我们开始征地，用了一个月时间完成400多户原居民的搬迁。这里当初是很荒凉的坟丘地，我们又花了一些时间，搬迁了1000多座坟墓。工程是在8月正式开工的……"杨慧明向我介绍。

"老百姓什么时候能入住呢？"

"第一批入住预计在2018年3月30日，第二批在6月30日前，第三批也是最后一批入住的最后期限，是9月30日。"杨慧明说。

"也就是说，一年时间就要全部完工？！"

"是。"

"有把握吗？"

"有！我还在想能不能早一点……让贫困百姓早一天过上好日子，是我们许主席最大的心愿，我们恒大人也是这么想的。我们这样赶工程，不是想早点交差了事，绝对不是，是因为我们经常到乡下去走访贫困户，看到他们现在的生活状态，心里非常焦急，天天想着能不能早点让他们脱离那种境况，于是把自己的工期卡得紧而又紧……我们的进度就是这么赶出来的，是心气，是情感，当然，也要有恒大这样的实力。不客气地说，我们团队的业务和技术在全国同行中都达到了一流水平，有信心比其他单位、其他人干得更出色！"

我明白，一切奇迹的产生，都因为这是恒大。

"盖房子是个比较复杂的工程，经常遇到很多意外情况、很多拦路虎。"年轻的总指挥说，工程初期，在开挖地下部分时，他们遇到了纵横的地下河道，这属于典型的喀斯特地貌，"光抽水就不知调集了多少台水泵，一天二十四小时连续抽，有时还赶不上趟。那些日子，方圆几里都能听见这边的水泵响声，那才叫昼夜轰鸣！"

"工程全面展开后更了不得啦，来，你跟何主席说说。"杨慧明把一位比他"老"一点的同事推到我面前，"他叫雷勇，是这里的工程部经理。"

雷勇与他的名字一样，说起话来虎虎生威，有股霹雳之气。他比杨慧明长两岁，1983 年出生，也是位实干家。"我们在 2017 年 5 月份承接这工程后，马上就从全国各地分公司调工程队过来，几十个公司、几千人，也不是那么容易调度的，但许主席说了，一切都服从扶贫前线的需要，所以这过程困难不算太大。7 月中旬，所有施工队到达现场，8 月初就开工。当时面临的第一个难题，就是 14 万平方米建筑面积的 300 多万方土的挖掘和运输！300 多万方土，那就是一座高高的山峰呀！毕节市建设部门从来没试过要在短时间内完成这样大的工程量，别的不说，运输这么多土方，光汽车就得数百辆，此外，有没有那么宽的路供它们来回穿梭，也是个问题；那么多土方堆放到哪个地方，又是一个问题；几百辆大卡车长时间在毕节市内往来，道路安全又是一个大问题……粗粗一看，就是拉土方的事，但这么大的量、这么短的工期，放在一起，就会引起几个甚至几十个难题，一起冒出来摆在你面前。总之，连我也没干过这么大的工程。好在毕节地方政府和老百姓都全力支持配合，加上我们的专业管理水平高、动作快，所有这些问题后来都解决了。那些日子，每一个环节的任何一点进展，都使我激动、自豪，一激动、一自豪，干劲就倍增！"

雷勇指着远处连绵起伏的群山，接着说："以前我们这块工地也是丘陵，全部是用推土机推平的。施工现场每天有几十个分包公司在工作，我们工程部十来位同事天天泡在工地，随时联系和布置工作，及时满足工程的各种需求。施工高峰期，有两千多施工人员进进出出，几百辆车跑来跑去，我们的管理责任巨大，一丝一毫都不能马虎，必须二十四小时全程监控！"工程部有位同事早晨起来，昏倒在了工地现场，被送到医院抢救，雷勇感叹地说："下午我上工地一看，他怎么又在工地上了？原来他自己从医院跑了回来……这样令人感动的事迹，在我们这个工地上时时刻刻都能听到。"

"这里的恒大团队，其中年龄最大的是 1974 年生人，最小的 1994 年出生，平均一下，都算'90 后'了，其中还有六个女同胞。"杨慧明说。

四个人民大会堂的工程量，一群平均年龄属于"90 后"的年轻人担当大任，而且工期缩了又缩——仅一年时间就要全部完工，还要让 28000 名贫困百姓全部入住，喜迎改革开放四十周年大庆……如此宏大的战场，就是中国脱贫攻坚战的一个缩影；如此宏大的战场，如果在战争年代，就是一场"百团大战"、一场"上甘岭战役"、一场"西沙之战"！

这群朝气蓬勃的年轻人，给我们在扶贫战场上做出了榜样，给我们的时代做出了榜样，他们就像早晨八九点钟的太阳，希望寄托在他们身上！看着他们，我完全能够想象出 2016 年 3 月到 9 月那场 10 个幸福新村的开篇之战，想象出第一批移民搬进新村时欢欣鼓舞的场面。

看万山红遍，层林尽染。秋季的乌蒙山区其实很美，当百姓的生活和心境不再沉重的时候，那条原本崎岖难行的山路会变得情意绵绵，原本贫瘠的坡地也变得生机盎然，暖洋洋的阳光洒在农家旧宅的小院里，让人感觉温馨了许多……

2016 年 9 月 18 日这个日子，大方的许多贫困户记得很清楚，因为这是恒大幸福新村建成后的摇号分房日。第一批 10 个幸福新村是同期建好的，规格和标准也相同：两户一栋的连体别墅式小楼，每户居住面积按家庭人口分为 80、100 和 120 平方米不等。

"分房采取老百姓最容易接受的摇号形式，公平公开。不过分配第一批房屋时加了一项特殊政策：在搬迁过程中表现积极和主动的贫困户，以及家庭极其困难的贫困户，可以优先搬迁……"姚东说，这样做的目的，是鼓励其余的群众在脱贫工作中更好地"比学赶帮"。

"摇号分房的场面好热闹，比过节还喜庆！"徐萍充当过多次摇号分房的"司仪"，体会深切。

"过程很严格，很公平。"她说，"我们首先把所有的房源编上号，再由恒大公司、县移民局、乡镇级政府、搬迁户所在地派出所和群众代表一起组成分房小组，全程在现场实施监督。为了确保百姓心服口服，我们的摇号分为两次，第一次先摇取抽签的顺序，第二次抽签则确定分得的房号。这样一来，摇号时间长了些，几乎每批分房都要从早摇到晚，但老百姓总是笑逐颜开地说，不算长，不算长，办喜事就得一天两天的！"

第一批贫困户是在 2016 年国庆节前的 9 月 28 日入住新房的。

这一天，是办喜事的正日子，许多家庭激动得整夜不眠。

凤山乡的张正英老奶奶一家也在这批搬迁户里。老人一清早就起床，把旧家清理了一下，在炉子里添了最后一把柴火……

"奶奶——"

"张奶奶——"

屋外传来一阵呼唤声和欢笑声，这是来帮张奶奶搬家的恒大扶贫队员们。张奶奶拉着孙子，默默地巡视了一圈老屋，缓步跨出门槛，转身轻轻地将破门锁住，并在那把锁上摩挲了一番……

"住新房去喽！"姑娘们和小伙子们高一声、低一声地笑闹着，簇拥在张奶奶身边，争着要挽扶张奶奶上车。就在此时，张奶奶的脸色变得微微严肃，她拉住孙子的手，朝老宅静静凝视了片刻，矮小的身子向前弯倾——向老宅连鞠了三个躬。孙子非常懂事，跟着奶奶弯腰。

扶贫队员们看着祖孙俩的这一举动，心里一阵沉重——张奶奶的老伴，那位品德高尚的老共产党员没能挨过疾病与贫困的折磨，几个月前不幸去世，给张奶奶一家留下无法弥补的遗憾。

"到了！""我们到了！"

车子停在大方县著名的公鸡山脚下，那里有一片青瓦白墙的新房子。年轻的扶贫队员们把张正英老奶奶扶进一套楼上楼下共四间屋的新房，老人愣了许久，左看看，右瞅瞅，一会儿摸摸软软的床垫，一会儿拭拭光洁无尘的厨灶，转头看去，孙子在聚精会神地摆弄电视，屏幕里正好在放映新闻专题片，习近平总书记出现在镜头中，亲切而掷地有声地宣布："人民对美好生活的向往，就是我们的奋斗目标。"张奶奶看着、听着，激动地指向屏幕，抖动着嘴唇喃喃地说："习、习……"

"是习总书记！"年轻的扶贫队员们搀扶着老人家，与她一起感受这温暖的阳光雨露。

❋ 时代大决战 ❋

"老奶奶，满意不满意这房子？"

张奶奶笑了，那张历尽沧桑的脸庞绽放出从未有过的笑容，这笑容从此成为大方人和恒大人心中最温馨、最难忘的记忆。

这年国庆节期间，远在广州的许家印不知多少次拿起手机，一遍又一遍地欣赏张正英老人在新房门前开怀而笑的照片。每到这时，许家印的脸上也是满满的幸福笑颜……

为了让每一位易地搬迁到"幸福新村"的老乡都能像张奶奶那样绽开笑脸，扶贫队员们可谓下足了功夫。易地搬迁工作开展初期，扶贫队员们踏着泥泞的十八弯山路，叩开一户户山民的破旧门窗，详尽地向对方宣传讲解恒大的举措，动员他们搬离旧家。山民们睁大疑惑和惧怕的双眼，听着一群陌生人描述闻所未闻的山外世界，像是在听神话故事。

"我们只能把电脑上的新房展示给他们看，告诉他们：这就是你未来的新家。许多百姓看完只冲我们笑，说这画画得真漂亮。后来等房子建得有个模样了，我们就用车拉着那些不肯相信的人去看新房子，这一看就把多数贫困户看呆了，争先恐后地登记入住。这个时候，我们为了全面推进搬迁工作，就承诺那些表现积极、能够起带头作用的百姓优先入住，再让他们以自己的亲身感受动员其他贫困户走出大山，搬进新村……"具体负责此项工作的杨慧明感慨万千地道，"建新房不易，让每一家、每一户老百姓都开开心心、圆圆满满地离开老宅旧房，搬进全新的地方生活，也是一件艰苦的工作，需要我们做细、做实，做到所有百姓的心坎上。只有把这件工作做到位，才算是兑现了我们的承诺，实现了我们全体恒大人团结奋斗的目标。"

我是个习惯多方位、多角度思考的人，在数次走进恒大幸福新村时，我都注意暗中观察，并和那些住在新房里的百姓交流，看他们会不会擦洗瓷砖地板，会不会冲抽水马桶，会不会给电视机调台……这些在城市人眼中微不足道的事，对长期生活在大山里的贫苦百姓来说，可能都是让人头疼、心烦的事。

"放心，我们的队员都入户辅导过这些老乡，教他们如何擦洗瓷砖，特别是年岁大的人，还要教他们如何防滑。像抽水马桶、电视机甚至是窗帘这些家居用品，都有专人负责教导使用。"陪我走访幸福新村的一位女扶贫队员得知我的心思后，爽快地回答我。

她突然问我："您去过张奶奶的新家，注意过她家门前的地吗？"

"注意到了。"我笑。那天从张奶奶家出来，在欣赏那片美如画卷的新村时，我发现一个特别令人欣慰的细节：新村的设计者在每户人家门口留下一方不大的菜地。这菜地或许并不能满足一个家庭一年四季的全部蔬菜需求，但留着它至少有两层深意：一是部分解决居民的日常吃菜问题，二是给易地搬迁的百姓保留一份乡趣，尤其是那些年长者，他们当惯了农民，有根深蒂固的劳动习惯，无法完全脱离土地。而且，这设计规划整齐的菜地还能美化家园……

女队员朝我微笑："您全说对了，我们恒大设计师的苦心没有白费！"

她说，自己到大方一年半以来，多次亲身经历了当地贫困百姓从大山深处搬迁到新村的场面。"也许用'翻身道情'有些过了，但看着乡亲们有说有笑，甚至喜极而泣的情景，所有人都会不自觉地受到感染。让我印象最深的是国庆节那天晚上，我到几个新村慰问老乡，看到他们家家户户在墙上贴领袖画像，给习总书记鞠躬，还拉着我的手祝我们恒大永远生意兴隆，我真是感动得想流泪！而最让人难忘的是，我们乘车离开前回眸幸福新村那一瞬间，我看到万家灯光辉煌，冲破黑暗，映亮大方的山川，我的眼泪不禁奔涌而出，许久都收不住，它让我回想起第一次到大方老乡家时见到的黑屋子……"

我能理解这位恒大女扶贫队员的感受。当人们看过那无灯无光、行将倒塌的山间老房，再见到恒大无偿提供给大方贫困百姓的新居，其心其情，谁能点滴不漏、淋漓尽致地描述？谁能恒静如常、一气呵成地诉说？

包道军与张正英老奶奶同住恒大幸福二村，在搬到新家之前，他家已经很久不开灯了。"开着灯就看到一家三口两个残的丧气劲儿，心里不是滋味……"包道军的父亲包顺明说。

"有一次过节的时候，我特意从镇上买了几支蜡烛，吃饭时点上了，想给家里带来点温暖，哪知被父亲一口气吹灭了！当时我很生气，问他你这是干啥，父亲瓮声瓮气地念叨了一句，能省就省一点吧。真是无可奈何！我回敬父亲说，省省省，能省到哪儿去嘛！一旁的母亲看到我们爷儿俩吵嘴，便哭了起来，说都怪她没用……"包道军长叹一声，"那是啥日子嘛！"

乡干部告诉过我们这家人的情况：三十一岁的包道军从小患有先天性白内障，看什么都像雾里看花，不能像正常人一样生活和劳动，但他的父母还年轻——父亲五十刚出头，母亲四十八岁，在包道军的两个妹妹出嫁后，父母两个辛辛苦苦地栽烤烟、搞运输，日子过得不算差。但 2014 年 9 月 14日包道军母亲的一场车祸，结束了这个家庭的小康生活，让包家一下子沦入贫困的深渊。

那天，跑运输的母亲第一次骑着新买的摩托车出门，本以为跟以往开三轮车一样简单方便，哪知出门不久就栽在山沟沟的竹林里，摔断了锁骨和颈骨，先后在毕节和贵阳治疗，花去了全家的 20 多万元积蓄，还向亲戚借了 6 万多元，然而还是落下了残疾，原本殷实的家境也被这场意外的灾祸彻底摧垮了……

"就是从那个时候起，家里的灯几乎没开过。看着一个瘫在床上，一个睁着眼瞎摸……唉，心里真是揪着疼！"包顺明想起前两年的情景，依然不停地摇头叹息。

"这都是过去的事了！"包道军笑道，"虽然我的视力仍然不太好，但现在我喜欢把家里的灯开得亮亮的，我父母也一样！"他坐在明晃晃的电灯下，笑嘻嘻地告诉我们他已经有对象了。"是凤一村的李燕……"他按捺不住心头的高兴劲儿，从口袋里摸出一张姑娘的照片给我们这些客人看。

"蛮俊的姑娘嘛！"众人齐赞。

"啥时候吃你喜糖？"我们问。

"今年，今年下半年就办喜事！"看得出，包道军已经有些迫不及待了。三十出头的男人嘛，也难怪。

"恭喜恭喜！"

"同喜同喜！"

包顺明又细细给我们介绍自家的"今昔两重天"："现在我们不仅有了新房，爷儿俩还各有一份工作。他在蔬菜大棚那儿有份活，每天70元，一个月能挣回两千来块。我还在种烤烟，闲时跑跑小运输，两个大男人养他娘一个人，日子过得跟以前差不多，如果加上入股分红，肯定比以前要好得多！"他指指儿子，"要不哪会有姑娘找上门跟他成亲！"

包道军被父亲说得有些不好意思了："再这么说，我就拉灯啦！"父亲看着儿子绯红的脸，和我们一起哄笑。

房里的灯照得每个人的心头都亮堂堂的……

"给我把电视打开吧！"包道军的母亲在里屋说。

"好嘞！"儿子爽快地应道，起身进屋，一串悦耳的音乐声随即流泻出来……

我只想告诉你，

在我第一次打开电视，

看到这个世界如此精彩时，

泪水忽然把我双眼重重蒙住。

我只想告诉你，

在我第一次拉开电灯，

看到家里所有的地方都亮着光时，

感觉有多好、多爽。

我只想告诉你，

在我第一次入睡新房时，

梦里竟然拥抱着一个——

特别特别温暖的恒大。

……

　　这首诗的作者也是一位恒大幸福新村的居民，它或许算不上什么好诗，但能感到有一颗真实的心在诗句中幸福和感动地跳跃。

　　如今，大方县18万贫困百姓中的两万易地搬迁群众已经有一半以上住进了新居，其余的人也将在2018年国庆节前全部搬进新房，同一时期搬进同等规格新村的，还会有毕节其他县区的17万贫困群众。

　　这是毕节人和恒大人的梦想，它实现起来并不遥远。从乌蒙山回到北京，回望过去一直给人贫困落后印象的贵州山区，感觉那里的一切变化得太快，时间被恒大人推动着，飞速前行，犹如奔跑一般……

肆

第四章
精准的功夫

中国人对扶贫的话题并不陌生，即使是那些身处深山的贫困百姓也是如此。然而，自1949年新中国成立以来，我们一直努力不懈地想解决贫困问题，给人的感觉却是有的地方"扶贫"总没有尽头，甚至有的时候，贫困人数有增无减，这是为什么？

简单一句话，就是扶贫不到位。因为不到位，所以这项造福与抚慰民众、体现共产党执政基本责任及义务的崇高事业，反而常被视为空谈，在某种程度上伤害了党与百姓之间的鱼水关系和执政党的形象。要实现中华民族伟大复兴，走向强盛的中国新时代，全面建成小康社会，不消灭贫困，又何以达到目标！

其实，从某种意义上讲，新中国的历史就是一部扶贫史。因为新中国成立时的"四万万同胞"，基本上都是一穷二白的贫苦大众。毛泽东时代，领导人民改天换地的最突出表现，就是摆脱贫困，并且取得巨大成就。之后，邓小平领导中国人民改革开放奔小康，百姓生活水平普遍获得提高。两代领导人，使得7亿多人民脱离贫困，这一巨大成就，既是对中国自身发展的一个历史性贡献，也对全世界做出了伟大贡献。德国《时代周报》前总编辑、国际问题专家提奥·索默1975年曾随时任德国总理的施密特访问中国，今昔对比，他感叹道："20世纪70年代中国那些极度贫困地区如今都已不复存在。在短短三十多年间，中国已转变为一个发展动力十足的国家，这是人类历史上从未有过的先例。"为此，英国《经济学人》杂志评论说，在减贫脱贫方面，"中国是个英雄"。

"人民对美好生活的向往，就是我们的奋斗目标。"习近平第一次以党的总书记身份出现在公众面前时，他讲的这句话给全世界留下了深刻印象。

"扶贫就是要实事求是、因地制宜、分类指导、精准扶贫。"2013 年 11 月 3 日，习近平总书记在湖南湘西十八洞村考察时，首次提出了"精准扶贫"的概念，使得扶贫工作的着力点真正进入了展现"绣花功夫"的阶段。党的十八大以来，在习近平总书记直接指挥和领导下的中国脱贫攻坚战，一步紧似一步，步步都到要害，使得全国 6000 多万贫困人口实现了稳定脱贫，平均每年有 1300 多万人脱贫，平均每两秒多脱贫一人。

这是多么神奇的速度！这是多么伟大而复杂的工程！这是多么艰苦卓绝的事业！这需要多么精确的细致和倾心倾力！

在习近平总书记看来，只要还有一家一户乃至一个人没有解决基本生活问题，中国领导层就不能掉以轻心。他因此提出：全面建成小康社会，一个不能少；共同富裕路上，一个不能掉队。"我们将举全党全国之力，坚决完成脱贫攻坚任务，确保兑现我们的承诺。"进入新时代后，习近平总书记发出了精准脱贫攻坚战的总动员令。

恒大和许家印主动响应的就是习近平总书记这一总动员令。

三年，1095 天，26280 个小时，恒大人夜以继日不眠不休地工作，每 0.15 小时就要帮扶脱贫 1 人，这就是恒大与大方签约时所承诺的，也是恒大向全社会许下的承诺。许家印拿出 30 亿元，给自己套上一个"紧箍咒"，断无后悔和反悔之路，连正常呼吸的瞬间都需要用上。写到这儿，我才明白，那位叫黄芳的姑娘为什么在自己宿舍抽屉里悄悄放了几罐氧气。"到大方后，每天都加班加点，而且经常都是通宵达旦。开始我们把一家酒店作为办公地，我住八楼，办公室在四楼，但经常一整天回不了宿舍一趟。我怕有一天回到宿舍，突然累得再也起不来，所以就悄悄备了氧气……"她说。

姚东跟我说，他们恒大在大方的扶贫，波澜壮阔。大方县的书记则说，岂止波澜壮阔，简直是闻所未闻！

我同意书记的观点。历史将会证明，以后的扶贫工作中，或许有在规模和投入上超过恒大的，却难以超越他们在脱贫攻坚战中的表现和付出——在这么短的时间内投入如此巨大的人力、物力、财力，精心、高效地在一个地域打响地毯式的脱贫战役，其速度、其深度、其热度、其精度，谁能望恒大之项背？相信所有去过大方的人，在那块土地上走过几步的人，都会同意我的这一观点。

何谓精准？一丝一毫不差，发发命中靶心，事事笃行百姓的需求与愿望。用恒大人对大方百姓讲过的话就是："只要你能想到的，我们都会想到。""只要是你的合理需求，我们一定认真做到做好。""只要是可能需要的，我们一定不会漏掉，仔细规划。"许家印就是这样向恒大扶贫队员们要求和强调的。

18. 星火燎原

战鼓催鸣在即，
战斗异常激烈，
战地黄花妖娆，

战事频频报捷……

这是采访初期大方人向我讲述的有关"恒大人来之后"的感受，这也是恒大扶贫队员到达大方后每一天的现场感受。这与当年我那些在南疆战场上的战友们的感受是吻合的。

这就是战场，这就是战役。

原本只能在战争年代看到的场景，如今在大方土地上风起云涌，然而这是一场和平之战，是帮扶百姓脱贫之战。

以战斗的方式，以作战的姿态，以战役的攻势，完成一个神圣的使命，让千万贫困百姓过上好日子，这是中国共产党人的创新与创造。当年毛泽东等老一辈革命家打败国民党八百万大军、推翻"三座大山"的军事传统和天才指挥艺术，被许家印学习并借用，指挥恒大人打响这场艰苦卓绝的脱贫攻坚战，可谓和平年代难得一见的奇观。

自大方的扶贫战线全面拉开之后，这块大地上呈现出一种气氛、一种力量、一种熊熊燃烧的激情，随时可见，随处可觅。原本，那些走惯了山道的人，步履总要缓慢一些，"但现在，每天像是被时间追赶着，总觉得一天二十四小时过得太快，脚下必须生风"，大方的一位机关干部这样形容他生活状态的变化。

他叫徐绍成，贵州黎平县人，五年前来到大方县东关乡工作。2016 年 3 月 16 日这一天，下午三点左右，他正在朝中村的地里与一群农民种土豆，突然手机响起，是恒大大方扶贫公司打来的，说想向他了解一些情况，问他有没有时间到公司来。

"行啊！"徐绍成立即赶到扶贫公司。他后来对我说："谈完话后，恒大的一位领导大概觉得我比较熟悉当地情况，就问我愿不愿意加入他们的扶贫团队。当时我没有思想准备，只笑了笑没说话，人家就说让我回去考虑一下，如果愿意就来报到。"徐绍成说，自己当时有点私心，因为总听说"恒大人干活不要命"，难免犹豫。

晚上回到家，徐绍成告诉妻子这件事，妻子鼓励他说："我赞成你去恒大。人这一生，应该多转换几个工作岗位锻炼，这样才会开阔眼界，变得更加成熟坚强。"

听了妻子的话，徐绍成像吃了定心丸，当晚便打电话给恒大大方扶贫公司，对方表示热烈欢迎："太好了！我这就去和县委组织部沟通申请你的调动手续，不出意外的话明天你就可以来上班……"自恒大来到大方，县上干部的调动程序就是这么简捷，完全是战时的作风。

第二天上午，徐绍成按程序先到县委组织部报到，组织部的领导勉励了他几句，便让工作人员带徐绍成去了扶贫公司。

"进了公司大门，我特意看了一下表，九点整。哪知接待我的恒大同志说：'今天你迟到了，没有打卡，按公司规定是要被扣分的……'当时我心头一震：妈呀，这太严了吧！那同志为了缓和气氛，又说：'考虑到你今天是第一天报到，一会儿我让人事部门帮你补上今天的考勤。'说完冲我一笑，补充了一句：'在我们这儿，一律按制度办事，时间和效率是第一位的！'老实说，自我参加工作后，这是第一次认识到准时上班的严肃性，于是在内心对恒大产生了深深的敬畏。"徐绍成说，"在恒大团队，上班就是打仗，不能耽误一分一秒。领导一个电话、一声命令，你就必须闻声而动，绝不能推三阻四，必须立即执行，立即到位。"

徐绍成加入扶贫团队没多长时间，有一天晚上大约十点来钟，公司给他打电话，说要一份报告，非常紧急，十一点半左右就得把初稿上报给领导。

"我一听就愣了，心想从我家到公司就得将近一个小时，电话里也没说写什么内容的报告，这怎么搞呀？一路上我忐忑不安，到了办公室一看，还好，另有四位同事被叫来一起写报告。部门负责人给我们几个开了几分钟的会，简短地讲了报告的提纲，让我们分头整理材料，各写一部分内容。说来也奇怪，按照常理，根本不可能在这么短的时间里完成这么长的报告，可我们竟然干得非常顺手，准时完成了任务，我简直要重新认识我自己了！部门负责人拍拍我的肩膀说，好样的，像我们恒大的'正规军'了！我听到这句话，感到非常自豪……"徐绍成说。

他很快融入这种没日没夜、冲锋陷阵式的工作氛围。"说实话，很累，但又根本顾不上叫累。"徐绍成说，"我看到恒大一位女扶贫队员累得走楼梯都显得艰难，就劝她说，工作要做，可也别把自己搞垮了。然而她朝我微笑了一下，说：'你看那块倒计时牌子，才给我们多少天时间，18万人哪！'她的话后来一直回响在我脑海里，每每'累'字要跳出来时，我就去看一眼那块'大方县脱贫倒计时牌'，记下上面的数字，让自己心头产生一种压力、一种扬鞭催马的干劲！"

像徐绍成这样的毕节干部还有很多，他们都彻彻底底地融入了恒大的扶贫团队，以恒大人的纪律要求自己，以恒大人的精神激励自己，成为扶贫大军中不可或缺的一部分，在脱贫攻坚战的各个战场冲锋在前……

"同志们，兄弟团队已经点燃了炮火，为贫困百姓的幸福新村破土奠基，现在轮到我们培训部的同志们了，我们要在三年之内，完成3万名贫困百姓的就业技能培训任务，大家有没有信心？"

"有！"

"不够响亮！"

"有！"回应声惊天动地。

"好！"女部长会心一笑，但随即又严肃起来，"前几天，我们刚刚送走第一批 3000 名学员。今明两年内，我们的学员将不少于 15000 人，而这 15000 人的背后，是几万个家庭、十几万甚至几十万希望脱贫致富的农民，所以我们要重视每一个到这里接受培训的贫困百姓，他们每一个人都是脱贫致富的星火，一颗星火可以燎原一片，15000 颗星火将点燃整个乌蒙大地……"

"星火燎原，致富百姓！"

"技能在手，就业无忧！"

"幸福不会从天而降，好日子是干出来的！"

恒大扶贫培训部的就业培训基地，就设在大方县城旁边的毕节同心农工中等职业技术学校。恒大扶贫队员到来之后，这里连续不断地开办了各种就业培训班，多则上千人，少则几百人，偶尔几十人，校园里天天人来人往，川流不息。

在这块大方县城外少有的热闹地方，随处流传着 2016 年 11 月 23 日许家印在恒大集团结对帮扶大方县第二批 63 个重点项目开工仪式上的一段讲话："结对帮扶大方，我们坚持精准扶贫，因户施策、因人施策；坚持'输血'与'造血'并举；坚持既要见效快，更要利长远。我们不仅出资金，更重要的是出人才、出技术、出管理、出思路。"

精准的功夫用在每一个贫困个体上，是最具有效力的。中国贫困农民的最大特点，就是贫困的源头错综复杂、千差百异，既有共性的观点问题，也有各自的能力问题，更有意外的疾病、伤害、家庭变故等原因……有人愿在远方的广阔天地施展身手，有人更愿终身固守老宅家园；有人乐遇转手获利之机会，有人则甘愿蹲下身子，两眼只瞅苗禾，下苦力挣每一分钱……百姓百姓，一百个姓便是一百种情态，精准扶贫之意，在于制订多种方案，解决每一个贫困个体的生存问题。

多少年来的扶贫中，贫困者一年两年食饱衣暖，三年五载重又饥寒交迫的事例实在太多太多，恒大扶贫不能再走老路。30亿元无偿扶贫资金，看起来不少，但若不能用在妙处、恰好处、要紧处，这些钱仍然像过眼云烟，无法彻底改变乌蒙山区贫困百姓的生活现状。所以恒大的精准扶贫战略是：因人而异，让每一位有就业能力的贫困农民掌握一门手艺、一门技术，这比送三万五万元钱要重要得多！

"培训就是教大家学会'种钱'。"这样的话从恒大就业培训班的老师嘴里说出来，农民们一听就懂，一听就乐，一听就想学——我们以后不种田了，跟着恒大人快快活活地"种钱"！

这"种钱"的星火源头，我必须亲眼见证。

去采访那天，恰逢一个培训班结业，同时又有招聘会举办。学校操场和培训中心大厅内人头攒动，热闹非凡，统一穿着蓝色培训服的农民学员把几十个招工摊位围得水泄不通。"别急别急，大伙儿排一下队，我们的名额很多，只要符合条件，都可以录用！"维持秩序的工作人员大声招呼道。

一个招聘果园工的摊位上，有二三十个学员排起长队，我问他们为什么对这个岗位感兴趣，一位四十来岁的男子说："这个果园离家近，又能学到本事，说不准以后我自己也种上几亩猕猴桃呢！"排在男子前面的一位女学员则说："80元一工，比在大棚种菜多10块，一月下来多二三百元，又不累，我喜欢这份工作！"话还没说完，她自个儿咯咯笑起来。

几位年轻的姑娘簇拥在另一个招聘酒店服务员的摊位前，我问她们为什么愿意离开家到贵阳就业，姑娘们有些羞涩地回答说，自己以前连县城都没出去过，就想去大城市，看看外面的世界。"以后有什么打算呢？"我又问。一个姑娘回答说："以后……赚到了钱再说以后！"另一个姑娘说，反正她得回家结婚，以后就在奢香古镇开个小店。姑娘们七嘴八舌，谈的理想五光十色，个个都是绯红着脸颊，眼睛亮晶晶的。

每个招工摊位都很热闹，想找个人多聊几句都很困难。我看了一圈，发现有一位年轻的小伙子站得离人群稍远，跟培训部老师龙丽谈得十分投机，便凑过去打探情况。

"这小伙子叫黄天富，黄泥镇松林村的。今年才二十四岁，可是已经在外面打工十年了……"龙丽介绍说。

"那为什么还到你们这儿来培训、找工作呢？"我看看小伙子，又转头向老师要答案。

"他过去在外面打工，人家总拖欠工钱，十年来基本是白干……"龙丽说，"这回乡里让他到这儿培训，刚开始他看上去没精打采，我跟他交流后，才知道他的委屈都积在心底，对打工已经有了一种畏惧感。我就开导他，根据他的实际情况分配他到恒大在大方的建筑工地工作。我告诉他，恒大不会出现拖欠工资的现象。还跟他说，即使他以后不在恒大工作，到外面打工，我们也会随时保护他的合法劳动权益，因为恒大专门为出身贫困家庭的大方籍务工者设立了一个劳动维权部门。"

"现在你放心了？"我问黄天富。

"当然放心。在恒大干，一百个放心！"小伙子笑着，让我看他手里刚刚跟一家公司签下的上岗合同。

"我们的每期培训班虽然时间不长，但都是一把钥匙开一把锁，为每个有就业意向的人提供一个合适的上岗机会。"龙丽说，"比如有人愿意到外地见见世面，多挣些钱，我们就介绍他到恒大在全国各地的分公司；有人因为家庭等原因希望在当地就业，或者自谋创业，我们都会根据其意向，提供不同的培训内容和就业指导……"

"这样细分就很复杂，你们的工作非常繁重吧？"

"我们可能会麻烦一点，但你想想，来参加培训的每一个人，背后都是一个家庭、一群人……"龙丽说，有位妇女想学蔬菜种植，恒大大方扶贫公司就送她到贵阳的专业学校去培训，开始那位妇女的家里人都反对，但她坚持学了下来，"现在已经带动村里一批贫困户种菜，都脱了贫"。

"你说的是不是大梁子村的'辣椒妹'？"我突然想起，前一天下乡采访时，听说一位叫黄艳的女子带领29户、72个村民以入股形式组成辣椒专业合作社，勤劳致富，现在已经小有名气。

"不是，不是！"龙丽愣了一下，摆着手笑道，"我们培训过20000多人，这样的人和事太多了。那次许家印主席来这儿检查工作，表扬我们是恒大扶贫战场的'黄埔军校'，他说，我们点点滴滴的教学与培训，就是助燃整个脱贫攻坚战的'星星之火'。我到培训部一年，参加了十多期培训工作，现在对这一点体会越来越深了！"龙丽是位年轻活泼的老师，看得出，她是培训部负责人黄芳手下的干将。

"大家都夸我，说我到恒大工作后比以前漂亮了！"原来龙丽是大方派到恒大工作的当地干部，之前她是鼎新乡中学的一名老师。

恒大培训部的几位老师笑言："想听这里的故事？那得拿箩筐装。"他们送给我一本厚厚的《恒大扶贫动态摘要》，说上面有不少他们的事情。

好吧，留着慢慢看！现在，我想多观察现场——

就业小额贷款？招工现场的这个摊位让我有些不解。

"我们进行了一段时间的培训之后，发现有些百姓想自己搞家庭创业，又苦于没有启动资金，所以许主席当即决定，集团拿出3亿元，建立一个'贫困家庭创业基金'，专门帮助那些有一定创业能力的贫困户。"恒大培训部的工作人员解释道。

恒大人的苦心，真是春风化雨，润物无声，宛如点点繁星，照亮一片心灵的天空。

"你想贷款？准备做什么呢？"我问一个叫徐红红的女学员。

"想搞点服装批发。"徐红红说。

"以前干过吗？"我问。

"服装生意没干过，但在服装厂打过工。"她说。

"听口音你不像是本地人？"

"我是江苏的，老公是大方人。"她说，"七年前在宁波一起打工时认识的，后来嫁给了他。"

"年纪轻轻怎么就成了贫困户？"我不解。

"唉，说来话长啊！"徐红红长叹一声说，"婆婆家没底子，自己又生了三个孩子……"她的眼圈有些红了。

"做服装生意有把握吗？"

"有。我熟悉那边的服装市场，批发到这边，一件衣服能赚二三十块吧！再说，我做过裁缝，修修改改没问题。"

"噢，过去怎么没想过这条路子？"

"没本钱嘛！现在不一样了，恒大给了我们新房子，孩子和老人有了安乐窝，我能安心创业，还能申请到恒大的无息贷款。老公现在在宁波打工，总说太累，我打算让他回来，在这边的恒大公司谋个事，既能照顾孩子，又能伺候老人，我腾出手来跑服装生意……"

"祝福你全家，希望你家今后的日子能跟你的名字一样，红红火火。"

"那是肯定的嘛！"

从徐红红的脸上，已经看不出贫困户惯有的苦涩与茫然了，她整个人充满了盎然的生气，简直是光彩夺目，让人移不开眼。

我走进培训中心的教室，只见几位农民学员正低着头全神贯注地看手机。老师带领我走到他们面前，有人注意到我们，不好意思地亮亮手机的屏幕，说他们正在看凤山乡的周小军出席"2017中国优秀扶贫案例报告会"的现场讲话，这个报告会可是在北京召开的呢！

"周小军也在我们这儿培训过，他现在已经从一个农民转变成农业工人了！不仅种蔬菜，还要开民宿、搞养殖，真正脱贫致富！"老师骄傲地介绍道。

这也引发了我的浓厚兴趣，我请他们把周小军的发言传给我。很快，我听到了这个受益于"星火燎原"的脱贫者的故事——

　　我叫周小军，来自贵州省毕节市大方县凤山乡恒大二村。我的父亲当初给我取这个名字，是希望我像军人一样身强体壮，为国家做点贡献，很遗憾，我今年（2017年，下同）三十八岁，生命的前三十七年，我觉得自己对国家、对社会没做一点贡献。

　　2010年，我的母亲身患宫颈癌，家里面东拼西凑、砸锅卖铁借了12万元钱给母亲医治，可是还是没能留住母亲。2013年，年近八旬的父亲因为年轻时在煤矿做工，吸入大量粉尘，得了煤肺病，诊治又花了不少钱。不幸的是2014年，我驾三轮车出了车祸，腿骨砸断，颈椎断了三节。在我醒来的时候，看到自己残疾的身躯、媳妇和孩子关切却无助的眼神，我的世界瞬间黑暗了。我没有能力再去呵护他们、保护他们、照顾他们，因为我从此失去了劳动能力，甚至还需要人来照顾。以后我的家庭怎么样生活下去？生命的前三十七年，本应该是春光灿烂，但在我的回忆里都是黑暗，感觉像是下着冬雨的寒夜。我感受不到温暖，也没有能力去温暖别人，唯一能看到的一点光亮就是我媳妇和我们三个可爱的孩子。本

　　　　　　　　＊ 时代大决战 ＊

来我想我的人生只能沿着这样的轨迹发展下去，从失望到绝望……

然而在2016年3月11号这一天，这个我毕生难忘的日子，我的人生发生了转折。这天，乡里的领导和村干部告诉我，恒大集团投入30亿元帮扶大方县整县脱贫，在我们凤山乡按照每人25平方米的标准修建新村，房屋全是小洋楼。由于我家是贫困户，符合搬迁的条件，可以向村里提出要房申请……真是天上掉馅饼的大好事！我做梦都不会想到有这样的事！

2016年9月，我家终于搬进恒大二村。进入恒大二村，突然我的脚迈不动了。望着眼前一排排的小洋楼、小花园，还有露天广场，我惊呆了：这就是我和家人今后生活的地方吗？我的妻子和孩子同样不敢相信，我们的家从两间漏雨的破瓦房，变成了带装修、配家电、有厨房和独立卫生间的小洋楼，对于我们这种祖祖辈辈都是农民的家庭来说，这样的生活环境是从来都不敢想象的。

住进恒大给的新房子，仅仅是一连串好事的开始。

恒大人后来又让我进了种植培训班学习，在专家和师傅的扶持培养下，我渐渐掌握了大棚种植技术。现在我每天按时上下班，成为一名农业工人。在我家的村子旁边，就是恒大集团援建的84座蔬菜大棚，全是恒大无偿确权给我们42户贫困家庭的。恒大集团还专门引进了一家专业蔬菜经营公司，由他们带领我们种植瓜果蔬菜。现在我们既不愁怎么种，也不愁怎么销，大伙儿每天只管按时上下班、不断学习新技术就行。

今年，我们种植了一季西红柿，大棚挂果有3500斤以上，按照市场价，我们每个大棚一季销售额就超过了7000元。同时我们还种植花菜、生菜等，大棚一年的利润就超过了10000元。因为有了蔬菜大棚这个产业，我们住在二村的贫困户有了稳定的收入。我隔壁的邻居，两口子每个月在大棚里面务工，每个月工资加起来就超过了4000元，以前我们面朝黄土背朝天，辛辛苦苦耕作，全家一年也赚不下4000元。现在大伙儿积极性高涨，把蔬菜大棚的工作当作家庭最重要的生计，不仅能拿工资，还有年底大棚分红，日子过得红红火火。

我今年三十八岁，前三十七年的苦难生活已经结束，因为共产党的关心，因为国家的好政策，因为恒大集团的帮助，我不再迷茫，不再绝望，我坚信跟着党走，能够摆脱贫困，过上幸福的生活。在凤山乡党委和政府的关心帮助下，我媳妇被安排到凤山小学当宿管阿姨，每个月1200元的工资。学校放假，她还可以到蔬菜大棚里面务工，每天有70块钱的工资。一年下来，她也有一两万的收入。因为我手脚不方便，村委合作社安排我在大棚里面管滴灌，每个月有2100元固定收入，一年算下来，我就有两万多元钱。给母亲看病借的钱，我今年还了一多半，到明年可以全部还清。我今年三十八岁，不再觉得自己是一个对国家、对社会无用的人，虽然我做不出轰轰烈烈的大事，但是我能够自食其力，不给党和国家增加负担，能够帮助村委会一起管理二村。

下一步，我准备把房子收拾一下，腾出两间卧室，办一个小型的民宿，供重庆、四川、广州等地来大方避暑的游客居住。二村旁边正在建一个玫瑰产业园，我也准备买几箱蜂，以后卖玫瑰蜂蜜给游客，这样我的家庭收入还能增加不少。现在对我而言，最重要的是把三个孩子的教育抓起来，让他们成为有文化、懂感恩的人，记得是谁帮助了我家，是谁让他们有书读、有房住、有饭吃、有衣穿。我不准他们只把感恩挂在嘴上，平时一直教育他们必须好好学习，把感恩埋在心里，长大以后做一个对国家、对社会有贡献的人，去帮助其他更需要帮助的人。

今天我有幸来到首都，站在这里发言，我要代表凤山乡的全体贫困户，感谢党和政府，感谢恒大集团。我坚信，在你们的帮助下，在我们的不懈努力下，我们的日子一定会过得红红火火，生活会越来越幸福……

"听听，人家参加培训后是怎么做的！"

"他周小军还手脚不灵便呢，我们咋就不如他呢！"

"回去我也干个名堂出来，说不准能上人民大会堂做个脱贫报告呢！"

"哈哈……美得你哟！"

听过周小军的发言内容，再琢磨身边几位大方百姓的话，一股暖流顿时涌上我的心头。乌蒙群山间的扶贫烽火已经燃起，从恒大就业培训课堂走出的每一个学员，如同一簇簇熊熊燃烧着的火苗，将毕节各处的烽火连成一片，连成富庶和文明的幸福之海……

在这片闪着金光的幸福之海上，我看到一支支贵州务工大军，正源源不断地向自己的家乡输送着汇款……

在这片绿意葱茏的幸福之海上，我看到一位位昔日只知埋头耕作的农民，正骄傲地向全世界运送成群结队、膘肥体壮的安格斯牛与西门塔尔牛……

在这片生机勃勃的幸福之海上，我看到所有告别了贫困的毕节人民，举着通红通红的火把，尽情地跳起彝族特有的"跳脚舞"，把奢香的故乡映得处处桃红柳绿、火树银花……

19. 大棚的秘密

从决定帮扶乌蒙山区的大方县脱贫那一刻起，许家印就异常关注"精准"二字：不能做到精准扶贫，丢掉的不仅仅是几十亿元资金，更是恒大这块牌子，进一步说，还会影响到中国共产党作为执政党的形象，所以，做不到精准扶贫，不能让百姓真正脱贫、持久小康，就没有达到最终的目的。许家印和恒大从一开始就十分清醒地认识到，这场攻坚战既要攻克碉堡与山头，更要地毯式地清除每一个旮旯角落里的顽敌，如此方可称为完胜之战。回首2015年12月，有心人会发现，当初恒大与大方签下的那份30亿元"大单"，协议上用的是"精准扶贫、精准脱贫"八个字，这一定语是恒大帮扶大方的关键思路，也是许家印格外看重的内容。

对症下药，坚持"造血"与"输血"并举，不让一个贫困百姓在小康的道路上掉队，这是恒大打这场脱贫攻坚战的基本作战思想。

《孙子兵法》早有论断：用兵之法，"一曰道，二曰天，三曰地，四曰将，五曰法。……凡此五者，将莫不闻，知之者胜，不知者不胜"。扶贫济困，国之大道，天时、地利、人和，诸事俱备，于是"法"的作用格外突显，扶贫的战略战术成了关键之中的关键，成败在此一举。

撒一地黄金，送如山白面，是一种扶贫，是一种慈善，但黄金撒尽、白面吃光，贫困者依然贫困，这在我们扶贫的征程中有过无数先例。中国的脱贫之路为何如此漫长坎坷？"输血多过造血"是根本原因。所谓"跑死县干部，累死乡干部，闲死贫困户"，说的就是这个问题。一些贫困群众在获得政策强力支持的同时，也滋生了"等靠要"的懒惰思想，如果任由这种思想蔓延，脱贫攻坚将变得更加困难，而脱贫后返贫则会屡见不鲜。

脱贫攻坚关键在扶志、在铺路，要把贫困农民自己主动脱贫的志气"扶"起来，把"内因"激活起来，要铺设农民生存与致富的根本出路。许家印思考的就是这些方面的问题。

乌蒙山区的百姓缺粮吗？似乎不太缺，但那粮又苦了山里人——乌蒙山区根本不产大米，贫困百姓的日常主食是苞谷、土豆，又没有其他蔬菜和肉类搭配，最后吃得人忍无可忍、面黄肌瘦。这两样主食只能维持最基本的生存，却无法让农民们享受到吃的愉悦和健康。而土豆加玉米作为产业，也无法让农民们富裕起来。

那么，当农民们"安居"之后，恒大人如何让他们"乐业"，生活得更富裕、更舒心呢？这对许家印和恒大来说，是一场智慧与力量的考验。

让我们把镜头拉到大方县群山深处的一个村庄——

一位恒大扶贫队员站在一群村民中间，拉开嗓门喊道："乡亲们，今天我们又要开讲啦！大家说说，等你们住上新房子后，想做点什么事？"

有啥子事做嘛！啃着苞谷、数着土豆生娃儿呗！

哈哈哈……就是，这儿一没地、二缺水，养条牛娃叫狗牛，没路子呀！

对呀，所以今天我要跟大家讲讲如何种植大棚蔬菜。咱们农民最大的本事，除了种粮，就是种菜。过去我们种菜只给自己吃，给全家吃，而这大棚种的菜，不仅给自己吃，更多的是要卖给城里人，靠它赚钱回来，改善咱们农民生活……

小李专员（恒大扶贫队员每人都挂着写有"恒大扶贫专员"字样的胸牌，所以大方百姓都叫他们"某某专员"，这个称呼在如今的乌蒙山区家喻户晓），我们这儿种的菜不好吃，城里人愿意买吗？卖得起价钱吗？

众村民七嘴八舌一顿质疑：是呀，能卖钱吗？

能，一定能！

年轻的扶贫队员打开电脑，展示彩图：你们瞧，这就是大棚蔬菜……冬天可以种黄瓜，春天可以种西红柿、西瓜。

过去我们冬天吃不到的绿叶菜、黄瓜，现在三九天也能在大棚里长得蓬蓬勃勃！

众乡亲瞪大了眼睛：这么神啊？！

是啊，所以城里人会买，我们能用它赚钱。

这大棚菜我们不会种呀！

这就是今天给大家开课的内容……

扶贫队员打开课件，开始详细讲解大棚蔬菜的栽培技术、施肥方法等。

等一下，小李专员，我们以后搬到新房子住，原来的地就没有了，在哪儿种大棚菜呀？

不会没地种菜的，政府会帮你们统一流转新居周边的土地，再由我们恒大帮你们建立互助合作社，我们出资集中援建大棚，每家每户能分两个大棚……

盖一个大棚需要多少钱？

20000 元左右吧。

哎呀，那得四万块钱呢！我们哪有钱嘛！

扶贫队员再度提高嗓门：大家听好了，蔬菜大棚是恒大建好后无偿送给大家的，蔬菜种苗的钱由基地的合作社先帮你们垫付。啥意思呢？就是你们不用花钱，等蔬菜长出来后，也不用担心能不能卖出去，能不能卖个好价钱，我们引进上下游龙头企业统一指导生产，统一收购，保证不让大家感到吃力！

有这么好的事啊？那快给我报名吧，我要种大棚蔬菜！

我也报名！

有人扒开人群，跑到扶贫队员面前问，我这人笨，学啥都不会，这大棚菜更不会种了，咋办？

扶贫队员耐心地说，放心，我们包教包会！

哈哈哈，他是石臼脑壳，得手把手教才行！

放心吧，我们恒大给大家请了一位老师傅，叫"地利"，他们是国内种蔬菜、卖蔬菜这行的老大，你们跟着他们学习，用不了多长时间就入门了！

过去我们只能靠天吃饭，如果收成不好，一年就白干了，种大棚菜不至于这样吧？

放心，传统务农和大棚种植的方式截然不同，收入也相差很多，再说，还有我们恒大托底，您怕啥！

透过蜂拥的人群望去，几位迟到的村民从远处飞奔过来，气喘吁吁地问道，喂喂，小李专员，我们没听到讲课，啥时你再开课呀？

明天，还在这儿开讲！

这是 2016 年大方县扶贫战场上的一幕。以此为开端，一场新型的"农民讲习所"迅速在全市范围内推广，遍地开花，如今更成为当地全面建设小康生活的重要阵地，或宣讲十九大精神，或传授农业知识，或提倡乡村文明素质……它获得社会各界的高度关注，且产生了巨大影响力。

在党的十九大期间，新华社和中央电视台都报道了习近平总书记参加贵州省代表团讨论时的一个场景——

毕节市委书记、十九大代表周建琨念了一段流传在乌蒙山区的歌谣："脱贫攻坚讲习所，干部群众你和我，就像当年见红军，看见干部不再躲，宣传政策讲道理，房前屋后种水果，党给我们拔穷根，日子越过越红火……"并且介绍了毕节地区如何通过讲习所讲清政策、思路和办法，把群众发动起来，习近平总书记立即肯定道："你讲得很好。新时代的农民讲习所，赋予它新的内涵，这是创新。"

如今风靡全国的毕节"新时代农民讲习所"，其就源于恒大的扶贫实践。对此姚东说："我们刚开始帮扶农民时，老乡不了解情况，需要跟他们多做沟通和交流，所以我们要求扶贫队员下乡到各村寨，宣讲政策、普及科技知识。后来这成为一种很受农民欢迎的形式，尤其是在推进产业扶贫进程中，这个讲习形式起的作用更大、更直接，很快被推广到当地各个乡村，现在甚至进了工厂、企业、街道和部队，我们感到十分欣慰。"

时至今日，种植大棚蔬菜的秘诀已经通过扶贫队员们的一堂堂课、一次次亲手示范，慢慢在毕节大地上传开，为农民们所掌握——

原来，塑料棚里的冬天是暖融融的啊！瞧，原本夏天才能吃上的黄瓜，这会儿已经挂满了藤！先尝一根……嘿，这么嫩啊！

瞧，还给它配温度计哩！有个"感冒发烧"就能及时治，比人上医院还方便呢！

瞧，大棚里的水是循环的，一滴也不浪费，啥时它渴了就啥时喂……

快看，原来施肥可以不动土，真是头回见！

……

大棚里的秘密有一百个，每一个都令大山里的村民感到新鲜和好奇，让他们激动和兴奋，久久在大棚里流连、钻研，甚至忘了回家的时间。

他们过去不知道，没有土壤也能长出鲜嫩的瓜果。

他们过去不知道，大棚里可以采用绿色防控，就是以虫治虫、以菌治菌，采用雄蜂授粉，基本上不使用农药。

他们过去不知道，在大棚里装上植物生长灯，可以有效地缩短蔬菜的生长周期，提高产量……

由开始的茫然，到后来的感兴趣，再到扯他走都扯不动的痴迷，村民们把全部身心都投入了大棚，这儿成为他们的第二个家。大棚里，有永恒不变的春天，有四季常绿常鲜的蔬果和露珠，有泥土的芬芳和鲜花的娇艳，还有不用担心天气和节令的丰收……大棚，凝聚了他们长久以来散漫的心神，激起了他们对富裕生活的向往。

如今在大方，每个恒大幸福新村的附近都有成片的银色大棚，熠熠生辉，它们被易地搬迁的贫困百姓亲切地叫作"小银行"，在绿水青山间与恒大幸福新村彼此呼应，成为当地最为欣欣向荣的景致。

"现在毕节到处都有大棚，而且基本是统一的标准形态，造价也从过去的 20000 元左右降至 17000 元左右。这个过程，其实我们是分了三个阶段，在实践中一点一点地试验、摸索，最后形成现在的规模。"姚东的解说充满哲理，"许家印主席是从农村出来的，知道让农民们接受任何一种新鲜事物，都要循序渐进，有一个眼见为实的过程。所以我们制定的推广计划分三步走：第一步，试验阶段，从 2015 年 12 月 1 日到 2016 年 6 月 30 日；第二步，示范阶段，从 2016 年 7 月 1 日到 8 月 31 日；第三步，推广阶段，从 2016 年 9 月 1 日开始。后来我们就是按照这个计划走的。这三个阶段中，第一个试验阶段是可能失败并允许失败的，因为我们要进行摸索，需要适应乌蒙山区自然、人文、社会和市场等方面的环境。尤其是贫困农民在接受新鲜事物的过程中往往会有反复和观望，这个阶段其实就是扶贫能不能精准的准备阶段。所谓精准，既有产业定位对不对的问题，也有产业实施过程中服不服水土的问题，更有农民心理上是否真正接受的问题，这都是我们在扶贫实践中会遇到的课题，需要重点思考、研究与解决。我们要的精准不可能天生存在，具体到中国的扶贫工作来说，每个地区、每户百姓的情况各不相同，如何做到精准，就需要不断摸索与探寻，这个过程，一定会有挫折、有失败，而失败本身是接近精准目标的重要过程，是经验的积累，接受失败，才能迎来最后的成功。"

在执行扶贫工作中自上而下制订的"精准"二字上，姚东和恒大扶贫队员丝毫不懈怠、不马虎，于是也几乎没有走弯路。"其实也没有多少时间允许我们走弯路，"姚东说，"2016 年 6 月底，大家看到第一批大棚里结出的西红柿，那份激动和兴奋简直无以言表！一方面，它是我们大棚的第一批成功果实，这是非常关键的，它从科学技术的角度给出了一个结论：我们为乌蒙山区选择的大棚蔬菜产业方向是可行的。另一方面，它让当地百姓真真切切看到了希望，看到了与传统种植完全不同的新型生产方式。其实，在 5 月份时有些大棚就结出了西红柿，要知道，5 月份的贵州山区有时温度还相当低，在那么冷的天气里，我们种出了鲜嫩的西红柿，口感又那么好，有些老百姓边吃边高兴得流泪，说自己从来没有吃过这么好吃的西红柿！之前专家告诉过我，西红柿是比较难种的一种蔬菜，只要西红柿丰收了，种其他蔬菜我们心里就有底了！"

第一批西红柿个头硕大，像一盏盏红艳艳的小灯笼，乡亲们爱不释手地传看着，津津有味地品尝着，那甘甜的滋味浸透了他们的唇舌，沁进了他们心底，最后变成了一首优美抒情的歌——

春天的大棚菜，茂密的杨树林，

枝叶新绿，围护着四月宁静的村庄。

厚实的沙土地，阳光跳跃，

围护着白色的塑料大棚。

春天的风，夏天的风，

秋天的风，冬天的风，

一律含情脉脉，变得细腻温顺，

围护着这一幅幅田园风景画，

点染出心中同样的激情。

一垄一垄精心培育的秧苗，

朦胧着阳光细雨，

让遥远的童年发出回声。

和阳光一样急切敲着窗子的，

还有这些采摘欢乐的笑声……

那从大棚里传出的朗朗吟诗声，听起来轻松又惬意。我问那年轻的守棚人以前在家做什么营生，他说几年前出去打过工，后来家里老人病了，又有孩子，就回家种地。

"种大棚蔬菜跟以前种地有啥不一样？"我问。

"以前只能吃玉米、土豆，现在有白米饭吃。过去唱山歌只能唱'开荒开到山边边，种地种到山尖尖，起早贪黑都不说，种一坡来收一箩'，现在可以有闲情逸致写诗。每次看到这一年四季春意盎然、生机勃勃的大棚，我的脑海中就浮现出一派丰收的景象，不由得诗兴大发……"看来这是个文艺青年呢，话说得生动形象，又能诱人浮想联翩。

"来点具体的，比如你的收入增加了多少。"我说。

他笑了，收敛起诗人的不羁，换上一副农民的精明相，扳着手指给我算账："我现在给蔬菜基地值班，一天70块，一个月的基本收入是1500多元，如果算上两个大棚的分红，一年2万多元还是有的。妻子经乡干部介绍在恒大援建的学校做宿管员，一个月也有1500元工资，这样所有收入算下来一年四五万块还是有的。我全家五口人，靠大棚这一块就可以过安稳日子了。"

我知道，像他这样的贫困家庭还有一个"小银行"——养牛。

恒大把为贫困百姓建蔬菜大棚作为产业扶贫的重要一环，他们在这上面的宏观举措，是建立具有创新意义的产业机制：帮助农民们建起合作社，引进上下游龙头企业，再通过市场需求指导生产，从而把产业化的大棚蔬菜种植各个环节有机衔接，形成"龙头企业＋合作社＋贫困户＋基地"的帮扶模式，再通过"供、产、销"一体化的经营手段，彻底解决了农户"种什么、种多少、怎么种、卖给谁"的根本性问题，从而有效建立起持久、可内生发展、互利共赢的合作机制，确保贫困户持续增收、稳定脱贫。

恒大最出人意料的，是"抓大"而不"放小"，群策群力照顾到这一产业链方方面面的细节。这天清早，恒大扶贫队员和几个大方县的宣传干部，带领我和一批前来采访的记者到了东关乡的恒大产业扶贫育苗中心。亲爱的记者朋友下笔如飞，记录下一幕生动的场景——

出门时天还没亮，雷江竖起领子，快步走到离家最近的奢香大道公车站。

乘公交车上班，这是雷江以前想也不敢想的事情，搬到奢香古镇前，他在距离大方县城几十公里的核桃乡石艳村生活了四十多年，因为交通不便又没有闲钱，连县城都没去过几次。

可现在，他是县城的主人，有100平方米的住处，有一份稳定的工作。

4路车缓缓进站，雷江找了个临窗的座位坐稳，嘴角一直捎着笑。

到东关育苗中心有四个站，7点30分，雷江走进3号玻璃温室。

"我在这里上班哩，巴不得来早一点！"他很熟练地收拢遮光板，打开温室补光灯，然后弯腰贴近播种盘里绿油油的小白菜苗，一排一排仔细地看……

东关育苗中心是恒大在大方开展产业扶贫所建起的育苗基地之一。这个占地总面积3.46万平方米的种苗基地，7000万投资均由恒大投入，2016年8月27日动工，2017年4月30日交付使用，到我去采访时，据说已经为当地大棚菜农提供1000多万株优质种苗。目前恒大在大方县共援建了22处这样的大型育苗中心，皆为自动化调控，设施非常先进，阳光雨露信手拈来，苗宝宝们在此茁壮成长，调控着全县蔬菜大棚的收种节拍。

雷江于2017年8月进入东关育苗中心工作，此前，除了种地，他也四处打短工贴补家用。照他的话说，没有进入恒大精准扶贫名单之前，他和家人的日子"苦得不敢想"。说起住了几十年的老房，四十五岁的雷江一肚子苦水："我家有四个孩子，六口人住二十多平方米的房子，哪有什么厨房、客厅和卧室，吃住都在这一间，娃娃们写作业都没个桌子。"

雷江想改变，但他最小的孩子只有两岁，老婆又体弱多病，动过几次手术，干不了重活儿。"想到外边打工，家里脱不了身。想自己做点事，没文化没技术，什么都做不成。"他平摊双手，"听人说养鸡能致富，我买过几十个仔鸡，但一场病全部死光了，欠下的债背了好几年。又养过猪，这次是想等母猪下崽贩卖，可惜还是没搞成，又多了几千块外债。"勒着裤腰带从牙缝里省钱还债的日子里，雷江心灰意冷。"那时候就死了心，觉得我没能力改变什么，只能出去卖苦力，让大娃有钱读书。"

雷江不挑活儿，工地上搬砖筛沙子，一天给50块、100块都干，但他的勤劳并未改变家庭经济状况，一分钱掰成两半花是家庭开支的常态。"几亩地里都种苞谷，大部分自己吃，卖一点换回钱，只够给大娃交学费。小娃生下来就没吃过奶粉，孩子妈身体又不好，奶水少，母子两个都瘦瘦黄黄的，我看着心疼，又没办法。"

看不到头的苦日子在2016年夏天有了转机。雷江做梦也想不到，几个恒大扶贫队员会走进石艳村，走进他家里，给他和同样挣扎在贫困线上的18万大方农民的生活带来翻天覆地的变化。进县城？住新房？还有一份稳定工作？雷江脑子里的问号在2017年6月全部变成感叹号，是真的！他和家人搬离了晴天不见光、雨天四处漏的老房，顺顺当当拿到奢香古镇的新房钥匙，成了100平方米新居的主人。更让他惊喜的是，8月，经过恒大吸纳就业招聘，他正式成为育苗中心员工，每月有2100元工资。

"这个工作重要着呢，全县10000多个蔬菜大棚等着下种，苗苗都要从我们这里出。"雷江十分自豪地说。中心领导经常提到"市场经济"，技术员也把"科学种植""最大效益"等他从没听说过的词挂在嘴边，他每次都很认真地听，回到家还会请教读高三的儿子，一点一点弄清楚这些词的含义。"育苗中心的种苗是经过精挑细选的。种什么，是经过市场调研的。种出来怎么卖，也有一整套的方案。"他说出自己的理解，"育苗中心就是一个'指挥中心'，指挥县里所有蔬菜大棚的种植，收获以后还包卖出去，总之就是让贫困户能赚到钱。"

这个贫困户的蜕变，在记者的笔下完整地展现出来。

对于育苗中心在大方县大棚蔬菜产业中的功能，恒大扶贫办驻育苗中心的专员朱体明解释得更加清晰，他说，这些青翠的嫩苗看似很平常，实际上背后隐藏着一整套科学的产业扶贫体系，"我们要解决的，是以前散种贫困户育苗'价格高、周期长、成活低、规模效益不高'的问题"。据朱体明介绍，恒大援建大方的蔬菜育苗中心，都配有国际领先水平的硬件设施和农业技术人员，依据不同蔬菜品类的育苗周期，最短一个月左右便可以完成一次

600万到800万株的幼苗培育。此外，育苗中心还拥有精研蔬菜供给市场的工作人员，他们触觉灵敏，对蔬菜品类的价格走向预判精准。

"通过大棚蔬菜脱贫见效快，带动能力强。对本来就以农耕为生的贫困户而言，种菜是他们最易于掌握的技能，只要选对种苗，学会不同蔬菜的种植技巧，市场前景就特别好。"朱体明对自己分管的这块工作越来越信心满满。

地利集团驻东关育苗中心的负责人张宏丽女士也接受了我们的采访。这家由恒大引进的龙头企业负责运营东关育苗中心，不定时派出农技人员走访种植贫困户，指导他们的种植生产，并以市场价格回收贫困户的瓜果蔬菜。

"我是北方人。"个头高挑的张宏丽一开口，就显出东北人的豪爽。她说，自己刚到这儿时，只知道要参与恒大的扶贫项目，却不知道到底要做什么，"初来乍到，听领导说'我参与，我骄傲，我自豪'，私底下直犯嘀咕：我是参与了，可怎么没觉出骄傲和自豪？后来看着这里的一粒粒种子慢慢破土、长大，又被输送到各个地方的大棚里，长成后再送回来，我的心变得越来越柔软。现在每天上班时摸摸这些小苗，好像能听到它们努力向上时娇嗲嗲的声音，感动死人了！"

开口就是笑语的张宏丽骄傲地介绍说，地利集团在全国有18个分级市场，都是超大规模的。集团今后的目标，是将东关育苗中心作为全国样本，在所有市场复制推广。"你要问我眼下最深的感受，那就是，现在的我真真切切感受到了同恒大人并肩扶贫的骄傲和自豪！我在大棚蔬菜整个产业链的末端，百姓的满足感在我这儿看得最清楚。我看到恒大手把手地教给贫困户生产技能，又教会了他们经营技能，让他们真正直起了脱贫的腰杆！"

"真脱贫还是假脱贫，这些大棚能告诉你……"没想到，"女汉子"外形的张宏丽面对一片银光闪闪的育苗大棚，抬手一挥，来了句很抒情的话。

"分红了！快去领钱呀！"

这是 2017 年年末的一天，大方三元乡"恒大幸福五村"小广场上热闹非凡，村民们纷纷拥到蔬菜大棚年终分红的现场。

"杨绪利，2600 元。"

"周光德，2400 元。"

"蒋忠大，2800 元。"

……

"我呢？我多少？"有人等不及了，问道。

"你，何忠举——正好 3000 元！"

"哈哈……我也有 3000 元呢！太开心了！"那个叫何忠举的村民只知道咧着嘴乐，有人就催他："快过来签字按手印，把钱领走！"

"好嘞！"

这一天，三元乡第一批 150 多个村民都拿到了蔬菜大棚的分红，那场面、那心情，用何忠举的话说，是"又过年了"！

"就是嘛！"何忠举说，"有了大棚后，我们从农民变成了股东，坐在田头都有钱。还能到合作社务工，每天都有一份现钱。以前种苞谷，一亩算它收成 800 斤，全部卖掉也才值 600 多块，扣除成本，剩不下几个子儿。如今有了大棚，啥都不用愁了！"

他的话没有错。三元乡的蔬菜大棚发展模式走的是自己的道路：恒大建好大棚后，各村党支部协助贫困户联合成立农民专业种植合作社，再按照"党支部＋商会＋合作社基地"的运营模式，发动乡上、村里的个体经商户和那些致富带头人牵头组成商会，由他们负责把大棚蔬菜销售出去，再按约定的利润分成与种植户们结算，所有环节均由乡党委全程监管。用乡党委书记彭筌的话说，三元乡的大棚蔬菜种植与经营模式，使得所有收入"滴水不漏地都到了百姓口袋里"！

而这，正是恒大人扶贫的最终目的：引导贫困户们自立自强，直到他们齐声高唱"从来就没有什么救世主，也不靠神仙皇帝，要创造人类的幸福全靠我们自己"！

20. 牵住牛鼻子

在一次又一次前往大方采访调研的日子里，我总会被那里日新月异的惊人变化所触动，进而感动。其中，最令我喜爱和感慨的，是那些西门塔尔牛与安格斯牛，它们都有着一双双大而明亮的眼睛，眼神憨厚而纯净，而那默然伫立的身躯，又显示出一种高傲的贵族气质。它们被恒大从内蒙古、吉林牧区和澳大利亚引进到土地贫瘠的乌蒙山区，在这里安家落户；它们带着重要的使命而来，要让这些深居大山的贫困农民脱贫致富……

大方百姓以前不认识这两种牛，连它们的名字都记不住。大方本地也有牛，是那种既不被农民喜爱，也不受市场青睐的"狗牛"，当地百姓自嘲说："远看像条狗，近看才知牛。"

"百里西风禾黍香，鸣泉落窦谷登场。老牛粗了耕耘债，啮草坡头卧斜阳。"中国是个农耕社会，几千年来，我们的祖先一代又一代吟唱着这样的歌谣，牵着老牛，走在夕阳西下的田埂上，其景致如诗如画。然而如今这样的风景已经基本消失，牛很少为农夫耕地所用，不仅在中国，全世界都如是。

社会进入工业文明时代，再步入现代文明，人们不再让牛耕地劳作，而是像对待娇小姐、贵公子那样，把它们养得肥肥胖胖、细细嫩嫩，专门挤它们的奶、吃它们的肉，于是人变得身高体壮、筋骨强健。

随着社会经济和个人物质条件的进步，中国人也逐渐习惯了喝牛奶、吃牛肉，这就让当今社会的"牛爷"有了新的用途。

大方县凤山乡杉坪村有个恒大集团援建的"第一扶贫牛超市"，院墙的牌子上写着一段《牛赞》：

> 牛，是忠心的。它总是紧紧地跟在主人的身后，时而低头吃几口草，默默地为主人耕种着。
>
> 牛，是守信的。它不忘自己的使命，全神贯注地工作，为迎接丰收而奋斗。
>
> 牛，是无所苛求的。它不需要那令某些人向往已久的荣华富贵，只要求主人每天给它一些杂草，给它一个安身之处。
>
> 牛，是毕生的。它在生命的最后一刻依旧注视着那还未耕完的麦田，然后带着遗憾永远地闭上了那双明亮又清澈的眼睛……

有人告诉我，这是恒大扶贫队员写的。我认为，这几句话虽不是很经典，但多少写出了牛的本质。其实人类是有愧于牛的，牛奉献的真的是"全部"和"毕生"。既然"狗牛"无助于当地农夫，恒大人便引进洋品种为乌蒙山民服务，他们精心挑选了两个品种，一为西门塔尔牛，一为安格斯牛。

"产业扶贫是帮助山区贫困百姓脱贫的关键，以什么样的产业来实现贫困山区百姓的真正脱贫，这是篇大文章。所谓文章，可能天下人都在作，但一般人作的文章体现不了自己的理想和境界，所以多数有作家梦的人，最后未必能成作家，只有少数文章作得好的人才成了作家，成了大文豪。"没想到，在大方这个"牛超市"里，恒大的扶贫队员竟然用我的老本行打比方，阐述他们为当地百姓开辟的养牛致富之道，着实令人深感意外。

"为何选择西门塔尔和安格斯这两种牛呢？"我对牛的种类一无所知，所以十分好奇。

恒大的扶贫队员好厉害，不到两年时间，他们几乎都成了半个农牧业专家。"牛超市"里有位恒大扶贫队员，是个叫李东顺的小伙子，给我恶补了一课牛的学问："西门塔尔牛是世界上最著名的肉奶牛，原产于瑞士西部的阿尔卑斯山区，主要产地为西门塔尔平原和萨能平原，因此得名。此牛在法、德、奥等国边境地区也有分布，现已引进到很多国家，成为世界上分布最广、数量最多的乳、肉、役兼用品种。"

"我国引进这牛是在什么时候？"

"20世纪初就开始了，但真正有计划地引进，应该是在新中国成立后的20世纪50年代。"随便一个扶贫队员就能滔滔不绝地回答我的问题，这本身就体现了恒大扶贫工作中的精准精神。

李东顺说，在有计划地引进西门塔尔牛之后，经过四十多年的繁育和研究，中国的畜牧专家发现西门塔尔牛可以在较大范围内为我所用。最早在山东和内蒙古地区引进，都成功了，现在看来，西北、四川盆地边缘地区以及云贵高原也可繁殖……

"它们吃啥？"

"青贮玉米。"

"这里不正好满山遍野都是苞谷地嘛！"

"对呀，所以我们许主席和姚总决定引进西门塔尔牛！"李东顺说，"这里的农民种苞谷，原本每亩收入到不了千元。现在我们收购他们的青贮玉米，他们每亩收入接近两千元，所以非常高兴。"

"有这么好的事啊？不用费太多劳力，收入高出近一倍，这个账当然让农民高兴。你们恒大人就是精明，会算账，不过，这回你们算的是帮助百姓脱贫致富的账。"

"是，我们许主席就是这么要求的，扶贫一定要扶到百姓的心坎上。"小伙子一边说，一边带我到饲养厅内的牛栅参观。

那真是一次赏心悦目的行程！

数百头西门塔尔牛整整齐齐地排列成行，像等待检阅的年轻女兵，看上去个个精神抖擞，饲养员说它们刚用过早餐。

当我们走近时，它们都伸长了脖子，瞪圆了一双双又大又清澈的眼睛，随着我们的身影转动，简直是顾盼多情，让人油然而生一种怜爱……西门塔尔牛确实有种高贵之气，且看它们的颜值：个儿高挺拔，毛色呈黄白花或淡红白花，头、胸、腹下、四肢及尾帚多为光亮的银色；头长，面宽，棱角分明；体躯长，圆筒状的形体比一般的中国牛身长，格外有气质；肌肉丰满圆润，胸深肢坚，发育良好的乳房充分显现了纯种肉奶牛的"贵妇"特征，很有股征服天下之王者气概。

在到大方之前，我没听说过"牛超市"这个词，这应该是恒大扶贫的一个创举。所谓"牛超市"，就是恒大引进西门塔尔牛和安格斯牛后，放置在统一的牛场进行专业管理，当地乡镇负责定期报来农户的养牛意向申请，再由李东顺他们审核，审核成功后，"牛超市"就确定一个日子，通知农户来现场选牛。恒大援建的"扶贫牛超市"在大方有好几个，凤山乡杉坪村是"第一扶贫牛超市"。进了"牛超市"后，一块牌子上醒目地写着相关介绍：

项目地址：凤山乡杉坪村。

项目规模：500头。

项目功能：

1. 恒大统一引进西门塔尔优质基础母牛，以每头 10000 元（低于市场价 3000 元）的价格，由贫困户全额贷款购买。

2. 三年内恒大全额担保、全额贴息，政府全额保险，贫困户每贷款购买 1 头优质基础母牛，县政府补贴 1000 元草料费用。

3. 贫困户所购优质基础母牛每繁殖成活 1 头牛犊（按 3 月龄统一核定），恒大再奖励贫困户 1000 元。

4. 贫困户在超市实现选牛、贷款、上保险、签订合同等一站式办结。

运营模式：恒大集团援建，大方县政府运营管理。

项目规划：三年内引进 30000 头优质基础母牛，供大方县有养牛意愿的贫困户选购。

何谓基础母牛？我有些地方不懂，于是请教小伙子李东顺。

"简单地说，基础母牛就是能生育小牛的母牛。饲养牛犊的收入较高，这就是为什么引进的多是基础母牛。引进第一批基础母牛后，经过数年时间，可以实现三代繁殖的本地化西门塔尔牛种，这是对养殖远景的重要部署，也是恒大扶贫的一个重要措施：通过'牵住牛鼻子'，让贫困户脱贫致富。"李东顺说。

"不太懂，你再往深说说……"这是个有趣的问题，我想探究清楚。

小伙子微笑着说，恒大产业扶贫部对如何帮助百姓"牵住牛鼻子"有着精细精准的规划。比如第一步，是帮助贫困户引进母牛，买牛、养牛全部由恒大和地方政府通过贷款、贴息、保险等方式提供资金，这样确保贫困户养得起牛。第二步，是鼓励繁殖小牛犊，承诺每成活一头牛犊再由恒大奖励

1000 元，以调动贫困户养牛的积极性，这是因为一开始引进的母牛主要是为了生牛犊，有了可以持续繁殖的总量后，才可能专门饲养源源不断供应市场的肉牛。这对贫困户来说又是一个"小银行"，十分合算。由于前期的成本和后期的风险全由恒大和地方政府给包了，养牛户基本上是"牵着牛鼻子奔小康"的状态，十分稳定。第三步，也就是最后要实现的远期目标了：等基础母牛完成了三代繁殖，本地化的西门塔尔牛种成熟，就不用花费每头10000 元的引进成本了，可以根据市场对肉牛的需求量，大批量地养殖。

西门塔尔牛成年公牛体重一般为 800 至 1200 千克，母牛 650 至 800 千克。它的乳、肉品质都较好，年平均产奶量为 4070 千克，乳脂率 3.9%。而且生长速度快，日均增重可达 1.35 至 1.45 千克以上。"也就是说，农民养一头西门塔尔牛，经过一年半左右的时间就可以出栏，在市场上能够卖到8000 至 10000 元的价格。"

"每户贫困百姓能买几头牛？"

"一至三头。"

"除去成本，两头牛一年大概能够收入多少？"

"应该不少于 10000 元。"

"谁来保证这个销售市场和价格？"

"也是我们的合作单位。牛这一块的上下游产业合作单位有中禾恒瑞集团、贵州关岭欣园肉牛加工厂、内蒙古锡林郭勒盟额里图畜牧业公司……"小伙子报了一串国内著名的企业。与养牛者一样，我一听到这些单位的名字，就有了种放心感。

这家"第一扶贫牛超市"置身群山之间，位于一块非常开阔的新整平地上。"这里原来是山丘，定址后，我们把几个小山头推平了，现在面积有二三百亩。""牛超市"的"店长"负责管理牛入栏后的全部后续事宜，也就是说，分配、养殖、销售等都由他们来处理。"为了确保每一头西门塔尔牛的品质，恒大制订了严格的采购标准。而自然环境对牛的养殖也很重要，虽然西门塔尔牛的适应性非常强，但它就像人一样，有个好的生活环境，心境、体质肯定都更好，寿命也更长。尤其涉及肉质和繁殖的方面，好的饲料、好的生长条件一定产生好的影响，恒大把方方面面都考虑到了。所以我觉得，恒大帮扶大方的精细精准体现在了每个环节上，这一点我们合作单位印象都很深刻。"中禾恒瑞的"店长"说。

听过"牛超市"里工作人员的介绍，我不由得对这些眼睛清澈明亮的西门塔尔"洋妞"们产生敬意：它们不仅承担着改良乌蒙山区土生牛种的历史使命，还承载着几万贫困农民致富的梦想和希望，任重而道远啊！

于是我提议，把庞大的"牛超市"的三个饲养厅都走一圈，向那些在栅栏后整齐列队的远方客人们表达一份人类的敬意。我知道，这几百位年轻漂亮的母亲在它们新的家乡还有很多方面要适应，而它们继承了优良基因的后代将永远留在这里，一直到贫困的乌蒙山区变得像上海、北京、深圳，甚至像它们祖先居住的遥远的阿尔卑斯山一样秀美，像西门塔尔平原一样富饶……

怎能忘记旧日朋友，

心中能不怀想？

旧日朋友岂能相忘，

友谊地久天长。

……

我们曾经终日游荡在故乡的青山上，

我们也曾历尽苦辛到处奔波流浪，

友谊万岁，朋友，友谊万岁！

举杯痛饮，

同声歌颂友谊地久天长。

我们也曾终日逍遥荡桨在绿波上，

但如今却劳燕分飞，

远隔大海重洋。

友谊万岁！万岁朋友！

举杯痛饮同声歌颂友谊地久天长

……

你一定听过或者知道这首歌曲，它的名字叫《友谊地久天长》，改编自电影《魂断蓝桥》的主题曲。

但你也许不知道，《友谊地久天长》原是古老的苏格兰民歌，你也不会想到，远隔万里的英国苏格兰和中国贵州，会通过一群优质的纯种牛有了联系，真正实现了"友谊地久天长"！

在恒大引进的牛中，除了西门塔尔牛，还有一种安格斯牛。这群牛的来历可不寻常，它们带着苏格兰的血脉和风情，辗转英吉利海峡，又途经澳大利亚，最后来到中国贵州的乌蒙山区。它们与西门塔尔牛一样，是具有欧洲血统的"贵族小姐"，甚至比生长在阿尔卑斯山区的西门塔尔牛更有"皇室范儿"。

我们来稍稍了解一下安格斯牛故乡的历史——

苏格兰有着跟中国一样古老的文明史。早在公元前一万年，苏格兰就有人类居住，第一批居民从爱尔兰或者现在的北海（当时还不是海）等地而来。当时的苏格兰被浓密的森林覆盖，又有很多湖泊河流，所以居民只能在沿海一带定居，并以打猎为生。到新石器时代，苏格兰人开始向森林发起长期而持久的进攻，并最终将人类的足迹一点一点地延伸到了苏格兰内陆。

有了土地和更大的生存空间，苏格兰史前居民的生活开始转型，从单一的狩猎变成了半游牧式，农业逐渐变得重要，牛便成为广阔草原和山地中的人类同伴，与人同生共存，并对人类的发展产生了巨大影响。在漫长的历史岁月里，苏格兰与英格兰经过无数次战争后，归入了大英帝国的版图，而安格斯则是现在苏格兰的32个一级行政区之一，以此得名的安格斯牛深受当地人喜爱。它与西门塔尔牛美女般的长相完全不同，纯黑、无角，与英国最古老的卷毛加罗韦牛有很深的亲缘关系。安格斯牛之所以成为世界四大著名肉牛之一，就是因为它的肉质好、出肉率高，在高档的西餐厅里，一块二两的安格斯牛排，甚至可以卖到300元！

现在知道恒大为什么要为大方的贫困百姓引进如此高端的名种了吧！一句话：赚钱要挑最优产品，致富须走最佳途径！

许家印把恒大的成功经营之道用于扶贫工作，在运作层面可谓轻车熟路。所谓精准扶贫，最关键和最核心的问题，就是如何处理好阶段性脱贫与永久脱贫之间的关系。而这一看似简单，实则极其复杂的关系，多少年来，一些地区和单位就没有解决好，造成扶贫"越扶越贫"、脱贫"越脱越脱不掉"的尴尬局面。

"我们从一开始就高度重视这一问题，并且始终把产业扶贫当作整个精准扶贫、精准脱贫的'牛鼻子'来抓。"许家印多次向媒体和社会各界这样说过。其实，细心的人稍稍注意一下恒大的发展轨迹，就会发现，许家印一向会抓、敢抓、能抓，也抓得住"牛鼻子"。何谓抓住"牛鼻子"？简单而论，就是面对错综复杂的状况能提纲挈领，这"纲"就是"牛鼻子"。一般来说，人与牛较量，根本不可能战胜，但为何牛最后还要听人的号令呢？就是因为人比牛聪明，在牛最脆弱的鼻子上穿了一根绳，一旦需要它为自己服务，就牵住绳子不放，牛只能俯首帖耳了。

在决定结对帮扶大方县脱贫后，许家印和恒大人从最初的策划，到制订计划，再到具体行动，每一步都走得周密细致、一丝不差。而这次的"牵住牛鼻子"更是做得妙不可言，容我粗略总结一下，可说有"四绝"。

一绝：一步到位，省心开心。

如前所述，恒大考虑到贫困农民在饲养肉牛尤其是优质进口肉牛上存在资金方面的困难，也会担心市场风险，难免缚手缚脚不敢施展，于是干脆在资金上来了个托底。等于说，你想抱个"金娃娃"，我就从怀孕、生产、抚养甚至到成家立业，一起给你包办了！贫困百姓省心又开心，稳赚不赔。

二绝：实力雄厚，说干就干。

养牛既然能赚钱、赚得多，为何放眼全国，唯独恒大能在大方一张口就引进几万头名牛、洋牛，而且资金全包？这得有实力啊！从国外市场上买回一头安格斯牛需要1.6万—1.9万元，1万头，就是近两亿元，10万头保守估计也要16亿元，再加贴息、奖励及修建饲养配套设施，没有实力怎可负担得起如此"金牛"！恒大实力雄厚，几十亿元的真金白银可在一日之内直送千里之外的贵州，其势如潮，滚滚而来。

三绝：纲举目张，盘活全局。

恒大在制订这一帮扶方案时，牛饲料的来源成为重要的决定因素。乌蒙山区的贫困百姓以苞谷为主要食物，而青贮玉米恰好是西门塔尔牛和安格斯牛喜欢吃的草料。恒大人为农民算了一笔账：传统的种苞谷、吃苞谷，一亩地收入不足1000元，而且口粮单调，百姓的生活和身体严重受到影响。但如果养两头牛，只种植省心省力的青贮玉米就行了，一年能收入上万元。即使不养牛，也可以把自家的青贮玉米卖给养牛场。收割青贮玉米相比收成熟苞谷，不仅劳力成本少了近一半，而且亩产可达三四吨，养牛场收购青贮玉米的价格是每吨至少400元，也就是说，一亩青贮玉米的收入可达1200至1600元，比种苞谷多赚了近一倍。农民还可以利用空闲时间去养牛场上班，或到其他恒大帮扶项目打工，又能增加收入。家庭收入一高，农民就无须以苞谷为主食，可以购买大米等粮食，改善生活，提高身体素质，此乃一好带数好，利民利国。

四绝：战略远大，前景无限。

乌蒙山区是我国长期以来的贫困地区，百姓生活即使实现了初步的脱贫，但若无坚实的产业支撑，小康的日子也不容易再有大的提升，甚至有可能再度陷入贫困境地。恒大的养牛脱贫战略有着长远的思考和规划：第一步是定下培育期，给有意愿养牛的贫困户提供无息贷款，全程帮助购买、管理、销售，建立一条龙的肉牛产业基地；第二步是用五年左右时间，实现以大方为中心年输出10万至20万头肉牛的目标，打造中国西南第一大肉牛产业基地。后一步一旦完成，将直接带动乌蒙山区近50万户家庭养牛，通过这条产业链致富的当地百姓可超过百万，而肉牛加工与肉食市场环节所拉动的就业人口将超过500万。

原来"牵住牛鼻子"的战略如此诱人啊！

正是因为有这样诱人的前景，恒大人的态度更加郑重，实实在在、步步为营地为贫困百姓的未来筹划，格外重视"牵住牛鼻子"的每一个细节。

"可以说，我们在这群牛身上花的时间和精力，比花在自己儿女身上的还要多！"姚东说，许多恒大扶贫队员在大方一待就是一两年，别说没时间谈恋爱成家，就连每周静下心、安下神跟家人通几分钟电话都不能保证，

"但对扶贫牛，我们每个队员真可称得上全心全意、呕心沥血……"

姚东为西门塔尔牛回了内蒙古几次他自己也记不清了。曾在锡林郭勒盟工作过的他，在得知产业扶贫方案中有肉牛养殖这项内容后，自然而然地想到了已经在锡林郭勒大草原上成功繁殖的西门塔尔牛。作为扶贫前线总指挥，姚东考虑问题总会更周到一些："乌蒙山区的海拔在 1000 至 2000 米之间，能不能把北方内蒙古草原上的西门塔尔牛引进到南方的乌蒙山区，这是个问题。" 2015 年 12 月许家印与大方签约后，姚东立即着手研究西门塔尔牛南下的可能性。

"专家团队很快得出结论：可以！"姚东对我说。这是喜讯，扶贫前线立即向广州总部汇报，许家印和集团高层很快拍板：立即行动！

第一批 500 头西门塔尔牛，带着中国北方的风尘长途远征，一路南下，千辛万苦到达大方。"从西门塔尔牛到这儿的第一天起，我们姚总就开始心神不定。为什么？嘿，他老家一下来了那么多亲戚，心里老惦记着呗！"一个恒大扶贫队员风趣地告诉我。

"我确实是担心啊。虽然专家认为中国的西门塔尔牛可以在贵州生存、繁衍，但毕竟只是理论上的。等到我的'闺女'们真嫁过来了，你说我能不上心吗？如果它们水土不服，有个三长两短，麻烦不就大了？所以那段时间我真操心啊，比对自己的孩子都上心，简直是战战兢兢！"姚东坦言。

阿尔卑斯山的后代们不愧是世界优良品种，它们来到海拔千米左右的乌蒙山区，呼吸着清新的山间空气，咀嚼着当地的青贮玉米，过得悠闲自在、安然无恙，肉膘渐增。姚东高兴得像孩子似的，拍着一头头西门塔尔牛肥壮的屁股，大声喊道："真争气！够争气！"

有了第一批的成功，第二批、第三批西门塔尔牛源源不断地离开北方大草原，南征贵州，恒大的扶贫队员与大方的干部群众则像迎亲者，既喜悦又紧张地迎候一队队远嫁过来的"洋妞",其情其景,令人难以忘怀……

鲁展是恒大大方扶贫公司合同管理部的负责人,2015年12月24日他到大方报到后,由于工作性质不同,直接参与扶贫一线的具体工作不是很多。在我采访时,他谈起一次运送西门塔尔牛的经历,津津乐道。

"那次我负责往安乐乡'第四牛超市'运送100头西门塔尔牛。"鲁展说,"由于1月份天气寒冷,山区雾大,那一批牛到达大方时已近半夜两点,再从大方县城走高速路到安乐乡,又要一小时左右的车程。'牛超市'建在半山腰,上山的路还没有建好,运牛的大车停在离目的地一里多路的弯道处,无法拐上来。我赶紧请求支援,让另一辆车想法把载牛的车拉上去,但这个办法没有成功。最后只能让100头牛下车,由人赶上山。为了确保牛群不出任何意外,我们迅速从公司调来一批扶贫队员,他们都辛苦工作了一天,刚刚躺下又让人从被窝里拉起来。这时地方干部也带着当地百姓来了。就这样,人们排列在山道的两边,中间是宝贝牛在行走……你想象一下那个场景,上山的路有六七百米长,我们就像两排警卫战士,沿途护送着它们,那是我有生以来经历过的最壮观的场面,非常非常感人!当时我在心里默默地对那些西门塔尔牛说:你们这些牛可真幸运啊,被我们这些恒大人和大方的干部群众当成了宝贝!"

说到最后,鲁展又补充了一句:"把牛全部赶到目的地后,我们乘车再回大方,雾大得罩住了整条山路,前后的车都看不到,驾驶员全靠坐在副座上的人互相喊话,才能找到方向。等到我们回到大方县城时,天都快亮了……"

西门塔尔牛虽然也是祖籍欧洲的洋品种,但毕竟已经在我国生活了几代,即便是千里迢迢地从北方来到南国,问题也不会太大。然而说起那10000多头远涉重洋、直接从澳大利亚进口的安格斯牛,就没那么轻松了。

"当我们真正实施调牛的时候，发现真是给自己找了一个大麻烦！"姚东说。

首先，恒大确定，为大方引进的安格斯牛必须是纯种的"洋妞"，也就是说，它的"户口"正经八百得在国外，而非西门塔尔牛这种已经本土化的品种。于是恒大的工作人员立即搜寻纯种安格斯牛的分布图，最后发现澳大利亚的纯种安格斯牛条件优秀，符合恒大方案的标准。

"一口气买10000多头纯种优质牛，手续上非常烦琐，也不是那么容易选得出来的。所以第一步我们就去原产地考察、洽谈，最后确定了澳大利亚有引进条件。第二步就是找人来负责这个庞大复杂的引进项目的具体事宜。"恒大产业扶贫部的工作人员说，恒大集团以前没有这方面的业务，必须依靠另一家相关单位来完成引进计划。"我们的事让别人来做，反而需要我们付出更多的心思和精力，甚至是财力和物力。"仅单位与单位之间的配合与分工，就谈判了好几天！

当引进项目进入可操作状态之后，挑选纯种的优质安格斯牛便成了一点都不能马虎的大事。"你想想，一头安格斯牛，我们从国际市场上买回来就要一万八九千元，如果挑不好，就可能损失一批牛，亏的钱恒大要扛着吧？运回来后分给贫困百姓，尽管恒大搞了贷款，但牛已经是人家的了，如果饲养过程中又因为先天体质等原因出了问题，死了一头两头的，人家一下要损失上万元，不仅没帮扶成，反而要了人家的命！我们确实压力山大！"

于是，恒大挑选出懂业务、责任心强，又有外语交流能力的扶贫队员，一批又一批派去澳大利亚，到当地多家牧场考察，一头一头地挑选纯种牛。

"进出口程序就更复杂了！"恒大扶贫队员说，"得由中介单位帮我们办理进出口手续，手续办完后，再把分散在各牧场的牛集中到澳大利亚政府部门指定的地方，隔离45天，这是牲畜进出口必须严格遵守的国际惯例。

10000多头娇贵的安格斯牛隔离这么多天，不能不让人提心吊胆啊，所以我们的人跟着在那里隔离，每天观察它们的身体状况，一旦发现问题牛，就赶紧替换。不用多，只要有那么几头问题牛，就够折腾人的了！"

隔离期结束，便是整整两天运送牛群到达装船出海的码头的路途。

牛群上船并不太困难，现在已经有了专门运输牲畜的"海上巨无霸"。然而，即使"海上巨无霸"开足马力，从澳大利亚港口到中国天津港，整个海上路程也需要整整21天！

这群"洋妞"在澳大利亚大草原上野惯了，现在被圈在空间有限的船舱内，而且是漫长的21天，可想而知一定苦不堪言。当它们不远万里来到中国之后，被送上的第一个"见面礼"仍然是45天的隔离期，没有讨价还价的余地。没说的，恒大人继续跟着隔离呗。

在此期间，远在乌蒙山区的恒大扶贫队员和大方的干部群众一直在忙碌：场地要平整好，围栏上锋利的钢片铁钉要敲平，可能伤害到牛身的杂物必须全部清除捡拾干净……直到天津那边终于发来通知：两天后，第一批安格斯牛将抵达大方。

顿时，大方县上下一片沸腾——"这群'洋妞'总算来啦！""宝贝们快到啦！"真像办喜事那样热闹。

第一批安格斯牛到达大方的日期，是2016年6月5日至10日，共计500头，规模比较小。2017年5月24日至26日，第二批3617头安格斯牛来到大方，规模开始大起来了。它们没有在同一天到达，是因为运牛的大卡车足足十几米长，一辆也只能装30头牛，3600头牛就得120辆这样的超大型卡车。而从天津至贵州大方有数千公里之遥，倘若满载安格斯牛的120辆大卡车同时上了高速公路，虽然壮观无比，却也会给其他车辆带来诸多不便，阻碍交通。最主要的是，每一头安格斯牛在此之前已经过了110

多天圈禁的日子，如果再在赴大方的路上走走停停、颠簸劳顿，对远道而来的它们来说实在是过于辛苦。

"上百辆大卡车、几千头牛一下拥到大方，我们确实从来没有遇到过，肯定会造成交通严重拥堵。"大方县委书记说。

恒大扶贫队员们早已考虑到这些问题，也周密筹划过，于是同一批入关的安格斯牛落户大方的时间就有三五天之差。天津港到贵州大方县的公路距离是 2176 公里，为了尽量减少远途运输对"洋妞"们身体与心理的损害，所有卡车都开足马力，司机倒班，途中除了必要的喂食喂水时间，其余一路不停。

抵达大方后，牛群迅速被引入已经准备好的牛场，开始长约一周的观察适应期。

"那些日子，我们的队员就像在丈母娘面前照顾自己的新媳妇，那个殷勤劲儿就甭提啦！"姚东说。

10000 多头从澳大利亚引进的安格斯牛，除了第一批 500 头在 2016 年 6 月落户大方，其余的均在 2017 年不同月份运达。"毕竟规模太大了，这是第一次把国外的纯种安格斯牛直接引入贵州山区，我们给自己和大方百姓留出了近一年的观察期，最后综合各种指标测试结果，确定纯种安格斯牛完全可以在乌蒙山区健康繁衍，我们才开始推进第二、第三、第四批大规模引入的计划……"姚东的话，让我体会到恒大在产业扶贫过程中事事处处的精准精神。

"2017 年 9 月 6 日至 10 日，第四批安格斯牛抵达大方，那是规模最大、最让人难忘的一次……"大方县领导说。

这最后一批安格斯牛有 5900 头，以每辆大卡车 30 头计算，就是近 200 辆大卡车。

＊ 时代大决战 ＊

"那几天一直在下雨，载牛的车队从高速路下来进入收费口时，恒大的扶贫队员就等在那里，一辆辆地清点，之后马上指挥各接收牛场的工作人员带路分流，不然就会造成严重的交通堵塞，后果很难预料。想想看，近200辆大卡车排起来有几公里长，如果挤在高速路上下不来，瘫痪的就不只是我们大方这一段路了。大方段道路不通，会使已经劳顿不堪的牛群再受折腾，问题可能很严重。所以当时恒大出动了数百名扶贫队员，我们县上也发动机关干部和各乡干部群众全力配合。四天四夜连轴转，真像打了一场大仗……"县领导一边激动地回忆着那一幕，一边念念有词地吟诵着新作："万头黄牛奔小康，一路绿灯向大方。风吹草低牧歌远，漂洋过海鞭未扬。"

　　是啊，自恒大扎根大方之后，有多少次如此波澜壮阔、轰轰烈烈、浩浩荡荡、气吞山河的战斗场面，掀动起这片土地的汹涌情潮和惊呼赞叹！

　　恒大大方扶贫公司分管产业扶贫的副总顾谦告诉我，当时在高速路收费口负责指挥的是恒大的一名女扶贫队员。"她在雨中战斗了几十个小时，感动了许多同事和大方百姓，大家称她为'娘子军连长'。她的名字叫田婷。"

　　顾谦还说："从载着第四批安格斯牛的第一辆大卡车进入大方开始，我们恒大扶贫队员在姚总的带领下，与张瀚时书记带领的地方干部群众，还有全体出动的中禾恒瑞员工，冒着雨连续奋战了近百个小时，直到把所有远道而来的牛群分别安置到第四、第七、第二十二育种场为止。其间没有一个人喊苦叫累，战斗热情异常高涨，大家一直特别兴奋和激动，像是自己家里办了几天喜事一样。"

　　我能想象到那场雨中的战斗是何等气势恢宏，也能想象出田婷等扶贫队员们英姿飒爽的身影。他们和她们，为了牵住产业脱贫的"牛鼻子"，都变成了懂牛性、知牛情的爱牛人，最终又用自己的那份情感与执着感染了养牛的贫困百姓，如今在大方，百姓们亲切地把一些恒大扶贫队员称作"牛哥""牛姐"。

前面提到过的李东顺就是其中一位。他是大方"第一牛超市"的扶贫专员，负责凤山乡一带养牛户选牛的工作。

"那个场面很热闹，我们的'货架'是敞开的，所有的牛都看得到。养牛户确定要哪头牛后，我们就为他办理贷款、担保等手续，这些都是在现场完成的，十分方便快捷。"李东顺说。

因为采访的日期并不是"牛超市"开放日，所以我只能在视频里看开放时的情景，真是热闹非凡啊！十里八乡的老百姓在那天纷纷赶到"牛超市"，三三两两在牛栅前指指点点，细心观察每一头牛的全身上下。等农户相中的牛办好手续后，恒大扶贫队员就和当地乡镇干部一起将牛引装到专门的运输车辆上，直接把"新媳妇"送到家。

"很多农户真的像迎候自己的新媳妇一样对待牛，那个关照和呵护劲儿让人感动！"李东顺说，"有一对夫妻来挑过牛，没几天，他们过来给我们报喜，说他们的牛已经怀崽了，非要给我们送喜糖！看着这对夫妻的欢欣劲儿，我们也跟着高兴。"

"对于农民们来说，养一头牛真等于开了一家小银行。"李东顺给我算了一笔账：如果一户农民到他这儿挑了三头牛，这三头牛里至少会有一头已经怀上了牛宝宝，因为恒大在引进安格斯牛和西门塔尔牛前，有一部分牛在原来生活地就已经配上种，所以这些"扶贫牛"嫁到大方来时，很可能已是"双喜临门"。"像刚才讲到的那对夫妻来发喜糖报喜，这样的事例绝不在少数。"

李东顺继续算账：三头母牛，牵回去饲养不到一年，就能变成四五头牛了。每头牛犊长上八九个月，就可以卖到上万元，这样三年下来，从"牛超市"购牛的贫困户就可以完全脱贫了。"如果养上三五年，他的存栏量应保持在六七头到十头了，那个时候就形成了良性循环，有三头左右的母牛、三头左右成长中的小牛犊、三头左右可以进入市场的肉牛,这个时候的家庭'小银行'能运营得十分正常,年收入不会低于三五万元。这三五万元对乌蒙山区的农村百姓来说,就能过比较好的小康生活了!"

"我算的是保守的数字,养牛户还有其他几块收入没计算在内。"末了李东顺强调一句。

恒大扶贫队员孙洪占的工作衔接李东顺的,专门负责管理核桃乡的养牛户。

"核桃乡的育种场有1000多头牛,都是安格斯牛。"这位原来在恒大总部地产营销中心工作的小伙子,到大方之前从未与牛打过交道。"现在一天不见牛,心里就不踏实。"他笑言。

"其实牛跟人一样,是有感情的,尤其是我们的那些'黑洋妞'。你对它好,它就按你的心意成长、生崽;你关心体贴它,它就对你含情脉脉;你要是怠慢了它,它那双明亮大眼睛里的委屈样儿,能让你心疼……"孙洪占说,跟牛打的交道多了,自己也变得多愁善感了。

"开始老百姓对外来的'洋妞'们不是太了解,也没吃透养牛致富的政策,我们就耐心地给'洋妞'们'拉郎配'……"孙洪占说话还蛮幽默,"我们的第一个任务,是挨家挨户到贫困家庭听取他们的养牛意向,然后再召开购牛大会,贫困户们基本都会参加。在会议现场,由我们扶贫队员讲解养牛的优惠政策,打消贫困户们的顾虑,当地的乡村干部再一动员,贫困百姓的热情一下子就能高涨起来,你争我抢地跟村里报名、签协议。我们把申请的农户上报到乡里,同时送到恒大大方扶贫公司进行相应的审核。这一程序结束后,就报给'牛超市',由他们选定日期,开栅让申报的农户亲自选牛,我们扶贫队员也跟着到现场,帮助办理相关手续。"

这个过程未必一帆风顺,没有波折。"有的百姓到'牛超市'挑好了中意的牛，到正式签字贷款这一环节时，又犹豫了，甚至扭头就要走。问他怎么回事，他说他不想贷款。我们觉得不可思议，再问为什么，他说他不知道贷款是啥东西，我们就得解释半天。最后他笑了，说恒大全给我们想到了，那我就贷吧！"孙洪占说，做与农民打交道的工作就是这样，你得有耐心，你得特别细致，还得循序渐进。有时候农户会突然蹦出个怪问题，使非常简单的事情复杂起来，这个时候工作人员不能急躁，得沉住气劝导。如果无法做通全部人的工作，不妨重点打通一两个带头者的思想。这一两个人想通了，其他人呼啦一下都跟着走，不用再费劲，问题就迎刃而解了！"那个时候，我们心里就像开了一扇窗，透亮透亮的……"

农户买下牛后，恒大扶贫队员们"牵牛鼻子"的工作其实才刚刚开始。

"为了确保养牛户饲养好每头价值上万元的牛，我们恒大建了许多养牛场，通过合作社的形式，把养牛户的牛集中到固定的养牛场，交由专业畜牧公司统一管理和饲养。也就是说，这个时候的牛，其实由四个'家长'共同呵护它，我们恒大派出的扶贫队员是一方，恒大联合的专业畜牧公司是一方，地方政府是一方，养牛户是一方。四方护一犊，这牛比独生子女还金贵呀！"孙洪占告诉我，即便工作再忙，他每周也至少去养牛场两次，"惦记它们呀！"

"你结婚了吗？"见孙洪占对牛这么上心，我突然产生了联想。

"没有。"孙洪占脸都红了。

我是这样认为的：对于未婚的恒大扶贫队员来说，现在练习如何投入和表达感情，哪怕是对牛吧，都将有益于他今后的家庭生活。

"我经常去的那个养牛场有150头牛，都是西门塔尔牛。进栏时每头平均价格在10000元。150头牛中，100头是母牛，50头是育肥牛。"孙洪占说，"100头母牛要用来生小牛犊，现在已经生了3头，每头养一年左右，就可以卖近万块钱。50头公牛做肉牛，喂壮后就卖掉，卖掉多少头，就要及时补进多少头。所以农民们称这个养牛场是他们的'储金池'。"

为了确保贫困农民的这口"储金池"时时充盈，常年不干，孙洪占可谓费尽了心思，脚步根本停不下来。"我至少一周来两次，就是心里时时刻刻挂念着这150头牛的冷暖，每次都要看它们是肥了还是瘦了，栏圈内是不是还残留着粪便，饲料符不符合营养规定，饲养员的态度是不是友好……杂七杂八的事都得关心，就像把自己的孩子放在托儿所似的，一天不见都惦记。"单身汉孙洪占说到这儿，自己都笑了起来。

"最开心的事是看到母牛生小牛犊。孕牛在生小牛犊前20天就要隔离，单独放进产房栏。生产的场面太令人激动啦！小家伙特好玩，一生下来就有五六十斤重，之后每天长一大截，没一周时间就身形高大了，但模样还是幼崽，特别喜人、好玩！其实，我们对它还怀有另一种特殊感情：幼牛长上一年半载的，就能卖到近万元，我们这个养牛场，如果每头母牛各生一头幼崽，一年下来不就有100万元收入了？对老百姓来说是多大的收益啊！"

是啊，恒大扶贫队员们心中时时刻刻算着的，就是这一笔爱民怜贫之账。当我与他们一起走进养牛场，徜徉在漂洋过海而来的俊美牛群之间，畅想着它们在今后的岁月里将给山民们创造多少财富时，情不自禁地跟着激动起来……

"快来看妞妞！越长越漂亮啦！"

"瞧瞧这个安德鲁，几天不见，都成帅小伙儿了！"

"茜茜可不一样，很有领袖范儿……"

我们走了几个养牛场，类似的欢声笑语随处可闻。这些挂着洋名的牛，不仅是扶贫队员和当地百姓心目中的宠儿，还成了微信朋友圈里的"网红"，一旦有新的照片上传，点赞声一片！

扶贫队员告诉我，那位"妞妞"是安格斯家族的"小公主"，是第一头在大方当地出生的安格斯牛犊，刚刚半岁，已长得亭亭玉立。

"瞧，就是它！"扶贫队员指着被几头成年牛紧紧护住的一头小母牛给我看。这头纯种的安格斯小母牛，在以肥为美的牛族里颇有几分挺拔秀丽之姿，已经超过 400 斤的身躯线条优美，漆黑的毛发油亮亮的。它在我们这群人的注视下毫不胆怯，悠闲自得地在围栏里漫步，似乎在有意展示它矫健的步伐，真是个水灵灵的欧洲小美人，可爱又逗人！

"妞妞的责任重着哩！"扶贫队员告诉我，过些日子它就要离开母亲和亲人，开始独立生活，"第一代安格斯牛在大方承担着特殊使命——传宗接代，遍地开花。所以，像妞妞这样健壮的纯种安格斯幼牛，格外受到珍爱，也必须早早履行职责……"

妞妞的主人接受我采访时，乐得合不拢嘴："我现在每天都来看它，不来不行！它就像我的亲闺女，眼看着一天天长大。妞妞跟人还不一样，人一年一个模样，它真的是一天一个样儿。我晚上回家睡觉，做梦都梦见它蹿着往上长，你说我的心思能不被它牵着走吗？"

扶贫队员告诉我，通常养牛户并不太清楚自己家的牛到底是哪头，他们只知道这群牛中有自己家的，所以大家争着到养牛场打工，既能每天挣 70 块钱现金，又能天天看见自家的宝贝，心情愉快着呢！

一头牛宝贝，换来一户贫困百姓的欢欣与幸福；一个贫困家庭的欢欣与幸福，将感染和带动十几个甚至几十个家庭……大方的百姓应该感谢这些跨越关山远道而来的洋客人，更应该感谢不辞辛劳为之奔走的恒大人！

我也注意到了那头被叫作"安德鲁"的小公牛，它出生在理化乡长春村飞蛾组，主人叫陈德云。说起安德鲁的身世，可绝对不寻常，它的妈妈是陈德云家的土黄牛，爸爸则是恒大引进的纯种安格斯牛冻精，它是通过人工授精成功生产的第一头混血安格斯牛犊。陈德云一家人自从安德鲁出生后就一直沉浸在欢乐之中，每有客人到来，陈德云就格外骄傲地出来介绍安德鲁："你们看，它眼睛雪亮、头部饱满、腿脚粗壮，活蹦乱跳的，长得特别快！看样子不用八九个月，长到 1000 斤绝对不在话下！"

"长大后咋处理？"客人问。

"它是肉牛，长大后就卖到市场去。"陈德云得意地说，"中禾恒瑞的人来过，说安德鲁满一岁时，可以卖到 10000 元！"

像陈德云这样的养牛户，在大方不仅限于贫困家庭，普通农民更多。恒大在帮扶贫困家庭的同时，还在帮助地方进行一项改良本地牛种的革命性工程，即通过引进优质种牛冻精改良当地土牛。

大方自古就有养牛传统，只是牛种的退化影响了其发展。恒大集团已经引进优质安格斯牛、西门塔尔牛的冻精 18 万支，并计划用三年时间改良当地 4.5 万头土牛。与发展肉牛产业相配套，大方县疫病防控中心、基因控制中心、育种场、饲料加工厂、活畜交易市场等设施已陆续建成投入使用。这是一步大棋，既是扶贫脱贫，又是超越扶贫脱贫的更长远战略。一群有激情、会管理、懂产业、爱人民的恒大扶贫队员和当地干部群众，已牢牢地牵住了"牛鼻子"，立誓要在这块因循已久的土地上开辟出新天新地，创造一个光明灿烂的未来……

话题收笔的时候，我看到一条来自大方的消息——2017 年 12 月 14 日，恒大集团再度联手中禾恒瑞集团与大方县政府，组织相关专家赴澳大利亚牧场，拟在当地挑选 10000 头纯种安格斯牛。这批纯种牛将在 2018 年 3 月运抵大方。到那时，大方县将成为全国规模最大、基因最纯、现代化程度最高的安格斯牛养殖基地。这也意味着，在恒大精准扶贫、精准脱贫的举措下，大方县又向"三年 10 万头"的"中国安格斯牛之乡"迈进了一大步！

21. 落地生根

　　哲学家都会思考这样的问题：人为什么喜欢自然界的草与木？因为草与木是有根的。后来哲学家又想：大千世界里，凡与大地连根并存的自然生物，总比一般的生物寿命要长，它们的生命是不息不灭的，年复一年地生根开花，与地球共存共亡。哲学家最后得出的结论是：人应该向自然界的草木学习，要想把一件事做得扎扎实实、永恒长久，就得学草木一般，落地生根。

　　人类的生存也有自己的法则。富与穷，相对而已，人可能一夜暴富，也可能一日之间破产，穷困潦倒；贫者想富不易，但富了之后能否保持长久，则是更大的问题。所以人类解决贫困这个问题，要比消灭一种病毒、制造一种武器困难得多，原因就是贫困既有环境和条件的限制，也有人自身的诸多因素影响。过去的扶贫，很多是传统的输血式扶贫，无非是简单的物质给予，它固然重要，有时还很必要，却不能彻底拔除穷根。打个比方说，一个人因为失血而身体虚弱，给他输别人的血有可能暂时恢复力气，但仅靠输血，不可能让其永远保持强健。而造血式扶贫区别于输血式扶贫，是调动贫困者自身的造血机能，让贫困者自己有能力扩大再生产，真正走上致富之路。

　　产业扶贫是造血式扶贫的最主要方式，即因地制宜地发展适合当地的特色产业，带动一方经济，富裕一方百姓。可以说，做好了产业扶贫的大文章，全面打赢脱贫攻坚战就有了可靠保障。

　　许家印和恒大集团的高层十分清楚这一点，因此他们在为大方选择扶贫产业时，十分重视那些可以牢牢生根的产业，或者说，那些原本就根植于乌蒙大地的产业。

乌蒙大山存何物？何物可以救民生？

许家印等人拿出 30 亿元扶贫善款的同时，谋划了引进优质纯种牛、种植大棚蔬菜等产业模式，也想到了大方当地具有天然优势的产业。

大方的资源优势在何处？初来乍到的恒大扶贫队员抱着这样的疑问。大方县领导滔滔不绝："咱大方可是块资源丰富的宝地啊！是南方少有的'大空调'、大氧吧、大药园。县境内海拔 720 米至 2325 米，年平均气温 11.8℃，无霜期 257 天，年均降雨量 1150.4 毫米，年均日照时数 1335.5 小时，属亚热带高原季风湿润气候。全县林地总面积 230.55 万亩，草丛草场 40.64 万亩，灌丛草场 53.74 万亩，森林覆盖率达 45.98%，有中草药植物 1583 种……对，这个我要跟你们多讲几句。知道名贵的中草药天麻吧？知道民间有句话叫'中国天麻在贵州，贵州天麻看大方'吧？没错，大方天麻能名扬天下，关键在于有独特的自然环境，这是其他地方所不及的。天麻是娇贵之物，对生长的条件要求很苛刻。我们大方的九龙山脉一带有大量的青冈木林，能造就含有萌发菌、蜜环菌的独特腐殖土，这是优质天麻生长的关键，再加上适宜的温度、湿度，使得我们大方天麻中的天麻素含量超过 1%，为全国最高。我们的大方的天麻可是获得过国家地理标志认证的呀！"

县领导语调激昂，满腹皆是"大方天麻经"："其实啊，我们大方还有其他许多名贵中药材，仅 2014 年，全县中.药材种植就达 11 万亩，产值近 10 亿元。不信？我带你们去看望一位'民间药王'……"

县里调来一辆车，载着恒大扶贫队的几位负责人到了羊场镇，爬上桶井村的山坡。

"就在这儿，他让石头开了花，他也成了带领一方致富的'药王'！"

我去大方采访时，县领导也陪我去桶井村拜访"药王"蒋云明。老实说，一开始听不修边幅的蒋云明大讲特讲他的中药材，我心中不免怀疑：他的那些"花花草草"真那么值钱？直到他带着我们下山，来到附近的一个村庄参观后，我才从心底对蒋云明产生了敬意。那个村庄家家户户都在种中药材，以此为致富之路。"我们都是跟蒋云明学的。"老乡们指着房前屋后边边角角的小碎地，告诉我说，就这么几张桌子大的地，弄好了比种一亩苞谷多出好几倍的收益！我暗暗吃惊，心想难怪蒋云明的口气那么大——"我那两三亩秃丘岭上的'花花草草'，就算有人出 1000 万元我都不会卖给他！"

一路陪着我的县领导介绍说，二十多年前的一个夏天，蒋云明在山上割草，当时正值中午，阳光炽烈，石缝里一丛黄白色的小花晃疼了他的眼睛。蒋云明揉揉眼，仔细一看是金银花。当时他很惊讶：这种中草药竟然能在石缝里生长！从此，喜欢研究中药材的蒋云明开始在这片无人问津的荒丘上辛勤耕耘。

最初蒋云明是对金银花进行驯化培育，获得成功后，他把种植金银花的方法推广到全村。再后来，他对照着《本草纲目》，背上竹篓走遍了乌蒙山方圆百里，把形形色色的中草药移植到自家的荒丘上，渐渐成了气候，连国内顶级的中药材专家、学者都慕名而来。蒋云明"种草发财"的故事被周边村民知晓后，大伙儿都跟着他学，竟然一学就会，一会就富。时至今日，桶井村周边几个村落"比学赶帮"，都靠种植中药材致了富。

"这新闻上过《人民日报》和中央电视台呢！"县领导好不自豪。

"天麻乃肝经气分之药……眼黑头眩，风虚内作，非天麻不能治。天麻乃定风草，故为治风之神药。"听过李时珍在《本草纲目》上对天麻的介绍，恒大扶贫队被县领导关于"天麻之乡"的一番广告宣传所触动，于是在制订产业帮扶计划时，着重提出了以天麻、丹参为首的中药材种植推广方案。

大方天麻甲天下，值得一搏！恒大高层会议上，许家印和众高管拍板决定：10万亩！我们帮助农民在大方种植10万亩中药材和经果林。

此时，恒大在大方的扶贫产业数据表上，已经有好几个"10万"了：10万头优质肉牛、10万亩牧草种植、10万亩高冷蔬菜种植……

久居城市的我想象不出10万亩是多大一片地，一位来自恒大足球学校的扶贫队员告诉我，相当于10000个足球场那么大。哇，10000个足球场连成一片，那是何等的壮观和宽广啊！

大方人笑我，说："大方的群山面积加起来，至少也有100万个足球场那么大吧！但整个大方又很难找出几块有足球场大小的平整土地。10万亩中药材的种植，只能在千家万户、千山万坡的边角零碎之地。"

把最边角、最零碎的土地利用起来，打造成帮扶百姓脱贫的"黄金之地"，才见恒大扶贫的为民精神。于是，辛勤的扶贫队员们又迈开双腿，走进每一个有意向种植中药材的贫困家庭，与他们一起上山看地、测量面积、计算成本、填写小额贷款申请……做了一系列细到田头、清到手指头的工作。此外，由于天麻必须生长在野外的林地，还要具备一定的气候与自然条件，种植技术的培训和推广就成了恒大扶贫队员们一项重要的工作。

"我们逐渐发现，扶贫项目离百姓家越近越好，最好就在他们的田间地头搞出来，这样百姓们最容易接受，最能鼓起他们的干劲，收效也就更加直接和具体。"一位恒大扶贫队员这样对我说。当时我们站在猫场镇的一片天麻与冬苏种植地里，他一边接受我的采访，一边指导农民给中药材培土。在他和其他三位扶贫队员的努力下，这个镇的中药材种植面积已经近千亩了。

"老乡们很愿意做这个项目，一来就在他原来的田间地头操作，二来收入颇丰，让这些山头坡地变成了可以致富的金山银山。"年轻的恒大扶贫队员自豪地说。他刚到大方时，就有亲戚朋友托他买大方天麻，现在他在扶贫过程中亲眼见证天麻的种植过程，更加确信"大方天麻甲天下"。"最近又有好多朋友托我购买这里的天麻，看来我们的工作还要延伸到市场这一块……这样一来，种植中药材的农民们更不用担心脱不了贫了！"小伙子已经开始自觉规划今后的工作。

我忽然想起听恒大扶贫队员说过的一句话：想让每一项扶贫产业落地生根，我们扶贫队员就要首先做到让人心与人情在这项产业上落地生根。

车子在连绵不断的大山中行驶，沿着山道盘旋……扶贫队员告诉我，我们要去雨冲乡看油用牡丹种植地。

这是恒大大手笔打造的新型农业模式——农庄式规模种植产业基地。

"油用牡丹"这个名称我还是第一次听说，到百度上一搜索，方知这是一种新兴的木本油料作物，具有"三高一低"的突出特点：高产出（亩产可达300公斤，亩综合效益可达万元），高含油率（籽含油率22%），高品质（不饱和脂肪酸含量92%），低成本（油用牡丹耐旱耐贫瘠，适合荒山绿化造林、林下种植）。据说，这种油用牡丹一年种、百年收，平均成本很低。恒大选择这一产业，考虑的是大方有适合种植油用牡丹的广阔山地。

车子又入雨冲乡。

每一次途经雨冲乡，总让我产生许多联想，耳边会突然响起瓢泼般的雨声，眼前也会跳出洪水冲刷山岩的情景……一场大雨过后，洪水将菲薄的坡泥冲得无影无踪，只留下烫脚的岩头与百姓干枯的眼窝。雨冲乡，人们不用亲临其地，只听这三个字便可知千百年来暴雨肆无忌惮地在这里作恶，留下斑斑劣迹。

现在的雨冲乡，早已不同往日，美得让人心醉。

在秋日阳光的映照下，山绿得翠，天蓝得碧，潺潺的溪泉蜿蜒流淌。然而最让人心旷神怡的，是连绵几十里、堆锦叠绣的大花园，园中有缠绵贴地的草莓，有攀缘向天的猕猴桃树，还有许多我叫不出名字的花草，绚烂地铺展开去……这都是农民创业致富的新出路。

"这就是我们的油用牡丹基地，有 4500 多亩，开着车走上大半个小时也未必看得完……"在一座可以俯瞰四方的山丘上，基地负责人洪林指着眼前起伏连绵、无边无垠的绿地说道，"这一大片都是农民的流转地，恒大对这块连片的山地进行松耕后，部署了这么个油用牡丹产业扶贫基地……"

洪林是毕节选送到恒大协助扶贫的干部，原本是毕节市林业局的技术科长。那天参观过油用牡丹产业基地后，洪林一直随我到了县城的招待所，我见他有一肚子要说的话，就邀请他和他的同事张翔宇一起吃晚饭，饭后继续聊，谁知这一聊就是几个小时……

"我觉得恒大是真扶贫。这些年我在毕节见过各式各样的扶贫，像这样投入大、认真做、贴心干、求实效的，唯恒大一家！

"我是学林业出身的，在乎扶贫项目的落地生根，因为人群是动态的，人的生活状态也是动态的，穷与富都是在一种动态中。我们乌蒙山区之所以有大量的贫困户，就是受这里的自然环境和传统生活的影响。原本穷的人，想富很难；原本不怎么穷的人，只要稍微遇到点事，就一下子掉进贫困行列。过去多少年来，也不是没有扶过贫，给贫困百姓三五百或几千块钱，改善一下他们的生活。老百姓买几件新衣服，给孩子交完读书的学费，脸上露点笑意，扶贫的人看到就以为扶贫到家了。哪知扶贫的人刚走，贫困户又陷入了无钱无粮的状态。这种年复一年、一轮换一轮的输血式扶贫，从没有让百姓真正脱贫，甚至让他们感觉贫穷根本没有尽头，是无涯苦海，脱贫没有任何希望，于是对扶贫脱贫工作本身也产生了'审美疲劳'。

"恒大不一样，他们在承诺投入 30 亿元扶贫资金后，就打了一套连环拳，拳拳紧扣，环环不撒手，每一拳都击到贫困百姓的脱贫穴位上。从高冷蔬菜到中药材，再到油用牡丹，件件都是落地生根式的扶贫。这样的扶贫，确实是把根植进了贫困户的心坎里。即使过两年恒大扶贫队走了，这些产业也会永远留在毕节土地上，造福一代又一代的农民。像油用牡丹这个项目，一棵油用牡丹植到地里，三年五年长成材，以后就不用怎么管它，年年等着收成就行了。油用牡丹的寿命短则五十年，长的可达上百年，你说农民入股这个产业，还能不脱贫？"

听完洪林的一番介绍，我对那些探出地面才一二十厘米的牡丹嫩枝刮目相看，它们可是肩负着富庶百年的重托啊！

"比如经果林工程，在我们省提出的时间不短了，国家也投入过不少钱，但都是把钱发给百姓，教他们技术，让他们自己去种，结果因为没有经营主体管理，百姓见不到成效，也就坚持不到最后。这回恒大的扶贫形式不一样，整个油用牡丹项目投资中，40%是恒大投的，其余60%由合作社投入。照理说恒大全投也不成问题，但恒大提出，大棚蔬菜和养牛项目是一次性投入两三年见效，为了确保百姓尽快获得收入，恒大可以提供全部资金加各种保障，然而像油用牡丹这样的百年长效项目，每亩基本投入约在4000元，1600元由恒大投，剩下2400元由合作社投入，合作社的这部分投入，主要由那些通过土地流转、退耕还林和石漠化治理获益的贫困农民来完成。这样做的目的是提高所有入股的贫困百姓的责任心，让大伙儿把它当成自家的事认真做。"

如此缜密、周到和长远的安排，是恒大把现代企业经营管理模式运用到精准扶贫、精准脱贫的工作之中的一大创新，值得赞赏！

"恒大在精准扶贫中最让人佩服的一点，就是不搞生搬硬套，对每一个项目都进行严格的科学论证，并听取地方政府、专业部门、专家及百姓的意见，最后采取的是点和片结合的周密布局方式。比如在扶持中药材产业时，又发现大方原有的经果林工程对农民脱贫的作用很直接，只是过去在政策和操作上不够科学，所以恒大迅速根据当地实际，及时接手调整经果林工程布局，现在已经投入 1660 万元，共种植 18000 亩，扶贫 475 户，涉及贫困人口 1741 人。"洪林说，山区农业种植相对"碎"和"小"，恒大作为世界五百强企业，在扶贫中却从不嫌小弃碎。只要能够真正帮到贫困户，再小再碎的项目，他们也照样认真细致地制订方案，投入资金。

"恒大下的功夫不仅仅是刚才洪林讲的，他们在听取意见和实地调研的基础上，还制订实施了立体经济林产业方案。"坐在一旁的张翔宇插话说，"比如在猕猴桃园内播种草莓，在油用牡丹基地插种核桃树、梨树等果树，以及套种经济价值很高的丹参、冬荪、魔芋等。看着这些成果，老百姓很高兴，越来越有信心。比如说油用牡丹，它得长三五年才有收成，这三五年对农民们来说时间有些长了，几年看不到收成，他们心里就会没底。恒大在牡丹地里插种了一批一两年就能收获果实的果树，农民见了脸上露出笑容，也会对作为主产业的油用牡丹格外珍惜，用心去管理。这样一来，整个产业立体化了、长远化了，效益也会倍增，真正让百姓的生活如同芝麻开花节节高……"

"你俩一个管林，一个管药，真是一对产业好搭档啊！"我这才明白洪林和张翔宇为何总是同时出现。

"我们都是毕节市派送到恒大扶贫团队的干部，协助他们做帮扶脱贫的工作。"张翔宇说自己之前是毕节市中药研究所的副所长，"不过，现在我俩已经基本上成了恒大人，而且感觉很光荣，他更是……"他指指洪林。

我不太明白他的意思，洪林解释说："恒大经过一年多考察，认为我在产业扶贫这一块比较称职，所以提拔我为恒大大方扶贫公司总经理助理，升职了，专门负责分管经果林产业扶贫的工作！"他自豪地笑了笑，然后补充一句："工资还是在原单位拿，一分没涨。"

这是个很有意思的话题。

"不觉得吃亏吗？"我问。

"吃亏？绝对没有！"洪林瞪大眼睛，向我保证似的说，"相反，收获太大，感受太深！"

"怎么讲？"

洪林说："有三个方面可讲。第一，当恒大人，要甘于吃苦。开始我以为，恒大派这么一群对农业一窍不通的'毛孩子'——他们基本上都是'80后''90后'——来扶贫，也就是做做样子吧！要走山路、下泥地，与农民打交道，他们根本吃不了这种苦。后来我发现自己错了，人家干得比我们当地的干部群众还要卖力，比我们还能吃苦。恒大所有岗位都实行末位淘汰制，你干得不够好，就得被淘汰，没有任何情面好讲。如果被淘汰后想继续留在扶贫前线，就得重新培训和上岗学习，如果再被淘汰，就是彻底玩完了！这种从'激你上进'到'我要上进'的竞争机制，在一般的政府机关和地方单位不会有。恒大集团始终充满生机和活力，恐怕这是特别重要的一个原因。对恒大的扶贫队员来说，'吃苦耐劳'这四个字，应该是他们每一个员工的基本素质，也因此他们能够在乌蒙山区这样异常艰苦的地方坚持下来，而且越干越出色，这让我们这些本地人不能不佩服。

"第二，当恒大人，要积极主动。在恒大扶贫团队中，你看不到躲懒的人、偷懒的事。我清楚地记得，有个女队员刚到产业部工作时，领导可能是想让她先熟悉熟悉情况，暂时没有给她分配具体的工作。其他人因为都有自己的一摊事，都很忙，也顾不上她。结果在我们其他人不留意的时候，这个女队员仅仅用了三天时间，就把产业部所有的文件资料整理得利利索索！

"第三，当恒大人，要认真精细。举一件事就可以说明：我们搞种植特别是大规模种植，都是从苗圃开始，几千几万株苗运来搬去，再种植到几百几千亩的山地里。虽然专业书上有种植的标准与要求，比如株与株、苗与苗的间距之类，但等到真正大规模种植，多数时候也就是求个'差不多'而已。可你知道恒大的扶贫队员是怎么做的吗？他们清点每一批运送的苗株，一棵棵测量苗株种植的间距并记录在案……跟基地合作的苗圃的人看到他们的做法，目瞪口呆！这就是恒大人的工作作风。这样的人来帮扶我们的百姓脱贫，谁会不放心呢？"

"是啊，俗话说'黔地无闲草，夜郎多灵药'，这回恒大人一来，我觉得这句话可以改成'黔地无闲人，百姓怎不富'了！"张翔宇的这句话惹来我们善意的大笑。

洪林感叹道："每过一天，我就更进一步认识到恒大为什么能把所有的扶贫产业都做得落地生根。他们用尽了自己的真挚情感，废寝忘食地为毕节、为百姓细致谋划，因地制宜、因人而异，所以做出的每个项目都让百姓满意，实打实地把一个可以期许的未来嵌在了贫困群众的心坎上……其实，他们的这种精神也牢牢地嵌进了我们当地干部的心坎上、灵魂里。"

洪林和张翔宇都是2016年1月4日到大方的，就在那批由市委书记亲自送行的100名毕节市干部中，现在这100名干部多数还留在扶贫一线的战场上。"像我已经是第二次延期了。开始说挂职一年，现在已经延长快一年了，估计还要继续干下去。其实，现在如果真的叫我离开恒大团队，我肯定会不适应！"洪林笑言。

听县上领导说，洪林刚到大方的前半年，忙得四个月都没回自己的家看一眼。年轻的妻子怀疑丈夫是不是在大方有了外遇，于是带着女儿偷偷去油用牡丹产业基地一探究竟，结果看到晒得黑黝黝的洪林高一脚低一脚地带着乡亲们种苗植树。妻子心疼得直流眼泪，说："老公，我全力支持你好好干。

我只求你一件事：等来年牡丹盛开的时候，让我和女儿来看你……"

"我父母亲也是一样，见我老不回家，以为我的心野了，也跑到基地来，看见我与大家一起侍弄这片望不到边的牡丹园，兴奋得连连跟我说：'儿子，这回你真出息了！当年你在学校学到的知识终于用上了！'"洪林感慨道，"要我说，是恒大人的帮扶精神和帮扶理念，使得我们本地的干部群众获得了物质财富与精神财富的双重收获，真正在自己的家乡落地生根！"

那一夜我们三人谈到很晚。他俩临走的时候，送给我一本大方县农林产业分布示意图，配有精美的彩色照片。这幅五彩斑斓的产业扶贫画卷，是恒大人用了近两年的时间织就的，千里铺锦列绣，美得令人陶醉……

伍

第五章
沙场铸铁军

行文至此，正值2018年的新年钟声响起。没过多久，我读到了一份"国书"和一份"家书"……

"国书"是国家主席习近平发表的新年贺词，"家书"是恒大扶贫队员们狂转的许家印新年祝语。老实说，这两篇文字都很让我感动，心头暖意融融。前者虽然是由我们的国家领袖宣读，具有官方意义，但遣词用句充满个人色彩，娓娓道来，我们像听到一位长者意味深长的勉励，内心充满了崇敬感和幸福感。而对于恒大2000多名正在乌蒙山区扶贫一线奋战的将士们来说，这份"国书"更是极大地振奋了他们的精神——"'安得广厦千万间，大庇天下寒士俱欢颜！'340万贫困人口实现易地扶贫搬迁，有了温暖的新家……人民群众有了更多获得感、幸福感、安全感……到2020年我国现行标准下农村贫困人口实现脱贫，是我们的庄严承诺。一诺千金。到2020年只有3年的时间，全社会要行动起来，尽锐出战，精准施策，不断夺取新胜利。3年后如期打赢脱贫攻坚战，这在中华民族几千年历史发展上将是首次整体消除绝对贫困现象，让我们一起来完成这项对中华民族、对整个人类都具有重大意义的伟业。"

这可是国家主席的话啊！

年轻的扶贫队员们还记得，2017年新年，习近平主席同样在新年贺词中提到了扶贫与脱贫，其中有一段话，他们听后个个热泪盈眶——"小康路上一个都不能掉队！一年来，又有1000多万贫困人口实现了脱贫，奋战在脱贫攻坚一线的同志们辛苦了，我向同志们致敬。"

"快听快听，习主席不仅表扬了我们，还说向我们致敬呢！"许多恒大扶贫队员向父母和亲人发去了这句话。

他们能不激动吗？两年两份"国书"，每份"国书"也就一千多字，竟然有二百来字讲到脱贫。习近平主席心中始终记挂着困难群众，关心他们吃得怎么样、住得怎么样，能不能过好新年、过好春节，同时也惦念着他们这些逢山开路、遇水架桥的扶贫工作者，期望他们不驰于空想、不骛于虚声，一步一个脚印，踏踏实实干好工作。这样的话，对于直接参与脱贫攻坚战的恒大扶贫队员来说，难道不是莫大的肯定与鼓励吗？

我想，身处中南海的习近平主席目光所及，一定能看到乌蒙山区那无数个挥洒汗水辛勤工作的身影。中国的领导层始终相信，"千千万万普通人最伟大"，而包括恒大人在内的人民的力量一旦被激发出来，必将成为改天换地的伟力！

与"国书"相比，许家印的"家书"比较简短，但对恒大扶贫队员们来说，它温馨亲切，让人如沐春风。许家印在这份"家书"中称恒大人为"小伙伴们"，没有一丝一毫居高临下的姿态，有的只是从心底里溢出的珍惜、珍爱，正如对待自己的兄弟姐妹一般——

恒大的小伙伴们，新年的钟声已经敲响！祝愿各级领导及全体员工新年快乐，万事如意！

2017年是公司发展浓墨重彩的一年，在各级领导和全体员工的共同努力下，恒大战略转型和发展取得了前所未有的成就，投身脱贫攻坚取得了有目共睹的阶段性成果。这些，离不开你们没日没夜的付出和努力，离不开你们家人的充分理解和全力支持！你们的心血、汗水和奉献，我都看在眼里，也一一记在心里！大家辛苦了，向每一个恒大人和恒大家属致敬！

2018 年将是公司发展史上又一个里程碑。新年新气象，新时代新征程，我们第八个三年计划要全新开局，战略转型将全面深化，任务艰巨，前程远大，催人奋进！

不忘初心，牢记使命。同志们，让我们一起再接再厉、顽强拼搏、开拓创新，在奋斗中成就更加精彩的自己、更加辉煌的恒大，为实现中华民族伟大复兴的中国梦贡献我们的力量！

许家印

2018 年 1 月 1 日

读着这份仅有三四百字的"家书"，通篇感受到的都是一种家人式的赞赏与期许。许家印是谁？是身家亿万的大老板。他的恒大集团是什么等级的企业？是世界五百强，根据《财富》杂志在 2017 年 7 月 20 日所公布的排名来看，恒大集团以 318 亿美元的营业额位居世界五百强的第 338 位，比前一年进位 158 位，这样的进步与跨越绝对少有！截至 2017 年 6 月 30 日，恒大集团公司的总资产达 14930 亿元。如此大型企业的老板称自己的团队——以"80 后""90 后"居多——为"小伙伴们"，假如你是恒大的员工，会作何感想？

"热乎！""温暖！""幸福！""自家人！"恒大扶贫队员们纷纷回答我。

在多次往返乌蒙山区扶贫战场之后，我不由得想到，假如我是许家印，假如我用他的眼光去看那些不眠不休奋战着的恒大扶贫队员，同样会为那些年轻人的表现感到自豪，感到骄傲，从中产生极大的幸福感与成就感！

我会自豪地说，我的团队没有辜负集团公司的期待！

我会骄傲地说，我的团队心里装着人民，交出了让人民满意的答卷！

我会有幸福感，我的团队成员就像我的战友、我的亲人一样，和我一起担起了造福百姓、振兴祖国的重任，没有让我在全国人民面前丢脸！

我会有强烈的成就感：世界五百强不算什么，上升158位更微不足道，我的"小伙伴们"飞速地进步和成长，才是我最大的收获与荣誉！

我相信，许家印写到"你们的心血、汗水和奉献，我都看在眼里，也——记在心里"这句话时，他的眼里一定充满感动、感激与感慨的泪花……

我认识的许家印是个重感情的人，是个懂得感恩的人。这些年来，许家印带领自己的团队，用致富思源、富而思进的奉献刷新了陈旧的社会观念——

我们中国的民营企业和民企员工，并非皆是见利眄眼、见利忘形、见利唯己，我们也能做到大大方方、堂堂正正、轰轰烈烈，甚至大公无私、全心全意地为人民、为国家、为民族的昌盛与强大贡献力量，做名垂史册的好人！

我们能够做到，也必须做到！

我们是受到习近平主席表扬的扶贫工作者，牢记中国数千万贫困百姓"一个都不能掉队"的嘱托，"奋战在脱贫攻坚一线"。我们承担了应尽的社会的责任与义务，向党和人民做出了承诺与保证，我们的阶段性成果有目共睹！乌蒙山区的贫困百姓在我们的不懈努力下，终于逐步过上了好日子！

而你们，你们这些年轻的扶贫队员，跋涉百万里，走访百万人，一双"铁脚板"踏遍了乌蒙大地的山山水水，为百姓的幸福呕心沥血，你们难道不是新时代最可爱、最可敬的年轻人吗？

人民都说，你们是一支经过淬炼、拥有坚强意志的铁军！我为你们感到荣耀与自豪，我感谢你们，我敬佩你们！

我相信，这就是许家印的心声，是一颗赤子之心迸发出的最真挚的感情！

22. 眼睛看得见的捷报大单

"天上不会掉馅饼，努力奋斗才能梦想成真。"这是习近平主席在2017年新年贺词里的一句话。这句话告诉我们一条真理：一个人、一个社会、一个国家要获得幸福，就必须奋斗，没有奋斗就没有幸福。

恒大扶贫队员的幸福在哪里？在贫困百姓的幸福之中，在倾尽全部心力帮助百姓脱贫的奋斗之中，这种幸福是人世间最崇高的幸福，是精神与灵魂、思想和情感的升华，它必定远远超越那种物质上的满足感。这群新时代最可爱的人，在接受社会所能给予的最崇高的褒奖之前，已经从这种幸福感中收获了无尽的回馈。

两年多来，他们用自己的汗水与智慧，在乌蒙大地上写下了一份长长的扶贫脱贫成绩单：

自2015年12月19日与大方签订《恒大集团结对帮扶大方县精准扶贫精准脱贫协议》以来，到2017年年底，恒大共帮扶大方县12.73万贫困人口实现初步脱贫；建成10223个星罗棋布的蔬菜大棚、335个肉牛养殖基地、35个生机勃勃的中药材及经果林基地；建成50个恒大幸福新村和1个奢香古镇，14000名贫困人口喜迁新居；修建 26 所学校，奖励资助 1000 名师生；帮助 21375 名贫困群众掌握致富技能，16410 人稳定就业，就业人员年人均工资 4.2 万元；协助 13302 户贫困百姓获得了 5290 万元的创业基金，实现他们的创业梦想；实施了惠及 14140 名困难群体的保障扶贫政策……

这张大单尚不能囊括恒大这两年扶贫乌蒙山区的全部功绩。自 2017 年 5 月起，恒大又一掷 80 亿元，全盘接下整个毕节市七县三区的脱贫攻坚任务。

2018 年元旦，大方县委、县政府发出致恒大集团全体员工的新年献词，罗列恒大扶贫大方的斐然成绩，记录了一连串喜人的数字。新年献词中说，恒大帮扶大方的两年间，那不胜枚举的累累硕果，是许家印"民生为本、产业报国，为更多人创造和谐生活"的豪情，是恒大集团"艰苦奋斗、无私奉献、努力拼搏、开拓进取"的壮举，是恒大扶贫铁军"精心策划、狠抓落实、办事高效"的战果。在恒大精神的感染下，全县的党员干部必将拿出为民服务的初心、勇立潮头的信心、舍我其谁的决心、先行先试的恒心、干事创业的雄心。

数字是枯燥的，修饰形容的词语其实也是乏味的，唯有大地上留下的那些抹不掉的印记才最可靠和牢固，而百姓脸上泛起的、不会再消失的笑容，最能说明一切。对恒大人来说，没有比这两点更能让他们欣慰的了！

毋庸讳言，以往的扶贫工作中确实存在着若干乱象，比如纸面上的成绩被吹得天花乱坠，当地百姓却连个影儿都摸不着。可恒大不是，恒大的成绩单是刻在大地上的，每一个印记，都已成为当地的地标，并改变着当地人的认知。

比如，大方人都说自己是奢香的后代，他们通过奢香墓、宣慰府、奢香公园，还有史书上对奢香的记载，缅怀昔日水西文化的荣光，寄托自己的家乡情怀与民族情感，却不知历史之所以能长久地传承，少不了要注入鲜活的因素、现代的概念，赋予它随时代潮流而焕发的生命力。在现代文明社会，人们更喜欢在日常生活中潜移默化地接受传统文化的普及，滋养自身的精神与灵魂，而不是在单调古板的朝觐中接受某种肤浅的说教。尤其是那些与现代生活缺乏直接联系的古人古事，起初只是让人感觉到遥远和陌生，必须经过现实元素激活后，才能与现代人的命运、情感和未来发生关联，促使他们自动自觉地传扬与维护。奢香古镇在大方平地而起，恰似一道惊雷，震落昔日灿烂的水西文化上的蒙尘，擦亮了大方县"奢香故里、古彝圣地"的金字品牌。它必将成为大方县新的地标，让人看在眼里，记在心里；它必将使古镇居民乃至大方人民的生活发生翻天覆地的变化，重建他们的生存方式以及生存理念。

恒大留在大方的奢香古镇，不再是简单地用七八亿元钱堆起的建筑群，它让上万名贫困百姓有了安乐窝，并将是更多百姓的幸福天堂。它的身上，承载着大方渴求发展与崛起的希望，是大方走向全国以及世界的一张名片。

——这样的成绩单，突破了旧思想、旧观念，展现了新时代里人们的现实需求与对明天的美好憧憬。可以预测，奢香古镇的出现，以及其未来的发展，毫无疑问会影响到大方建筑界、知识界、金融界等各界的形态模式，带动地区经济与文化的空前发展。

恒大留在大方的 50 个幸福新村，美得让外乡人都羡慕，它们切实改善了大方百姓的居住条件，是最好、最实惠、最受欢迎的民心工程。从选址，到设计，到房屋质量，再到家具电器的配置，无不让这块土地上的居民跨越了一百年、一千年的历史进程，一夜换了人间，一瞬进了天堂。这些贫困百姓告别风不挡、雨不遮的旧屋破房，搬进新家，个个激动得泪流满面。他们清楚地知道，靠自己和自己的子孙后代，怕永无可能住进这么好的房子，且是分文不花。因为有恒大集团的无私大爱，他们才能搬出大山、告别贫困、拥抱幸福！

恒大响应中央扶贫开发精神，老百姓住上新房，除了感恩恒大，更加会感恩政府、感恩祖国、感恩新时代。落地生根的恒大幸福新村，必将成为乌蒙大地上最壮美的画卷，新中国的史册上也必然给它留出一抹绚丽的色彩。

这样的成绩单，百姓感受最实在，安居第一位，家有好房住，生活就不赖。大方百姓这样跟我念叨。

恒大留在大方的10223个蔬菜大棚和470个肉牛、中药材及经果林基地，如繁星般散布在万千峰峦之中，保证百姓享有劳动的乐趣，获得小康的收入，同时也在提醒他们，劳动才是人民的本色，每个人伸出的手，不应该习惯性地手心朝上，而应该握紧拳头去努力、去奋斗。自力更生是永远不可放弃的美德，自强不息是生命延续的广阔天地。在那个天地里，希望与喜悦总在心头荡漾，这比单纯的金钱和洋房更令人珍惜。幸福都是奋斗出来的，大方的百姓珍惜恒大人通过奋斗赋予他们的幸福，但更愿意在恒大人的帮助下，用自己的劳动换取世世代代的永恒幸福，而这也是恒大人的最终期待。

这样的成绩单，专家们称之为"造血工程"，我认为也可以叫作"豪情工程"，它体现了人抗争命运的顽强本质，是人类生命中的华彩篇章。一季又一季、一茬又一茬的大棚蔬菜，流转不息，是永不枯竭的历史长河的缩影。人类与生俱来地热爱劳动、珍视劳动，通过劳动享受丰收的喜悦，这样的生命才有活力，才是劳动人民的生命，才是历史的动力。毕节人民勤劳与智慧并举的劳动，让昔日只有野草和石头的荒丘披上五彩缤纷的外衣，经济果木林错落有致，中草药闻名遐迩，也许，将来连乌蒙山都会重新起个光艳艳的新名字……到那时，"多彩贵州"更加名副其实。

虽然大方县的新年献词中没有提及"三年10万头"纯种牛这一大单,但那些远道而来,在此安家落户、繁衍子孙的安格斯牛和西门塔尔牛,其实是最容易令人蹦出"喜欢"二字的乌蒙新宠儿。对于大方人的呵护,它们当之无愧,因为它们担当着改良本地土牛基因的重任,甚至被要求提高一个地区的人民体质——难道不是吗?假如我们的国民能够以牛肉和牛奶为主食,东方人的强大就能表现在头脑和身体两个方面了。体质的强健是民族强盛的基本保障!

这样的成绩单,一般人并不会从中认识到如此深远的意义,但许家印和恒大人已为之筹划良久,铺设好了每一步。年轻的扶贫队员们目标清晰、方向明确,像爱抚自己的新生婴儿一样,悉心照料那些优质的纯种牛,把它们养得膘肥体壮。展望未来,大方将成为大西南乃至中国最大的纯种安格斯牛饲养基地,畜牧业将成为大方经济发展的支柱产业、农民增收的重要途径,从而有力地推进精准扶贫、精准脱贫的进程。

恒大的扶贫成绩单中,还有一项内容必须提到,那就是通过组织大规模职业技能培训,吸纳大方贫困百姓在恒大引进的43家上下游龙头企业、恒大物业、园林、酒店等下属企业和战略合作企业就业。这是恒大的又一独创性贡献。

在这个世界上什么最重要?人。人的发展中什么最重要?能力。能力从何而来?有天生的,也有后天锻炼出的。在交通和信息都不发达的传统社会,不知有多少天才被埋没在崇山深林中,碌碌只求温饱,一生不为人知。而在一切都高速运转的新型社会,那些来自底层、来自最边远贫穷地方的人,只要有出众的才华,就一定能抓住机遇,获得成功与成就。即使是能力平平的人,只要足够勤奋、努力、刻苦、上进,再得到培训技能、增长知识、开阔眼界的机会,也能有效地提高自身能力,摆脱贫困的境地。恒大就是看到了这一点，才力推就业扶贫，以真诚之心、手足之情，上端办班培训，开设农业、建筑、酒店服务、保安等专业课程，下端动员上下游企业、所属分公司和战略合作企业安排受过培训的大方籍务工者上岗就业，从而切实增加一个家庭的收入，实现"一人就业，全家脱贫"的目标。

这项举措也让大山里的贫困百姓明白了一个道理：欲求生存，先学本领；想要致富，提高能力。好日子是苦干出来的，幸福更须努力奋斗才能得到。人的基因无法改变，但观念可以更新，知识可以学习。恒大的职业技能培训，重点在于拓展山里贫困百姓的视野，冲击他们固有的思维定式，鼓励他们独立思考，继而转化为创造力，在这个现代文明社会找到最适合自身发展的位置。这种观念意识的改变，是人类进步的根本，千金难买。

扶贫先扶智，治穷先治愚。如果说恒大对大方籍务工者的培训是修枝，那么，为山区的孩子们修建高规格的大、中、小学和幼儿园、儿童福利院，且强师资、设基金，全方位补足大方教育资源的缺口，就相当于育苗。恒大浓墨重彩的教育扶贫，意在阻断贫困的代际传递，真正从源头做到"拔穷根"，让大方的年轻一代有一个可以展望的光明前景。面对这份大礼，大方人应该庆幸，他们遇到的许家印主席恰好有着一段饱受磨难的童年记忆。如今，身家亿万的他一再叮嘱：在帮扶大方教育时，该拿多少钱就拿多少钱，绝不能吝啬。

原本我要为恒大的教育扶贫专门写一章，但怕占据的篇幅太多，反而削弱了脱贫攻坚主战场的氛围，因此只记录两个亲眼所见的镜头，算是对恒大在乌蒙山区决战贫困画面的一个补充——

镜头之一："天上"和"地下"的两所小学。

那一天，大方的同志为了向我展示恒大教育扶贫的成果，特意陪我参观了大山乡的两所小学，让我深刻地体会了"截然相反"这个成语的含义。

我们先去了地处大山乡最高峰的高峰村东方小学。

海拔 1800 米的山峰按理说不算太高，但当你身临山巅，俯瞰脚下那刀削斧劈一般的万千沟壑，伸出双手迎接拂面而来的朵朵湿润云雾时，就会明白什么叫"荡胸生层云，决眦入归鸟"了！东方小学就坐落在这样的峰峦之上、天地之间。

老乡带着我们穿过高峰村，走向村后的小学。这段路程乍一看并不远，站在村中，远远就可以望见山巅东边一栋孤零零矗立的破旧白房子，那就是小学校，但等我们真要走过去，可就费劲了。山里人说，望山跑死马，在大山里走路，看着在眼前的得走半天，望得见的得走一天，至于看不到的，就得走三天。然而让我想不到的是，到东方小学根本没有通常意义上的路可走，只有窄窄的田埂与泥泞的山径。想象一下吧，那些只有六七岁、十来岁的孩子，他们为了读书，每天必须起早摸黑、翻山爬坡，走这么漫长难走的小道……这种艰辛与困苦，城里的孩子怎么能体会到呢，就连我这样惯于走南闯北的人也不免望而生畏。有位恒大扶贫队员给我发过一张照片，是在下乡走访贫困户途中拍摄的，画面上是一个躺在路上熟睡的孩子，身上还背着书包。"他肯定是太困了或太累了。我们没有叫醒他，只是心疼地想，他会不会冻着……"恒大扶贫队员这么说。

在山里，每天都会有很多小孩凌晨四五点就起床摸黑走山路去上学，晚上天黑才能到家，如果没有同伴结对去学校，小朋友往往就放弃这漫长的求学路……这无情的重峦叠嶂切断了多少孩子对外面世界的美好向往，碾碎了多少孩子的梦想！大山里的孩子上学读书就是如此艰难，也无怪乎山民的文化水平整体上偏低。

眼前的这座东方小学已经在大山乡的最高峰飘摇了二十年，它始建于

20世纪末的1997年，上下两层，每层各四间房间。一至六年级的五六十个孩子，每两个年级合为一个班上课，配有五位老师，其中三位在编，两位民办。孩子们每天能享受到一顿国家配给的免费午餐。这是所典型的山村小学，校舍不算破烂，但也十分旧了，操场跟晒谷场差不多大，还连着一块水田，那水全靠下雨时聚积，如果天旱，学校方圆三五里都没有水源。

孩子们见到我这位远方来客都很好奇，纷纷围过来打量我。"你们愿意搬到新学校去吗？"听到我问这个问题，孩子们都瞪圆了眼睛，不知道如何回答。

就在这个乡，恒大已经建起了一座现代化的完全小学，比一般城市的小学还要设施齐全，但眼下孩子们对此还一无所知。

东方小学的张校长初中毕业后就去念师范，据他说，这个小学曾有一个学生后来考上了山西的太原理工大学。"现在不知道那学生在干啥。"短暂的骄傲之后，张校长的眼睛很快就没了光亮，"如果不改善学校的条件，许多孩子连初中都不会再读了。路太远，孩子们走不动……"

是啊，这种窘迫的学习条件，能让幼小的孩子们安下心来读书吗？又能出几个大学生呢？

我们乘车走出三五里路，又回头望向大山之巅的那座小学，它已经变得像一页白纸片般单薄，挂在顶天立地的山峰上，显得那么渺小，似乎只要稍稍起一阵风，就会将它吹得无影无踪……我眼望小学，脑海中浮现出那些孩子天真无邪的面庞，他们的未来会是什么样呢？时间太短，我理不清思绪，但我知道一点：他们的命运马上就会改变，因为恒大为大山乡建的乡中心小学已经投入使用，学校占地面积20078平方米，建筑面积有5205平方米，足以容纳东方小学的学生。

"瞧，就在那里……"拐过山弯，恒大驻大山乡的扶贫队员指着一片崭新的建筑群对我说，屋顶上，一面五星红旗迎风飘扬。

恒大第六小学——六个醒目的大字映入我的眼帘。这是恒大帮扶大方所建的26所学校之一，楼体美观，教室宽敞明亮。如果不是亲眼所见，我很难相信相距不远的两所小学会有如此天壤之别。

刚刚看过的东方小学，是恒大到来之前大方县多数乡村小学的缩影，我在猫场镇的狗吊岩村，还见过一所设在山洞里的为民小学呢。

"就是嘛，一个天上，一个地下，没法比。"恒大第六小学的校长叫秦春圃，他说过去该乡中心小学叫大山苗族彝族乡小学，恒大第六小学建成后就以大山乡中心小学的职能招收学生。

"一至六年级完小，现有在校生524人，班级编生完全按教育部规定，一个不超。全校26名老师都是在编名额，每门课程由一至两名老师承担。"秦校长很有底气地领着我在校园里走了一圈，骄傲地指着绿荫下的足球场和操场上的塑胶跑道让我看，还说："我到过省城贵阳，那里最好的小学校园也不过如此。"

秦校长又将我领进一间正有学生上课的远程教室，悄声向我介绍说："注意到没有？我们这里的教学内容与方法是与北京清华附小同步的！我敢说，在这一点上省城一般的小学绝对不如我们学校！"

这可能吗？我正在怀疑时，秦校长向授课老师打了个招呼，只见那位老师拿起一个遥控器，按下按钮，讲台旁的电子屏上立即出现了清华附小老师在北京课堂上的授课实景……真是了不得呀！

"我老家苏州的教育质量在全国都出名，但绝对没有你们这儿先进和高质量！"我感叹道，"如果当年我也能进你们这样的学校上课，说不准我这辈子不当作家，改考清华了！"

秦校长和陪同我的人都笑了。"大方的孩子确实太幸福了！恒大不仅给我们建了这么好的校舍和校园，许家印主席还亲自牵线，帮我们与清华附小、清华附中联合开发了大方全县中小学的远程教学系统，让大山里的孩子能够与清华附小、清华附中的学生一样，享受全国最优质的教学资源……"秦校长喜形于色地告诉我，前几天清华附小的老师还亲自来到恒大六小讲课呢！

"2017年，我们先后派了10名老师到清华附小去培训。"秦校长说，"恒大第六小学建好后，作为大山乡中心小学，我们的教学资源已经辐射到全乡9个村，剩下两个村也会在明后年全部辐射到。"

下课铃声响起，一群群小学生拥出教学楼，在操场上欢快地玩耍。我看见几个孩子趴在地上算算术，于是凑过去跟他们聊天，问他们将来想考哪所大学。

"清华——"孩子们齐声回答。

嚯，志向不小啊！

一路陪同我的大山乡陈乡长这时说话了："今年我们乡有好几个学生考到了北京的大学，估计明后年就有上清华、北大的了！"

这么牛啊！

"现在恒大第六小学在全县小学排名中已经名列前茅了！"

又是一个意外！设想一下，十年、二十年以后，这所远处深山的恒大六小会不会走出一群清华生，甚至再出一个许家印呢？谁也不敢断言。

而与恒大六小同等规模、同等配置的小学，恒大在大方建了11所……

镜头之二：孩子们的生活不该有天壤之别。

我向毕节当地干部讨教：2015年6月9日发生的那一场悲剧到底能不能提？他们说，人民网等大媒体上现在还能搜索到，毕竟是事实嘛，虽然是坏事，但能让人反省。

悲剧发生在毗邻大方县的毕节市七星关区田坎乡茨竹村，身为留守儿童的张启刚四兄妹在这一夜一起喝农药自杀。孩子们这一绝望的选择，举国震惊，国人无不痛心。然而，时至今日，我到毕节采访，发现这里的留守儿童仍然非常多，比如张启刚兄妹所在的这个茨竹村，全村共有151名留守儿童，其中有43个孩子的妈妈"跑了"，长期与家庭处于失联状态。当初张启刚和三个妹妹的妈妈也是"跑了"，父亲在外打工，四个孩子一直孤零零地生活，最后由张启刚带领服毒自尽，酿成惨剧。

这样的孩子可惜，这样的家庭可悲。在乌蒙山区，类似张家四兄妹的悲剧不止一起，比如2012年媒体就曝光，毕节市七星关区海子街镇擦枪岩村的五个流浪儿童一起死在街头的垃圾箱内。他们中最大的十三岁，最小的九岁，是堂兄弟。五个孩子死于11月16日，那晚天气寒冷，他们躲藏在垃圾箱内生火避寒，导致一氧化碳中毒死亡……

造成这些悲剧的原因有一点是相同的：父母远去打工不回，幼小的孩子成为无巢可依的孤雏……枯树临霜，尚有垂死的骨架，而幼苗遇雹，必是灭顶之灾。在乌蒙山区走一圈，你会发现，这里的留守儿童数量庞大、问题众多，已经成为一个不容忽视的社会问题。那些因无人监管而到处流浪的孩子，注定有一个贫穷、孤单的童年，他们才是最可怜的群体。

仍然记得自己贫寒童年的许家印，对这些孤苦的孩子们有怜、有爱。他不仅发动恒大全体员工结对帮扶大方县留守儿童、困境儿童和孤儿，还不计成本地在大方修建儿童福利院，配备了宿舍楼、医疗及康复用房、行政办公用房、教育培训用房等，解决了300名孤儿生活、学习、医疗、健身等问题。首批入住福利院的46名孤儿、困境儿童，年龄最大的十六岁，最小的五岁，恒大又按年龄将他们安排到相应的幼儿园和学校就读。

现在来到奢香古镇，你会看到连成一片的崭新校园，包括大、中、小学，幼儿园和一所儿童福利院，这是大方县目前配套最齐全的校区。在恒大人和大方人的共同努力下，这里将成为乌蒙山区孩子学习的乐园与成材的殿堂。在这里，那些想念书却念不起书、想回家却不知家在何方的苦孩子们，将在恒大的帮扶下茁壮成长，再不知流离失所是什么滋味！

我在几座校园里逛了一圈，不禁感叹道：绝不比北京四中差！当然我指的是硬件。北京四中紧挨我的家，过去我认为它是我见过的最气派与壮观的中学，但如今看过奢香古镇的新校区，不免觉得四中有几分失色。这里的校园占地宽广，景观规划精心又精致，一眼望去，简直如诗如画、美不胜收！那排列整齐的校舍、随处可见的绿地、应有尽有的教学设施……都令我连连赞叹。我想，那些曾在全国各大名校就读的恒大扶贫队员们，在规划与修建大方的新学校时，肯定注入了自己校园生活中最美的记忆，让大方的孩子们也能分享。

我走进恒大二幼，这里的每个角落都经过悉心设计，充满彝族风情和元素，院内还有序地铺展着许多彝家人的生活用品。园长说，幼儿园的布置得归功于恒大发展教育部部长骆平平和她的团队。

因为梦想做个乡村教师而来到大方扶贫前线的骆平平，那天带着我把幼儿园里里外外每个地方都参观了一遍，自豪地指给我看她和老师们一起设计的"儿童乐园"，也就是集生活、学习和玩耍多重功能于一体的教室……

这是一个50多平方米的房间，明亮温馨，几排折叠床靠在一侧墙边。老师说，中午孩子们每人一床睡在这儿，其他时间把折叠床一收，就腾出了学习与玩耍的场所。我环顾房间，触目皆是五彩缤纷，满眼童趣，尤其是墙上贴着孩子们自己画的画，妙趣横生，让人一看就眉开眼笑。

我特意去看孩子们的卫生间。"这么整洁干净啊，还有点香味哩！"听我这么一说，大家都笑了。

"我们着力打造的就是'奢香文化，芳香之旅'！"骆平平说。

"难怪，芳香要从娃娃抓起嘛！"我的话又一次惹出一片笑声。

这大概是我见过的最漂亮的儿童卫生间了，干净整洁自然不用说，难得的是每个孩子都有两块擦手巾。"目的是让孩子们从小注意卫生习惯。卫生间男女分开，是为了让孩子们懂得相互尊重。"骆平平专门介绍说，"孩子们都是自己的事自己做，老师和保育员只是适当地帮助与指导他们。"

走出校舍，来到居高临下的小操场，那种开阔之美，加上灿烂的阳光、清爽的山风，令人顿感心旷神怡。几十个身着鲜艳衣裳的孩子正与老师们一起蹦蹦跳跳，抛球嬉戏……看着这些无忧无虑的孩子，你根本无法把"贫困"二字与他们联系在一起。

"他们在这里的衣食住行都由我们包了。"骆平平说。

我知道骆平平在哈尔滨长大，便问她："你小时候上过这么好的幼儿园吗？"

"梦里有过。"她说。

"所以你在这里把梦想变成了现实！"

"没错，"骆平平乐了，她指指院墙上的一行字，说，"我们就是按照这个目标修建包括幼儿园在内的新校区的……"

那行字是这样写的：孩子全面发展，老师幸福工作，家长放心满意。

我静静地站在这行字前面，凝视了许久，内心波澜起伏，耳畔响起了习近平总书记说过的一句话：要把老百姓的安危冷暖时刻放在心上，以造福人民为最大政绩……

恒大帮扶大方两年来，交出了一份光彩夺目的成绩单，这不正是总书记所说的"造福人民"的"政绩"吗？

恒大不是地方政府，它只是一家民营企业，然而作为民营企业的它积极响应中央号召，"把老百姓的安危冷暖时刻放在心上"，以"造福人民"为己任，最终向社会交出了一份令人敬佩的捷报大单！

　　现在，我终于明白为什么恒大扶贫队员特别爱唱《一起幸福》这首歌，因为它饱含了恒大人内心对贫困百姓的无限深情——

　　　　你的困和难，有人在关注，

　　　　你的痛和苦，有人很在乎。

　　　　是谁在你家门前修了一条路？

　　　　是谁把你的危房换成了新屋？

　　　　你的贫和穷，不会再光顾，

　　　　你的田和土，不会再荒芜，

　　　　是谁在你村口点亮了一盏灯？

　　　　是谁让你的梦想破土而出？

　　　　问过目光，问过汗珠，

　　　　肩并肩的身影铭心刻骨。

　　　　问过冷暖，问过酸楚，

　　　　有人在和你守望相助。

　　　　……

　　　　问过信念，问过脚步，

　　　　手拉手的背影风雨无阻。

　　　　问过初心，问过征途，

　　　　有人想要和你一起幸福。

　　　　……

23. 收获铁军

2018 年元旦，在习近平主席发表新年贺词的镜头背景中，有一张他年轻时身穿军装的照片，格外引人注目。在一篇回忆文章中，他曾这样写道："15 岁来到黄土地时，我迷惘、彷徨；22 岁离开黄土地时，我已经有着坚定的人生目标，充满自信。作为一个人民公仆，陕北高原是我的根，因为这里培养出了我不变的信念：要为人民做实事。"

结束知青生活、读完大学之后，习近平曾在中央军委办公厅工作过三年，对军队怀有深厚的感情。如他所言，那时的他，已经非常牢固地树立了"为人民做实事"的信念。

几乎所有中国年轻人都有过成为一名军人的美好梦想。他们中的一些人当上企业家后，也一心想把自己的团队打造成像人民解放军一样纪律严明的钢铁队伍。许家印作为成功的民营企业家，他麾下的恒大集团已经拥有 13 万员工，业务遍及全国，可以称得上是民营企业中的一支大军了。但大军并不等于强军，不等于战无不胜、百战百胜的铁军！许家印理想中的恒大人，是一支招之即来、来之能战、战之必胜，所向披靡的钢铁队伍。否则，钱再多也只是一个数字，大楼盖得再多，也只是一家商业公司，即使在行业内打遍天下无敌手，也说不准哪天一阵风刮来，顷刻间土崩瓦解。这样的教训，屡见不鲜！

许家印是经历过大风大浪的智者，从没有被眼前的成功冲昏过头脑。

向前冲，昂起头！

身为战士做英雄。

男子汉，跟我走，

狂奔燃烧热汗流。

向前冲，昂起头！

炎黄子孙齐加油！

丈夫崛起高昂首，

腾身一跃向胜利冲锋！

这首已经成为恒大形象歌曲的《崛起》极有气势，相比在足球场上屡屡响起的那首广州恒大队歌，它更有"许家印精神"，洋溢着军人和军歌的色彩，想必更受许家印偏爱。

"我们需要一支报答社会、报恩祖国的铁军！"

"你们就是脱贫攻坚战所需要的铁军！"

类似的话语，许家印多次在扶贫战役的节点上讲过。显然，由他亲自组建的这支扶贫队伍不仅让人民满意、让社会叫好，也让他相当赞赏。

扶贫不是盖房，脱贫更不是卖房。到底应该以何种方式帮扶乌蒙山区的贫困百姓呢？许家印和恒大高层在一开始想了又想。他们并没有打算把钱一甩就算完事，熟知农村情况的许家印和恒大高层都明白，这不是真帮扶。严酷的现实摆在眼前，必须另辟蹊径，挖掉穷根！

"我们最后决定，帮扶大方不仅要在资金上保证，更重要的是出人才、出技术、出管理、出思路。"许家印解释说，"这四个'出'是针对扶贫对象和地方政府的。但要在人才、技术、管理、思路上帮助对方，你自己先得有人才，有技术，有管理经验，有好的思路。这就逼迫我们做出一个决策：选派一支骁勇善战的队伍。这支队伍既要落实资金项目，更要帮助当地培养出一批懂技术、能管理、会经营，又有脱贫致富思路的优秀人才。要帮助大方培养出这样的人才，我们就得派这方面的人才去。于是，我们开始在全集团公司选派扶贫队员。和大方签订协议后不到二十天，我们不仅准时把10亿元资金调集到位，还从集团抽调了287人的扶贫团队，带领3000多人的建筑队伍常驻大方，拉开了精准扶贫的战线……"

姚东他们告诉我，许家印之所以做出选派扶贫队员开赴大方的决定，是长期学习毛泽东思想的结果——派遣工作队下地方，是毛泽东常用的方法。

"我们共产党人好比种子，人民好比土地，我们到了一个地方，就要同那里的人民结合起来，在人民中间生根开花……"许家印从小就把毛泽东的这段话背得滚瓜烂熟，这些年来，在经营公司时，他在很多方面都运用了毛泽东思想，用毛泽东创建人民军队的方法组建自己的恒大大军。毛泽东是怎么说人民军队作用的？战斗队、工作队、生产队呗！与许家印同时代走过来的人，不用多交流就知道他此番谋略的来龙去脉。

挑选扶贫队员，组建扶贫队，这是许家印在新时代对扶贫工作的创新，也是他对毛泽东军队建设思想的一种继承，现在看来，取得了良好的效果。

"许主席号召'不脱贫，不收兵'，意在让我们这些前方的扶贫队员心里清楚：必须好好干，干到百姓满意、社会好评，干到这片土地上的贫困群众都走上致富之路，我们才可能撤出这片大山……"年轻的扶贫队员们告诉我。

"你们当初来时就有这方面的思想准备吗？"我问。

"准备得没那么充分，刚开始是单纯地抱着一股热情，后来越干越有感情……"扶贫队员们说。

"啥感情？"

"对老百姓由同情到有了亲情，特别是后来，对他们简直是牵肠挂肚。"

"为什么？"

"因为我们看到自己用心血和汗水浇灌的这块土地上开出了花朵，结出了果实！"一位女队员饱含深情地说，"每每看到那些贫困百姓住上新房子时喜笑颜开，在大棚里抚摩着鲜嫩的蔬菜喜不自胜，年终拿到分红时落下激动的眼泪，看到孩子们高高兴兴地穿上新衣服，背上新书包，到新学校上学，我们就会情不自禁地想再多干点事，把事情干得再好一点……"

我理解这些在许家印、姚东和我看来还是孩子的扶贫队员们，理解他们的所思、所想、所感。

有一定农村工作经验的人都十分清楚，扶贫是一个"想躲又不好躲，不躲又干不好，干了又看不到前景"的难题，连很多经验丰富的农村干部都深感头疼，有畏难情绪。现在突然把这样一批昨天还在父母膝下撒娇的"80后""90后"派到艰苦的深山老林，风餐露宿、跋山涉水，开辟一个全新的扶贫战场，做通、做好这个特殊群体的工作，也真是难为他们了。当然，更苦了姚东，苦了扶贫队的几位副总，这几位副总其实也是"80后""90后"啊！

"扶贫队员里个别孩子是在农村长大的，大多数是五谷不分的城市娃，即使那些农民家庭出身的孩子，也基本上是连地都没下过的读书郎。这么一批孩子，从大城市跑到边远的大山、落后的少数民族居住地，要给贫困百姓指出一条通往幸福的康庄大道，你觉得这事有几分可信、几成把握？"姚东问我，紧接着又自己回答，"我做过农村基层工作，也带过团队，算是有些经验，知道人是最大的生产力。要打赢脱贫攻坚战，有一支高素质的团队至关重要。"

以前的姚东出身于地方党政干部队伍，后来又在恒大做高管，十足知识分子的外形，皮肤白皙光洁，戴一副眼镜，文质彬彬。然而现在站在我面前的他皮肤黝黑，说话高声大嗓，全是"来""快去"等字眼，举手投足间酷似一位将军。可不是，几千人的扶贫队，加上几万人的施工队伍，就是一支庞大的军队嘛。

"一支好队伍必须有好的纪律、好的统帅，还要有称职的将领，缺一不可。"姚东笑嘻嘻地说，"许家印主席就是我们这支恒大扶贫队的统帅，我勉强算个前线将军——其实我最喜欢人家叫我'老班长'！"

这位"老班长"说："除此之外，一支军队的军魂更重要。什么是军魂？就是用什么样的思想来引领一支队伍。没有正确的思想引领，就打不了胜仗。如果只把扶贫当作一份差事，最后只能是马马虎虎敷衍了事，绝对无法实现精准扶贫、精准脱贫的目标。出征时，许家印主席给我们扶贫队定下的目标是'要当作硬仗来打，而且只许成功，只许完胜'！所谓完胜，是指我们承诺的所有项目都要做好，所有帮扶的百姓都要真脱贫，与之相应的是，恒大的团队要在这个过程中获得能力、经验的全面提升，以及精神上的全面收获。"

"这三个方面的收获与提升又靠什么？"姚东像在自问自答，"肯定要靠带这支队伍的人！当许主席和集团公司任命我为扶贫前线总指挥后，我首先想到，扶贫队伍必须搞军事化管理。这也是恒大的传统，但在扶贫这个全新的战场上，军事化管理比过去任何时候都显得更为重要！"姚东没有当过兵，因此他的这番话让我多少有些吃惊。

接下来姚东说的话解除了我心头的疑惑。"我是从内蒙古过来的。我的六位父辈中，只有我父亲是知识分子，其余五位全是军人。虽然我没有当过兵，但也许因为从小跟军人接触，耳濡目染，身上有很多军人式的作风。当接受了到乌蒙山区扶贫的任务后，我首先想到的是如何带好这支扶贫队伍。在这一点上，我和许家印主席想到了一起，我们都认为必须学习军队的做法，进行全军事化管理……两年来我们在毕节所做的一切，全是按军队作战的方式来安排，有总体部署，有战役设计，有兵力布置，哪个阶段用哪些人、干哪些事、干到什么时候、以什么标准验收等，都有一套完整的作战方案和实战考核。许家印主席还为我们前方的作战队伍制订了两套监督制度：一是扶贫队内部的督察员；二是集团总部专门设置的督检部门，就像党内的巡视组，他们完全跟我们脱钩，直接受许主席和集团公司的领导，随时对前线项目、工程以及人员进行背靠背的检查、巡视和监督，并且制订了严厉的处罚细则，细到可以把我这个前线总指挥'扒光'……"

我不明白姚东这比喻是什么意思。

有人在一旁窃笑，说集团公司针对姚总规定了许多"军纪""军规"。

"这么厉害？能说说吗？"

"太细的没记住，大概就是只要这里的扶贫工作哪个环节没做到位，首先就扣姚总的工资，差不多可以扣光他的……"

原来如此！

到底怎么扣？最后许家印透露了秘密……

恒大集团公司主要考核在扶贫前线负总责的集团副总裁，也就是姚东，因此针对他制订了一系列考核措施。2017年8月12日，恒大集团公司为此专门发文：

×年×月×日前，大方扶贫公司要协调各县（区）新安置社区完成全部收地工作。每少一处社区，将给予姚东降三级工资的处分。

×年×月×日前，要确保毕节市各县（区）新安置社区所有楼栋基础开工。若未全部完成，将给予姚东降十级工资的处分。

×年×月×日前，确保各县（区）新安置社区所有楼栋完工并交付。若未按期完成，将给予姚东降十级工资的处分。

×年×月×日前，确保完成7000栋蔬菜大棚建设及8000人稳定就业任务。若未按期完成，将给予姚东降三级工资的处分。

×年×月×日前，确保再完成2.3万栋蔬菜大棚建设及1.2万人稳定就业任务。若未按期完成，给予姚东降三级工资的处分。

……

"姚东作为恒大集团公司下属的大方扶贫管理公司董事长，他也要相应地制订对下属的处罚条例，而下面各分公司具体到每个扶贫队员的工作，也都有详细的处罚细则。"许家印说，"恒大一贯坚持从严管理，采用重奖重罚的激励和约束机制，这次我们也把它用到了扶贫工作上。现在看来，我们在乌蒙山区能够高效并且出色地完成扶贫任务，与集团一整套的严明纪律和制度是分不开的。可以告诉社会的是，我们对整个扶贫前线的工作高度满意，尤其是以姚东为首的扶贫办班子成员和全体扶贫队员的执行力，超出了我和集团的预期。两年来，我们已经分两次从扶贫团队提拔了33名公司级领导干部，有人已经破格提拔两三级了！"

许家印说这些话时的语气是骄傲的，脸上泛着胜利者的光芒。"经常有人问我，你许家印和恒大无偿扶贫，花了那么多人力物力财力，有收获吗？我说收获很大呀，至少有两大收获：一是巩固和提升了恒大的团队精神；二是一大批年轻员工在艰苦的环境下积累了对人民、对民族、对国家的真挚感情，懂得了自己的责任与使命。最让我满意的是，他们处理复杂事务的能力普遍提高，等于为恒大集团的未来发展造就和储存了一大批优秀人才！这收获是几十亿、几百亿都买不来的！"看得出，许家印真的感到脱贫攻坚这一仗对恒大具有不可量化的巨大意义。

或许我们可以等上十年、二十年，从恒大未来的发展轨道上感受这一意义和收获。

智者从来都是运筹帷幄之中，决胜千里之外，其高明之处就在于控制把握得当，将损失最小化，将收获最大化。许家印领导下的恒大只要继续沿着这条路走下去，怎么可能不强大！

从对姚东的量化考核上，是不是还能透过字面上的意思，感受到一种收获的喜悦呢？在扶贫前线采访的日子里，我几乎天天能感受到那种收获的喜悦。因为，恒大扶贫团队的成绩的确超乎一般人的想象，他们不负许家印的期望，果真成了一支不穿军装的铁军，一支扶贫战场上最勇敢、最优秀的队伍，一支深爱人民也为人民所爱戴的队伍。

这支队伍有铁的纪律：所有交付的任务，只要人还在，还能站得起来，就必须一丝不苟地完成好。他们会走进每一家最边远、最偏僻的贫困户；对扶贫工作所要求的每一个数据，他们都会像写满分试卷那样填得分毫不错，在任何时候都经得起抽查；他们有严格的作息时间，甚至在吃饭时也会像军人一样高唱战歌，激昂高亢的歌声里有他们的豪情与理想；他们也有让姚东等领导层头疼的"缺点"，那就是工作起来加班加点无尽头。姚东说，他几次在凌晨时分醒来，发现年轻队员们仍在工作群中传递照片、商讨方案，当然，也有一个又一个令人鼓舞的捷报……

大方县城扶贫街的那座办公楼里灯火彻夜通明，周边的居民都可以作证。

扶贫队员们不是不想休息，他们也是血肉之躯，并不真的是铁打的，也会感到困倦与疲累，但工作任务是那么重，他们有干不完的事、处理不完的意外情况，他们太想往前赶，再往前赶！

他们时刻念叨着：能不能让那些贫困百姓早一点住上新房，早一天拿到收入，早一刻真正脱贫致富……为了这"早一点""早一刻""早一天"，年轻的扶贫队员们必须每天只睡四五个小时，一天干出两天的活，一年完成三年的事……他们像被上满了发条，随时保持着高度集中的精神状态，一刻不停地工作！

> 带着山外真情，我们来到这里，
>
> 肩负光荣使命，留下无悔足迹。
>
> 用爱架起桥梁，深山再没距离，
>
> 用爱汇成希望，从此我中有你。
>
> 那些鼓励，那些期许，牢记在心里，
>
> 我的誓言，一字一句，又在耳畔响起。
>
> 多少崎岖，多少风雨，
>
> 化成热血，流淌在心里。
>
> 就让真爱，化作春雨，
>
> 处处开花，芬芳四季。

这首歌名叫《我们来到这里》，是"恒大才子"王长玉创作的，现在已成为恒大扶贫队员们每天必唱的战歌。每一次队员们唱起这首歌，都特别深情、特别投入，包括姚东、陈云峰、顾谦、杨慧明这些领导。远在广州的许家印时不时会飞往前线，在听到队员们高歌时，也会不自觉地湿了眼眶……

"我的小伙伴们都是些有理想的年轻人！"许家印感慨道，"两年来，我先后八次到毕节，每次都去现场随机抽查，确保看到的、听到的都是最真实的。令我欣慰的是，我看到和听到的绝大多数都令人满意和感动，尤其是一线扶贫队员们的表现，他们的精神实在可嘉……"

许家印不是那种随随便便表扬下属的老板，但这两年来，他一提起扶贫队员，夸奖之词可说是"一筐一筐的"，恒大人如此告诉我。

　　有道是"军中无戏言"。当初许家印在党和国家领导人面前、在全国人民面前许下诺言时，心里不知是否在打鼓。那时恒大的年轻人还没有迸发出这种令人惊叹的潜力，假如恒大的扶贫没有收到预期的效果，食言天下，他们有何面目再见江东父老，有何底气再在商场驰骋，当时的许家印考虑过这最坏的后果吗？

　　我没有问许家印这个问题，但在我想来，作为久经风浪的民营企业家，他在向人民、向党、向社会承诺的那一刻，早已想到了这些。为此，他与恒大必须做好充分准备，而在选择作战方案时，他与恒大选择了背水一战，不给自己留一点余地，颇有置之死地而后生的意味。

　　恒大人要有铁军的本色、铁军的作风：战之必胜！战之必求完胜！

　　铁军的作风，落在战场的行动上，就是一个字：拼！拼搏是一种责任，一种视企业发展、国家富强为己任，并为之奋斗终生的信念。有了信念，就能坚持不懈地开拓进取；有了开拓进取的意识，就能生发出敢为人先、争创一流、永不停步的精神气魄；有了崇高的精神境界，人才会有无私奉献的情怀。无私奉献应当是一种氛围，一种团队与个人为实现共同愿景而共同努力奋斗的气氛和环境。企业就像人一样，想产生强大的凝聚力和向心力，想做大做强，就要有精神和灵魂的底色，平衡好社会责任与财富的关系，激发和释放每个个体的善意。

　　这些话是许家印平时在集团内部常说的，它渗透到了恒大团队的每一根神经末梢，烙刻在每一个恒大人的精神与行动之中。

　　那些恒大的热血青年们，就是追随着这种精神和理想奔赴扶贫前线，在一个完全陌生的地方做出了惊天动地的辉煌业绩，不仅出乎周围人的意料，也出乎自己的意料。经过这场脱贫攻坚战，他们的灵魂和思想得到了升华，彻底颠覆了原来的自己。

"如果说，每个身体条件允许的人都应该来一场旅行，作为心灵洗礼，那么身为恒大人，我觉得每个符合要求的年轻同事都应该参与到脱贫攻坚的战役中来，在乌蒙山区这片贫瘠的土地上挥洒自己的青春热血。"一位叫陈创杰的扶贫队员说。他原是恒大广东地产公司的策划专员，是第三批到达扶贫前线的基层员工之一，现在是黔西扶贫分公司林泉镇扶贫部的队员。

"当时报名到贵州山区参加脱贫攻坚战，源自以往的一个遗憾：我是师范专业的学生，大学时期的志向是参加西部计划、支援西部大开发，后来迫于家庭经济条件，加上父母反对，我的支教梦便落空了。几年来，我对它恋恋不舍，难以忘怀，所以这次一接到集团下达的扶贫动员，我便向父母阐述了自己的想法，母亲还是一如既往地反对，父亲则很支持，最终，母亲还是妥协了……"

2017年5月24日，陈创杰如愿以偿来到了扶贫前线。工作的繁重自然不必说，让他意想不到的是，有一次，当他费尽周折赶到贫困户家里，动员他们易地搬迁时，竟然被对方拒绝了。

"按照恒大和政府制定的政策，像这个五口人的贫困家庭，可以分到100平方米的新房，房间里还配置了家电和家具。在他们搬入的安置小区周边，我们恒大还会配备相关产业，提供工作岗位，不仅有固定的劳动报酬，每年还能分红。但这家贫困户的女主人竟然拒绝搬迁，让我万万想不到！"

后来陈创杰听这位女主人讲述了她年轻时的遭遇，令小伙子的内心产生强烈震撼。女主人说，她在十几岁时被人拐卖到一个偏远小村庄当人家的媳妇，备受折磨，后来才逃回家乡嫁人生子。丈夫家只有不到两亩的贫瘠山地，又因干旱缺水，只能种些苞谷，除此之外，家里只养了几只鸡和一头牛。为了供三个小孩读书，她已经记不得自己上次闻到肉腥味是啥时候了！这次陈创杰和乡里干部劝说她搬往县城，她想起了那段被拐卖的经历，心中十分恐惧，就是不愿外迁。

"那天在回乡政府的路上，我内心百感交集，真正理解了习近平总书记为何提出'在扶贫的路上，不能落下一个贫困家庭，丢下一个贫困群众'。"陈创杰说。

当天晚上，因为下暴雨，陈创杰等几个扶贫队员在乡政府度过了一个惊心动魄的夜晚。大山里的暴雨夜，电闪雷鸣，地动山摇，陈创杰他们都是第一次经历如此雨夜，根本睡不着。偏巧这时停电了，连洗漱的水也没了，简陋的小屋里，几个年轻人只能互相打气，好挨过这漫漫长夜。"让我们没想到的是，几位乡干部竟然冒着暴雨和雷击的危险，给我们送来了蜡烛和矿泉水……我们真是感动得想流泪。"陈创杰说，"当时我想，我们好歹有遮雨的屋顶，那些住在破烂房子里的贫困户遇到暴雨怎么办？他们啥时候能搬进新房子，啥时候能高高兴兴地做事，痛痛快快地赚钱？"

"一种从未有过的责任感和使命感，就在那一刻突然迸发出来，我整个人都燃烧起来了！"在此后的日子里，陈创杰再也不叫苦和累，每天意气风发、精神抖擞地在大山里跑来跑去，越是荒僻的地方他越往里钻，甚至经常自己掏钱帮助那些贫困百姓。

陈创杰喜欢讲自己的扶贫故事，当然，结果总是美好的。"我在基地里忙活时，经常会遇到一位跛脚的大叔。了解后得知，他叫周祥平，黔西县洪水镇长堰村人，因为右脚残疾，无法出外打工，只能在家种地。妻子嫌家里穷，前几年就离婚走了，丢下一个小女儿。得知这些情况后，我每月从公司给我们扶贫队员的 3000 元补贴中拿出 500 元资助周大叔，有空的时候还去他家，给他正读一年级的小女儿辅导功课。我知道，物质的帮扶只能是暂时的，治标不治本，于是，让这个叫雨甜的小女孩快快成材成为我的强烈愿望。原本小雨甜在班级的数学考试中考了第二十五名，为了让她的成绩提上去，我多次抽时间去她家辅导，功夫不负有心人，后来她的数学成绩排在班级前五名。我心里真是太高兴了，比当年自己考试得了高分还高兴！"

参加扶贫工作半年多，陈创杰把自己的经历都记录在小本子上，还写了许多心得体会，其中有一段这样写道：

"生活不止眼前的苟且，还有诗和远方"，真心为自己能够参与到脱贫攻坚战中感到自豪，能够一睹贵州的大美河山，也让我在扶贫工作中净化了自己的心灵。希望所有年轻的恒大同事们都有机会来扶贫前线，俯下身子亲吻大地，去经历、去感受，尽自己最大的能力帮助需要帮助的人们，让蔬菜大棚布满大地，让瓜果蔬菜飘香毕节，让安置房拔地而起，让贫困户绽放笑颜，在贫瘠的土地上流下我们炽热的汗水，把青春热血挥洒在乌蒙山区，为祖国全面建设小康社会添砖加瓦！

二十八岁的杨添浩原是恒大集团辽宁公司的员工。这位出生于辽宁省鞍山市的小伙子到大方扶贫之前，去过最远的地方是北京，毕业前后在那待过一段时间。高中毕业后他去大连上大学，每一两个月就能回家一次。2017年5月，恒大集团再次抽调大批员工到乌蒙山区扶贫时，杨添浩正在沈阳恒大绿洲楼盘做项目营销策划工作。

"一开始我很是纠结，如果去扶贫前线，就意味着要舍去很不错的岗位。但我觉得参加扶贫工作是一件很有意义的事情，机不可失，时不再来。再有就是我和女朋友正忙着筹备婚礼，结过婚的都知道，婚礼筹备杂事烦事很多，我要是一走，就苦了女朋友一个人，我真是于心不忍。更让我纠结的是，我如果去了贵州，和女朋友就是第三次异地恋了……"

原来，杨添浩与女朋友在高中时结识，并慢慢确定了恋爱关系。两人都是文艺青年，爱好美术。高考时，女朋友考上了北京的大学，而杨添浩考上了大连的大学，这是他们第一次异地恋。

异地恋是一种怎样的体验呢？有人说，异地恋对于爱情来说，就像风遇到火，它吹熄那些柔弱的，助燃那些强烈的……异地恋的辛苦局外人是无法体会的。"那时我和女朋友两三个月才能见一次面，平时就靠打打电话、聊聊视频维持这段感情。即便如此，我们还是经常因为一些琐事吵闹，幸运的是，我们的感情经受住了考验。"杨添浩感慨地说。

读大四时，杨添浩争取到去北京实习的机会，并找了一份工作。哪知好景不长，小杨的女朋友竟然回到辽宁上班，等于两人互换了所在城市，这是他们的第二次异地恋。

2013年，小杨辞掉北京的工作返回辽宁，终于跟女朋友团聚。2014年11月，他被恒大集团辽宁公司录取，成为一名恒大人，与女朋友的十年爱情长跑也终成正果，两人准备在2017年9月24日正式举办婚礼，说好用2017年上半年的时间筹备婚礼。

偏偏在这个时候，恒大再次吹响脱贫攻坚的集结号，小杨的心情异常矛盾：到底去不去呢？

眼看着报名即将截止，小杨踌躇再三，还是去跟女朋友商量，谁知女朋友爽快地说："你去吧，家里有我呢！"

"你太通情达理了，我保证，一有空就回来帮你！"杨添浩抱着女朋友，好不激动。

很快，杨添浩来到大方县，在扶贫公司品牌部工作，负责联络媒体、拍照摄像等事务。"大方扶贫前线就跟战场一样，我每天都很忙，但生活异常充实。下班后，我跟读大学时一样，打电话、聊视频，跟2800公里之外的女朋友联络感情、沟通婚礼事宜，但具体的操作只能靠女朋友一个人了。婚礼如期举行，我请了婚假回辽宁，在我家和妻子家分别举办了两场婚礼，国庆长假还和她去了塞舌尔群岛度假，那里的海滩被誉为世界第二美。整个过程都很圆满，恒大扶贫队的领导和战友们很关心我，给予我最大的方便，让我心头十分温暖。本来我担心异地生活会影响夫妻感情，没想到扶贫队的同事们都很善解人意，经常跟我说：你别加班了，先回宿舍休息吧，跟新婚妻子多聊聊。那一刻，我格外感动。我把这些事跟妻子讲了，她鼓励我说：'以后不要因为家务事影响工作，你是为贫困百姓做事，就是一两个月不来电话，我也不怪你，一定全力支持你做事业。'她的话特别给力，现在我同大家一样，几乎每天加班加点，虽然很累，但心情特别愉悦。我想，假如妻子有一天来到毕节，看到我们的成绩，一定会夸我变成了真正的男子汉……"

恒大的扶贫队员多数都很年轻，正是恋爱成家的年龄，但面对千头万绪、繁重无比的扶贫工作，他们的另一半必须退让。有个真实的故事在大方扶贫前线尽人皆知——一位叫郑雅文的女留学生，早已计划好暑假回国时与在恒大工作的男友见面，然而动员令一下，男友立即响应，奔赴乌蒙山区。两人讨论来讨论去，怎么也凑不上时间约会。郑雅文情急之下，一路颠簸赶到毕节，终于见到了自己朝思暮想的男友。令人意想不到的是，虽然近在咫尺，男友却忙得无暇顾及她，最后她只能委屈地一走了之。在回家的路上，她给男友写了一封长信，起的题目叫《与扶贫抢男友的日子》，男友征得她同意后，在微信朋友圈中发了这封信，没想到，一夜之间获得数万恒大人点赞与转发。

郑雅文的信写得十分生动，我不忍将其割裂摘抄，宁愿原封不动地展现给广大读者——

与扶贫抢男友的日子

想写这篇文章很久了，迟迟没有动笔的原因只有一个：找不到合适的题目。后来某一天晚上，突然意识到自己最近为了见男友一面所做的种种努力仿佛可以用"抢"来形容，问了闺蜜觉得题目不错，于是就这么愉快地定下来了。然而在把题目打出来的这一刻，心里突然发虚，因为我一早就注定了是抢不赢的那一方。

这场于我而言注定失败的战役始于5月初恒大发的一个通知。彼时，从确定关系起，囚身在异国还没见过面的我们，还在兴致勃勃地讨论等我暑假回国可以怎样约会。旅游是一定要的，候选地点好几个，暂定泰国吧。然后某人再利用恒大足球学校的排班制，连续多上几天班，再连休几天来广州跟我约会，好像也没有问题。然而一纸通知把这所有美好的期待全都打破，某人毫不犹豫地报名，全然不顾我们讨论许久的暑假计划，还有视频那头我几乎停不下来的眼泪。

你可以来贵州看我，如果实在来不了，我也可以利用周末时间去广州见你一面的。某人说。

但是见面时间不管怎么算，都比原来计划的时间少了很多啊。

是啊。某人承认，可是没办法。

事已至此，我也只有无奈接受。毕竟见面时间虽然少，约会的时间还是有的。于是我们开始看贵州到广州的来回交通，讨论我回广州后，我们可以怎样往返于两地之间，怎样安排约会时间，怎样说服我爸妈放行。毕竟回家的日子不比自己在国外生活自由，说走就走也许可以，却不能完全不顾父母的感受。为了给去贵州腾出足够多的时间，我决定回国一个月。

回国前的日子是非常煎熬的，老爸虽然一早就同意我前往贵州，母亲大人却高举反对牌，还好对于某人来机场送行一事很早就达成了共识。为了在走之前可以见某人最后一面，我特意订了周日的机票回英国。后来，学院决定暑假派我去墨西哥学习一个月，回英国的时间不得不提前整整半个月。可以约会的时间更短了，但至少走的那天还是星期天。

然而，想象中的送行被建党合唱比赛无情打败。于是，可以见面的时间只剩下了一个周末。我开始跟某人及爸妈商量，在这唯一一个可以约会的周末到贵州见他，顺便一起在周围逛逛。然而算算在家日子不多，老爸开始强烈反对我的贵州行，还条分缕析了种种理由，表示在短短半个月间抽出时间去贵州多么不现实。是啊，既定的行程一定要完成，除了广州的家，还要前往汕头和海南拜访老人，每个地点之间都不近。如果加上去贵州，行程将会异常匆忙。考虑到回英国后仅休息三天就要前往墨西哥，短短几周内的行程想想都累。

没事，你来不了贵州的话，我可以在6月24、25号那个周末去广州找你。某人说。

我吃了颗定心丸。有了某人这句承诺，万一我去不了贵州，我们至少还可以见一面。

然而，扶贫对我们的"棒打鸳鸯"还在继续。回国前两天的早上，我照例一睁眼就拿起手机看某人发的消息，第一时间刺入眼睛的竟是"bad news"两个词。

说好可以约会的那个周末，恒大主席计划到大方检查。某人别说来了，就算我千里迢迢跑到贵州，怕也没时间陪我了。

我动用一切支持我的力量，终于让我爸心不甘情不愿地放行。然后，历经十一个小时的地铁、火车、大巴以及宾馆房间里整整半个小时的等待，终于见到了日思夜想却为了加班姗姗来迟的男友。

对的，尽管我风尘仆仆，历尽千辛万苦，但某人为了扶贫连基本的迎接都没有，送行更是不用期待了。在一起的短短两天，某人除了工作还是工作。见面的第一晚，某人加班到晚上十二点多，第二个晚上也是加班开会，第三个晚上的通知已经下来了，合唱排练，而且不能缺席。白天就更不用说了，名义上是陪某人上班，实际上也就是默默看着他各种忙，连陪我说说话的时间都没有。

这场跟扶贫抢男友的战役，我从一开始的底气不足，到现在的拼尽全力，可最终也只是在扶贫工作的间隙才能抱到那个为了工作疲惫不堪的男友。

怨气一定是有的。长期异国的日子里，见面本来就不容易。刚开始还用牛郎织女自嘲，孰料在扶贫插足后，竟连牛郎织女都成了我们羡慕的对象。

然而，我也理解某人心中的那份情怀。说实话，在大方独自晃荡的日子里，听到形形色色的人谈论起现在的开发项目，想到某人也是这其中的一分子，心中的自豪感油然而生。

扶贫不是一朝一夕的工作，而某人为了扶贫，在未来很长一段时间内跟我见面也很艰难。闺蜜会说，"扶贫嫂"跟军嫂比还差得远呢，看开些吧。

※ 时代大决战 ※

于是只能默默祈祷，愿某人保重，愿扶贫工作早日完成，愿我们心中的各种计划尽快实现。

道阻且长，行则将至。

廖年华，我在终点处等你！

相信所有读过这封独特情书的人都会心生感慨。这批从扶贫前线抢都抢不走的恒大年轻人，在乌蒙大地发散出自己的全部能量，用繁忙的工作填满每一分每一秒，从未考虑过个人利益。他们是铮铮男儿，虽有似水柔情却无暇传递给心上人；她们是巾帼女杰，纵是筋疲力尽依然咬牙坚持。他们和她们奔走在大山深处，战严寒、斗酷暑，一户一策，精准到人，让自己的青春年华闪烁出最耀眼的光芒。

看到这些抢都抢不走的恒大扶贫队员，许家印能不高兴吗？而姚东作为几千名扶贫队员的"老班长"，对这样一大批得力的下属更是赞不绝口。

"脱贫攻坚两年来，我觉得恒大这支队伍的成长和表现远远超出了我的预期。不说其他的，你知道在前线2100多个队员中有多少女孩子吗？接近800个！在乡镇扶贫部工作的女孩子就有四五百个。知道乡镇扶贫部是干什么的吗？就是专门负责乡村一级的牛棚、菜棚和拆迁、搬迁工作。这些扶贫队员的岗位在乡村老百姓的家门口，也就是在大山深处的每个旮旯。我一直坚持不让女孩子去这些地方，也曾下过死命令，但做不到啊！工作任务太重，每个人手都得用上。然而，女孩子们没有一个退缩的，再远、再崎岖的路，再苦、再难的任务，她们都毫不含糊地走到了、完成了。有时出于工作需要把她们留在公司办公室，她们以为领导有意把自己从艰苦岗位上调开了，于是不停地给上级写请战书、保证书，立军令状……你能不为这样的女孩子、这样的扶贫队员感动吗？"姚东回想着那一幕幕情景，双眼晶亮，

"知道我们的扶贫队员为什么这么拼命吗？一是因为他们对扶贫开发工作的理解越来越深，二是在与贫困百姓的长期交往中，他们感情上受到强烈的触动，心灵深处的善良情感完全被激发出来。可以说，我们为善而来，现在大家觉得必须善始善终，就像许家印主席要求的那样，不脱贫，不收兵！"

许家印对我说过，他在与国务院扶贫办主任刘永富见面时，汇报了恒大在扶贫大方过程中的两点收获：一是收获了一个肯吃苦、能打硬仗的团队，为集团公司未来发展储备了干部。二是收获了一个产业——过去恒大主要做房地产，大部分人不懂农业，现在他们既有资本，又有懂农业产业的几千人的大团队，对于企业未来多元化发展大有好处。

"作为前线总指挥，你认为恒大扶贫最大的收获是什么呢？"我问姚东。

"跟许主席说的基本一个意思，我们最大的收获就是培养了一支强大的队伍，而且是一支能攻坚克难、能打硬仗、能打胜仗的铁军！"姚东显得很自豪，"你看看我身边的这些副总和部门主管……"他指着旁边的几位干将一一介绍：他是副总，"90后"；他在产业扶贫部，"90后"；她在发展教育部，"90后"；她在行政人事部，"90后"；他是品牌宣传负责人，"90后"……

"你在别处绝对见不到'90后'女孩子当公司副总，管理几千人、几万人。可在我们恒大，在我们扶贫前线的队伍里，差不多清一色是'90后'！'80后'算是老的了！"

姚东告诉我一个内部消息：最近集团公司刚刚出台了一个重大决定，叫"千名干部培养计划"，要从2108名扶贫队员中，每一个季度选拔100名部门干部，到2020年年底，共选出1000名优秀干部，派到集团各分公司做高管。选拔的要求是：大学本科毕业，在恒大工作两年以上，有半年以上扶贫经历且表现出色。"许主席明确说，扶贫前线是我们恒大集团培养干部的摇篮，此事抓不好，唯我姚东是问！"

又一个冬季到来，乌蒙山区雨雪交加，却孕育着春的希望……

姚东望着满山遍野的人马、热火朝天的战场，口气颇有些骄傲地对我说："现在我最大的压力倒不是扶贫脱贫的艰巨任务了，而是如何把这支队伍带好，带出一批优秀干部……三年之后，我要从这个地方为全集团公司输送出上千名干部。到那个时候，我就是地地道道的'老班长'了！"

姚东的话掠过我耳边，似一阵热风，似一团烈焰，让我的心也燃烧起来。

与此同时，另一个声音传入我的耳中，那是让整个乌蒙山都随之起伏和震荡的声音，你们听——

> 别人能帮助我们一时，却不能帮助我们一世。
>
> 美好的生活最终还是要靠我们自己的双手。
>
> 我们立志，以争当贫困户为耻，以早日脱贫为荣！
>
> 在今后的生活中勤奋努力，不等不靠，奋发图强，
>
> 用辛勤的汗水换来自己及家人的幸福！
>
> 我们保证，一定和乡党委、政府及村支两委在行动上保持一致，
>
> 感恩政府，感恩社会，感恩恒大！
>
> 我们要发出好声音，传递正能量，
>
> 在力所能及的范围内，多做有利于社会的好事！
>
> 一定齐心协力共建我们的美丽新家园！

2018年1月5日，在大方县绿塘乡恒大帮扶分红现场，100名领到现金的贫困百姓齐声念出以上的誓言。这宣誓，标志着毕节的贫困百姓开始真正觉醒，满怀信心地踏上摆脱贫穷、勤劳致富的征程。

"听到百姓们喊出这样的心里话，我们前所未有地振奋和欣慰！"恒大

扶贫队员们说。

是啊，这样的声音在沉睡和贫困了几千年的乌蒙山里响起，像是提早的春雷，回荡在群峦之间，振聋发聩，传遍神州的每个角落……

24. 恒大模式

原本我是想放弃这一部分内容的，因为它并不属于文学内容。文学只讲故事，不讲道理。可是，如果深思下去，文学真的就不讲道理吗？我想颠覆这个概念。

要"讲好中国故事"，必要的道理阐述极富意义，十分重要。道理是故事升华的那一部分，是最具思想和智慧光彩的那一部分。不会讲道理，也就讲不好故事。恒大扶贫，显然是"现在进行时"的中国好故事。当中国与故事关联时，中国就不是一般的中国，故事也不是一般的故事，而恒大也就不是一般的恒大。由此我坚持要为参与脱贫攻坚战的恒大总结些道理，这便是"恒大模式"。

人们一直习惯于从各式各样的经验出发，以经济学和社会学的角度进行研究，总结出能推而广之的格式与模式。时至今日，恒大在毕节尤其是大方的扶贫模式已经引起社会各界的热烈关注、争相报道和集体探讨，这确实是一件非常令人欣慰的事情。以往一说到扶贫，通常就那么几种模式：政府政策性扶贫；社会相关单位的捐献式扶贫；贫困地区和贫困百姓自救式脱贫。这三种模式构成了中国扶贫的大致形态，三种模式都有一定的套路，效果各有不尽如人意之处。而恒大扶贫则打破了传统路数，创造出全新的模式，以一种难以想象的"飞一般"的速度和"实打实"的效果，验证了自己的扶贫思路。"飞一般"和"实打实"两个词，都是我在毕节采访时从当地人口中听到的。前者形容的是速度，大概以往其他形式的扶贫进度很难令百姓满意；后者讲的是质量——恒大的具体扶贫措施，多数以直接培植、增进造血功能为宗旨，全是实打实干的扶贫正招，恰恰满足了百姓们迫切的生活需求，给予他们指日可待的幸福未来，这是极其难能可贵的。

2017年12月27日，中国社科院发布了《扶贫蓝皮书：中国扶贫开发报告（2017）》。这是一份关于中国扶贫工作权威性的报告，其中以《政企合力整体脱贫攻坚的典范》为题，详细介绍了恒大帮扶大方的背景、主要做法和阶段性进展、政企合作的帮扶机制。蓝皮书指出，恒大一改过去局部式、间接式、单一式社会帮扶为整县式、参与式、立体式、滴管式社会帮扶，投入人力、物力、财力参与扶贫全过程，并通过市场化手段盘活了农村的存量资源。恒大以企业自身的资源、渠道优势，引入更多社会力量参与扶贫，特别是引入上下游龙头企业，化解了产业扶贫中的市场风险和自然风险，帮助贫困户持续增收、稳定脱贫，从而"创造了高质量的扶贫效率"，是"国内甚至国际上公益领域中的一个创举"。

蓝皮书继而指出，在恒大结对帮扶毕节的实践中，党委政府的政治优势和制度优势，以及企业管理优势、决策执行效率高的优势都得到充分发挥，通过政企联席会议的方式，确保了政府与企业各司其职、优势互补、高效协作，"在扶贫领域创新性地实现了政府与企业的合作"。

应该说，蓝皮书对恒大扶贫经验的总结句句在理、字字千金，十分精准和到位。

就在中国社科院蓝皮书发布后一天，人民日报社在北京举办了"第五届民生发展论坛"，恒大精准扶贫贵州毕节成功获评"2017年度中国民生示范工程"。评审专家们表示，恒大扶贫"方案精准、措施精准、用人精准"，成功探索了可复制、可借鉴的"恒大贵州大方扶贫模式"，其"龙头企业＋合作社＋贫困户＋基地"产业扶贫模式，实现了"供、产、销"一体化经营，确保了贫困户持续增收、稳定脱贫。

这又是一份对恒大模式的精准概括与高度总结。

在笔者看来，无论是蓝皮书，还是民生发展论坛精准到位的一锤定音，都值得专家及相关部门花时间认真剖析和提炼，因为恒大在毕节的扶贫模式，无论从经济学角度还是社会学角度，都是世界扶贫史上的创新，其意义非同凡响。同以往我们所了解和实施过的扶贫方法相比，恒大的扶贫模式无论从效率还是从效果上讲，都具有探索性意义和价值，其经验值得中国乃至世界研究、总结并推广。

尽管如此，以上对恒大扶贫模式的分析似乎仍停留在表面，过于注重学术层面的研判。在我看来，这些对恒大模式的总结恰恰缺少了两个特别重要的方面：一是制度的基础，二是人的因素。所谓人的因素不专指人的技术与能力，主要是指人的情怀、志向与品质。因此我认为，恒大扶贫经验可以从以下几个更具中国特色的方面分析：

第一个方面，是中国共产党领导下的多党合作助推思路。

从习仲勋同志最早做出重要指示，到胡锦涛出任贵州省委书记后推动建立毕节试验区，到江泽民现场调研，再到胡锦涛、习近平两任总书记接力狠抓，无不体现了中国共产党对毕节地区扶贫工作的正确领导和高度重视。1988年，毕节建立"开发扶贫、生态建设"试验区，即将满三十年时间，自那时开始，就可以看出中国共产党领导下的扶贫工作的大方向。在党中央几代领导的直接关怀、关心和推动下，毕节地区的稳定脱贫取得了一定进展。在此基础上，全国政协和中央统战部牵头各民主党派积极参与，助推具体扶贫项目落地生根。这些是"毕节模式"或"大方经验"的形成源头。

这种由政党领导或直接组织的扶贫工作，是中国的一大特色，它体现了中国共产党的执政宗旨和代表人民利益的政党性质。而"多党合作助推"，则是在坚持中国共产党统一领导的前提下，为贫困地区实现可持续发展及跨越式发展提出的新思路。毕节试验区就是一个成功的范例。多年来，各民主党派中央、全国工商联为它引进资金、联系项目、培训干部、帮助输出富余劳动力、兴办各种社会事业，直接推动了毕节地区产业结构和基础设施建设的发展。毕节试验区凝聚了各民主党派的智慧，显示了统一战线的强大力量。在全国政协和中央统战部的发动下，各民主党派由最初的建言献策，到对口支援、知识帮扶，再到挂职指导、合力推进，围绕开发扶贫、生态建设、人口控制三大主题，进行了不懈的探索与实践，使原本落后的毕节地区在扶贫工作上不断取得历史性的突破。正如2014年5月习近平总书记对毕节试验区做出重要批示时所说，二十六年来全国政协、中央统战部和各民主党派中央、全国工商联长期支持，广泛参与，创造了中国共产党领导的多党合作助推贫困地区发展的成功经验，充分体现了社会主义制度的优越性，希望试验区在多党合作服务改革发展实践中探索新经验。

不得不指出，多年的筚路蓝缕虽然已经点燃了扶贫脱贫的燎原之火，给贫困百姓带来了温暖，然而要彻底消除乌蒙山区的整体贫困，实现激动人心的历史性巨变，我们还要啃下最后的"硬骨头"。

或许是有鉴于此，在全国政协的建议与推动下，便有了恒大集团整体扶贫大方以至毕节的举措。一个企业帮扶一个县、一个地区脱贫，成为一种新型的扶贫模式，并取得了令人瞩目的成效。与此相呼应，全国工商联、国务院扶贫办、中国光彩会也正式发起"万企帮万村"的扶贫行动，力争用三年到五年的时间，动员全国1万家以上民营企业参与，帮助1万个以上贫困村加快脱贫进程。行动推进仅仅半年多时间，已有3.53万家企业结对帮扶3.87万个贫困村，并取得显著成果。

在众多民营企业对中央扶贫开发精神的响应中，恒大的扶贫成绩仍是最突出的。它的成功之处在于投资大、行动实、见效快、产业根植深和广、百姓满意度和幸福感高，形成了地区性经济与社会发展的历史变革和突飞猛进，这种变革和进步是世纪性的跨越，因而是前所未有的。

恒大为什么能在扶贫工作上做到反应时间快、社会责任感强、拿出真金白银多、精准帮扶措施实？仔细研究，就会发现中国特色的多党合作助推的制度意义。首先，许家印是全国政协常委，接受中国共产党的领导，对国家重大方针政策负有贯彻落实的职责。在以习近平同志为核心的党中央把贫困人口脱贫作为全面建成小康社会的底线任务和标志性指标，在全国范围全面打响脱贫攻坚战之后，人民政协已成为脱贫攻坚路上的重要力量，身为政协常委的许家印责无旁贷。其次，恒大是一家民营企业，是全国工商联的会员，恒大董事局主席许家印是全国工商联的常委，而全国工商联是中国共产党领导下的工商业界人民团体，是一支为社会主义服务的政治力量。最后，许家印还是恒大集团的党委书记，在他的领导下，恒大集团党委坚定不移地长期学习、贯彻党中央的路线、方针、政策，充分发挥党组织在员工队伍中的政治核心作用、在企业发展中的政治引领作用。当习近平总书记吹响脱贫攻坚战的冲锋号后，他必须立即响应。

兼有三种身份的许家印事实上成了脱贫攻坚战义不容辞的宣传者、参与者，为其不遗余力地鼓与呼。这样的制度性角色，决定了恒大帮扶大方以至毕节的立场与态度。这种制度性角色，也许在全世界其他国家都不会有，比如美国就不太可能动员比尔·盖茨、动员微软公司到哪个州帮助穷人，即使要求了，比尔·盖茨也可以完全没有心理负担地拒绝。但许家印和恒大不能这样做，也不会这样做。许家印是中国共产党组织的一员，是全国政协的一员，是全国工商联的一员。党和国家的意志，在很大程度上已经成为他的自觉意识。而当党和国家的意志与一个企业、一个企业家的主动性、自觉性相统一，在思想上同心同德，在目标上同心同向，在行动上同心同行，必将形成一种强劲的力量，所向披靡。许家印多次跟我说过，恒大之所以尽心尽力帮扶大方以至毕节，首先是党和国家领导人的号召，其次是全国政协的牵线搭桥，这种制度的催化力和推动力，使得许家印和恒大义无反顾地喊出了"不脱贫，不收兵"的口号！

需要特别指出的是，在中国，即使民企搭上了制度的快车，也未必就能一帆风顺。恒大扶贫的成绩之所以如此亮眼，还有一个重要的因素，那就是价值观，包括企业的和企业家的。

这就是我想说的第二个方面：企业家和企业应有的情怀与价值追求。

情怀在英文里写作 feelings，中文的解释是：一种高尚的心境、情趣和胸怀。人的身世背景不同，学识水平和社会经历不同，注定了各自的情怀也不尽相同。听恒大扶贫队员们说，他们的许家印主席之所以那么倾心倾力地帮扶大方以至毕节，一个直接的原因就是许主席出身寒微，从小尝尽生活的苦楚，对贫困感同身受，即便他今天成了中国民营企业的标志性人物，在国内外都有重要影响，也始终不忘初心。

这样一个深知贫困滋味的企业家，当他的善意被激发和释放，便会不可抑制地用自己的能力、资源回馈社会，为他人谋福祉。二十多年来，恒大一直积极履行企业公民义务，累计为民生、扶贫、教育、环保等慈善公益事业捐款 100 多次，超 105 亿元，许家印先后获"全国劳动模范""优秀中国特色社会主义事业建设者"荣誉称号，并连续七届荣膺中国慈善领域最高政府奖"中华慈善奖"。因此，当习近平总书记号召全面建成小康社会，坚决打赢脱贫攻坚战时，许家印高举双手赞成，并立下帮扶对接一个县整体脱贫的宏愿。这样的情怀，不是所有企业家都有的。像许家印这种对慈善有发自心底的热情、不计回报地投入的企业家，实在是凤毛麟角。

有杰出的情怀，便会做出杰出的决断，于是也会产生杰出的模式。许家印与贫困"决战乌蒙之巅"，注入的不仅仅是资金，更是一套行之有效的扶贫模式，创造了企业践行社会责任、致力创造美好生活的新时代样本。只有对国家和民族的振兴怀有强烈责任心与使命感的人，才能有如此大勇气、大智慧。

许家印在接受记者采访时谈到，扶贫开发越到后面难度越大，剩下的都是硬骨头。恒大既然喊出了"不脱贫，不收兵"，就必然贯彻到底，绝不可能半途而废。顺带提一笔：恒大在毕节投入的绝对不止 110 亿元，此外还有几千名扶贫队员的工资、福利以及其他费用，全在集团公司的另一笔账上支出，三年下来，又是二三十亿元！这还不算，如果把几千名扶贫队员留在集团公司的经营部门，至少还能创造几十亿元的效益！许家印从来没有跟外人透露过这笔"账外账"。

许家印并不是刻意隐瞒，他只是习惯了低调，习惯了不算"小账"，他算的是百姓富裕、国家富强这笔"大账"。假如没有情怀的支撑，相信很难做到这一点。

所有称得上优秀的企业家，都必须有大情怀大境界。一个企业能走多远，要看驾驭这个企业的人能看到多远；一个企业能做到何等规模，取决于企业家的心胸有何等格局。企业家的情怀到不了一定境界，企业就到不了一定高度。当许家印讲述自己的扶贫初心时，我们看到的是一个杰出企业家的高瞻远瞩和悲悯情怀，正暗合了北宋大儒张载的那句名言：为天地立心，为生民立命，为往圣继绝学，为万世开太平！

情怀之上，便是价值追求的坚持。

扶贫脱贫虽然是国家战略、党的近期奋斗目标，但历史的经验告诉我们，扶贫脱贫非常容易成为一个"无底洞"，不然也不会被称作世界级难题。再大的人力、物力、财力投入，也不能保证收到预期的效果，而一旦开始投入，就不能半途收手，否则很有可能前功尽弃。

毕节地区是全国闻名的集中连片贫困地区，大方县是毕节地区贫困人口多、贫困程度深、脱贫难度大的县。恒大挑选了这块硬骨头啃，将自己辛辛苦苦赚来的钱、培养的人源源不断地送到乌蒙山区的扶贫前线，毫无吝惜之色，这需要一种特别的勇气、特别的精神！

我曾经这样问许家印："2018年大方扶贫倒计时，是一个很重大的历史责任。2020年，整个毕节要实现脱贫任务，更是一个重大的历史和现实的责任。本来恒大是来支援扶贫的，结果最后扶贫成与不成，这样的社会责任全压在了恒大肩上。党的目标、老百姓的期待，最后化为恒大的奋斗目标。这种压力，作为恒大的老板，你是如何权衡和释放的？"

许家印这样回答我："我们国家还有3000多万贫困人口，这是全面建成小康社会的最后一块短板，是党和国家的头等大事。党的十八大以来，以习近平同志为核心的党中央始终把人民群众利益放在第一位，创新性地提出并实施精准扶贫战略。总书记在十九大报告中进一步强调，让贫困人口和贫困地区同全国一道进入全面小康社会是我们党的庄严承诺。为坚决打赢脱贫攻坚战，党中央、国务院制定实施了一系列新策略、新机制。在凝心聚力方面：一是动员全国全社会力量，这是因为脱贫攻坚已经进入啃硬骨头、攻城拔寨的关键阶段，只有全国动员、全民参与，集聚全社会的力量，才能取得最后胜利；二是坚持中央统筹、省负总责、市县抓落实的工作机制。因为组织落实、明晰职责是打赢脱贫攻坚战的保障，把各级组织的责任进行细分和明确，也就确保了精准扶贫的有效运行和机制畅通，实现脱真贫、真脱贫。中央的决策，其实已经明确地告诉全国人民，2020年全面脱贫是全国人民的事，是你我都有份的事。也就是说，恒大和我许家印也有一份职责和任务。正是出于这种认识，中央扶贫开发工作会议一结束，我们恒大就立即投入了具体行动。

"另一方面，我们恒大的行动不是孤立的、孤掌难鸣的，而是得到了中央以及各级部门的支持和帮助。上自全国政协，下至贵州省委、省政府，毕节市委、市政府，大方县委、县政府，他们都全力以赴支持我们恒大的工作。贵州省委要求省市县三级党委抓好落实'地企合作'，把'好事办好，实事办实'。毕节市委主要负责同志几乎每个月都到恒大在大方的援建项目考察调研、现场办公。大方县委、县政府和其他各个县区的党委与政府，都积极配合我们工作。大家通力合作、共同发力，才有了今天恒大精准扶贫、精准脱贫的辉煌战果，我们恒大充其量只是脱贫攻坚战场上的一支方面军和先遣部队。

"在我来到大方调查采访的日子里，也不止一次被当地领导和干部们为了配合与支持恒大扶贫工程所承担的繁重工作而感佩。"

我插话道："比如我翻阅过县上与你们结对帮扶所召开的《联席会议纪要》，不说具体的事项，光这样的《联席会议纪要》，其次数之多、内容之具体，以及开会的时间，都很令人感动。比如说开会时间吧，几乎都是在晚上，而且主持联席会的一般都是县委书记、县长。还一件事也印象特别深刻：当时你们恒大引进安格斯牛时，大方县的相关领导冒雨亲自赶到现场，给养牛贫困户做培训动员，连嗓子都喊哑了。类似这样的事，不胜枚举！更不用说，毕节、大方的基层干部，他们与恒大扶贫队员在很多时候，完全就是并肩战斗在同一条战壕里的战友，不分彼此，担当起最艰辛的工作，啃最难啃的骨头……"

"是的，你说的这些事我也听闻过。这里我还特别想说的一点是：我们的脱贫攻坚战，是一场人民战争，毕节人民尤其是贫困百姓在其中的作用功不可没。没有他们的配合与支持，我们恒大本领再大，也产生不了今天这个效果和成果。所以我们坚信，只要我们坚定不移贯彻落实党中央的脱贫攻坚战略和精准扶贫举措，依靠贵州各级党委政府的坚强领导，依靠当地干部群众的共同努力，激发广大贫困老百姓'我要脱贫'的内生动力，就一定能形成强大的脱贫攻坚合力，一定能够完成到 2020 年帮扶毕节全市现有的92.43 万贫困人口全部稳定脱贫的任务，为实现习近平总书记提出的'确保到 2020 年所有贫困地区和贫困人口一道迈入全面小康社会'的目标贡献力量！作为在全国人民面前立下军令状的恒大人，我们一定会在脱贫攻坚战中尽自己所能，做到承诺的任务没完成，决不收兵！"

许家印没说出来的一点是，恒大扶贫的初衷，在于他心中抱持的或者说一直在追求的企业价值观。办公司、做企业的目的是什么？三流的老板是为了赚钱，为了过比别人更好的生活；二流老板的目的是在富裕之外，建立属于自己或家族的商业帝国，进而获得尽可能高的社会地位及话语权；一流的老板，除了这些目的，还有更大的理想与抱负，那就是化解人民日益增长的美好生活需要和不平衡不充分的发展之间的矛盾，实现社会的共同进步。

许家印曾经说过，要把恒大建成全世界行业内"规模最大、队伍最优、管理最好、文化最深、品牌最响"的企业。这几个"最"实现之后，他的目标又是什么呢？许家印没有像介绍"恒大足球""恒大地产"那样高调地对着镜头说过，但内心其实早已有了定案。帮扶大方以至毕节脱贫这样的大手笔，就是他最好的回答：恒大要做党、国家及人民信得过的中国民营大企业。这个"信得过"背后，是恒大对国家、民族的贡献，是中国企业必须承担的社会责任和时代使命，是代表中国走向世界舞台中心的形象与品质。

中华民族要走向强盛的新时代，无论是全面建成小康社会，还是共同富裕，甚至大国崛起，扶贫都是首要任务，也因此，脱贫攻坚战被摆到政治性和全局性高度。许家印和恒大作为有责任意识的企业家和企业，自然要投入时代的洪流，实现参与国家战略、解除民众疾苦的人生价值和企业价值。

第三个方面，是与民族精神和革命精神一脉相承的"恒大精神"。

如果你到毕节的扶贫前线走一走、看一看，会强烈地感受到一种精神，清晰地看到一条精神的脉络。

这种精神，是无私奉献、全心全意为百姓谋福利的精神。恒大集团在毕节投下巨额的资金，却没有要求一分一厘的回报，这与以追求利润为宗旨的企业性质可谓背道而驰。恒大所有人都告诉我，他们这样做，是为了"报答社会"，如果再问下去，就是另一句话：报答是不讲利益的。

助人为乐，知恩图报，饮水思源，急公好义……这是中华民族的传统美德。

在恒大扶贫队员身上，除了这些品质，你还能看到一种高尚与高贵，他们个个都有火热的激情、宏大的理想和全心全意为百姓服务的意愿。这难道不是与革命战争年代和新中国建设时期，那种忘我、无私、拼搏、奉献的精神一脉相承吗？

看到年轻的恒大扶贫队员们工作起来不怕艰苦、不讲条件、不论你我、不言得失、不求名利，让人自然而然地联想到当年工农红军冲锋陷阵，为农民打土豪、分田地；自然而然地联想到八路军开荒南泥湾，投身大生产；自然而然地联想到解放军顶风冒雪守卫边防，舍生忘死挺进灾区……他们是新时代的铁军，是深受革命精神熏陶和影响、自觉传承和弘扬革命理想的铁军！

我据此总结，恒大的扶贫模式之所以成功，最核心的原因就是它饱含着色彩浓烈的革命理想主义精神，它引导着中国一代代革命者前仆后继，造就了光辉灿烂的新中国，到了今天这个伟大的新时代，它又成为新一代中国青年的时代精神！它的内涵包括追求上进，追求奉献，追求为他人谋幸福，追求为国家和民族的强盛贡献才智，追求崇高的心灵境界和社会主义核心价值观！

人类有了这种精神，什么奇迹不能创造出来？什么模式不能创新出来？什么贫困不能消灭与战胜？

恒大模式，体现的是时代精神，是中华民族精神的时代升华，它延伸和丰富了中华民族精神，是我们新时代革命建设的宝贵财富！

学习恒大模式，首先要学恒大的精神，学习它倡导的革命理想主义精神、革命英雄主义精神、革命乐观主义精神。否则，再多的经济学定律和经营理念也将苍白无用。

恒大精神从哪里找？从几千名奋战在最艰苦前线的恒大扶贫队员们身上找，去他们走过的每一条坎坷山路找，去他们夯下的一个个地基找。当然，你还可以从年轻队员们的灿烂笑容里找，从他们来不及擦干的闪光汗珠中找；你更可以从贫困百姓们的朗朗笑声里找，从即将降临到他们身上的幸福未来中找……

不管是叫恒大模式，还是叫恒大经验，或者叫恒大精神，它都是马克思主义与中国实际相结合的中国道路的实践，由中国的共产党人所独创。

中国的共产党人在井冈山建立革命根据地时，创造了"井冈山精神"；

中国的共产党人在延安艰苦奋斗、自力更生时，创造了"延安精神"；

中国的共产党人在西柏坡筹备"赶考"时，创造了"西柏坡精神"；

中国的共产党人在松辽平原搞石油大会战时，创造了"大庆精神"……

许家印作为恒大集团的党委书记，带领 10 万恒大人轰轰烈烈地搞扶贫，创造了"恒大精神"，跳出了地产企业的樊篱。许家印和恒大所做的贡献、所创造的经验，是生动的、具体的、丰富的、精彩的。

这条中国道路走来是何等不易啊！

习近平总书记在庆祝中国共产党成立九十五周年大会上强调，中国特色社会主义道路（即"中国道路"）是实现社会主义现代化的必由之路，是创造人民美好生活的必由之路。为使乌蒙山区的贫困百姓在中国道路上不掉队，多年来中央和地方政府都想了很多办法，投入了大量的人力、物力和财力。如今恒大主动担负起实践的重任，真金白银地投身扶贫事业，其做法让人耳目一新、心情振奋。恒大在大方以至毕节的全力投入，不仅强有力地提高了当地百姓的物质生活水平，更重要的是，它极大振奋了毕节干部群众的精神面貌——恒大"事不过夜"，当地党政机关干部亲身体验，深受影响，在工作中变得主动作为、积极作为；恒大扶贫队员想在先、干在前，当地群众因而认识到"物质贫穷不可怕，精神贫穷才可怕"，从曾经的不敢想、不愿想变为有目标、有方向、有理想，而且敢拼敢闯。在这条通向小康社会的中国道路上，毕节人民从身心两方面追上了大部队，而且隐隐有赶在前列之势。

恒大为什么能够独辟蹊径，走出一条成绩斐然的精准扶贫之路？

这与许家印的自身经历有关。他在回忆昔日艰辛时说过，高中毕业后他只想去砖瓦厂找份搬砖头的临时工作，却找不到。当时他最大的愿望就是走出农村，找份工作，能够吃上白面。就在那时，国家恢复高考，许家印努力考上大学，但没有钱买书，也没有钱吃饭，靠国家每个月 14 块的助学金读完了大学。再后来，得益于改革开放以来党的政策，许家印白手起家，创立了恒大。一路走来，恒大的每一步发展，如许家印本人所言，"都是党给的，国家给的，社会给的"。

许家印因为国家恢复了高考制度，才改变了做农民、做小工的命运；恒大乘着改革开放的东风，才能成为世界五百强企业。没有人能比许家印更深刻地懂得贫困的滋味、领悟到党和国家领导的重要性，因此他才会积极响应党中央号召，富而思源，扶贫报国。相比那些读了大学、发了财，却一心只想赚钱以享受奢华生活，对百姓的痛苦不闻不问的人，其境界高下立见。

长征未完，中国特色社会主义道路还很长。当中国从一个积贫积弱的国家向世界强盛大国迈进时，社会体制和社会结构都在发生深刻的变化，表现之一，就是民营企业和民间组织在不断崛起与发展，形成一股新兴的力量，这样的力量必将深刻地影响国家和社会发展的方方面面。

就像手机、微信和支付宝已经改变了现代人的生活方式一样，十个、百个、千万个恒大同样可以塑造一个国家新的战略格局。当千万个恒大都参与到国家的扶贫大业中，那将是何等壮观与充满希望的景象啊！我们已经欣喜地看到许家印和恒大对中国道路的成功实践，我们还希望看到千万个恒大沿着这条由中国共产党引领、通向中华民族伟大复兴的道路前进，这将是何等耀眼的中国未来之曙光！

这才是恒大经验的榜样作用！

这才是恒大精神的感召力量！

这才是恒大模式的真正意义！

25. 致敬，仍在远山的你们

天道酬勤。幸福都是奋斗出来的。

2018年元旦，国家主席习近平的新年贺词掷地有声，迅速在十三亿中国人民中间传播开来。

是的，无论历史发展到哪个阶段，社会进步到何等程度，幸福都不会从天上掉下来，而是要靠不懈的努力与奋斗。中国共产党的辉煌，中国社会的繁荣昌盛，无不靠一代又一代的奋斗创造出来。今天的中国，正在向世界舞台的中心走去，这个时候，我们需要的是全民族的强盛，而非几个"世界五百强"的强盛。一个十三亿人口的大国，各个地区自然条件、历史背景和社会文化的差异，造成了经济发展的不平衡，这是客观事实，但我们不能就此止步，不思进取。全面建成小康社会的深层含义，在于"一个都不能少"。如何尽快让那些仍处于贫困境地的老百姓丰衣足食，实现共同富裕的目标，是中国共产党在现阶段所面临的极其艰巨的任务。正如习近平主席所说："只要还有一家一户乃至一个人没有解决基本生活问题，我们就不能安之若素；只要群众对幸福生活的憧憬还没有变成现实，我们就要毫不懈怠团结带领群众一起奋斗。"

具体到贵州毕节来说，自从2015年年底恒大在大方县打响了脱贫攻坚战，轰轰烈烈、铺天盖地地摆开战场，大方县几乎是日日换新颜，结对帮扶搞得有声有色。毕节其余的六县三区眼看恒大在大方建起一个又一个幸福新村，盖起一片又一片闪闪发光的蔬菜大棚，赶来一群又一群安格斯牛、西

　※ 时代大决战 ※

门塔尔牛，为老百姓铺设了一条又一条长长久久的致富之道，就再也坐不住了。

恒大在大方县干得太漂亮、太出彩了！

都像恒大这样干，精准脱贫才有保证！才有实效！

恒大下一步有什么新的打算？贵州尤其是毕节地区的干部群众看到大方翻天覆地的变化，心里痒痒的，已经明显望眼欲穿了……

是啊，这段日子恒大在大方干得越漂亮、越出色，外界的期待就越强烈、越紧迫……

2017年早春，在全国"两会"期间，许家印从容应对着来自四面八方的询问、夸奖、鼓励，终于笑容满面地放出了一个让所有人都满面笑容的利好消息：

恒大将在帮扶大方的基础上，再尽社会责任，为更多的贫困地区和贫困百姓贡献自己的一份力量！

"其实，在帮扶大方一段时间后，我和集团高层已经开始考虑能不能把帮扶的面扩大一些。可这个问题显然不那么简单，它不仅仅是钱的问题，关键是我们的帮扶思路与措施可不可行、能不能复制。"许家印坦言，"一直到2017年年初，我们在大方的扶贫工作进展顺利，同时又形成了一套非常完整的可借鉴、可复制、可推广的经验做法，特别是在产业扶贫方面，我们探索出了新路子。除此之外，在帮扶过程中，我们也锻炼培养出了一支比较成熟、可靠，能打硬仗的扶贫队伍。有了这些硬件和软件，我们才下了帮扶毕节其他县区的决心……"

我相信，那一刻贵州省和毕节市的干部，以及900多万毕节人民都在心底里欢呼，他们多少年来的脱贫梦终于迎来了历史性的加速点，他们盼望已久的幸福生活即将看得见、摸得着、享受得到！

我相信，那一刻对于许家印和恒大来说，同样是历史性的。一年多前，他们开创了中国乃至世界扶贫史上的先河，以一家民营企业之力帮扶一个县彻底脱贫，而今，他们又将担当重任，向中国贫困程度最深、连片面积最大、贫困人口最多的整个毕节地区发起总攻！

毕节的深度贫困状况全国闻名。除大方县之外，它还有六县三区，经济水平普遍落后，尤其是赫章、纳雍等县。

现在，恒大要再用三年时间，帮扶毕节实现历史性的跨越！

2017年5月3日，毕节市府热闹非常，人人脸上喜气洋洋。这一天，恒大与毕节市正式商讨新的扩大范围的扶贫计划，担负起毕节其余六县三区的帮扶脱贫重任。恒大承诺：到2020年年底，帮扶毕节地区实现全面脱贫！

会议室依然布置得简单朴素，一如2015年12月19日的那间会议室，连会标也只有"扶贫计划会"五个字。

"原先前面有'恒大集团帮扶毕节'八个字，后来许家印主席建议拿掉。恒大人说，他们更愿意先做后说、多做少说……"毕节的一位机关干部感叹道，"恒大确实是真扶贫！"

会标简单，参加的人、议的话题可不简单。这次会议之后，恒大和毕节将正式携起手来，决战脱贫攻坚，决胜同步小康！

"那天的情景这些年来都少有，可以用'激动人心'来形容，我们的干劲一下子就被提上去了。"毕节几个贫困县的书记和县长都这样对我说。

他们说，许家印和恒大人说话办事靠谱、实在，一是一，二是二，每项扶贫计划和方案都贴到了百姓的心坎上，点到了乌蒙山区贫困的穴位上，落到了关系毕节未来发展的关键产业上……

"别的不说，光是听到许家印主席现场发言时讲到，要精心制订扶贫计划、精准发展扶贫产业、精确补齐民生短板、精细落实工作措施，在各县区合适的地方统一规划建设高品位的扶贫产业园区，就让我们这些当地干部心潮澎湃、热血沸腾。为什么？人家内行嘛，还特别用心认真，把我们的事当作自己的事来做。"在七星关区的恒大建筑工地上，当地一位负责人一边忙碌指挥，一边告诉我，"5月3日那天恒大宣布，在帮扶大方的基础上，把对毕节地区的帮扶资金提高到110亿元。第二天，他们就将衔接上下游产业的30多家龙头企业一起带到了我们毕节……试问一下，在中国扶贫大战场上，有哪个单位做得比恒大更实在、更细致、更贴心、更暖心？"

这位毕节干部说着说着，眼中溢出了热泪……

恒大再出巨资帮扶毕节地区脱贫的消息传出后，犹如掷下一颗重磅炸弹，震撼全国。许家印后来对我说，实际上此事的决策过程并不太长。从2017年2月开始，恒大为进一步推动党中央脱贫攻坚重大决策落到实处，同时更好地践行民营企业的社会责任，已筹划扩大帮扶范围。

他说话的口气很平常，没加任何形容词和修饰语，但这项决策的分量足以让整个乌蒙山着实抖三抖！

一家民营公司，承诺累计投入110亿元扶贫资金，帮扶整个毕节市92.43万贫困人口到2020年全部实现稳定脱贫，这是何等艰巨的任务！这是一份何等了不起的军令状！数风流人物，还看今朝！

壮哉恒大！

还记得2017年5月14日在广州恒大集团总部举行的帮扶乌蒙山片区出征壮行大会吗？那气吞山河的场面和感天动地的誓言，令多少人激动得一遍遍拭泪，不能自已。这就是恒大的做事风格，这就是恒大对扶贫工作的态度！

"我深知，没有恒大的培养，就没有我的今天。集团吹响了新一轮脱贫攻坚的集结号，作为一名恒大人，我参与其中，义不容辞，义无反顾……"

"我坚信，这将是我一生中最浓墨重彩的一笔。条件越艰苦，任务越艰巨，就越能磨炼意志，锻炼能力，成就人生……"

"我明白，许主席和恒大投身脱贫攻坚，是饮水思源，回报社会，践行一个中国民营企业的社会责任……"

"我们明白，一个伟大的企业，需要一个伟大的时代来造就；一个伟大的目标，需要一群勇于担当、敢于拼搏的人来实现。恒大所承担的历史使命和责任，就是我们每一个有志青年肩负的使命和责任……"

"我们可以渺小，哪怕是一滴水，只要持之以恒，也必将滴水穿石；我们也许平凡，只要齐心协力、众志成城，就一定能打赢乌蒙山区这场脱贫攻坚战，让百万贫困百姓尽早过上好日子！"

"我们——不脱贫，不收兵！"

这些出征仪式上的誓言和口号，是许家印和1821名奔赴扶贫前线的将士乃至13万恒大人一起振臂高呼出来的。这声音是一种激情，也是一种信仰，更是一种意志；它是一个企业的时代激情，一个企业的民族情怀，一个企业迈向未来新征程的宣言。

许家印和恒大共同发声：帮扶毕节市，是我们回报社会最好的平台，也是我们回报社会最好的机会。民营企业正在担起向贫困宣战的历史性责任，为实现中华民族的伟大崛起贡献自己的力量！

一切如初：浩荡的扶贫大军、年轻的扶贫战士，前赴后继、义无反顾地走进每一座贫困山寨和每一个寒苦家庭……

一切如初：三天办起一个千人技能培训班，五天送你一个让你做梦都想笑的"金饭碗"！引进上下游企业就地吸纳一批，恒大下属企业吸纳一批，恒大战略合作伙伴吸纳一批，帮扶毕节全市5万贫困家庭劳动力实现就业。

一切如初：400多万平方米的九大易地搬迁安置区，以飞快的速度拔地而起！2018年国庆节前，毕节17万纳入易地搬迁计划的贫困百姓将全部迁入新居。

一切如初：55亿元的资金投入下去，蔬菜、肉牛、中药材、经果林等特色产业遍地开花，帮扶20.3万户、67万贫困人口稳定脱贫。

一切如初：所有承诺的事情都保时、保质、保量完成。恒大人以贫困百姓脸上浮现的满意笑容和从心底溢出的幸福感作为衡量工作的尺度！

这就是恒大在毕节扶贫战场上正在绘刻的时代画卷，正在创造的奇迹！它壮丽，它优美，它可圈可点，它无与伦比，它的过程是动听的歌，它的结果是不朽的诗……

在我行将结束本书的叙述时，乌蒙山里的恒大扶贫队员们又在微信里给我发来一份红头文件——贵州省扶贫基金会的《接收捐款证明》，文件内容这样写的：

我会于2018年1月9日收到恒大集团结对帮扶毕节市精准扶贫、精准脱贫第四批捐款人民币20亿元。

恒大集团已分四批通过我会定向捐款给毕节市精准扶贫、精准脱贫资金，共计60亿元……

如这样从扶贫前线传来的喜讯与捷报，我几乎每天都能看到，每每看到这些，眼前总会闪出一个又一个仍在远山的恒大扶贫队员的身影。整个采访过程中，他们的名字逐渐为我所熟悉，我甚至习惯于每天在微信朋友圈里搜寻他们的踪迹，倘若几天看不到他们发心情，听不到他们的消息，我会挂念，会悬心，会打去一个电话，哪怕只是问一声安好。

这是一份怎样的情感？当然是友情，而这友情里还包含着一份并肩作战的同袍之谊。上下同欲者胜，在这里，我由衷地想高喊一句：愿全中国人民都像恒大人一样，撸起袖子加油干，真心实意为远山的贫困百姓尽一分力量，让他们早日脱贫致富！

因为我知道，此时此刻，年轻的恒大扶贫队员们正顶着寒风与霜雪，帮助织金县以那镇的 611 户贫困百姓夜以继日地赶建 611 个蔬菜大棚，争取在开春后能够让乡亲们首次栽种西红柿，或是鲜嫩的黄瓜、生菜……

因为我知道，此时此刻，年轻的恒大扶贫队员们正投身于金沙县易地搬迁的新建项目：21 万平方米建筑面积，6.3 亿元投资，可安置 10519 人。原本工期设定为 15 个月，可现在，扶贫队员们决心拼命抢工期，12 个月拿下！为了百姓们能早一天住上新房，他们在雪地里摸爬滚打，在山岩上奋力攀登……

因为我知道，此时此刻，年轻的恒大扶贫队员们正在毕节市海拔最高的赫章县埋头苦干，修建一座投资 6.95 亿元、建筑面积达 79.33 万平方米的夜郎古城！这座古城的规模超过毕节七星关区的碧海阳光城，与大方县的奢香古镇遥相呼应，各具特色。6869 户、35100 名世代居于深山峻岭的贫困百姓将搬到这座美丽的新城，真正圆那"大夜郎"的千年美梦。为此，恒大扶贫队员们在崎岖的山道上寻找流浪的孤儿，在泥泞的坡田里登记掉队的牛羊，在苗家山寨残旧的石臼与水车前驻足……

他们在寒冬里挥汗如雨；

他们为了工作通宵达旦；

他们忍着饥饿入户查访；

他们带着疲累宣讲政策。

他们从一个个少不更事的孩子，变成了"扶贫专家"，变成了全国人民心目中的时代英雄！

仍在远山的你们，请让我代表祖国向你们致敬！

后记

后记
那些想不到的事……

我自己也没有想到，写了四十年的文学作品，竟然还有一个事件如此的吸引和影响我——这就是中国共产党人所领导的一场正在进行的空前的扶贫脱贫攻坚战……

这场攻坚战的范围之广、任务之艰巨，并不亚于一场真正的战争，因为每年都要实现一千多万人的脱贫任务。这是个什么概念？也就是说，我们要每年去"解放"一千多万贫困的人民，让他们从吃不饱、穿不暖、没事干、没房子住、口袋空荡荡的窘境中拯救出来，过上与全国人民一样的幸福、温暖和有尊严的当代中国人的美好生活。

这样的攻坚战，绝不比当年推翻三座大山、建立新中国的武装战争轻松。这样的攻坚战，是与人自身的疾病、观念陈旧、本领缺乏、文化低弱、能力有限和大自然的贫瘠、封闭、落后等主客观条件进行斗争的复杂过程。因而这样的攻坚战，它是社会、民族、国家和时代整体发展过程中的特殊战斗，它考验着执政者的政策方略是否英明正确，它在考验着施政者的智慧与能力，它也在检阅参与扶贫脱贫攻坚战役的那些干部和群众的感情是否到位、工作是否扎实，甚至是他们的耐心到达什么程度，它更在考验那些身为贫困者的百姓是否被激荡起了对幸福的渴望与追求，是否将梦想化之为挥汗的创富致富的行动……它是中国在 21 世纪初的民族伟大复兴过程中的一曲时代凯歌。谁参与了它，谁就将成为这个世纪的英雄——民族和国家的英雄。

我没有想到，在这场伟大的民族复兴过程里演绎的壮丽诗篇中，竟然有一个叫"恒大"的民营企业成为这场特殊战役中的英雄。

30亿元、110亿元，另加20亿元的扶贫队员在前线所要支出的费用，一个完全靠白手起家的民营企业老板许家印能够如此大方、不求任何回报地慷慨拿出这么多钱，这就够共和国奖赏其一块英雄金牌的了！问题是，在我看来：恒大在贵州大方县和毕节市的扶贫脱贫攻坚战中所做的那些让贫困群众感受到党和政府的温暖的同时，他们更多的闪光之处，是在于创造了一种新时代的"中国精神"。这种"中国精神"里自然包含了我们熟知的无私奉献、助人为乐、施恩布德、济贫拔苦等优秀的中华民族传统精神，更有勇于担当、善于创新、任重致远的时代精神。

然而令我更感动和敬佩的是这几方面的"时代人"：

那些唱着《到人民中去》、每天不分日夜为他人操心卖力的年轻的扶贫队员，这些"80后""90后"，是中国的明天，他们的今天让我感到了中国明天的希望，就像20世纪初我们中国人看到毛泽东、周恩来、邓小平等那些年轻的共产党人与邓中夏、王尽美等不怕流血牺牲的热血青年一样，因为他们的存在，21世纪和更远的中国未来，将是多么的美好与灿烂！我只是感到有些遗憾，因为我无法在本书中将他们的事迹与名字一一写下来。但在我的心中，也相信那巍峨的乌蒙大山，已经将他们每一个如金似玉的扶贫故事刻烙在永恒的记忆里……

另一些人，虽然他们并非是本书中的主角，然而他们在扶贫攻坚战场上、在乌蒙大地上，他们是永远的主角。没有他们的存在，恒大之前那漫长而艰辛的扶贫脱贫岁月就不可能那么辉煌，扶贫脱贫的成果也更不会那么显著。他们是对恒大的帮扶全力以赴地配合、支持、协助，甚至甘当"人梯"

与奠基石的地方党政干部们。在恒大结对帮扶的攻坚战中，不用说那些扶贫队员时常甚至每天与这些地方干部战斗在同一条战壕里，他们彼此熟悉，情同手足，亲如战友。你说陈志刚书记？你说周建琨书记？你说陈昌旭市长？你说桑维亮市长、张集智市长，还有李玉平副市长？熟，太熟了，他们经常出现在我们的工作现场！扶贫队员们这样告诉我。我知道他们提到的这些名字，都是毕节市的领导，有的现在已经升任更高的职位，但他们在恒大扶贫队员心目中依然是可亲可敬的当地"父母官"。至于说到大方县的干部，恒大扶贫队员们十有八九都能叫出他们的名字：陈萍县长、先后两任"指挥长"的张东副书记、杨志成副书记、徐萍常务副县长、宣传部章育部长、组织部黄海鸣部长、县委常委李天智、何逆副县长、周登印副县长，朱翔、张基贵、周德贵、段刚、胡瑶、李健、张梦等局长，李春阳、张道元、文朝春、张威、赵刚等乡镇书记、乡镇长、村主任……在我结束采访、准备落笔时，恒大扶贫队员们一次次真诚地对我说，没有当地干部们正确、有力和全心全意的领导与支持，我们恒大在乌蒙山区的帮扶脱贫攻坚战将寸步难行，"功勋章里有毕节、大方干部的一半"。这是恒大人的共识。这份共识中也体现了"恒大精神"中的谦和与胸怀。

自然，还有一方面的人永远值得我们记住：那就是我们亲爱的人民群众——无论是原本属于贫困户的群众，还是已经摘帽的非贫困群众，他们在整个扶贫脱贫攻坚战斗中是主角和主人，他们在恒大和政府的助力下，迅速改变自身的旧习惯、旧行为、旧思维、旧意识，甚至是旧脸面，成为这片古老而美丽的大地上的幸福者、快乐者。在他们的脸上，一切人间的悲欢离合，都不可能装出来。现在，他们脸上的灿烂笑容，比任何时候都绚丽、动人。我要深深地祝福他们！

而我需要着重讲到的还有一批值得我敬重的人，他们是在我完成本作品过程中为我提供诸多方便的恒大人、大方人。他们都十分谦虚地再三请求不要在这里出现他们的名字，这让我感到很有些过意不去。不过，也因此令我获得了创作之外的收获——现在他们成了我的新朋友。让我说一声，真的很感谢你们！

恒大在大方和毕节所展开的扶贫脱贫攻坚战，以及通过这场战役为当地数十万人脱贫的速度让人无法相信，那真的像风、如雷、似霞……快得你亲眼所见都无法相信，美得在你观后目瞪口呆。也许正是这种如风、如雷、如霞的快与美，似乎也给了我前所未有的"勇士"精神，以不足两个月的时间，完成了从采访到创作如此一部大战役的史诗篇章。什么叫甘苦？大概这便是。不得不承认，中间有一份重要的"恒大精神"的激励和对恒大扶贫队员们的感情，而我期待通过这部作品，让我在创作中所获得的这份激励与感情传播到所有中国人那里，这便是本书的目的。

一个新时代已经到来。恒大人在参与贵州扶贫脱贫攻坚战中所表现出的伟大精神，令我欣慰地看到了 21 世纪的中国人的精神面貌与昂扬姿态。

中华民族的伟大复兴，就在不远处的前方……

2018 年 1 月 10 日于北京